I0674267

LE BARON AMÉRICAIN

PAR

Louis ULBACH

PARIS

AUX BUREAUX DE L'ADMINISTRATION DES *LUNETTES POLITIQUES*

5, RUE COQ-HÉRON, 5

1876

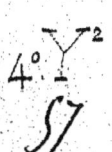

LE BARON AMÉRICAIN

PAR

Louis ULBACH

————◆————

PREMIÈRE PARTIE

I

L'Avalanche

Tout le monde sait, ou doit savoir, qu'avant le percement du mont Cenis, la route la plus courte de Paris à Milan était celle du Simplon, tracée de 1801 à 1807 par ordre de Bonaparte.

Le travail parut alors gigantesque, il coûta environ vingt millions et occupa cinq mille ouvriers ; ce n'était pas trop pour fixer sur les Alpes l'empreinte du conquérant.

Il est vrai de dire que le chemin, tracé à si grands frais, impossible en hiver, est souvent impraticable au printemps. La nature n'a besoin que d'une heure de tempête ou de beau soleil pour effacer la trace de Bonaparte et faire fondre celle d'Annibal. L'avalanche est la dernière raison révolutionnaire de la montagne contre les usurpateurs.

Aussi, quand les premiers rayons de l'été minent lentement les neiges colossales, peu de voyageurs se hasardent-ils dans ces âpres solitudes. Peu de Français surtout tiennent à connaître dans leur période la plus dramatique, ces spectacles grandioses, mais dangereux ; et si d'aventure quelques touristes audacieux gravissent ces neiges décevantes, sous la perpétuelle menace de l'avalanche, on peut être certain qu'ils appartiennent à la nation de l'*all right* ou du *go ahead*.

Ceci soit dit, sans intention maligne. Chacun a ses goûts. L'*Excelsior* en est un. La France possède depuis deux ans un club alpin, dans le but de faire une concurrence sérieuse aux chercheurs de catastrophes étrangers.

Par une matinée du mois de mars 185..., des voyageurs attendaient avec impatience à l'hôtel de Brigue, le moment où il serait possible, c'est-à-dire moins impossible, de traverser la montagne. Depuis quelques jours la tourmente avait redoublé de fureur ; les avalanches s'étaient multipliées ; on parlait de quelques écrasements de voyageurs et la route semblait impraticable.

Nos voyageurs avaient deux excellentes raisons pour ne subir qu'impatiemment ce retard forcé : la première, c'est qu'ils étaient Américains ; la seconde... je dirai la seconde, quand je les présenterai eux-mêmes au lecteur.

À toutes les questions, les guides répondaient que les voitures de poste pourraient à peine franchir quelques lieues, et qu'elles se heurteraient aux amoncellements de neige.

— Donnez-nous des traîneaux, disaient les voyageurs.

Ils eussent mieux fait de demander des ailes. Cependant, il n'y a pas de logique, surtout dans les auberges, qui résiste à des offres d'argent.

Les voitures furent tirées de la remise et attelées. Le patron de l'*Hôtel d'Angleterre* multiplia les souhaits et les exhortations, et l'on se mit en route.

L'ascension commence à la sortie de Brigue. Le chemin tourne dès lors sur lui-même comme un labyrinthe, tantôt suspendu au-dessus des abîmes, dont l'œil se refuse à mesurer la profondeur, tantôt s'enfonçant à travers les flancs de la montagne, sous des tunnels qui faisaient pâlir d'admiration et font sourire aujourd'hui les ingénieurs.

Cependant tout allait au mieux ; les conducteurs entendaient répéter à chaque minute :

— Nous le savions bien ! nous l'avions bien dit !

Les conducteurs souriaient de ce sourire équivoque du courage qui a peur, et ils secouaient la tête.

Avant le premier relai, la route avait disparu sous une couche de neige, très-mince, très-légère, mais suffisante pour faire glisser les chevaux et patiner les roues.

Au relai, péniblement atteint, une nouvelle déception aiguillonna nos voyageurs. La veille, des ouvriers avaient déblayé le chemin pour les traîneaux ; mais pendant la nuit, des tourbillons de neige avaient comblé la voie. Il fallait recommencer le travail, sans l'assurance qu'il ne serait pas inutile et que la neige ne tomberait pas de nouveau.

Des Français auraient bravement ordonné la retraite, en riant de leur déconvenue ; les Américains protestèrent et s'entêtèrent.

Ajoutons que quelques *milles* seulement les séparaient de *Domo-d'Ossola*. Combien fallait-il de temps pour le travail de déblaiement ? six heures ? dix heures ? une nuit ? on attendrait. Mais s'il neigeait encore ? Bah ! il ne devait pas neiger ; il ne neigerait plus.

Ceci bien établi, on s'installa dans la petite auberge pour y passer la nuit, et l'installation faite, le thé pris, on se mit à admirer le paysage.

En réalité, l'horizon était splendide. Partout au-dessus des rocs énormes et dans le vague profond des gouffres, la neige se moulait sur les crêtes, sur les moindres saillies, comme un linceul sur un cadavre ; puis tournoyant sous le souffle furieux du vent, la poussière d'argent fine, et pressée comme un sable, venait fouetter les visages.

C'était insupportable et délicieux.

A quelques pas de l'auberge, un ravin dont les murailles à pic semblaient éternellement secouées par le torrent qui bondissait à leur base, ajoutait son horreur pittoresque au charme terrible du décor.

Le matin venu, le ciel, complaisant pour des voyageurs dont le drapeau national est fait d'un pan de ciel semé d'étoiles, s'éclaircit et leur souhaita la bienvenue.

Devant l'auberge, cinq traîneaux furent placés en ligne comme des chars de combat. Ils ne dataient pas d'Annibal, mais ils pouvaient dater de Bonaparte. On en rencontre de pareils dans l'Amérique du Nord, et les Esquimaux en expédient de semblables aux expositions universelles. Pour combattre le froid, on y avait entassé de la paille, des couvertures et des fourrures.

Avec une hâte qui témoignait plus de leur impatience que de leur prudence, les voyageurs s'empressèrent de prendre place, et les guides s'efforcèrent d'égaliser les charges pour les rendre plus légères.

Un des traîneaux était spécialement réservé aux bagages. Il disparaissait sous un amas de malles, de caisses, de coffres de toutes formes et de toutes grandeurs ; circonstance expliquée par la nationalité... et la nature de nos personnages.

Le moment est venu de les présenter, et d'avouer que nos voyageurs étaient surtout des voyageuses. Ils appartenaient à la nation américaine, ainsi que je l'ai dit, et à l'exception d'un seul, au sexe qu'on est convenu d'appeler le *sexe faible*, épithète souvent injuste et que, dans le cas présent, l'événement va démentir.

Saluons tout d'abord une dame d'un âge respectable, mais surtout respecté, dont les grands yeux bruns rappellent une beauté évanouie lentement. Elle se nomme Lady Dalrymphe. Elle remplit auprès de ses compagnes les fonctions multiples et variées de chaperon, de courrier, de guide, de philosophe, d'amie et de Mentor.

Madame Willougby est une jeune veuve charmante, par d'autres attraits encore que ceux du veuvage. Elle a des cheveux châtain foncé, la peau fraîche, discrètement colorée, un air de bonne santé morale et physique, le visage ouvert, le regard intelligent, le sourire malicieux. Bornons-nous à ces quelques traits ; le caractère de Mme Willougby devant se révéler, au cours de ce récit, dans tout son éclat.

Présentons enfin et sans ménager de surprise, notre héroïne Miss Minnie Fay, sœur de Mme Willougby, non moins charmante qu'elle, mais d'une tout autre façon.

Minnie est blonde autant qu'on peut l'être, avec des yeux bleus. Ses cheveux coupés court enveloppent son visage d'une atmosphère mouvante et dorée ; sa bouche, délicatement dessinée, à des lèvres d'un beau rouge. Les lèvres sont un peu épaisses; mais se plaint-on de la grosseur d'une fleur? et les petites dents blanches qui les mordillent, sans les diminuer, les amincissent au regard.

Minnie est petite, admirablement proportionnée. Sa toilette, ses attitudes, ses moindres gestes ont une élégance et une grâce de petite chatte qui veut jouer et qui ne sait pas si elle égratigne. Sa physionomie est celle de l'innocence épanouie, de la naïveté saine. Ses yeux de pervenche ont, par instants, une rosée qui les voile mélancoliquement et les rend plus doux encore. Ils ont en même temps une façon de regarder, à la fois enfantine et assurée, qui surprend, qui trouble, sans qu'on puisse accuser Minnie d'être coquette.

Interrogez les amis et même les amies; ils vous répondront unanimement : « Minnie est une enfant! un baby! » C'est ainsi qu'on la traite et qu'on la nomme; elle a les caprices, dit-on, les mignardises d'un baby, on a l'air de lui reprocher de n'être pas une demoiselle; mais on l'adule, on la gâte, on la sucre comme si elle sortait du berceau, et on la maintient baby, en dépit de tout. Aussi a-t-elle les bouderies sans cause, les taquineries sans pitié, les larmes sans douleur, les rires sans méchanceté du baby.

Cependant, Minnie a dix-huit ans; c'est la vieillesse, au moins l'âge mûr pour un baby.

Les deux sœurs sont les nièces de la douairière lady Dalrymphe.

Présentons encore leur cousine, miss Ethel Orne. Celle-là, brune, à la physionomie accentuée, montre toute la dignité dont Minnie se soucie fort peu. Elle a fait son entrée dans le monde; elle a brillé à Londres pendant toute une saison. Il n'eût tenu qu'à elle d'être fiancée, mariée; sans dédaigner aucun hommage, elle n'en a encouragé aucun; elle les a respirés, a souri de leur parfum ou de leur fadeur et a continué son chemin.

Telle était, avec quatre femmes de chambre et un étranger dont nous allons parler, la petite troupe qui affrontait les rigueurs de l'hiver, sous la direction et le contrôle de son chaperon, de son guide, de son amie, de son Mentor, la douairière lady Dalrymphe.

Quant à l'étranger, c'était un Italien. Il est décrit, dépeint, par ce mot. On n'attend pas que j'affirme qu'il a les yeux noirs, brillants, et les cheveux lustrés. Quoique de petite taille, il paraît doué d'une force singulière. Il était arrivé seul à Brigue et s'était joint aux voyageuses, sans chercher d'ailleurs à entrer en relation avec elles. Il n'avait pas eu même l'occasion de décliner son nom.

La présentation faite, suivons les traîneaux qui font grincer la neige. On avait ouvert une tranchée large de six pieds. Le froid avait diminué; la neige, perdant de sa consistance, cédait sous les pieds des chevaux qui avançaient avec peine. Le voyage n'était pas sans danger.

Parfois, on entendait, dans le lointain, un bruit sourd semblable à une explosion souterraine, puis on distinguait vaguement dans l'espace gris une masse qui roulait, volait et allait se perdre dans des abîmes inconnus, avec un retentissement lourd. Il fallut plusieurs fois arrêter les traîneaux et laisser les guides déblayer le passage.

Minnie avait commencé par pousser, à chaque accident, des petits cris aigus de baby; puis, peu à peu, elle avait repris confiance; et maintenant, insouciante et oublieuse du péril, elle saluait chaque effondrement de neige d'un éclat de rire et d'un battement de mains de baby.

Elle s'amusait si bien, qu'après un temps d'arrêt, elle exigea qu'on lui laissât prendre la tête du cortége.

Mentor Dalrymphe essaya quelques objections; mais Minnie bouda et fut près de pleurer.

Le moyen de lui résister? les larmes eussent fait des stalactites. Minnie obtint gain de cause et s'installa fièrement dans le premier traîneau, seule avec le conducteur.

Dans le second se trouvaient Mme Willoughby et miss Ethel, puis la douairière et sa femme de chambre venaient ensuite. Dans le quatrième étaient les trois autres servantes; l'étranger venait seul devant le dernier traîneau celui des bagages, qui fermait la caravane.

Les voyageurs pénétraient dans la gorge de Girdan, étroit vallon encaissé entre deux murailles énormes qui semblent penchées pour se réunir, et ne laissent apercevoir sur les têtes, bien haut, qu'une mince bande de ciel. La route suspendue au flanc de la roche noirâtre surplombe au-dessus d'un torrent furieux qui, rompu par les pierres, se tord, écume, tourbillonne en cascades.

Les traîneaux glissaient rapidement, au galop des chevaux que la pente entraînait; tout le monde gardait le silence et jetait un regard d'admiration effrayée à ces précipices, au fond desquels le torrent courait comme un serpent livide.

Minnie elle-même, rêveuse, s'était tue. La nature avait vaincu et forcé au respect ce victorieux baby, enveloppé dans ses fourrures; la jeune fille baissait la tête et fermait à demi les yeux. Les pervenches eussent gelé dans ce désert.

Tout à coup un bruit étrange effrayant, une voix de géant s'éleva, et parut monter de l'abîme : c'était l'écho qui hurlait la gueule ouverte, au monstre invisible sur les hauteurs.

Toutes les poitrines se serrèrent dans une angoisse inexprimable.

Où était le danger ? d'où venait-il ? nul ne le savait ; seulement il était là, il approchait ; on attendait l'avalanche.

Le premier conducteur, celui du traîneau de Minnie, jette un cri, se dresse sur ses pieds, les bras levés vers le ciel et se tournant vers ceux qui le suivent leur adresse des signes désespérés. La caravane s'arrête, mais lui, ne peut reculer...

Il enveloppe le cheval d'un coup de fouet qui lance l'animal à fond de train, mais la neige s'abat... la masse pressentie s'écroule, irrésistible, formidable... le bloc s'effondre... tout disparaît ; et quand la nuée blanche se dissipe, le traîneau n'est plus là...

A-t-il été écrasé ou entraîné ?

Deux cris avaient percé l'épouvantable fracas, le cri affolé du conducteur le cri de Minnie plaintif, aigu, comme celui d'un baby qui verrait et qui comprendrait la mort. Puis, plus rien : le silence écrasa ce tumulte.

Ce qui restait de la masse de neige, après avoir un moment oscillé, s'était précipité dans l'abîme.

Tous, haletants, paralysés restaient immobiles sur le bord du gouffre où s'était englouti l'avalanche.

La pente à pic n'était plus qu'un miroir de glace, tombant à angle droit à une profondeur de plus de cent pieds.

Pauvre Minnie ! pauvre conducteur, que le caprice de baby avait mis à l'avant-poste !

Il fallait agir sans savoir ce qu'on trouverait au bout de ses efforts. Il était certain maintenant que le traîneau avait roulé dans le précipice. Chaque minute qui s'écoulait était comme l'amoncellement d'un bloc sur le petit corps de Minnie.

Ethel, qui s'était penchée plus que les autres, poussa un cri, tandis que de sa main tendue elle désignait le fond du gouffre.

Sur la neige étincelante on voyait un point noir ; c'était le traîneau, le traîneau vide. Où était Minnie ? où était le conducteur ? Est-ce que déjà le torrent avait pris sa proie ? est-ce que les rochers avaient retenu et déchiré au passage les corps des deux victimes ?

— Mille livres à qui trouvera Minnie ? dit miss Ethel en anglais.

Elle s'était tournée vers les conducteurs ; aucun d'eux ne comprenait l'anglais. Elle devina et montra sa bourse pleine d'or. Mais les montagnards connaissaient trop la montagne. Pâles, ils tournaient la tête et d'un geste désignaient le précipice, sans répondre.

— Laisserez-vous donc mourir ma pauvre Minnie ? cria-t-elle, en se tordant les mains. Vous ! des hommes ! Eh bien ! c'est moi qui la sauverai.

Sans hésiter, elle s'élança hors du traîneau et bondit vers le gouffre.

— Miss ! dit une voix, derrière elle, tandis qu'une main se posait sur son bras.

Elle se retourna. C'était l'étranger, debout, le chapeau à la main ; il reprit :

— Je vous demande pardon, Miss, c'est moi qui descendrai.

— Oh ! monsieur, trouvez-la, trouvez-la !

— Du calme, continua le jeune homme. Je vous jure de tenter l'impossible.

Froidement il se tourna vers les conducteurs et leur donna, dans leur langue, des ordres précis et rapides.

Sur chaque traîneau, en prévision d'accidents, pareils ou analogues, se trouvait un rouleau de fortes cordes. Le jeune homme en saisit une, la roula autour de son corps, puis s'étant assuré qu'elle était fortement serrée, il adressa à Ethel un nouveau salut, et dit aux guides :

— Je suis prêt !

C'était une entreprise si hardie qu'elle semblait folle. Et encore si l'espérance du succès avait été possible !

L'étranger se laissa glisser avec précaution sur la crête de l'abîme, suspendu à la corde qui se tendait et que les conducteurs arc-boutés en arrière retenaient de toutes leurs forces. Il descendait lentement, s'accrochant à la roche et aux saxifrages qui tapissaient çà et là les flancs du gouffre.

La pente devint moins rapide ; mais le danger ne diminuait pas. La neige cédait sous les pas du hardi sauveteur, qui, sans s'arrêter allait toujours en avant. Parfois, il enfonçait jusqu'aux genoux, parfois, dans cet amoncellement de neige il disparaissait presque tout entier. Mais d'un effort vigoureux, il se redressait et se remettait en marche.

Sur la route, tous silencieux, retenant leur souffle, le suivaient des yeux. L'anxiété était horrible. On entendait dans le lointain le bruit des masses qui s'effondraient, si l'une d'elles, suivant la route déjà prise par l'avalanche, allait rejoindre celle-ci au fond de l'abîme, en balayant au passage l'homme qui se dévouait !

L'étranger avait atteint le premier fond du ravin, mais il devait gagner la déchirure qui s'ouvrait dans ce fond même, il fit un signe, on dut attacher un second rouleau de cordes à l'extrémité du premier, puis la descente ou plutôt le sondage recommença.

On vit le voyageur courir sur la neige, trébucher, tomber, se relever avec une incroyable énergie ; un cri s'échappa de toutes les poitrines, cri de joie, de prière, d'angoisse. L'étranger venait d'atteindre le précipice où Mir le avait disparu. Quel douloureux secret allaient révéler ces abîmes insondés ?

L'étranger se pencha, s'agenouilla au bord, puis se releva, agita son chapeau, détacha la corde qui ceignait ses reins, et adressa aux guides des signaux que ceux-ci parurent comprendre. Aussitôt ils se mirent à dételer le cheval d'un des traîneaux, ramenèrent l'extrémité de la corde sur la route, l'attachèrent au traîneau libre, et poussèrent doucement celui-ci sur la pente du gouffre, comme ils avaient fait pour le voyageur. Un instant suspendu dans le vide, le traîneau descendit lentement. Le voyageur qui l'attendait disparut quelques secondes puis, le prodige, le miracle, le dénouement féerique apparut ; on distingua le capulet rouge et la figure mutine de Minnie.

C'était elle, Minnie, le baby adoré, elle, vivante, sans blessure. L'étranger la soutenait à peine pour sortir du précipice ouvert dans le ravin. Elle escalada les dernières pierres toute seule, battit des mains, quand elle fut hors de la tombe, arriva au traîneau et s'y blottit, en s'enveloppant de sa couverture.

Le jeune étranger fit un nouveau signe. La manœuvre commença en sens inverse ; les guides firent remonter lentement le traîneau ; l'ascension avait ses dangers, mais maintenant tous les bras, tous les cœurs, tendus vers Minnie, semblaient l'attirer, la retenir et l'empêcher de retomber en arrière.

Enfin la voilà ; elle atteint le bord, tombe dans les bras qui se la disputent, éclate de rire avec des sanglots, pâlit, ferme les yeux, chancelle et s'évanouit...

Quant au conducteur qui était tombé avec Minnie, je crois pouvoir assurer qu'il fut sauvé également. L'abîme ne garda que le cadavre du cheval et les débris du traîneau.

II
Les malheurs d'un Chérubin

Quinze jours sont passés depuis la scène que nous venons de décrire. Nous prions le lecteur de se transporter avec nous à l'hôtel du Prince, à Milan, sur la place du Dôme. Dans un salon du premier étage, madame Willougby seule, auprès de la fenêtre lit avec attention.

Tout à coup la porte s'ouvre, si doucement, qu'on dirait qu'elle a été poussée par un souffle ou par un sylphe. Minnie paraît. Elle s'arrête sur le seuil, regarde autour d'elle, aperçoit sa sœur, lance un joli petit soupir qui s'envole au plafond, et va tomber avec grâce sur un canapé.

Mme Willougby d'abord u peu surprise, mais habituée aux caprices de Minnie, attend que celle-ci se décide à lui adresser la parole ; mais le baby boude ; alors sa sœur raisonnable se replonge dans sa lecture.

Au bout de dix minutes, une petite voix douce, suppliante, rompt enfin le silence.

— Kitty !

Mme Willougby lève la tête, et du ton le plus naturel :

— Qu'y a-t-il, ma chérie ?

La simplicité de cette réponse semble déplaire à Minnie. Il faut que l'on comprenne le moindre de ses soupirs, et que l'on prévienne la plus légère de ses contrariétés.

Elle se lève, fait un tout petit pas, puis se rassied avec un air de désespoir :

— Non ! non ! s'écrie-t-elle de sa voix flûtée, en vérité, tu es trop méchante !

— Moi, mais qu'ai-je fait ?

— Comment, ce que tu as fait ? Tu me vois entrer, car tu m'as vue ; tu devines que j'ai à te parler ; que j'en meurs d'envie ; et, au lieu de m'encourager comme une bonne petite sœur, tu continues à lire, à faire semblant de lire ; car je ne t'ai pas vue tourner la page !

Mme Willougby pose ses deux mains sur son livre, comme pour le défendre, et répond en souriant :

— Chère mignonne, j'ignorais absolument que tu eusses besoin de me parler.

— Ce n'était pourtant pas difficile à deviner, reprend Minnie d'un ton boudeur. Je suis entrée résolûment... j'ai fermé la porte... tu m'as entendue la fermer ; j'avais l'air tourmenté ; cela se voit.

En disant cela, elle se haussait un peu pour apercevoir quelque chose de son joli visage dans une glace. Elle reprit avec une grosse émotion :

— Puisque je te dérange, je m'en vais... je m'en vais ! Mon Dieu, mon Dieu, que je suis malheureuse !

Les petits pieds de Minnie frappèrent le plancher, dans un trépignement convulsif. Cette fois Mme Willougby se décida à fermer son livre, comme une mère que son enfant gâté détourne d'un devoir domestique.

— Voyons, ne te fâche pas, ma petite Minnie, efface ces plis qui pourraient rester sur ton front. Tu vois, je ne lis plus ; je t'écoute et je t'écouterai, tant que tu le voudras.

— Oh ! maintenant, dit Minnie d'un air plus grave, j'ai bien envie de me taire pour te punir de ton indifférence.

— Minnie, peux-tu croire ?...

— Non, non, on ne m'aime pas assez dans ma famille ; mais je parlerai, parce que je ne puis par faire autrement..... j'ai besoin de conseils.... Je ne sais où donner de la tête.... Je voudrais être morte !...

— Veux-tu bien ne pas dire de pareilles folies !... Voyons, parle,.. parle vite.

— Eh bien, c'est au sujet de ce qui m'est arrivé...

— Achève.

— Tu sais... mon grand accident dans les Alpes !

— Quoi donc ? te ressentirais-tu de cette terrible chute ?

Mme Willougby parut inquiète.

— Non, non... Oh ! je me porte bien... trop bien même — reprit Minnie en posant un joli petit doigt sur sa jolie petite joue rose... — Ce n'est pas cela... c'est le comte.

— Quel comte ? Ah ! M. de Girasolé, ce courageux gentleman qui t'a arrachée à une mort certaine...

— Il aurait mieux fait de me laisser au fond du précipice.

— Pourquoi ?

— Tout simplement parce qu'il m'aime, le malheureux !

Minnie prononça ces derniers mots d'une si comique façon que sa sœur eut peine à réprimer un éclat de rire. Cependant, se remettant aussitôt, elle dit, avec une nuance d'anxiété :

— Il t'aime ! C'est impossible !

— Impossible !... Mais c'est très-possible, au contraire... Oh ! si tu me fais de grands yeux, comme cela, je ne pourrai pas continuer... et si tu te mets en colère... Je suis déjà assez malheureuse.

— Mais non, Minnie, je ne me mets pas en colère. Je suis étonnée, voilà tout. Je t'en prie, ne me cache rien, entends-tu ?... Voyons, ce n'est pas sérieux cela... Tu dis donc que le comte t'aime.

— Oh ! oui, il m'aime !

— Comment le sais-tu ?

— Il me l'a dit.

— Lui ! où donc ? dans quelle circonstance ?

— Tu vas tout savoir, ma bonne sœur ; mais, dis-moi d'abord : Sauver la vie d'une jeune fille, est-ce que cela donne à un homme des droits sur elle ?

— Non.

— Alors, c'est horrible !... je suis victime d'une fatalité.

Minnie leva ses petits bras mignons au-dessus de ses cheveux blonds ébouriffés et les laissa retomber, comme une suppliante lasse d'implorer le ciel.

— Encore une fois, Minnie, reprit Madame Villougby, tu m'inquiètes...

— Ah ! tu conviens que c'est inquiétant...

— Oui, oui, je te supplie de t'expliquer. Où et comment le comte t'a-t-il parlé ?

— Oh ! il m'a parlé plusieurs fois.

— Plusieurs fois !... mais la première.

— C'était au Castello (1)... tu marchais en avant ; je m'étais assise pour me reposer ; il s'est approché de moi, et s'est éloigné avant ton retour.

— Il nous avait donc suivies ?

— Probablement.

— Ensuite ?

— Ensuite... c'était au Musée... hier c'était dans un magasin... et ce matin même à la cathédrale.

— À la cathédrale !

Madame Willougby paraissait scandalisée, mais c'était évidemment de la persistance du comte italien, plus que de la profanation de la belle cathédrale.

— Oui Kitty, à la cathédrale, tu sais... Nous y étions allées toutes ensemble, lady Dalrymphe n'a pas voulu monter dans les tours... Ethel et moi, nous nous sommes risquées et nous sommes arrivées en haut... Je me promenais partout, pendant qu'Ethel s'asseyait pour admirer le point de vue. J'étais assez loin d'elle, quand tout à coup, j'ai vu apparaître le comte de Girasole, et c'est alors qu'il m'a dit... Eh bien, ce que je t'ai dit : qu'il m'aime !

Mme Willougby garda un instant le silence, elle réfléchissait :

— Et toi, Minnie, reprit-elle, que lui as-tu répondu ?

— Moi... mais d'abord, Kitty, je t'en prie, ne me regarde pas ainsi ; tu me fais peur, je sens que je vais pleurer.

Elle porta le bout de ses doigts roses à ses yeux, cherchant à essuyer ou à provoquer une larme absente.

Sa sœur la rassura encore une fois par un geste maternel et renouvela la question.

— Eh bien... je lui ai dit que certainement, après tout ce qu'il avait fait pour moi, je ne pouvais être ingrate... Alors, il s'est mis à parler vite, vite, moitié en italien, moitié en anglais... Je ne comprenais pas bien... mais je devinais.

— Puis ?

— Mais, c'est tout...

— Tout ?

— Ah ! il m'a pris la main.

— Minnie !

— Mais, puisqu'il m'a sauvé la vie !...

— Soit ; enfin, réponds-moi franchement : l'aimes-tu ?

---

(1) La citadelle de Milan.

— Si je l'aime... je n'en sais rien, il ne me déplaît pas ; il a l'air doux et malheureux... Je suis si malheureuse moi-même... je voudrais qu'il ne m'eût pas sauvée... je ne lui avais pas demandé de descendre dans le précipice... tiens, Kitty, à ton tour, sauve-moi... retournons à la maison, veux-tu ? Quittons l'Italie ! je t'en prie.

— Si tu le désires absolument, Minnie, rien de plus facile. Nous trouverons un prétexte poli pour éloigner ton persécuteur... et nous retournerons en Angleterre.

Elle fut brusquement interrompue. Minnie avait poussé un cri d'effroi.

— En Angleterre ! ah ! jamais... Je ne peux pas retourner en Angleterre.

— Tu ne peux pas ?... Que signifie encore cela ?

— Non, je ne peux pas. Oh ! tu as beau me regarder avec tes grands yeux fâchés, rien n'est plus vrai... Il est im-pos-si-ble que je retourne en Angleterre.

— Pourquoi ?

— D'abord, reprit Minnie avec quelque hésitation, parce que le comte m'y poursuivrait, m'y retrouverait... Je suis persuadée qu'il a des moyens à lui de savoir toujours où je suis. Je le verrais tout à coup apparaître au moment où j'y penserais le moins.

— Si c'est là ta seule raison !

— Oui... ou plutôt non, non, ma bonne sœur. J'en ai une autre.

— Voyons-la.

— Ah !... c'est qu'en Angleterre il y a une autre personne... qui...

— Qui ?...

— C'est un gentleman.

— J'entends bien, un gentleman...

— Je t'en conjure, Kitty, tu vas encore me gronder !

— Je n'y songe guère... ce gentleman...

— Eh bien, il m'a sauvé la vie !

— Hein ?

— Et il m'aime !

Mme Willougby jeta son livre avec un mouvement d'effroi, et fronçant les sourcils :

— Qu'est-ce que c'est que ce nouveau roman ?

— Ce n'est pas un roman, c'est une histoire bien vraie, malheureusement.

— Il t'a sauvé la vie, où cela ?

— A Brigthon, en septembre dernier... Tu vois que ce n'est pas ma faute. On m'avait confiée à lady Schrewsbury... tu sais, la vieille Schrewsbury...

— Oui, je la connais... après ?

— Tu sais qu'elle est sourde et aveugle.

— Oh ! pas tout à fait.

— Tu la flattes... Un jour, j'étais allée faire une promenade à cheval.

— Ton cheval s'emporta ?

— Justement ; comment as-tu deviné ?

— Et un jeune homme se précipita ?

— Au moment où je tombais évanouie, il avait arrêté mon cheval.

— C'est un acte de vrai courage ! dit Mme Willougby, avec ironie.

— N'est-ce pas ? ces choses-là n'arrivent qu'à moi... on me transporta dans une maison voisine... je revins à moi, et je retournai à la maison dans la voiture de mon sauveur.

— Tout cela ne me paraît pas bien grave.

— Attends donc ! ce n'est que le commencement... le lendemain, il vint prendre de mes nouvelles... le surlendemain aussi ; tous les jours, enfin, lady Schwershury l'adorait. Un matin, — je t'assure que je n'ai rien fait pour cela, — il me dit qu'il m'aimait ! Que veux-tu ? il m'avait sauvé la vie... il paraît que c'est la règle de dire ensuite qu'on vous aime ; seulement c'est affreux.

Minnie laissa tomber sa tête dans ses doigts écartés, poussa un gros soupir. Sa sœur lui prit la main.

— Je dois encore t'adresser la même question, mignonne : Que lui as-tu répondu ?

— Il avait l'air si triste !...

— Si malheureux ! oui, je sais. Après ?

— Tu te moques de moi ; c'est très-mal. Il me disait qu'il allait partir pour le Mexique, qu'il se ferait tuer. J'ai eu peur... j'ai voulu lui sauver la vie à mon tour... Je lui ai dit de rester.

— Alors ?

— Alors il est tombé à mes pieds... il m'a appelée son ange sauveur... Enfin il avait l'air si heureux que je lui aurais promis tout ce qu'il aurait voulu... Revenue à la maison, j'eus grand peur de ce que j'avais fait, et je pleurai toute la nuit.

— Pauvre enfant ! sans doute tu ne l'as plus revu ?

— Mais, si fait ! s'écria Minnie désolée, de retour à Londres, j'espérais en être débarrassée ; mais dès le lendemain de mon arrivée, je reçus une lettre si triste...

— Il t'a écrit ?

— Oui, une lettre bien respectueuse, mais si désespérée... que je n'ai pu m'empêcher d'y répondre.

— Ah ! Minnie, pourquoi ne m'avoir pas dit tout cela ?

— Je ne pouvais pas... tu étais en Ecosse. Aussi je déteste l'Ecosse.

— Il fallait parler à notre père !

— J'ai trop peur de lui ; d'ailleurs, est-ce qu'il s'occupe de moi ? Est-ce qu'il n'aurait pas dû intercepter notre correspondance,

comme cela se fait dans tous les romans?...
Si j'avais été à sa place, moi, son père, et
lui, ma fille, je l'aurais fait.

Minnie redressait sa petite tête de baby
et prenait des airs d'autorité paternelle
très majestueux.

Mme Willougby continua l'interroga-
toire sans sourire de cette prétention de
Minnie.

— Ce gentleman n'est-il jamais venu te
voir à Londres ?

— Une fois, il a demandé un congé et il
est accouru. Il était désespéré. Son régiment allait partir pour Gibraltar.

— Un régiment !

— C'est vrai ! je ne t'ai pas dit encore
que c'était un capitaine... le capitaine
Kerby. J'ai essayé de le consoler, mais je
n'ai pu y parvenir qu'à moitié. Kitty, as-
tu jamais essayé de consoler un homme qui
a de ces chagrins-là? C'est bien difficile !

A cette naïveté, Mme Willougby ne
put garder son sérieux. Minnie, très mécontente, fronça le sourcil, et sa sœur reprit :

— Enfin, ce gentleman, ce capitaine, est
parti pour Gibraltar... ?

— Oui ! il est parti !

— Est-ce qu'il t'a encore écrit ?

— Certainement !

— Comment tout cela a-t-il fini ?

— Mais cela n'a pas fini du tout, — s'é-
cria l'enfant gâtée, avec dépit, — cela ne
finira jamais ; c'est pour cela que j'ai voulu
quitter l'Angleterre.

— Voilà le motif du voyage que tu nous
as fait faire en Italie ?

— Parfaitement.

— Ma chère mignonne, — reprit alors
Mme Willougby; le point important, c'est
d'abord d'éloigner le comte Girasole..., et si
tu aimes le capitaine Kerby...

— Mais ma pauvre Kitty, s'écria Minnie d'un air navré, tu ne peux pas me sauver, je le vois bien ; car si le comte ne me
suit pas si le capitaine cesse de me persécuter...

— Eh bien ?

— Eh bien, je n'en serai pas plus tranquille pour cela.

Cette fois Mme Willougby considéra
Minnie avec une inquiétude positive.

— Comment, ma chérie, tu ne seras pas
plus tranquille ?

— Eh non, il restera toujours l'Américain.

— Hein? un Américain !

La sœur de Minnie était suffoquée de
surprise, elle continua d'une voix troublée:

— Voyons, Minnie, tu ris? tu te moques
de moi? tout cela est une plaisanterie.

— Oh! je t'assure que je n'ai pas envie
de rire va.

— Comment? il y en a encore un?

— Oui, encore un, mais c'est tout...

— Est-ce qu'il t'a aussi sauvé la vie?

— Certainement, l'année dernière, au
printemps à Montréal...

— Tu étais au Canada, avec notre père ?

— C'est bien cela.

— Je me rappelle, en effet, que notre
père m'a parlé d'un naufrage, d'un brave
marin qui s'élança à ton secours et te ra-
mena sur la rive.

— Oui.... seulement ce n'était pas un
marin ! C'était un jeune Américain qui venait de faire son tour d'Europe... Quand le
vaisseau reprit la mer, il voyagea avec
nous ; mais papa ne l'a pas reconnu.... Le
jeune homme a trouvé le moyen de me
parler, et, à Montréal, il est venu me
voir.

— Mais où donc?

— Chez nous, petite sœur.

— Chez nous ! Tu es folle Minnie, j'y
étais alors avec mon père et toi ?

— Tu étais malade ; tu ne pouvais quitter la chambre ; et quand il venait des visiteurs, c'était moi qui descendais pour les
recevoir. C'est comme cela que je l'ai reçu
et qu'il a pu me dire....

— Quoi donc?

— Qu'il m'aimait !

— Je n'ai pas besoin de demander ce que
tu lui as répondu.

— Oh! Kitty, si tu savais ! Comme il
avait l'air embarrassé ! et moi donc ? c'était
la première fois qu'on me faisait la cour.
Je ne savais pas ce qu'il faut répondre dans
ces circonstances-là ; il ne faisait aucune
allusion au service qu'il m'avait rendu ;
mais enfin je ne pouvais pas oublier qu'il
m'avait sauvé la vie, je ne pouvais pas le
repousser... il s'est habitué à m'écrire régulièrement chaque mois... et l'année dernière il est venu pour m'épouser.

— Et il continue à t'écrire ?

— Toujours !

— Pauvre petite ! comme je regrette de
t'avoir laissée ainsi livrée à toi-même.

— C'est vrai, pourquoi étais-tu partie
pour te marier ?...

— Il ne s'agit pas de cela, — reprit vivement Mme Willougby, dont le visage se
couvrit d'une ombre rapide. — Il faut aviser.
Jamais je ne te laisserai plus seule maintenant.

— Oh! maintenant... c'est trop tard...
Je ne sais où me cacher... l'univers entier
m'est interdit. L'Italie me déplaît... L'Angleterre m'effraie... Je suis sûre que j'aurais beau aller en Egypte, aux Indes, en
Chine, que j'aurais encore des accidents
terribles, et qu'on me sauverait encore la
vie. Me vois-tu sauvée par un Indien, par
un nègre? Rien que d'y songer je frissonne.

— Que tu es enfant! sois tranquille. Occupons-nous d'abord du comte. Je sais qu'il s'arrête à Rome. Nous irons avec lui jusque-là, et je me charge de tout... Quant aux autres plus de correspondance ; refuse leurs lettres. Laissons-les venir, je saurai leur parler comme il convient.

— Ah! si tu pouvais!... mais j'ai bien peur !

Minnie qui s'était jetée au cou de sa sœur, retomba sur un canapé, la tête dans ses mains, maudissant la témérité des hommes, et leur funeste manie de sauver les jeunes filles.

Pauvre Minnie!

III
Dans le cratère du Vésuve

Voir Naples et mourir ! c'est le dicton de la mélancolie. Voir Naples, pour y vivre, pour doubler l'intensité de tous les appétits moraux et physiques, pour s'installer dans un confortable hôtel de la *Strada Nuova*, en laissant errer son regard sur ce golfe merveilleux qui ajoute l'âcre saveur du Vésuve, aux molles délices de ses îles; voilà la devise de l'esprit et de la gaieté.

C'était sous l'influence de cette philosophie optimiste que lord Hawbury était venu à Naples et y prolongeait son séjour.

Il nous faut présenter ce compatriote de Byron, dans la posture la moins byronienne, c'est-à-dire après un excellent dîner, dans la rêverie de la digestion, étendu sur deux fauteuils, le cigare aux lèvres, une douce chaleur au cœur, le sourire dans les yeux ; car Hawbury pense depuis une heure qu'il allait s'ennuyer à Naples, quand il lui fut donné de rencontrer son meilleur ami, Scone Dacres, jeune homme du même âge que lui, de la même société, avec lequel il s'était lié, cinq ou six ans auparavant, pendant une exploration pittoresque de l'Amérique du Sud.

Comme on aime ses amis dans ce moment de langueur délicieuse qui assouplit les natures les plus robustes! comme on les revoit beaux dans cette rêverie qui confine au sommeil, et qui mêle les rêves de l'imagination éveillée aux rêves de l'imagination narcotisée!

Tout à coup la porte s'ouvrit avec bruit, et l'ami rêvé se manifesta dans la réalité la plus sensible :

— Hawbury ! as-tu de la bière?

— Ah! c'est toi, Dacres !... ne préférerais-tu pas du vin ?

— Non, non! ce n'est pas pour boire, c'est pour me désaltérer ; j'ai une soif d'enfer.

— A ton aise.

Hawbury sonna; on apporta deux bouteilles de bière, et Dacres trouva la sienne d'un calibre positivement inférieur à toutes celles qu'il avait vidées. Il paraissait bien altéré.

Les deux amis offraient à l'observation un singulier contraste. Lord Hawbury réalisait le type parfait du gentleman anglais, grand, mince, avec des cheveux blonds qui sont une propriété nationale, avec des favoris à double pointe, s'écartant jusqu'aux épaules, avec un visage maigre, un peu pâle qui révélait une distinction native. Tout dans sa physionomie, dans ses allures concourait à former un type assez élégant de gentilhomme paresseux par vocation, par discipline, et actif au besoin, par orgueil, quand l'action semble devoir ajouter à la volupté de s'estimer.

Scone Dacres au contraire, trapu, avec des gestes brefs, une parole rapide, des traits ébauchés, des cheveux épais, courts et frisés s'avançant en triple pointe sur son front bombé, annonçait l'emportement, la bonne humeur, l'activité fatale.

Hawbury l'examinait avec curiosité, pendant qu'il absorbait son quatrième verre de bière.

— Eh bien ! quoi de neuf ? lui demanda-t-il enfin.

Dacres releva la tête.

— Oh! presque rien! répondit-il. Tu vois un homme qui sort du Vésuve.

— Bah ! comment trouves-tu cette petite montagne ?

— Peuh! elle est bien insalubre. Tu ne sens pas une étrange odeur ?

— Non! Laquelle ?

— Flaire-moi un peu.

Lord Hawbury se pencha, en écartant son cigare, flaira gravement son ami :

— C'est pardieu! vrai, s'écria-t-il, tu sens le soufre. Est-ce que par hasard tu redescends du Vésuve, à l'état d'allumette?

Dacres, au lieu de répliquer à cette plaisanterie par une bouffonnerie égale, parut se plonger, s'absorber dans l'odeur qu'il aspirait également; il la respirait avec gravité, caressant d'une main sa barbe noire, tandis que de l'autre, il tournait son cigare entre les doigts.

— Est-ce que je t'ai blessé avec mon mot d'allumette? lui demanda Hawbury, en souriant.

— Blessé? qui? moi? Je suis invulnérable! bronzé! Ah! mon ami, quelle aventure! quelle aventure!

— Ah! il y a une aventure? et c'est un confident que tu cherches? parle, Oreste; je suis tout à mon rôle de Pylade!

— Tu as raison; je vais parler. En te racontant mon histoire, je la coordonnerai dans mon esprit. Tu sais, si hier matin, en te quittant, j'avais l'intention d'aller au Vésuve? je n'y pensais pas plus que tu ne songes à aller à Jérusalem!

— Eh! Jérusalem a du bon!

— Soit; mais tu n'en a pas l'ambition?

— C'est vrai, qu'es-tu donc allé faire là-haut?...

Dacres garda le silence. Son ami insista:

— Enfin, tu es allé au Vésuve?

Sans répondre directement, Scones Dacres reprit:

— Te souviens-tu, cher ami, du jour où, dans l'Uruguay, je reçus une balle en pleine poitrine?

— Parfaitement.

— Tu me crus mort?

— Et tu n'étais qu'étourdi?

— Eh bien! je viens d'être perforé, là, en pleins poumons.

— Bah!.. quelque bandit n'est-ce pas? Oh! l'Italie! l'Italie!

— Mais non, il ne s'agit pas d'une balle de plomb.

— Je m'en doutais bien... Explique-toi, alors.

— J'ai rencontré une jeune fille.

— Toi! s'écria Hawbury en bondissant sur un fauteuil, en dépit de son flegme national. — Et c'est ce que tu appelles une balle en pleine poitrine? Dacres prend garde!

— Oui, reprit Dacres en secouant la tête, le fait est bizarre, et pourtant c'est absolument vrai. Je suis taillé comme le fils de Falstaff, et non comme le frère de Roméo. Pourtant, je te le jure, j'ai entrevu Juliette. Oui, c'est un coup de feu, là, en plein cœur. Ah! jamais ange pareil ne m'est apparu, même en rêve.

— Bon! bon! assez! c'est entendu, cria Hawbury, je connais l'idylle,... Tu me la répètes, toutes les fois que tu rencontres une femme. Sais-tu bien que ton paradis doit se peupler? un ange! l'ange du Vésuve? raconte-moi ton aventure.

— J'y arrive... J'avais l'intention d'aller jusqu'à Sorrente... La route était encombrée par un troupeau de bœufs que Black, mon cheval, suivait le plus paisiblement du monde...

— Quand tout d'un coup... interrompit Hawbury.

— Oui; quand tout à coup j'entendis derrière moi le roulement d'une voiture qui bientôt passa devant moi.

— Parfait. L'ange était en voiture?

— Il y avait trois dames...

— Trois! c'est trop.

— Mais il y en avait deux que je n'ai pas même vues.

— La troisième! la troisième!... fredonna Hawbury sur un air connu.

— La troisième était sur le siége.

— Ouf! une femme de chambre!

— Te tairas-tu?... Oh! la ravissante créature!... petite... blonde, le blond que j'adore, le vrai, le seul blond, des cheveux courts, frisés.

— Comme les tiens?

— Tais-toi, impie! un chérubin!!! des yeux bleus!... une candeur!... tiens, que le diable m'étrangle, si je trouve des mots pour peindre cet ange... la langue anglaise est d'une pauvreté!...

— Eh bien, passe le portrait... je suppose tout... continue.

— Je continue, ébloui, fasciné, comme la voiture marchait au pas...

— A cause des bêtes à cornes? bonnes bêtes!

— Je me mets à la suivre.

— Quel Lovelace tu fais! tu suis les voitures qui passent; tu regardes dans les yeux les jeunes chérubins; tu ne doutes de rien? revenons aux bêtes à cornes.

— Je les bénissais ces dignes animaux... impossible de filer comme une flèche... Je pouvais les suivre sans aucune inconvenance.

— Très-bien! je vois les bêtes à cornes; je vois le chérubin; mais le Vésuve!

— Attends, un peu de patience. Je me dis: où va-t-elle? Si je le savais, rien ne m'empêcherait de suivre la même route.

— Quelle logique!

— Nous arrivons à l'Ermitage.

— Ce qui n'est pas précisément la route de Sorrente.

— Elles entrent... sans doute pour prendre un verre de *lacryma-christi*... mais le cher ange ressort immédiatement, en criant: Je veux aller au Vésuve.

— Ah! le *lacryma-christi* ne lui suffisait pas? elle a bonne tête! ainsi, elle monte au Vésuve?

— Et moi, je continue à me dire: pourquoi ne ferais-je pas l'excursion du Vésuve?

— Tu te réponds affirmativement.

— Bien entendu! D'autant plus que le chérubin était maintenant seul avec une autre jeune fille; la troisième.....

— Ah! oui, l'autre troisième...

— La troisième était une vieille dame qu'elles avaient laissée dans l'ermitage.

— Le *Lacryma-christi* est le lait des vieillards.

— Elles pouvaient courir quelque danger.

— Je le reconnais... passe le plaidoyer.

— Es-tu monté au Vésuve, toi?

— Quelquefois, mais avec des démons; je n'y ai jamais vu de chérubins.

— Alors, tu ignores les pronostics *météorologiques?*

— Oh! oh! tu mêles des mots scientifiques à ton récit; le cas est grave.

— Tu ne sais pas que, quand, au sommet, on aperçoit un léger nuage, une sorte de brouillard, c'est de très mauvais présage.

— Je te crois, le brouillard ne vaut jamais rien.

— J'aurais bien averti ces jeunes filles, mais de quel droit les aborder? Il ne me restait qu'un seul parti à prendre.

— C'était de les suivre. Toujours Apollon à la poursuite de Daphné!

— Au pied de la montagne, les guides les entourent, offrant leurs horribles chaises à porteurs... elles en prennent une.

— Tu en prends une autre!...

— Pour observer de loin. Elles étaient enchantées... J'entendais un rire argentin. Ah! mon ami quel rire!

— Le rire d'un ange.

— Mais ce que j'avais prévu se confirma. Les nuages qui couronnaient la cime s'épaissirent, et les guides s'arrêtèrent, déclarant très nettement qu'ils n'iraient plus loin.... Nous étions à peu près à cent mètres du sommet.... Sais-tu ce que fait mon chérubin?

— J'écoute....

— Je dois te dire qu'elle parlait anglais, et ne comprenait pas un mot aux lamentations des guides. Voici qu'elle déclare à sa compagne qu'elle ira en avant.... Je l'entends encore, de sa voix flûtée : Ethel! je veux monter, quand même!

— Ethel! s'écria Hawbury en jetant son cigare, tu as bien dit Ethel?

— Oui, Ethel; c'est bien le nom de sa compagne.

Contrairement à toutes ses habitudes, lord Hawbury semblait en proie à une vive agitation.

— Ethel! répéta-t-il. Est-elle brune?

— Oui, elle est brune... une fort belle brune. Tu as donc connu une Ethel? Il y a beaucoup de femmes qui se nomment Ethel.

— C'est vrai, en somme — dit Hawbury, comme si cet argument si simple lui eût rendu immédiatement son sang-froid. — Je te demande pardon de t'avoir interrompu.

— J'étais resté au moment où la mignonne déclarait sa volonté formelle. Sa compagne résistait : — Es-tu folle Minnie! Je savais son nom, quel nom! mon ami, quelle grâce! — Minnie! tu ne feras pas cela; ce serait de la folie; je ne le veux pas! mais Ethel avait beau dire et beau faire; Minnie répétait qu'elle n'avait jamais vu de cratère dans sa vie, et qu'elle voulait en voir un. Elle suppliait de sa petite voix douce, si douce :

— Je t'en prie, sois gentille! il n'y a pas l'ombre d'un danger.

Dacres, qui était doué d'une voix de baryton formidable, adoucissait les tons, essayait d'amincir sa bouche et faisait une imitation sauvage du gazouillement de Minnie, la plus comique du monde. Le flegme railleur de Hawbury n'y tint pas.

Dacres continua.

— Bref, Minnie se met à gravir la pente... Bon gré, mal gré, Ethel la suit... En vain les guides leur crient de revenir sur leurs pas, mon petit démon n'écoute rien. En avant! *All right!* Tu vois d'ici, n'est-ce pas, ma situation. J'avais l'air de ne rien entendre; je faisais l'indifférent; je me promenais de long en large, en frappant du pied. Je n'avais pas le droit d'intervenir, puisque je n'avais pas été présenté... et pourtant j'aurais voulu donner ma vie pour celle que j'aimais déjà de toute mon âme. Non, il me fallait rester là, inactif, inutile, grâce à nos ridicules préjugés. Ah! la civilisation, quelle duperie!

— Prends garde! voilà que tu t'égares dans des divagations réformistes!

— N'ai-je pas raison? J'y reviendrai. Donc, Minnie montait, suivie d'Ethel... Un coup de vent avait soudain écarté le nuage, comme pour lui ouvrir le passage... Il n'y avait plus de danger visible. Elle atteignit le sommet. Là, elle se retourna et agita la main en signe de triomphe; puis, résolument, avec toute la témérité de l'ignorance, elle s'élança vers le cratère... un peu plus, ma foi, elle eût sauté dedans; mais, au même instant, le vent changea de direction... des tourbillons de fumée noire, épaisse, sinistre, l'environnèrent, l'enveloppèrent... je ne la voyais plus... Ethel se trouvait encore à vingt mètres de là. J'entends Minnie pousser un cri perçant... elle se débat contre cette atmosphère étouffante... Cette fois, je cours en avant... — « Oh! monsieur, — me dit Ethel, — je vous en supplie, sauvez-la! » C'était évidemment, tu le jugeras ainsi, une démarche irrégulière; mais la présentation était faite... j'étais autorisé... Pressant contre mes lèvres mon chapeau de feutre, pour me préserver des vapeurs sulfureuses, du moins pendant quelques instants, je bondis, à mon tour, vers le sommet... C'était bien là que l'enfant avait disparu... Pourtant, je ne voyais rien; je ne distinguais rien... Elle devait être à quelques pas de moi... Les secondes s'écoulaient... Je me traînais sur les genoux, sur les mains... j'essayais d'avancer... la respiration me manquait... trois minutes s'étaient déjà écoulées...

— Ah ça! dit Hawbury. Tu regardais donc ta montre?

— Certainement, pourquoi ne l'aurais-je pas consultée, au moment même où il était le plus nécessaire de l'interroger... A la quatrième minute, je suffoquais, j'avais le vertige, et de la main je cherchais à me redresser; quand, sous mes doigts, je sentis... c'était elle : mon ami, c'était elle, évanouie sans doute; car elle était immobile... une seconde encore, et nous périssions tous les deux... je rassemblai mes dernières forces; je la saisis dans mes bras, je la soulevai... par bonheur, elle était légère comme une plume, et comme une plume de colibri!... Je courus sur la pente de la montagne... Ethel était descendue pour appeler les guides... Je tenais toujours le chérubin, dont la tête charmante s'appuyait sur mon épaule, c'était mon droit... je l'avais conquise... Avant tout, il lui fallait de l'air pur. Je la déposai sur le sable,.. Ah! mon vieux camarade, jamais tu n'as vu, même dans tes songes, un plus ravissant tableau.... Les boucles d'or de ses cheveux inondaient son front blanc et pur,... Ses lèvres souriantes semblaient encore une fois défier la mort; ses yeux fermés ne pouvaient me voir,... En me penchant je lui dis tout bas que je l'aimais.

— By god! dit Hawbury, raconte-t-il bien ce gaillard-là! Ainsi, tu ne te gênais pas pour lui jeter ton amour à la tête.... Volcan, qui faisais concurrence au Vésuve!

— D'abord, elle était évanouie; j'étais donc tranquille,... Elle ne m'entendait pas.

— Alors, tu ne parlais que pour ta satisfaction personnelle?

— Je t'en prie, ne plaisante pas!.... Au bout de dix minutes....

— Montre en main! toujours?

Dacres réprima un geste d'impatience.

— Au bout de dix minutes, elle poussa un léger soupir, ses lèvres s'agitèrent, et je l'entendis qui murmurait : où suis-je?

— J'attendais ce mot là.

— N'était-il pas bien naturel? elle ajouta : Est-ce vous, cher père? J'eus l'audace de répondre : « Oui, c'est moi, oui ma chérie! » et, en disant cela, pour la rassurer tout à fait, je l'embrassai, absolument comme aurait fait son père.

Hawbury eut un nouvel accès de gaieté.

— Qu'est-ce qui te prend? demanda Dacres d'un ton piqué.

— Ne fais pas attention; continue. Seulement je m'imaginais que tu devais être bien peu paternel dans ton rôle de père embrasseur.

— Je n'étais pas ridicule dans ce rôle là... et c'était, avoue-le, ce que j'avais de mieux à faire. Je ne pouvais pas lui avouer que celui qui était auprès d'elle, qui la te-

nait dans ses bras, n'était qu'un étranger qu'elle n'avait jamais vu... Du reste, Ethel me remplaça aussitôt, et je m'éloignai pour leur laisser toute liberté... Un instant après, elles s'approchèrent de moi. Je n'osais regarder le Chérubin... quand elle me tendit sa petite main, en me disant : « Monsieur, je vous suis fort reconnaissante de ce que vous avez fait pour moi. Je ne puis vous offrir que mes remerciements. Acceptez-les et pardonnez-moi la peine que je vous ai donnée » puis, elle murmura à mi-voix entre ses dents : « Mon Dieu que dira Kitty! »

— Kitty! où prends-tu Kitty, maintenant?...

— Je n'en sais rien... mais j'ai bien entendu. Je répondis en balbutiant, car j'étais plus troublé qu'elle... Je les accompagnai jusqu'à l'ermitage où les attendait la vieille dame...

— Et puis?

— Et puis, après les avoir saluées, je fis mine de m'en aller; mais, en réalité, je m'arrangeai pour ne pas les perdre de vue... tu comprends... Je voulais savoir où le chérubin demeurait.

— Voilà donc pourquoi je ne t'ai pas aperçu hier au soir? Et moi qui avais eu la bonhomie de m'inquiéter!...

Dacres s'était levé et se promenait dans le salon, de long en large.

Il avait remué son cratère intérieur et n'était pas près de le sentir éteint.

Il avait aussi allumé un cigare et lançait dans l'air de vigoureuses bouffées.

Hawbury le regardait avec une sorte de mélancolie, mais aussi avec curiosité. Bien qu'il fût rentré dans son phlegme apparent, il voulait connaître la suite et la fin de l'aventure.

— Donc, reprit-il, je vois toute la profondeur de l'abîme où tu es tombé. En dépit de moi-même, et de la bonne opinion que je voudrais garder de toi, je suis obligé de m'avouer...

— Quoi? demanda Dacres, d'un ton bourru.

— Que tu songes à te marier.

Dacres bondit sur place; ce qui fit trembler le parquet et vibrer un lustre de Venise, suspendu au plafond.

— Hein! me marier!... moi!

Cette idée lui parut subitement horrible, et il recula avec autant de terreur que si on l'eût contraint de baiser sur la bouche la tête même de Méduse; puis il se contint et reprit :

— Après tout, est-ce que je n'ai pas le droit de me marier comme un autre?

— Là! ne te fâche pas! Marie-toi treize fois comme Barbe-Bleue, si le cœur t'en dit; mais tu ne m'empêcheras pas de dire qu'on m'a changé mon Dacres, en vingt-quatre heures... Enfin, tu es resté tout à l'heure à cette phrase : — Je voulais savoir où le chérubin demeurait. Tu le sais ?

— Oui.

— Comment s'appelle-t-elle ?

— Minnie Fay.

— Ce nom m'est inconnu, au moins parmi les chérubins de Londres... et les parents, quels sont-ils ?

— Elle voyage en ce moment avec Lady Dalrymphe...

— La douairière ?

— Justement.

— Société respectable ! Mais il y a d'autres dames ! quelles sont-elles ?

— Je ne m'en souviens plus.

— Tout d'abord, t'a-t-on dit leurs noms ?

— Oui, mais je les ai oubliés. Je sais qu'il y a une sœur et une cousine de Minnie. Celle que j'ai vue devait être sa sœur.

— Ethel ?

— Oui.

— Ce qui nous donnerait Ethel Fay.

Hawbury réfléchit un instant, puis reprit à voix basse, se parlant à lui-même :

— Est-ce ce nom-là ?... Et puis il y a tant d'Ethel !

— Qu'est-ce que tu marmottes là dans tes dents, demanda Dacres, un peu jaloux de n'être plus l'unique objet de la préoccupation de son ami.

— Rien, répondit Hawbury lentement, avec l'effort d'un homme qui se déracine d'une idée fixe... seulement, moi aussi j'ai connu une jeune fille qui s'appelait Ethel... J'avais, je ne sais quel vague pressentiment, que c'était la même... mais ce serait trop de chance en vérité ! je reviens à toi. Est-ce là tout ce que tu as appris ?

— A peu près; d'ailleurs que m'importent les parents ! qu'ils soient juifs ou patagons, qu'est-ce que cela peut me faire ?

— Tu n'as guère de curiosité.

— Je ne suis curieux que d'elle; mais si tu veux mon opinion sur Ethel. Eh bien ! elle est charmante.

Hawbury ne parut pas sensible à l'indirecte concession que lui faisait Dacres, il lui dit :

— Décidément, mon cher, la métamorphose est complète. J'ai connu jadis un Dacres qui regardait toutes les femmes avec la plus dédaigneuse indifférence... nos amis plus inflammables se moquaient de toi. Quantum mutatus ! tu l'as revue, je suppose, ton ange du cratère.

— C'est évident.

— Tu es allé chez elle.

— Oui, mais elle n'y était pas. Assez désappointé, je rôdais autour de la villa Reale...

— Quand tout à coup.....

— Eh bien, oui, railleur, quand tout à coup j'ai rencontré leur voiture; mon ami, elle y était avec lady Dalrymphe; ah ! combien plus charmante encore que la veille ! elle m'a reconnu.

— Il faut l'espérer.

— Elle semblait toute troublée... elle s'est tournée du côté de la douairière, comme pour lui dire quelque chose ; puis elle m'a invité à m'approcher de la voiture !

— Bravo !

— Là, elles m'ont serré les mains.

— Toutes les deux !... c'est une de trop.

— Lady Dalrymphe me faisait de grandes phrases... me parlait de sa gratitude, de sa reconnaissance, tu vois cela d'ici. Je ne l'écoutais guère, car pendant ce temps-là le chérubin fixait ses grands yeux sur les miens. Quel regard ! quel charme ! Je n'avais plus la tête bien à moi. Tout à coup, elle adressa à sa tante cette délicieuse question : Ma tante, dites-moi ce que je dois faire pour témoigner à ce gentleman toute la reconnaissance qu'il mérite !

— Et quel moyen la douairière a-t-elle imaginé ?

— Est-ce que je le sais ?... j'avais dans l'oreille, dans la poitrine, dans toutes mes veines, cette musique céleste... et puis, pour tout dire, la voiture s'est de nouveau mise en route... ces dames m'ont salué du plus gracieux sourire... et la vision lui s'est évanouie.

— Enfin, mon bon Dacres, tu es content !

— Je suis heureux, ravi, enthousiasmé !

— Je ne discute pas sur les épithètes ; mais revenons à ton chérubin. Que comptes-tu faire ? Tu retourneras chez elle ?

— Certes !

— Quand cela ?

— Demain.

— Parfait. Frappe le fer pendant qu'il est chaud, et que tu rougis si bien ! Je t'accompagnerai d'autant plus que je serais assez satisfait moi-même d'apprendre quelques détails sur cette famille.

— Mais, à propos, je sais quelque chose.

— Quoi donc ?

— Un détail d'ailleurs sans importance... Lady Dalrymphe est la tante de Minnie ; mais l'ange a un oncle...

— Qui l'appelle ?

— Sir Gilbert Briggs.

— Sir Gilbert Briggs !

Hawbury frappant d'un vigoureux coup de poing le bras de son fauteuil, s'était subitement dressé sur ses pieds.

Il était pâle; et son émotion était telle qu'il lui était presque impossible d'articuler une parole.

— Tu dis ?... J'ai mal entendu.

— J'ai dit : sir Gilbert Briggs ; et j'ai d'autant mieux retenu ce nom qu'il ne me semble pas tout à fait inconnu.

— Inconnu ! C'est à moi surtout qu'il n'est pas inconnu, cria Hawbury.

Le correct gentleman était retombé dans son fauteuil, abattu, triste ; son regard fixe semblait étudier les moindres sinuosités du parquet.

Dacres le considérait avec une surprise croissante.

— Voyons, mon ami, que se passe-t-il ? qu'ai-je dit qui puisse te mettre en pareil état, toi que rien n'émeut, ni ne trouble ?

— Ah ! il y a des hasards si étranges !

— Quels hasards !

Hawbury secoua la tête.

— C'est une triste histoire que je te raconterai plus tard... pour le moment, qu'il te suffise de savoir que c'est à cause de cette aventure que j'ai quitté l'Angleterre... oh ! les nièces de sir Briggs !

— Comment ? les nièces ! j'espère bien qu'il ne s'agit pas de mon chérubin !

— Diable ! je l'espère bien aussi ; mais, parlons de toi. Tu vas, je suppose te jeter corps et biens dans le gouffre du mariage.

Ici, Dacres fronça le sourcil et toussa de façon assez significative pour qu'on devinât un certain embarras.

— Certainement... certainement, dit-il, je suppose que j'en viendrai là.

— Comment ! tu supposes ! songerais-tu à une séduction ?

— Oh ! peux-tu le croire ? ce soupçon m'offense.

— Alors, tu te marieras.

— Je me... oui ; nous en recauserons.

— Il faut que tout soit terminé avant un mois.

Dacres se mordait les lèvres.

— Un mois... un mois, ou deux... ou trois, balbutia-t-il.

— Eh bien ! et cet enthousiasme ? et cette impétuosité ? cette volonté de fer ? qu'est-ce que tout cela est devenu ?

— D'abord, il faut que j'agrée à la jeune fille.

— Bah ! il me semble que tu es déjà fort avant dans ses bonnes grâces. Elle roule dans un volcan ; tu la sauves ; cela ne se trouve pas tous les jours, une femme ne résiste pas à cela... fiancés par le Vésuve ! c'est un engagement coulé en lave. Qu'as-tu à répondre ?

— Mon Dieu, je sais bien, reprit Dacres, que dans de semblables circonstances, le sauveur a des chances favorables...

Il se leva, aspira l'air, par longues bouffées, comme un homme qui va se noyer et qui a peur de l'asphyxie :

— Mais il y a une autre difficulté, dit-il, en sifflant.

— Laquelle ?

— Une difficulté de situation personnelle.

— Tu es ruiné ?

— Non ; mes affaires d'argent n'ont jamais mieux marché.

— Alors ?

— Mais alors... enfin, s'écria Dacres en agitant les bras, le mieux que j'ai à faire, c'est de partir pour l'Australie.

— Tu deviens fou !

— Il faut... il faut que j'oublie mon chérubin, si, toutefois, cela m'est possible.

— Comment ? Hier, tu te jettes au feu pour elle ; tout à l'heure tu me cries que tu l'adores... et maintenant...

— Maintenant, je me souviens de ce que j'avais oublié !

Décidément Dacres ne voulait pas parler.

— Mais, quoi ! qu'avais-tu oublié ?

— C'est un événement... survenu dans ma vie, en Angleterre.

— Alors tu ne peux pas retourner en Angleterre ?

— Oh non !

— Ni moi non plus, dit Hawbury. Pour une histoire de femme, n'est-ce pas ?

— Oui et toi ?

— Pour une histoire de femme, également.

— Oh ! dit tristement Dacres, ton cas ne peut être aussi désespéré que le mien... maudite civilisation !... Hawbury, je t'en prie ; raconte-moi ton aventure, cela me donnera peut-être le courage de te faire connaître la mienne.

— Volontiers. Mais c'est bien pour te satisfaire... car il est des souvenirs qu'on aime à garder au fond du cœur.

— Le cœur d'un ami n'est-il pas la doublure du tien ?

— Si fait, sournois ; tu as raison... donc écoute-moi.

IV

Deux Histoires

Peut-être, n'as-tu pas oublié, commença Hawbury, que lors de notre rencontre, en cette gracieuse ville de Naples, je t'ai dit avoir beaucoup voyagé. Il y a deux ans, j'étais au Canada, pays adorable d'ailleurs, pour celui, qui, comme moi, aime la chasse jusqu'à la passion folle. Où trouver mieux ? du gibier de toute sorte, de magnifiques forêts, une atmosphère qui vous enivre comme du vieux vin, et dont l'excitation est plus salutaire.... Je te conseille, si tu as des soucis à oublier ou seulement à secouer, à aller au Canada.... J'y retournerais volontiers avec toi.

» Donc, je restai là pendant une couple de mois avec deux ou trois Indiens, puis je me dirigeai vers Ottawa. Je congédiai mes guides et me remis en route avec mon fusil et ma ligne, car je pêchais autant que je chassais.

» Le premier jour, tout alla bien. Je marchais avec la volupté d'un homme libre dans la nature libre, et quand je me couchai sous un arbre, je m'endormis avec délices. De grand matin, en me réveillant, je fus assez surpris de sentir autour de moi l'air lourd et comme chargé de fumée. Je n'y fis pas d'ailleurs grande attention.

» Je savais qu'il y avait souvent des incendies de forêts, d'un côté ou d'un autre, et je ne m'en inquiétais pas. La chasse fut assez heureuse, le second jour s'acheva donc comme le premier. Toutefois, dans la soirée, la chaleur était devenue suffocante ; je dormis mal. Je me réveillais, cette fois, comme à l'ouverture d'un four. Le ciel était jaune, et dans l'air, pas un seul oiseau ne passait. Quelle belle occasion les alouettes ont perdue de tomber toutes rôties.

» Je compris alors qu'il s'agissait bien réellement d'un incendie de forêts. Le feu était derrière moi ; il s'agissait de savoir s'il marcherait aussi vite ou plus vite que moi. Tu sais si je suis un bon marcheur, et c'était là le cas de le prouver. Je me hâtais ; quelquefois même, j'avais la faiblesse de courir. Il n'y avait plus à douter. L'incendie se mettait à mes trousses. Je commençais à voir passer des troupeaux de bêtes sauvages fuyant au grand galop, affolées de terreur. Le vent charriait des cendres qui s'épaississaient à chaque minute. J'étais couvert d'une sueur épouvantable. Pour mieux courir, j'avais dû me débarrasser de mon fusil et de mes engins de pêche, et je m'étais dépouillé d'une partie de mes vêtements. Je songeais même à simplifier encore ma toilette, quand tout à coup je me trouvai face à face avec une jeune fille. Tu vois que tu n'as pas le monopole des aventures, et mon volcan ne laisse rien à envier au Vésuve.

By Jove, je puis te jurer que jamais apparition ne fut plus surprenante. J'étais resté sur place : — Où suis-je? demandai-je stupidement. — Où suis-je? me demanda-t-elle en même temps.

» Ah ! j'oubliais de te dire qu'elle était à cheval. Le pauvre diable d'animal avait été surmené, il tremblait des pieds à la tête, de fatigue autant que de terreur...

» Quant à la jeune fille, elle avait évidemment une peur atroce... Elle était horriblement pâle... et pourtant elle était ravissante... la plus jolie enfant que j'eusse jamais vue, entends-tu, mon ami Dacres, et j'en ai vu beaucoup.

» Elle me raconta d'une voix entrecoupée qu'elle habitait le pays depuis un mois, avec son père, dans une petite maison située en amont de la rivière. Son père était parti il y avait huit jours, pour Ottawa, et elle attendait son retour, ce jour-là même. Elle était venue à sa rencontre et s'était égarée. Elle errait depuis plusieurs heures... Elle éprouvait une peur épouvantable... et, de fait, elle avait raison, car maintenant nous étions absolument cernés par l'incendie.

» Je ne savais trop que lui répondre. Cependant, je la questionnais au sujet de la rivière. Instinctivement, cette idée de rivière me souriait... cette fraîcheur me rassérénait. Elle me répondit qu'elle était venue à travers les bois, marchant vers l'ouest ; alors la rivière était évidemment à l'est. En route donc pour l'est !

» Je m'efforçai de la rassurer, lui promettant de tout tenter pour son salut, et je me mis en marche, tirant par la bride le pauvre animal qu'il me fallait traîner... Je cherchais un sentier qui, à mon estime, me rapprochât de la bienheureuse rivière.

» Au bout de deux milles apparut le sentier désiré. Ma compagne s'écria qu'elle le reconnaissait, c'était bien, disait-elle, par là qu'elle était venue. Ceci ne contribua pas peu à relever mon énergie. Je marchais le premier... elle me suivait ; nous fîmes ainsi encore environ deux autres milles.

» Pendant tout ce temps, la chaleur ne cessait de grandir d'une façon fort inquiétante, l'air n'était que fumée ; ma bouche et mon gosier étaient secs, calcinés, pour ainsi dire ; je respirais difficilement, et pour tout dire, je ne me sentais plus solide sur mes jambes.

» La jeune fille semblait épuisée. Elle souffrait horriblement, j'en suis sûr, bien que pas une plainte ne s'échappât de ses lèvres. Quant au cheval, je m'attendais à chaque minute à le voir tomber.

» Nous étions parvenus à une éminence boisée, et nous en avions atteint le faîte : un spectacle d'une effrayante beauté se déroula devant nos yeux, la colline dominait l'horizon qui disparaissait dans des tourbillons de flammes et de fumée. Impossible de distinguer aucun détail. Cependant un coup de vent me permit d'apercevoir la rivière... Hélas ! elle se trouvait encore à une distance de plus de quatre milles, et pour y parvenir, il nous eût fallu traverser une atmosphère de fumée, telle que tout espoir semblait devoir être perdu.

» Nous nous étions arrêtés, presque désespérés. Que faire ? En avant, en arrière, partout l'incendie, partout ces tourbillons dans lesquels nous péririons certainement étouffés. Cependant, il n'y avait plus à hésiter. Atteindre la rivière était notre seul espoir. Si nous parvenions à en toucher le bord, nous étions sauvés ! Il fallait nous jeter à corps perdu à travers le feu. Je communiquai cette pensée à ma compagne. Elle ne répondit pas et se contenta de baisser la tête en signe de consentement.

» Nous reprenons notre course. Au bout d'un mille, nous fûmes encore contraints de nous arrêter. La route s'était élargie ; mais à quelque distance, elle était brusquement interrompue par une barrière de flammes. A la lueur sinistre, les arbres dépouillés se tordaient comme des colonnes difformes, le sol était rouge avec de larges taches noires, d'espace en espace.

» Cependant, il était certain que ce bois était peu considérable, à peine une étroite bande de broussailles. Une centaine de yards tout au plus, au-delà c'était le salut. Devions-nous, oui ou non, tenter cette horrible aventure ? Nous nous regardions sans dire un mot : nous nous étions compris, le cheval eut peur, et se cabra de telle façon que je dus aider la jeune femme à descendre.

» Aussitôt libre, la pauvre bête s'élança sur un des côtés de la route, et disparut.

» Je te le répète, il ne nous restait plus d'autre chance que d'aller en avant. Nous étions littéralement enfermés dans un cercle de flammes, un nuage noir nous entourait, un autre roulait au-dessus de nos têtes, une pluie de cendres tombait sans relâche, pénétrant dans nos yeux, et nous causant une intolérable souffrance, ajoutée à toutes celles que nous sentions déjà.

» — Voulez-vous tenter le passage ? demandai-je à mon inconnue.

» — J'essaierai, dit-elle.

» — Vous comprenez qu'il faut marcher résolument à travers la flamme ?

» Elle inclina la tête.

» — Bien, prenez votre écharpe et enveloppez-vous la tête et les épaules.

» Elle obéit. Son écharpe était une longue bande de mérinos ; je l'arrangeai moi-même ; puis je me couvris la tête de mon paletot.

» — Maintenant, dis-je à la jeune fille, retenez votre respiration, autant qu'il vous sera possible. Vous pourrez fermer les yeux, donnez-moi la main, je vous guiderai.

« Elle me donna la main, et je mis à marcher rapidement. En quelques minutes, nous avions atteint l'entrée du brasier. »

» Que la chaleur fût épouvantable, et que cette scène fût tragique, c'est ce qu'il est facile de comprendre. Je crois que si je me trouvais de nouveau en face de cette fournaise, je ne pourrais plus la regarder en face, mais, là j'avais charge d'âme : je voulais sauver la jeune fille ; je le devais ; puis, l'eau était là, à cent mètres de nous. Comprends-tu bien, mon cher Dacres, la puissance de ce mot : l'eau ! la rivière ! — En avant ! m'écriai-je ; et sur votre vie, courez, courez !

» Serrant vigoureusement la main mignonne que je tenais, je m'élançai de toute la rapidité de mes jarrets. La route avait à peine trente pieds de large. Des deux côtés, le feu crépitait, hurlait, lançait ses langues rouges, aiguës, comme des flèches. Je sentais la chaleur brûler mes mains... je ne pouvais pas respirer... cette course effrénée me brisait la poitrine, et nous étions à peine à mi-chemin : c'était la fin, le désespoir, la mort horrible.

» Tout à coup, elle trébucha et tomba. Je la saisis dans mes bras. A ce mouvement, le paletot qui me recouvrait se détacha... je sentis le souffle enflammé sur mon visage... je ne sais plus ce qui se passa... je devais pousser des hurlements de fou... de damné... de démon... J'emportai la jeune fille immobile comme un cadavre, dans l'enfer... Je courus... où ? comment ? combien de temps ? Je n'avais plus ma raison...

» Voici, après cela, mon premier souvenir : le murmure de l'eau, la rivière qui coule, la fraîcheur de l'air !

» Je regardai autour de moi ; la jeune fille était à deux pas, assise, revenue à elle ; seulement, sa respiration était haletante ; elle paraissait souffrir. Je réfléchis rapidement que nous n'étions pas encore en sûreté. Qui ne sait les caprices de la flamme ? A tout prix, il fallait mettre la rivière entre nous et l'incendie... Je courus à la rive... Justement, en face du point où nous nous trouvions, était une petite île, oasis de verdure et de fraîcheur... Je m'aperçus que la rivière était guéable. Je retournai vers la jeune fille et je lui proposai de la porter jusqu'à l'île... Elle ne consentit ni ne refusa. Je la pris de nouveau dans mes bras et, quelques instants après, je tombai sur le gazon, dans l'île, brisé, rompu, mais sauvé !

» Quand je revins à moi, je portai machinalement la main à mon visage. Ah ! mon vieux Dacres, quel désastre ! Je n'avais plus de favoris, plus de cils, plus de sourcils et plus un seul cheveu sur la tête.

» Mes vêtements étaient secs. Jamais on n'eut pu croire que je sortais de la rivière. L'air était encore trop chaud. Je me retournai et j'aperçus ma compagne. Elle semblait tout à fait remise... elle se leva bientôt et venant à moi, me demanda avec le plus tendre intérêt dans quel état je me trouvais.

» Je me mis à rire, en songeant à la singulière physionomie que je devais avoir, et nous commençâmes à causer. En somme, elle se portait fort bien... quant à moi, il paraît que j'avais dormi un temps considérable c'est-à-dire plus de vingt heures !... La nuit avait passé, nous étions au lendemain. J'étais confondu de surprise... Je ne voulais pas croire à cette invraisemblance... mais il fallut bien me rendre à l'évidence.

» Avant tout, nous devions maintenant nous occuper, non du passé, mais de l'avenir ; or, nous avions faim, dans le présent, et il fallait nous procurer des vivres pour l'avenir. Je fouillai instinctivement dans mes poches... ô joie ! j'avais encore un hameçon et une ligne de rechange. Je coupai une branche d'arbre ; je fabriquai une ligne, et, la providence des naufragés aidant, je cueillis du premier coup un superbe poisson. Avec une pierre et mon briquet, j'allumai du feu, et, ma foi ! je crois que de ma vie je n'ai fait un meilleur repas.

» J'appris alors que la jeune fille se nommait Ethel, Ethel Orne. Elle était triste, inquiète ; elle craignait que son père n'eût péri dans l'incendie... Je m'efforçai de la rassurer. Mais il fallait songer à sortir de l'île. Pour atteindre l'autre rive, il ne fallait pas penser à un gué... J'employai le reste de la journée à construire un radeau, et le lendemain matin, je pus le mettre à flot.

» Tout cela te semble bien poétique. Mais la poésie nous devait bien se dédommagement. Où étions-nous ? où allait nous conduire le courant ? Je n'en savais rien. Pas une habitation sur les rives. Notre voyage dura trois jours. Chaque soir nous descendions à terre, et nous faisions un repas de poisson. Inutile de te dire que ma compagne et moi nous étions devenus les meilleurs amis du monde.

» Ah ! mon ami Dacres, quelle âme ! quelle noblesse ! quelle énergie vaillante ! quel bon cœur ! Elle ne me parlait pas de reconnaissance ; mais elle me regardait... Tiens, quand je songe à ce regard, je ne ne puis m'empêcher de frissonner de plaisir, d'émotion pieuse... Enfin, nous arrivâmes à un village... nous n'étions pas loin d'Ottawa, et nous eûmes bientôt atteint cette ville.

» Là, elle me quitta et se rendit à la maison d'un ami de son père. Le lendemain, j'allai la voir : son inquiétude n'avait fait que grandir. Elle avait appris que son père était parti avec un certain M. Willougby, et depuis ce temps on n'avait plus entendu parler d'eux....

« Je m'épuisai moi-même en recherches ! Mais elles furent infructueuses, et j'acquis la certitude que le père d'Ethel avait péri avec son compagnon... Je m'étais absenté pendant quelques jours ; quand je revins à Ottawa, Ethel était partie. Elle avait appris le malheur qui l'avait frappée, et elle était allée à Montréal. Je crois que la femme de ce Willougby était de ses parents, et qu'elle était allée la rejoindre.

» Je brûlais du désir de la revoir, mais, en bonne conscience, je ne pouvais prétendre à troubler sa douleur. Je me contentai de lui écrire, et lui annonçai que je partais pour l'Europe ; mais que je reviendrais l'année suivante. Je ne pouvais rien dire de plus, naturellement ; ce n'était pas le moment des protestations sentimentales.

» Je reçus une courte réponse. Elle n'oublierait jamais les jours que nous avions passés ensemble, et elle me reverrait avec plaisir.

» L'année suivante, je tins ma promesse. Je revins à Montréal. Mais quel ne fut pas mon désappointement ! Mme Willougby avait quitté Montréal et nul ne savait de quel côté elle s'était dirigée. Les uns parlaient des États-Unis, les autres de l'Europe.

» Voilà, mon vieux Dacres, pourquoi le nom d'Ethel me cause une émotion que je n'ai pas même cherché à dissimuler. »

Le lecteur nous saura sans doute de ce que nous lui avons fait grâce des interruptions multiples par lesquelles Scone Dacres avait, presque à chaque phrase, ponctué le récit de son ami Hawbury.

Du reste, pendant la dernière partie de cette longue narration, Dacres avait laissé tomber sa tête dans ses mains, soit qu'il ne prît plus aucun intérêt à cette histoire romanesque, soit qu'il fût absorbé dans quelque réflexion profonde.

Mais dès que la voix de Hawbury eut cessé, Dacres le regarda avec ironie :

— Il me semble, dit-il, que lorsque tu accuses les autres de folie, tu ne fais pas ce reproche à la légère ; tu parais t'y connaître un peu.

— Ce qui veut dire...

— Que tu es toi-même, absolument fou de ton Ethel !

— Je l'avoue ; je n'ai pas d'autre désir que celui de la retrouver.

— Est-ce donc si difficile ? d'abord est-elle américaine ?

— Je n'en sais rien. Tu connais assez nos usages, nos préjugés, comme tu les appelles, pour comprendre qu'elles ont été ma retenue et ma discrétion. Seulement, je ne crois pas, d'après son accent, ses allures, quelle soit américaine, elle me paraît plutôt canadienne ou anglaise.

— Eh bien, il fallait la chercher au Canada et en Angleterre.

— J'ai parcouru le Canada, dans tous les sens... Quant à l'Angleterre, c'est autre chose !

— Explique toi !

— Mon cher, tu sais que je suis le voyageur par excellence... ma famille ignore toujours où je suis. Quand on m'écrit en Amérique, je suis à Londres,... tiens, il y a un an, j'étais en Norwège... c'est même là que je fus rejoint par une lettre qui me poursuivait depuis fort longtemps.

— De qui, cette lettre ?

— De ma bonne et chère mère... oh ! une vraie semonce... je perdais mon temps, ma vie, il était temps d'en finir avec une existence ridicule ; bref, elle m'avertissait purement et simplement qu'elle avait décidé mon prochain mariage et qu'elle m'avait choisi une femme.

Dacres fit un soubresaut et laissa échapper une exclamation de surprise désespérée.

— Je ne pouvais méconnaître la justesse des raisonnements de ma mère... Il est bien vrai que jusqu'ici ma vie n'a guère servi à moi ni aux autres ; et c'était avec les meilleures intentions du monde que ma mère avait pris la peine de me choisir une femme. En toute autre circonstance, j'eusse consenti à entrer dans ses vues et à discuter le pour et le contre... mais j'avais bien la tête au mariage ! Aussi cette lettre arrivait à propos ! Je pris un parti héroïque.

— Lequel ?

— J'étendis devant moi une carte d'Europe. Je trouvai que l'extrémité de l'Italie était suffisamment éloignée de la Norwège, et ayant écrit à ma mère une très courte lettre dans laquelle je ne faisais aucune allusion à ses projets, je fis mes malles... et voilà comment je suis ici.

— Alors, tu ne connais pas celle qu'on te destinait...

— Non.

— Sais-tu son nom au moins ?

— Non plus ; ma mère n'avait pas jugé à propos de m'instruire de ces détails. Seulement, elle me disait que ma future était une des nièces de sir Gilbert Briggs.

— Une nièce de sir Briggs, s'écria Dacres, mais ma Minnie, ma Minnie à moi, est une nièce de sir Briggs !

— Parbleu ! je le sais, tu me l'as dit. Aussi je me demandais pendant ton récit si le sort ne nous avait pas joué un mauvais tour.

— Mais il n'y a là-dedans rien de plaisant. Ah ! si cela était.

— Eh bien ! quand cela serait, irais-je épouser ta Minnie pour me donner la satisfaction d'être ton rival ?... D'ailleurs, cela n'est pas, Sir Briggs a toute une légion de nièces... il est vieux comme Mathusalem ; et cette nièce qu'on voulait me jeter sur les bras doit être quelque vieil article d'un placement impossible, avec un nez énorme, des yeux percés d'une vrille... et des pattes d'oie... Ah ! quand je pense que ma mère voulait me donner une femme à patte d'oie !

— Mais, cependant !

— Ah ! ça, es-tu fou d'être jaloux de moi ?

— Oui, j'ai tort. Pardonne-moi... Oui, je suis fou, et tout à l'heure je serai fou furieux... Tu me feras tuer ; ne me laisse pas enfermer ! Ah ! si tu savais !

— C'est vrai. Tu me dois ton histoire.

Dacres eut un frémissement des pieds à la tête et ne répondit pas.

— Voyons, que se passe-t-il ? reprit Hawbury d'un ton de réelle sympathie. En vérité, je crois que nous avons tous les deux l'esprit dérangé. Parle, je t'en supplie.

— Je ne puis.

— Est-ce donc si terrible ?

— C'est simplement épouvantable... Je ne sais pas comment je vis depuis hier. Tiens, depuis que j'ai vu Minnie, j'ai la fièvre au cerveau ; je vois rouge !...

Sa voix s'arrêtait dans sa gorge. Hawbury lui versa un verre de bière.

— Bois, dit-il doucement.

Il y eut un long silence. Dacres était devenu blême. Les pensées, engourdies, enivrées par l'émotion que lui avait causée la rencontre de Minnie Fay se réveillaient peu à peu et l'emplissaient d'une terreur grandissante.

— Dacres ! cria Hawbury inquiet ; mon vieil ami reviens à toi.

Dacres poussa un sourd gémissement.

Tout à coup, il se leva, et croisant ses deux bras, il vint se planter tout droit devant son ami ; puis, des profondeurs de sa poitrine sortit un son rauque, étranglé.

— Hawbury !

— Eh bien ?

— Hawbury ! répéta-t-il, en haussant la voix.

— Va donc !

— Tu m'écoutes ?

— Certes...

— Hawbury ! je suis...

— Tu es ?

— Je suis... marié !

— Folie !

— Je suis *marié* !

— Impossible.

— Par le diable, je suis MARIE !!!

Hawbury bondit sur son siége, puis se laissa retomber en arrière, les yeux fixes, la bouche entr'ouverte.

— Mais... tu n'étais pas... ce que tu dis, la dernière fois que je t'ai vu ?

— Si fait.

— Là-bas, quand nous nous sommes rencontrés dans l'Amérique du Sud ?

— J'étais marié.

— *By Jove !*

— Marié depuis deux ans.

— Mais quel âge as-tu donc ?

— Quand j'ai fait cette faute, j'étais un enfant.

— C'est affreux.

— Le grand mot est lâché ; maintenant, écoute-moi.

— Oh ! mon pauvre Dacres ! reprit Hawbury, et moi qui croyais que j'étais à plaindre, moi, menacé seulement ! Allons, calme-toi, et confie tes peines à ton vieux, à ton meilleur ami.

Dacres se versa coup sur coup deux énormes verres de bière, puis commença :

— Je vais tout te dire ; mais surtout, je t'en conjure, ne ris pas. Cette femme, ce fut une tuile gigantesque dans ma vie... j'étais un enfant, à peine échappé de l'Université d'Oxford. J'étais parti pour Paris ; c'était mon premier voyage, et je roulais dans ma tête, hélas ! maints projets joyeux. Je m'embarquai à Douvres, et sur le steamer, oui, sur le steamer, se trouvait cette créature infernale... et ravissante ! Brune, avec des yeux malins, la lanterne du diable, des cheveux frisés à demi, abondants, tombant sur ses épaules, et quelles épaules ! ah !... Vénus les eût brûlées avec du vitriol, par jalousie... elle était accompagnée d'une sorte de vieux bonhomme, sans physionomie précise, c'était son père.

« Notre connaissance commença gaiement. Il advint qu'un coup de vent emporta mon chapeau. Elle se mit à rire... je ris également. Nos yeux se rencontrèrent. Je fis une plaisanterie ; elle rit de nouveau. Son rire était irrésistible. La présentation était faite. Elle me donna un petit chapeau de feutre qui lui appartenait. Je l'attachai triomphalement avec un bout de fil et ne le quittai plus de tout le voyage... Tout cela n'a rien que de très-naturel, n'est-ce pas ? Nous arrivâmes à Calais, et, en même temps que nous, l'amour débarquait. Le vieux bonhomme, rond, commun, rougeaud, était un bon type de John Bull... Je crois bien que ce n'était pas un scélérat, et

qu'il n'avait aucun mauvais dessein sur mon compte ; d'autant plus qu'il ne me connaissait en aucune façon.

» Il se fit mon ami intime. Je n'avais que le cœur trop ouvert à l'amitié. Au bout de trois jours, j'avais échangé avec la jeune fille des serments éternels, et elle avait consenti à m'accorder sa main, dès que nous serions en Angleterre... quant au vieux bonhomme, auquel par politesse et convenance, je communiquai nos projets, il se contenta de me serrer vigoureusement la main et de me dire : *God bless you !*...

Scène Dacres parut accablé par l'évocation de cette scène. Je dois dire qu'on renouvela les bouteilles de bière vides. Il se remit un peu après cette opération et continua :

« Je passe sur les détails. J'étais orphelin. Aucun ami ne vint se jeter à la traverse de mes desseins... Je ne te connaissais pas, toi, la sagesse même... J'avais bien quelques cousins, mais je m'en souciais comme d'un zest !... Ma bien-aimée habitait Exeter, et, pour tout dire, sa famille était des plus modestes ; mais, naturellement, que m'importait cela ! Elle avait d'excellentes manières, une distinction réelle, une instruction complète... Son père était fier d'elle et l'adorait, si bien qu'elle le tyrannisait complètement.

« Je m'aperçus bientôt qu'elle avait été un peu gâtée par l'excessive indulgence de son père ; mais, ne voulais-je pas la gâter davantage encore ? Qu'est-ce que l'amour, si ce n'est une gâterie ?... Bref, mon cher, c'était le démon le plus volontaire, le plus entêté !... J'adorais cette énergie. Je m'imaginais que j'avais toujours rêvé une femme de décision prompte et d'action énergique. L'amour me tenait le cœur et la cervelle... Aucun pressentiment ne m'avertit... Son nom et son prénom n'avaient rien de particulièrement séduisants. Elle s'appelait : *Aréthuse Wiggins*. Le vieux disait : *Arry !* je me décidai à dire *Arry !*... et le mariage se fit.

» Nous allâmes passer notre lune de miel en Suisse, puis nous revînmes chez moi, dans mon domaine, une des jolies propriétés du comté... à *Dacres' Grange*. Ce fut alors que commença, pour moi l'existence la plus mouvementée et la plus douloureuse qu'il fût possible de rêver. Il faut être juste envers les méchants ; j'eus bien une quinzaine de bonheur, et puis ce fut tout. Oh ! le vent souffla vite dans la girouette ! Quel vent, mon ami, et quelle girouette ! Le seizième jour (je l'ai noté), ma femme eut un accès de colère furieuse avec attaque de nerfs, cris, hurlements. J'avais peur d'être mordu... Ce premier symptôme d'hydrophobie fut bientôt confirmé. Quel caractère, mon ami ! Soupçonneuse, égoïste, cruelle, sans cœur, brutale, violente, mon Aréthuse n'avait rien d'une nymphe, ni d'un fleuve ; c'était un torrent déchaîné, et quels cailloux !... ce qui ne l'empêchait pas d'être jolie, ravissante, adorable, toujours comme la légende : le Démon à forme d'ange !

» Je ne me rappelle même plus le prétexte de notre première querelle. Elle m'accabla d'injures... Elle les connaissait toutes ; sa bouche était un dictionnaire à jet continu. Je subis cette douche devant les domestiques. Naturellement je me contins et je quittai la chambre... Quand je la revis, elle était momentanément calmée...La Tisiphone était devenue Junon. Je tentai une réconciliation...j'eus le courage d'une insigne lâcheté...

— « Ma chère petite *Darling*, je regrette...

« Je ne dis pas un mot de plus... je n'en eus pas le temps... Sais-tu ce qu'elle fit ? le peux-tu soupçonner ? Non, ne cherche pas... tu ne devineras pas. A moi Scone Dacres, son mari, son adoré mari, à moi, qui lui faisais si tendrement, si sincèrement, si gentiment des excuses... et qui aurais pu l'écraser d'un coup de poing ou, même d'une chiquenaude?... Elle me lança un coup de pied dans les os des jambes ; mais un coup de pied, comme on n'en reçoit qu'en rêve... où, à la taverne, avec des bottines très solides, et des semelles... comme cela !

» Je me contins à grand'peine... je dois l'avouer, et je la quittai. Pendant plusieurs jours, j'affectai de ne pas même la regarder, ce qui ne contribua pas peu à l'exaspérer ; elle passait sa fureur sur les domestiques. C'était une bacchanale continuelle à briser les oreilles et toute ma vaisselle. Sa voix était infatigable et ses nerfs invincibles.

» Pourtant, je l'aimais encore, je l'aimais toujours... pas davantage ; mais autant... malgré le coup de pied. Certes, c'était dur pour un descendant des croisés ; car je pense que tu n'ignores pas que j'eus des aïeux aux croisades !... Enfin, l'amour ne raisonne pas, et encore une fois, je songeai à une réconciliation. Je tâchai d'abord de lui parler doucement. Elle me tourna le dos. Vingt tentatives eurent le même sort. De plus, pour me vexer, elle renvoyait les serviteurs auxquels je témoignais quelque sympathie. Elle me contrariait en toute occasion, c'était intolérable. Il y avait six mois que cela durait.

» Enfin, un jour, prenant, comme on dit, mon cœur à deux mains, j'allai droit à sa chambre ;

» — Ma chérie, lui dis-je, j'ai à vous parler sérieusement.

» Elle appela sa femme de chambre.

» — Kate, dit-elle, mettez ce monsieur à la porte !

» Kate rougit et ne bougea pas. Je me tournai vers elle, et d'un geste, je lui ordonnai de sortir. Elle obéit. Ma femme tremblait, vibrait de rage. Mais sans avoir l'air de remarquer son émotion, je repris :

« — J'ai résolu de faire un dernier effort, Arry, pour notre réconciliation. Ecoutez-moi, ma chère femme. Je ne puis vivre ainsi, car je vous aime. Pouvons-nous mener une pareille existence ? Si j'ai eu quelque tort envers vous, je me repens. Tenez, oublions cette malheureuse querelle. Rappellez-vous, *Darling*, les premiers temps de notre union, ne soyez pas implacable... redevenez ma femme bien-aimée, ma chère petite femme.

« Je continuai assez longtemps sur ce ton, avec toutes les nuances de la sympathie et de la supplication. Elle me tournait le dos... je ne voyais pas son visage. Croyant qu'elle était touchée, je m'approchai, et je passai mon bras autour de sa taille.

« Elle tressaillit, comme si un serpent l'avait touchée, bondit sur ses pieds et courut à la sonnette.

» — Que faites-vous ? m'écriai-je.

» — J'appelle ma femme de chambre.

» — Je vous supplie... écoutez-moi... Arry !... mon Arry !

« Elle me regarda en face. Son regard lançait du venin. Elle se mit à ricaner ; puis, d'une voix qui sifflait entre ses dents :

» — Une réconciliation ! je n'en veux pas... je ne veux pas de vous. Laissez-moi tranquille, sortez d'ici !

» En même temps, comme prise de folie, elle courut à son bureau, et saisissant un canif, elle me le lança en plein visage.

» Par bonheur, je levai le bras. La lame pénétra dans les chairs. Stupéfait, presque épouvanté, je m'enfuis de cette chambre et je l'entendis appeler sa servante d'une voix furieuse. Quant à moi, sans hésiter, je fis ma malle et me mis en route pour le Continent, où je passai six mois.

» Quand je revins, ah ! mon ami, quel changement ! Elle avait renvoyé tous mes serviteurs, et engagé une bande de brigands qui mettait la maison au pillage... elle avait coupé mes bois, vendu mes tableaux... sa réputation d'ailleurs dans le pays était épouvantable.

» Ah ! cette fois j'eus de l'énergie, je relevai la tête et je montrai mes poings ; je chassai les misérables qui transformaient ma maison en caverne. Je repris tous mes anciens serviteurs. Arry m'accabla des épithètes les plus grossières. Quels mots énormes peuvent sortir d'une jolie et petite bouche, sans l'écorcher, ni la salir! Mais je répondis par des menaces telles que cette fois elle se tut.

» Un jour, comme je rentrais chez moi, avec quelque espérance, je la trouvai sur la porte, en habit d'amazone. Elle accablait de coups de cravache une de ses servantes. Je m'élançai, je lui arrachai la pauvre créature..... Mais Arry, furieuse, me décocha sur la tête deux coups de la pomme plombée. Tiens? voilà encore la trace sur mon crâne. J'enlevai la cravache; je la fis cingler comme une lanière; et je poussai ma chère femme dans la maison. Oh! je la tenais bien serrée, va. Le sang coulait sur mon visage et lui tombait sur les mains.

» — Ecoutez, lui dis-je, à mon tour, je pourrais vous rouer de coups. N'en ai-je pas le droit?

» Elle était lâche. Jamais tu n'as vu une créature si tremblante et si pâle.

» — Si j'appartenais à votre caste, continuai-je, je n'hésiterais pas. Mais je suis un gentleman. En somme, je ne suis pas fâché que vous m'ayez encore frappé!

» Je la repoussai, et, rentrant dans ma chambre, je fis appeler un médecin, non pour elle, mais pour moi. Ma blessure pansée, je réfléchis à ma situation... Elle n'avait rien fait qui pût motiver le divorce; je devais m'en tenir à la séparation. Ma blessure était grave; je restai au lit pendant un mois avec la fièvre. Au bout d'un mois, j'eus une entrevue avec ma femme. Je lui proposai une séparation et lui demandai de partir immédiatement pour se rendre auprès de son père.

» Elle haussa les épaules.

» — Nous quitter! Oui, dit-elle avec un soupir ironique, mais quitter *Dacre's-Grange*, jamais.

» — Où irais-je donc? lui demandai-je.

» — Où vous voudrez.

» — Supposez-vous que je vous abandonnerai cette maison où s'est passée ma jeunesse, où mon père est mort, surtout? Croyez-vous que je veuille livrer à vos violences ces serviteurs qui m'aiment et que vous traitez en esclaves?

« Elle croisa ses deux bras superbes sur sa jolie poitrine, me regarda en face, les yeux dans les yeux, et d'une voix froide, calme, elle me dit:

« — Je resterai ici.

« Que pouvais-je faire? Je devinais que sa résolution était irrévocable. Vivre avec elle m'était impossible, comme il m'était impossible de partir, la laissant chez moi.

Je me décidai à patienter encore et je restai avec elle à *Dacre's-Grange* deux mois encore. Sais-tu ce qui arriva?

» — Tu m'épouvantes, dit Hawbury frappé de l'hésitation de son ami. Dacres s'approcha de lui et se penchant à son oreille:

» — Elle mit le feu à *Dacre's-Grange*, dit-il, d'une voix à peine perceptible.

» — Quelle folie!

» — L'incendie éclata dans l'après-midi. Il n'y avait à la maison que quelques serviteurs..., point de pompe, en raison de la situation éloignée de *Dacr'es-Grange*, si bien que la propriété entière devint la proie des flammes. Ma femme était dans un état de rage, de folie indicible. Elle m'accusa tout haut d'avoir allumé l'incendie.

» Je me contentai de sourire et ne lui répondis pas. Tu comprends qu'en réalité, cet incident sinistre tranchait toute difficulté. Je n'ai jamais pu deviner le mobile de cet acte inqualifiable. En somme, elle se trouvait maintenant à ma merci. Je l'emmenai à Exeter, où j'eus enfin l'inexprimable satisfaction de la laisser entre les mains de son père. Nos conventions étaient précises. Elle s'engageait à quitter mon nom, et même à cacher qu'elle l'eût jamais porté.

» En retour je lui abandonnais une somme de vingt mille livres, dont elle était libre de disposer à sa convenance. Elle s'interdisait toute réclamation ultérieure, même à ma mort. Je pris toutes mes précautions, et cet acte fut rédigé avec toute la régularité possible. Il est bien entendu que pour ma part je le savais nul, en principe, en cas de procès. Mais elle y attachait une telle importance, que j'avais la certitude qu'elle ne soulèverait d'elle-même aucune difficulté. Notre séparation fut dès lors définitive. Je quittai l'Angleterre; depuis cette époque, je n'y suis pas retourné. »

Dacres s'arrêta. Un long silence suivit cette pénible confusion.

— C'était une folle, dit enfin Hawbury.

— Je ne le crois pas. En toute circonstance ordinaire de la vie, elle avait les idées parfaitement nettes et justes; elle achetait et quand il s'agissait de nos récoltes, elle vendait, comme un marchand de profession. Avare et calculatrice, elle débattait ses intérêts mieux qu'aucun homme d'affaires; et je fus émerveillé de son esprit, à cet égard, dans nos dernières entrevues.

— Mais, depuis, l'as-tu revue?

— Jamais.

— Est-elle vivante?

— Ah! voilà bien l'ennui! je n'en sais rien.

— L'as-tu cherchée?

— *By Jove!* tu le demandes... il y a deux ans, j'ai fait opérer des recherches à

Exeter, et j'ai appris que, aussitôt après mon départ, elle avait quitté la ville avec son père. On n'en avait plus entendu parler.

— Pourquoi n'y es-tu pas allé toi-même ?

— Mon arrivée eût été le signal de sa résurrection, si elle est morte, de son retour si elle est partie loin. Y aller ! J'aimerais mieux descendre dans le Vésuve !

— Je te répète ma question : As-tu quelque raison de croire qu'elle soit encore vivante ?

— Eh ! mon cher, une santé de fer, elle vivra cent ans, si elle n'est pas immortelle !

— Oh ! oh ! tu exagères. Tout cela n'empêche pas qu'elle ne soit morte peut-être.

— Ce mot : *peut-être* — détruit toute la force de tes raisonnements et de tes consolations. Peut-être ! que m'importe qu'elle soit morte, si je n'ai la douceur de le savoir, d'avoir la preuve de son décès... Écoute-moi avec bonté... J'avais presque oublié mon supplice, et quand j'ai rencontré mon chérubin au Vésuve, je me suis laissé entraîner à des rêves insensés. Mais je suis un homme fini, bien fini, mort au bonheur et à l'amour. Je me donnerai encore la joie de voir mon petit ange, et puis...

— Que feras-tu ?

— Je repartirai pour l'Amérique.

Hawbury laissa tomber sa tête dans ses mains, et réfléchit un instant.

— Voyons ! tu m'as dit que ta femme avait quitté ton nom ?

— Oui.

— Donc elle en a pris un autre.

— C'est logique.

— Quel est ce nom ?

— Elle se fait appeler Mme Willougby.

Hawbury bondit encore une fois sur son siège.

— Hein ? Willougby ! mais je connais ce nom-là, c'est celui de l'amie de mon Ethel à Montréal. Si c'était la même !

— Quelle invraisemblance ! tu sais bien que les Willougby sont aussi nombreux en Angleterre que les Martin en France, ou les Müller en Allemagne. Ta Willougby n'est pas plus ma femme que l'Ethel du Vésuve n'est ton Ethel du Canada. Pur hasard dans ces similitudes de nom ! pur hasard, et rien de plus !

Hawbury se leva, ralluma son cigare qui s'était éteint, et passant familièrement son bras sous celui de Dacres :

— Allons nous promener, dit-il ; nous avons besoin de prendre l'air, et, qui sait ? le hasard, le pur hasard, comme tu dis, le bienfaisant hasard, auquel je crois, nous viendra peut-être en aide !

V

Surprise !

Pendant que Minnie était sauvée encore une fois sur la cime du Vésuve, donnant ainsi une nouvelle prime d'encouragement à la destinée maligne qui la persécutait de sauvetages et de sauveurs, Mme Willougby qui aimait à s'isoler quelquefois de ses compagnes, était allée passer quelques jours à Florence. Dès son retour elle fut instruite, à la hâte, par lady Dalrymphe et par Ethel, de ce qui s'était passé ; et naturellement, le récit, assez dramatique par lui-même, eut un surcroît d'intérêt, dans un surcroît de détails naïvement imaginés.

Madame Willougby courut tout aussitôt à la chambre de Minnie.

— Eh bien, ma pauvre chère mignonne — lui dit-elle, en la serrant dans ses bras, et en la couvrant de baisers — quel horrible danger as-tu donc encore couru ? Décidément, je ne veux plus te quitter d'une minute. Je ne puis me fier à personne, pas même à Ethel, et cependant son caractère est si sérieux que je ne puis comprendre comment elle t'a laissée affronter un pareil péril.

— Mais, chère Kitty, répondit Minnie en rendant caresses pour caresses, ce n'est pas sa faute. Je lui ai désobéi, elle voulait me retenir... mais je ne l'ai pas écoutée... tu sais bien comme je n'écoute personne ? que veux-tu ? il est dit que je n'aurai jamais de bonheur.

Minnie laissa échapper un bien gros soupir.

— Ainsi, reprit Madame Willougby, tu as eu l'imprudence d'aller jusqu'au cratère ?

— Le cratère ! dame, c'était bien tentant ; mais je l'avoue, c'est bien désagréable, et bien effrayant, de la fumée, une odeur de soufre,... encore si ce n'était que cela !

— Comment ?

— Il y a eu bien autre chose.

— Quoi donc ?

Et Mme Willougby, attirant Minnie à elle, lui appuya la tête contre son épaule.

— Figure-toi, ma chère Kitty, que si j'ai réellement eu peur, c'est parce que j'ai vu... un homme.

— Comment ? un homme ? demanda Mme Willougby en se redressant.

— Eh oui ! un gentleman, grand, gros, fort, qui m'a sauvée !

Mme Willougby laissa tomber ses bras avec découragement.

— Encore un ! murmura-t-elle.

— Oui, encore un ! Est-ce ma faute ? s'écria Minnie prête à pleurer. Est-ce que je l'ai appelé ? Est-ce que je lui ai demandé secours ? Ils sont tous les mêmes..... Ils viennent sans qu'on les demande. Si tout le monde a l'idée de me sauver la vie, qu'y puis-je faire ? C'est vraiment bien horrible!

— Ainsi, reprit Mme Willougby, avec un sourire qu'elle voulait rendre sérieux, en voilà un de plus.

— Ecoute Kitty, je suis bien décidée, il faut en finir, je ne peux plus vivre ainsi. Il n'y a qu'un moyen, c'est de me marier. Quand ce sera fait, on pourra encore me sauver, mais, du moins, on ne me fera plus la cour, et si tu veux me croire, j'épouserai le dernier... oh ! il est de force à me débarrasser de tous les autres.

Minnie en disant cela fondait en larmes; mais ses larmes étaient si gentilles qu'on ne la plaignait pas de pleurer.

— Si tu savais, continua-t-elle, à travers ses pleurs, il nous avait suivies à cheval, et dès que je l'avais aperçu, j'avais deviné que c'était encore un homme généreux qui cherchait l'occasion de me sauver la vie; il n'était là que pour cela ! J'avais envie de lui crier : — Allez-vous-en! laissez-moi tranquille ! je ne cours aucun danger ! — mais je n'ai pas osé.

— N'y songe plus! dit Mme Willouby.

Minnie rougit tout à coup.

— Cela t'est bien facile à dire, mais il n'y a pas moyen.

— Pourquoi cela ?

— Tu ne sais pas tout.

— Comment, il y a quelque chose de plus ?

— Je t'en prie, ne me gronde pas ; tu comprends, j'étais évanouie. Je ne savais pas ce que je disais... J'ai cru que c'était mon père et dans mon trouble, je lui ai dit ; — embrassez-moi !

— Et alors...

— Alors, il m'a obéi... il m'a embrassée.

— Le misérable ! s'écria madame Willougby.

— Oh ! non, ce n'est pas un misérable ! Ne le traite pas ainsi, il ne l'a pas mérité.

— Ce qu'il a fait est indigne d'un gentleman !

— Je te l'assure, petite sœur, j'étais si effrayée, dans ce moment-là, que j'avais bien besoin d'être embrassée.

— Peu importe, reprit Mme Willougby d'un ton sévère; si jamais je le rencontre, je lui dirai moi-même, et de la belle façon, ce que je pense de sa conduite.

— Oh ! tu le rencontreras! Tu sais bien qu'ils reviennent toujours.

— Espérons cependant que celui-ci fera exception et qu'il aura eu honte de sa conduite.

— Mais, pas du tout, pas du tout, dit Minnie en frappant ses deux mains avec impatience, l'une contre l'autre, il n'a pas le moins du monde honte de sa conduite.

— Comment le sais-tu ?

— Il me l'a dit.

— Quand cela ?

— Hier.

Madame Willougby se laissa tomber sur une chaise, son courage était mis à une rude épreuve.

— Voilà encore que tu vas me gronder ? que tu es fâchée contre moi ? quel mal ai-je fait ?... J'étais en voiture avec notre bonne Doudy... tu sais que c'est ainsi que nous appelons maintenant lady Dalrymphe; c'est plus court. Nous l'avons rencontré. Il avait l'air si embarrassé que nous nous sommes arrêtées pour lui parler, et il nous a dit qu'il viendrait nous voir aujourd'hui.

— Il trouvera la porte fermée, s'écria Mme Willougby.

— Oh ! ce serait bien mal de lui fermer la porte au nez.

— En tout cas, Minnie, je le recevrai moi-même.

— Mais s'il veut me voir seule !...

Madame Willougby prit son air le plus grave.

— En vérité, ma chère Minnie, vous oubliez dans quelle terrible situation vous vous trouvez...

— Oh! non, soupira Minnie.

— Et ce terrible américain... dont, entre parenthèse, vous ne m'avez jamais dit le nom...

— Il s'appelle Rufus K. Gunn.

— Quel singulier nom ! Que veut dire ce K ?

— Je n'en sais rien. Je le lui ai demandé. Il m'a répondu que c'était la mode dans son pays de mettre une lettre de l'alphabet entre les deux noms et qu'il avait choisi le K, parce que c'était plus original.

— Cela me donne une singulière idée de ce héros. Mais le comte de Girasole? tu sais combien nous avons eu de peine à nous en débarrasser ! Un de ces jours, il va de nouveau se dresser devant nous comme un fantôme... ce qui te fera trois soupirants, sans compter ton dernier sauveur. A propos, comment s'appelle-t-il, celui-là !

— Oh ! il a un drôle de nom.

— Dis-le moi.

— Il se nomme Scone Dacres.

A ce nom, madame Willougby se dressa toute droite en laissant échapper un cri aussitôt comprimé ; puis se détournant, elle cacha sa tête entre ses deux mains.

Minnie lui jeta les bras autour du cou.

— Kitty, ma chère Kitty, est-ce que je t'ai fait de la peine ?

Mme Willougby se dégagea doucement de cette étreinte. Son visage encore pâle avait repris cependant tout son calme.

— Répète-moi ce nom, dit-elle.

— Scone Dacres.

— Scone Dacres ! et quelle sorte d'homme est-ce ?

— Oh ! il est grand. Lady Dalrymphe le trouve petit ; mais moi, je le trouve horriblement grand. Il a de grands bras, de grandes épaules, une grande barbe, et puis il a l'air tout triste... Enfin, ajouta-t-elle en baissant la voix, je le trouve très-bien, oh mais très-bien !

— Scone Dacres ! murmura Mme Willougby.

Puis, s'adressant à Minnie avec froideur et énergie :

— Sois tranquille, mon enfant, je réponds de tout.

VI

Horrible découverte

Quelques jours se sont passés, le flot indolent qui vient mourir sur les bords du golfe de Naples, a, chaque jour, soupiré sa plainte, son murmure d'amour et fait soupirer les amoureux qui se promènent sur les bords de cette mer enchanteresse, sans amener parmi les personnages de notre histoire d'autres aventures apparentes que celles dont j'ai déjà fait le récit.

Nous retrouvons Scone Dacres auprès de son ami Hawbury. Dacres est dans le même état d'agitation et Hawbury semble fumer le même cigare.

— Hallo ! mon vieux camarade, dit celui-ci à l'infortuné mari d'Aréthuse, que t'arrive-t-il encore ? Tu as l'air d'être aplati, et tes cheveux ont l'air d'avoir grandi, tant ils se hérissent sur ta tête. Réponds-moi.

Dacres, au lieu de répondre, tombe de tout son poids sur une chaise qui gémit et feint de vouloir s'enfoncer dans le parquet. Ses sourcils sont froncés ; ses lèvres se serrent l'une contre l'autre et mordent le silence qu'elles n'osent rompre. Il torture ses favoris et s'épile sur les joues avec l'âpre fureur d'un tortionnaire du moyen âge.

Hawbury désespérant de le faire parler par des moyens naturels le soumet, pour rivaliser de torture, à la question de l'eau, sous l'espèce, bien entendu, de la bière, de la meilleure, du pur « Bass and C°. »

— Voyons, bois et parle ! dit-il d'un ton brutalement encourageant à son ami, parle et bois ! Fais comme Edgar Poe, « bois ce népenthès et oublie Lénore perdue (1) ».

(1) Citation du corbeau (The Raven).

Dacres sensible à l'évocation poétique, ou à la bière débouchée, débouche son cœur, soupire comme s'il râlait ; avale verres sur verres, puis d'une voix sourde et frissonnante :

— Hawbury !

— Bien, mon ami, je t'écoute.

— J'ai failli être tué aujourd'hui...

— Bah !

— Par un coup reçu en pleine poitrine.

— Encore !

— Oh ! cette fois, la balle est empoisonnée.

— Elle n'est pas explosible en tous cas. Comment cette nouvelle blessure a-t-elle pu t'arriver ?

— Je viens de faire une course à fond de train sur la plage ; j'aurais eu du plaisir, je crois, à me casser le cou, et de la volupté à me faire ramasser sanglant, brisé en plusieurs morceaux... Je crois que ce qui m'arrive désespérerait l'homme le plus robuste.

— Je ne sais pas ce qui te tue, mon bon Dacres ; mais toi tu me fais mourir d'impatience. Je vois bien qu'il faut t'aider à renaître ; tu es allé chez elle n'est-ce pas ?

— Oui, une première fois, elle était sortie.

— Tu m'as raconté cela ; pauvre ami ! Les femmes qui ne veulent pas de nous sont toujours sorties.

— Oh ! elle l'était bien réellement... car je l'ai rencontrée en voiture. Toute la famille était avec elle, et sur le devant, auprès de Minnie... je vis une autre femme...

— Continue, je t'écoute religieusement.

— Une femme que je n'avais encore vue... Minnie et cette inconnue me tournaient le dos. En passant auprès de moi, lady Dalrymphe et miss Ethel me saluerent. Alors, naturellement, je me retournai pour rencontrer le regard de Minnie... Ciel et terre ! enfer et malédiction ! je tombai moralement du haut d'un rocher ; je fus frappé de la foudre, je me sentis noyé...

— Tout cela à la fois ! Mais, par le diable, qu'avais-tu donc vu ?

— Non, je ne pouvais, je ne voulais pas croire. J'admettais une aberration, une folie de ma part, une ressemblance inouïe... tout, tout, plutôt que l'atroce réalité.

Dacres se frotta violemment le front à l'endroit où se voyait encore la fameuse cicatrice. Hawbury, sans l'interrompre, l'interrogeait du regard.

— Il fallait en finir, continua Dacres, qui ne s'apercevait pas de la confusion de son récit, et qui poursuivait ses déductions obscures. Dans l'après-midi, je frappais à la porte de ces dames. Cette fois, elles se trouvaient chez elles. Il y avait là lady Dalrymphe, Minnie et Ethel... Ethel, sa sœur, son amie, je n'en sais rien... cependant, je crois que c'est sa sœur. Je suis assis depuis environ cinq minutes, lorsque tout à coup...

— Eh bien ?

— Tout à coup...

— Mais, va donc ! cria Hawbury, impatienté.

— La porte s'ouvre, une dame entre, Hawbury c'était celle que j'avais vue dans la voiture... non, je ne me trompais pas, c'était elle ! et le ciel ne s'écroulait pas sur ma tête.

— Mais qui ? elle ?

— Attends ! Je me suis levé d'un bond, tout d'une pièce ; elle me regarde en face, très calme, maîtresse-d'elle-même... il fallut que l'on me présentât à elle, infâme dérision !... et elle n'était pas changée... je la retrouvais belle comme je l'avais laissée ! Lady Dalrymphe nous présenta l'un à l'autre... elle se nommait Mme Willoughby.

— J'attendais ce nom, dit Hawbury, après ?

— Tu n'as donc pas compris, mon ami ? c'était ma femme !

— En es-tu sûr ?

Dacres serra les poings avec une telle violence, que le sang empourpra ses ongles.

— A moins que je ne sois fou, dit-il.

— Elle s'appelait bien Mme Willoughby ?

— A moins que je ne sois sourd !

— Elle ressemblait exactement à ta femme

— A moins que je ne sois aveugle !

Hawbury fit quelques pas dans le salon en activant le feu de son cigare.

— Il doit y avoir dans tout cela une erreur formidable... dit-il après réflexion ; sois calme, mon bon Dacres, et avoue que tu l'as trouvée bien changée !

— Non, je n'avouerai jamais cela, parce que cela n'est pas. Elle paraissait moins exaltée qu'autrefois, voilà tout. Elle était calme, très calme. Je crois que la diablesse a mis de l'eau dans son vin.

— Et ses traits ?... son visage ?

— Franchement, je l'aurais crue plus vieillie... Ah ! elle a conservé la jeunesse, tandis que moi... parbleu, elle a la satisfaction d'avoir mis à merci un mari détesté ; elle a de la fortune ; comment l'a-t-elle ? Elle est reçue dans la meilleure société ; elle jouit de la vie du grand monde dans cette grande capitale de l'Angleterre d'où elle m'a chassé !... Elle se fait passer sans doute pour une jeune veuve... Elle a une cohorte d'admirateurs sur ses pas... Oh ! que Satan l'écrase. Dacres qui, après tout, assez délicat au moral, était au physique un colosse de force, devenait effrayant dans ses fureurs. Hawbury lui posa dou-

cement les mains sur l'épaule, pour le calmer, et lui fit un signe du doigt pour l'avertir.

Dacres comprit parfaitement le conseil.

— Quoi ! dit-il, en réfutant des yeux les arguments pacifiques et silencieux de son ami, je n'aurais pas le droit de lui tordre le cou ? On m'appellerait un assassin, si je lui rendais torture pour torture, meurtre pour meurtre... Ah ! je ne sais comment j'ai pu me retenir de l'étrangler pendant qu'elle souriait de son sourire abominable et ravissant, et que j'entendais rugir à mes oreilles la voix de mes aïeux déshonorés qui me crie : Tue-là ! mais tue-là ! et auprès d'elle, à côté d'elle, je voyais mon chérubin, mon petit ange. Le ciel et l'enfer réunis ! Tiens, c'était à se damner.

Hawbury ne trouvant rien à répondre, et pensant qu'il fallait laisser s'évaporer cette fureur, alluma un nouveau cigare.

Tout conseil eût été mal venu. Il attendit peu de temps, d'ailleurs, car une fois lancé dans les éruptions et les anathèmes, Dacres, lent à commencer, ne s'arrêtait plus.

— Je m'en doutais, reprit-il ; quelque chose me disait qu'elle était vivante... Cent ans ! je te l'ai dit, elle vivra cent ans au moins... cent vingt ans ; mais j'avoue que dans mes pressentiments les plus douloureux je ne prévoyais pas qu'il m'arriverait une si effroyable aventure. C'est qu'elle est très belle ; c'est à peine si on lui donnerait vingt-cinq ans. J'en tomberais amoureux, si je ne la détestais pas. La vois-tu d'ici, en face de moi, dans un calme imperturbable, sans un tressaillement de trouble ? Troublée, elle ! ah bien oui ! Elle connaissait pourtant bien Scone Dacres, puisqu'elle avait failli le tuer, puisqu'elle l'a ruiné, désolé, démoli comme une vieille masure. Par le ciel, elle me payera tout cela en bloc ; la voilà sous ma griffe, elle le sentira. Qu'elle essaie de m'arracher à la petite Minnie, qu'elle se mette sur mon chemin, elle verra !

— Mais, mon ami, dit Hawbury avec sang-froid, si elle est réellement si méchante, et si c'est elle, prends garde d'attirer sa colère sur la tête de ton cher chérubin. Est-ce que par hasard, tu oserais parler d'amour à cette enfant, sous les yeux de ta femme ? Voyons, un peu de raison que diable.

Dacres tressaillit. Hawbury avait touché le point faible.

Il était marié ; il était livré, pieds et poings liés, à cette femme à laquelle il appartenait de par la loi, de par l'église ! Toutes les exaspérations de la terre n'y pouvaient rien.

En se trouvant de nouveau mis devant cette réalité qu'il évitait d'ordinaire, il eut une explosion de douleur, de grosses larmes coulèrent sur son visage énergique, mais se contenant par un effort surhumain, il respira longuement, et reprit d'une voix plus calme :

— Tu as raison, pieds et poings liés, seulement, je suis pris, je suis garotté, je n'ai aucune chance d'échapper à cette fatalité. Il faut que je sorte de cette situation, mais pas tout de suite. Sais-tu bien, ami, que depuis bien longtemps je n'avais pas aimé... et voici que cette chère petite créature m'aime... bien réellement, cela se voit, je ne puis l'abandonner ainsi... il faut que je reste, que je la revoie ; je t'assure que cela me rafraîchit le cœur... c'est que, vois-tu, personne ne lui a jamais rendu, comme moi, un service capital... je lui ai sauvé la vie ! entends-tu cela ? sauvé la vie ; elle n'oubliera jamais ce qu'elle me doit.

— Soit, mais tu t'engages dans une impasse. Elle t'aime... tu l'aimes... après ? Où cela peut-il vous conduire ?

— Je n'en sais rien.

— Tu compromettras ton avenir.

— Mon avenir ! Est-ce que j'en ai un maintenant. Et puis, qu'est-ce que je demande ? Quelques jours de joie, d'affection, honnête, réelle, profonde, puis, je partirai pour le bout du monde. En quoi l'aurai-je compromise ? Ne suis-je pas un homme d'honneur ? Depuis quand t'ai-je donné le droit de concevoir sur mon compte d'injurieux soupçons ?

— Pauvre ! Hawbury, tu es d'une candeur absurde, tu me fais l'effet d'un homme qui s'enfermerait avec dix bouteilles de vin de Champagne, et qui se promettrait, après les avoir bues, de résoudre à lui seul la question d'Orient. Tu boiras l'ivresse ; tu ne partiras pas ; tu diras et tu feras des folies ; et moi, je te répéterai mon refrain éternel : après ?

— Je te l'affirme, reprit Dacres en affectant un sang-froid que démentait le frémissement de ses mains, tu n'as rien à craindre... je me sens déjà plus calme. Cette coupe qui contient l'ivresse, selon toi, elle a aussi un fameux contre-poison qui m'empêchera de m'enivrer, c'est le regard de ma femme. Si j'étais assez jeune pour m'étourdir, Arry, plus perfide que jamais, serait là, pour me refroidir et me rendre sage.

Hawbury ne parut pas convaincu ; il lançait des bouffées de tabac, rapides et droites au plafond.

— Mon plan ne te sourit pas ! lui demanda Dacres d'un ton insinuant.

— Ah ! tu appelles cela un plan ?

— Oui, et un plan bien raisonné, mais qui n'est pas complet.

— Est-ce que par hasard, en savourant la vue de Minnie, tu voudrais essayer de retrouver quelques délices dans la contemplation de ta chère *Darling* ?

— Ne raille pas, mon ami, d'autant plus que j'ai besoin de toi.

— De moi ?

— Oui, je voudrais, pour que la résignation me fût plus facile et pour que ma sagesse te fût mieux prouvée, obtenir de toi...

— Quoi donc ?

— Eh bien, que tu allasses aussi quelquefois dans cette maison maudite et bénie.

— Moi, y mettre les pieds ? pourquoi ? à quel titre ? tu sais bien que je suis l'ennemi de l'étiquette et que je déteste les visites.

— Pour quelques semaines ! il y va de mon repos. Voyons, c'est une grande preuve d'amitié que je te demande.

— Du moment que tu invoques mon amitié !... Je m'assommerai pour toi, dussé-je en mourir !

— Après tout, reprit négligemment Dacres, une visite par jour, ce n'est pas le diable.

— Hein ! une visite par jour ?

Hawbury parut bouleversé.

— Oui, rien que cela ! continua l'impitoyable Scone Dacres ; tu comprends mes motifs, je ne puis y aller moi-même, autant que je le voudrais, et pourtant il faut que j'entende parler d'elle. Tu me diras ton avis... tu me raconteras ce qu'elle dit, ce qu'elle pense, si elle pense à moi.

Hawbury éclata de rire.

— Le joli métier que tu me proposes ! Me vois-tu porter tes soupirs ! et crois-tu que j'oserais demander à cette jeune fille son opinion sur ton compte ?

— Mais tu ne me comprends pas ! Est-ce que je te demande d'agir comme un écervelé ? Non. Tu es un gentleman de bonne façon ; tu trouveras un prétexte... D'ailleurs tu connais lady Dalrymphe... Tu feras des visites d'homme du monde ; tu ne prononceras pas mon nom d'abord... fais comme si je n'existais pas devant elle.

— Parfait, et si d'aventure la jeune fille me trouvait de son goût ?

— C'est impossible.

— Comment, monsieur Dacres, vous croyez-vous le plus beau, le seul beau, le seul spirituel ?...

— Non, mais je sais que cette bonne petite Minnie est une nature franche, honnête ! elle m'a laissé voir que je ne lui étais pas odieux ; elle est incapable de coquetterie avec toi.

— Sans doute ! mais si j'ai autant de goût que toi ! Si je fais la cour pour mon propre compte.

— Tu n'as pas sauvé Minnie... toi ?

— C'est vrai ; pas encore. Mais si je la sauve... de toi ?

— Allons, tu ris, tu es désarmé.

— Eh bien ! prends garde à toi... Je suis capable d'y aller !... J'irai !

— Ah ! mon ami, tu me sauves la vie.

— Vois-tu ! me voilà déjà sauveteur !

— Excellent Hawbury ! j'étais bien sûr que tu ne me refuserais pas.

— Il est entendu que j'irai en simple visiteur.

— Oui.

— Je parlerai de la pluie et du beau temps.

— Très-bien.

— Rien de plus ?

— Rien de plus.

— Je ne dirai pas un mot de toi.

— Tu feras comme si j'étais mort.

— Pas de questions insidieuses, d'allusions...

— Rien ! Rien !

— Eh bien alors, dis-moi quel fruit tu recueilleras de ces démarches ?

— Ceci : tu me parleras d'elle... nous en parlerons tous les soirs.

— Comme je vais m'amuser !

— Fais la cour à ma femme !

— Dacres, vous n'êtes pas convenable.

— Ah ! si tu pouvais lui inspirer un beau désespoir !

Scone Dacres se crut obligé de plaider encore, de supplier. Il fit tant et si bien, que le lendemain soir Hawbury s'écriait en bâillant et en s'étirant sur un canapé.

— C'est fait... je me suis ennuyé... j'ai vu lady Dalrymple, je n'ai vu qu'elle ; la vieille dame est une ancienne connaissance. J'y retourne demain. Je n'ai pas aperçu ton chérubin ; et toi ? Allons, parle m'en tout seul, puis, que ce soir je n'ai rien à t'en dire. Comme je vais m'amuser !

VII

Fausseté ! oubli !

Cette visite dont Hawbury parlait si légèrement, aurait pu avoir sur sa vie une influence décisive, si... hélas ! si Hawbury n'avait été horriblement myope, et s'il n'eût méprisé comme une preuve du plus mauvais goût l'habitude du lorgnon, monocle ou binocle.

Voici ce qui s'était passé :

Au moment où Hawbury, obéissant à Dacres avec ironie, avec cette crânerie britannique qui donne toujours une apparence d'acte raisonnable à la folie la plus excentrique, s'avançait vers la maison habitée par Minnie, Ethel était assise, près de la fenêtre, au premier étage.

Elle l'aperçut immédiatement, et, tout aussitôt, le reconnut.

La dernière fois qu'elle l'avait vu, il n'avait évidemment pas ces favoris soyeux dont la double pointe irréprochable piquait, à chaque mouvement, le revers de sa redingote, s'y émoussait et avait besoin d'être refaite par un tortillement des doigts, ni sans doute ses cheveux, alignés par la brosse, qui encadraient son front et se prêtaient, sans trop souffrir, à l'obligation du chapeau.

Dans l'incendie du Canada, dans l'île où il avait dormi si innocemment près d'elle, il était chauve, torréfié, sans sourcils et sans l'ombre d'un cil. Il n'y avait aucune analogie entre l'élégant gentleman qui s'avançait et le compagnon débraillé, dépenaillé dont elle gardait le souvenir. Mais les souvenirs tendres ont des puissances d'évocation et de restauration telles que depuis longtemps Ethel avait, dans sa pensée, restitué à Hawbury les cils, les sourcils, les cheveux, le teint, les grâces et l'élégance qu'elle lui voyait maintenant.

C'était lui ! c'était bien lui ! le cœur d'Ethel se mit à battre si fort, qu'elle se leva comme suffoquée, qu'elle se pencha à la fenêtre ; qu'elle eut peur du vertige qui l'attirait au dehors, et qu'elle se retint avec force à l'appui de la croisée, en murmurant avec une joie haletante :

— C'est lui ! c'est lui !

Il avait sans doute appris qu'elle se trouvait à Naples ; il accourait vers elle. Ah ! le brave cœur, fidèle à sa parole ! Comme il allait être bien reçu ! Ethel ne put rester debout ; elle s'assit, à demi cachée, par la balustrade de la fenêtre, la tête en avant, les regards glissant sous les paupières et tombant dans la rue comme des fils d'or ou de soie, pour le lier, l'attacher, l'enlever.

Quant à lui, il s'avançait lentement, dignement, pensant à toute autre chose, le nez en l'air, flairant l'espace, mais sans aucun pressentiment d'arôme spécial. Il aperçut vaguement une forme féminine dans le cadre de la fenêtre du premier étage ; puis cette forme s'éloigna ; il n'y prit pas garde.

Ethel était prise des tentations de prière ; une hymne chantait en elle. Elle avait remarqué que les yeux de Hawbury s'étaient levés vers elle, il l'avait vue et reconnue ; et lui avait souri mystérieusement. Mais quoi ! il n'entrait pas ? il passait devant la porte ? Elle revint en toute hâte à son observatoire et faillit l'appeler. Mais non, ce n'était pas nécessaire.

Ce hardi compagnon de l'île du Canada était devenu timide. S'il passait, s'il s'arrêtait à quelque distance de la maison, c'est qu'il avait peur de n'être pas bien accueilli. L'amour vrai a de ces craintes enfantines. Il les surmontait, puisqu'il revenait, puisqu'il s'apprêtait à frapper.

En réalité, Hawbury grommelait entre ses dents :

— Que le diable étrangle Dacres avec sa corvée ! pourquoi suis-je venu ? Quel sot personnage je vais jouer ! Bah ! une demi-heure d'ennui sera bientôt passée, entrons.

Il entra.

Ethel s'était élancée vers la glace, et de sa main légère, rectifiait une boucle mal faite, lissait un bandeau devenu indépendant. Certes elle n'était pas coquette ; mais ce coup d'œil est le premier sourire donné à l'ami qu'on attend et qui va regarder les boucles, les bandeaux, toute la coiffure. Il ne faut pas lui laisser des chances de déception.

Ce lissage et ce vernissage terminés en un éclair de sa main blanche, Ethel attendit. L'attente fut longue, douloureuse, impossible à supporter. Au bout de trois minutes, Ethel avait été ouvrir la porte.

C'était bien sa voix ; on l'entendait distinctement, cette chère voix dont Ethel gardait l'harmonie dans un écho, au plus profond de son cœur. Où était-il donc ? avec qui parlait-il ? Il avait bien besoin de s'attarder si longtemps au rez-de-chaussée avec lady Dalrymphe ! Que lui disait-il ? Il suffisait d'un mot pour qu'il fût renseigné.

Oui, Ethel était là, près de lui, lady Dalrymphe avait dû le lui dire dix fois, vingt fois en cinq minutes ; et il continuait à causer, d'une voix calme, tandis que son Ethel frémissait d'impatience et piétinait, n'osant pas courir, se pencher sur la rampe de l'escalier, l'appeler, l'ingrat et le négligent, puisqu'il ne se hâtait pas de monter.

Ethel se sentait autant de flammes, autour du cœur, qu'elle en avait senti autour de son visage, dans cette rencontre au Canada ; mais, cette fois, elle pouvait bien brûler, il ne viendrait pas à son secours.

Elle délibéra convulsivement avec elle-même. Fallait-il descendre ? le délivrer de sa conversation avec lady Dalrymphe, qui l'assommait ? Ou bien lui reprocher par un sourire sa lenteur à monter ? D'un autre côté, conviendrait-il à la fière Ethel Orne de se compromettre, de faire de pareilles avances ? Tout en hésitant, en délibérant, en reculant, au lieu d'avancer, vers l'escalier, elle essuyait ses yeux, qui s'emplissaient de larmes en dépit de son orgueil ; elle étouffait des sanglots qui l'étranglaient, et elle se tordait les mains pour les empêcher de se poser sur la rampe de l'escalier.

Pendant ce temps, Hawbury, qu'aucun pressentiment ne troublait, qu'aucun hasard ne mettait sur la voie, et qui ne songeait pas, tant il eût trouvé la démarche ridicule et superflue, à questionner la douairière sur cette Ethel, dont Scone Dacres lui avait parlé, Hawbury, martyr de sa parole, commençait son apprentissage de supplice, et préparait avec grâce, avec une placidité héroïque, le terrain d'une intimité décente. Montézuma était sur des roses, comparé à l'infortuné Hawbury, mais Montézuma parlait moins simplement et dans un style moins lapidaire.

Hawbury avait le secret des formules laconiques, télégraphiques. Dans certaines conversations, il ne s'exprimait que par ellipses prodigieuses. Autant il avait été abondant et plein d'effusion avec son ami Dacres, autant, avec la douairière, il était rapide, concis, enfermé dans l'étiquette. Il parlait comme on joue aux échecs. Chaque mot était un pion, avancé après une longue méditation ; mais chaque mot était offert sans rien pour l'accompagner. Le laconisme des Spartiates pouvait passer pour du bavardage, comparé à cette façon de parler ; et la fameuse *Académie silencieuse* n'eût pas eu besoin de l'épreuve de la feuille de rose sur le verre plein, pour l'acclamer comme membre et comme président. Les conjonctions lui étaient inconnues ; il se passait des verbes ; négligeait l'article, et n'usait du substantif que par impossibilité de ne point s'en passer.

Malgré ce style haché, sans liaison, lady Dalrymphe le trouvait charmant. A la bonne heure, il n'était pas de ceux qui se traînent indéfiniment dans les méandres d'une conversation enchevêtrée ; on n'avait pas besoin de fil pour le suivre dans un labyrinthe inextricable ! le fait, rien que le fait, telle était son originalité.

Ethel, toujours penchée sur l'escalier, l'entendit se lever, sortir du salon, puis elle saisit ces mots au passage :

— Remerciements !... trop aimable !... demain, n'est-ce pas ?... *good morning.*

Ce fut tout ; il partait ; il était parti.

Pâle, les yeux étincelants, suffoquée, Ethel s'élança d'un bond à la fenêtre de sa chambre et regarda. Il s'en allait d'un pas régulier, sans tourner la tête ; et pendant cinq minutes l'infortunée le suivit d'un regard tour à tour suppliant et menaçant. Elle était brisée, anéantie ; elle était à bout de courage. Ce fut à peine si elle eut la force de tomber dans un fauteuil ; elle prit son front à deux mains et fondit en larmes.

Pauvre Ethel ! pauvre Hawbury ! pouvons nous dire ; lui qui avait parlé avec tant de chaleur des délices de l'eau, que n'eût-il pas donné pour boire ces gouttes d'eau précieuses, qui tombaient des yeux d'Ethel ! Ah ! pourquoi était-il myope !

Ethel, dans le premier moment, voulut descendre auprès de lady Dalrymphe, l'interroger sur ce qui s'était passé dans ce rapide entretien, lui avouer les raisons qu'elle avait de souffrir de l'étrange oubli, s'il n'était une trahison, de lord Hawbury ; mais la crainte de paraître humiliée d'un pareil abandon, devant ses cousines, la retint dans sa chambre, et quand elle refusa de descendre dîner, parce qu'elle avait une affreuse migraine, elle ne mentait pas ; elle souffrait bien réellement.

Mais la pauvre Ethel n'eut pas même la joie de savourer sa douleur dans la solitude ; elle avait trop de consolations autour d'elle, pour n'en être pas persécutée. On vint s'installer dans sa chambre, pour là distraire ; et lady Dalrymphe, en qualité de femme expérimentée, de mentor et de conseil, n'imagina pas un meilleur remède à la névralgie d'Ethel que de lui parler de la visite d'Hawbury.

Elle en était folle, la bonne douairière ; il réalisait pour elle l'idéal d'un mari, et elle espérait bien que c'était avec une intention secrète qu'il était venu la voir, qu'il promettait de revenir. Elle raconta combien il était beau ; elle décrivit ses superbes favoris, devant Ethel, qui se souvenait des favoris brûlés ; des cheveux aristocratiquement arrangés ; quand la pauvre jeune fille avait toujours la vision de son crâne chauve. Aucun raffinement ne fut oublié dans la distillation de ce vinaigre de famille, destiné à combattre la migraine.

Sur un point Ethel ne comprit pas lady Dalrymphe ; ce fut quand la douairière parla de la façon laconique dont lord Hawbury soutenait la conversation. Ce fut presque une légère consolation pour la pauvre abandonnée de penser, qu'en la délaissant, l'ingrat avait perdu son éloquence.

Cette satisfaction passagère s'évapora d'ailleurs très vite, quand lady Dalrymphe émit l'opinion qu'il venait sans doute pour Minnie ; il avait demandé de ses nouvelles ; il en avait entendu parler ; il désirait lui être présenté à la prochaine visite, et la prochaine visite devait avoir lieu le lendemain même.

Et Minnie qui n'en était pas à attendre des soupirants ; et qui trouvait bizarre qu'un gentleman eût l'envie de lui être présenté, sans l'avoir tirée d'un cratère, d'un précipice ou de l'eau, Minnie affirmait qu'elle ne le connaissait pas, qu'elle ne l'avait jamais vu ; et qu'elle ne tenait pas à le voir.

Quant à Mme Willougby, pour des raisons que nous ne pouvons pénétrer, elle trouvait qu'on s'était déjà beaucoup trop occupé de ce gentleman et qu'il était inconvenant de s'en occuper davantage.

— Ce sera un visiteur assidu, je vous le promets, disait lady Dalrymphe. Autant vous préparer d'avance à sa visite. Petite Minnie, je te dirai, cher ange, comment il faut le recevoir.

Pauvre Ethel !

Le lendemain, en effet, Hawbury rendit une nouvelle visite. Selon sa promesse, lady Dalrymphe le présenta à Minnie, et l'ami de Scone Dacres débita successivement plusieurs compliments, en style de dépêches télégraphiques, qui parurent à la douairière l'indice d'un violent amour pour Minnie.

Elle proposa une promenade à cheval :

— Parfait !... cheval ! bon exercice ! belle campagne ! répondit Hawbury avec un sourire.

Ethel, dans sa chambre, où elle voulait rester enfermée recevait l'écho de ces projets, et entendait piaffer les chevaux devant la porte.

Hawbury avait été présenté à Mme Willougby ; mais il s'était montré très réservé, et froid jusqu'à la glace avec elle. Il avait sur le cœur les confidences de ce pauvre Dacres. A la promenade, pourtant, la glace commença à fondre.

— Singulière femme ! pensait Hawbury, qui croirait jamais qu'elle a voulu tuer son mari !

Elle galopait, causait, plaisantait, souriait avec grâce et douceur, comme si jamais pensées de meurtre n'eussent traversé sa cervelle ; et quelle jolie cervelle, pensait Hawbury, fait supposer la jolie tête dans laquelle elle est moulée !

Les migraines d'Ethel prenaient d'effrayantes proportions. Il faut bien reconnaître qu'elles n'étaient pas complétement simulées, et qu'elles se compliquaient de peines de cœur, chaque jour, grandissantes.

Hawbury ne la voyait pas, n'en entendait jamais parler ; ne s'en faisait aucune idée ; et comme il avait pour premier principe, pour guide absolu de n'adresser jamais aucune question, il n'était jamais troublé d'aucune réponse.

Il causait d'ordinaire avec lady Dalrymphe et Minnie. La conversation ne l'égarait pas ; il la maintenait dans les strictes limites qu'il s'était imposées ; et il avait fini par oublier qu'il y eût dans la même maison une autre personne maladive, dont on ne lui parlait pas, et dont il n'avait pas à parler.

Ethel, dans sa solitude, l'accusait de félonie, de cruauté, de fausseté ; elle le guettait pour l'éviter. Elle s'enfuyait, dès qu'elle entendait sa voix ; elle ne sortait plus, dans la crainte de le rencontrer ; car elle avait peur de ne pas paraître assez indifférente, si l'indifférent lui apparaissait tout à coup.

Elle songeait à quitter Naples, à retourner en Angleterre ; et pourtant elle éprouvait une sorte de cruelle jouissance à rester là, près de lui, à le sentir près d'elle, à entendre le son de sa voix ; à l'apercevoir furtivement, c'était bien peu de chose, sans doute ; c'était un plaisir décevant, mais c'était toujours plus et mieux qu'une séparation complète.

Dès que Minnie était libre, elle accourait près d'Ethel, et ne manquait jamais de la tenir au courant des faits et gestes d'Hawbury. Minnie qui prétendait s'y connaître, était à peu près certaine que le gentleman n'était pas amoureux d'elle. Il parlait si brièvement, d'une façon si sèche ; il y avait si peu de place pour le sentiment dans ses phrases elliptiques. Et pourtant, — ajoutait Minnie, il est bien étrange que, ne m'aimant pas, il vienne si souvent ; peut-être veut-il tâcher de m'aimer !

Ethel finit par tout avouer à Mme Willougby.

— C'était donc pour cela qu'à la dernière saison de Londres, tu as montré tant de dédain à de si nombreux admirateurs, demanda Mme Willougby, elle ajouta : — Peut-être ne sait-il pas que tu es ici !

— N'est-il pas à Naples depuis que nous y sommes nous-mêmes ? répondit Ethel. Il a vu Minnie, donc il m'a vue.

— Ce n'est pas une raison, il n'aurait pas l'audace de venir ici pour te chagriner ! S'il t'avait trompée, oubliée, trahie, ce serait une raison pour ne pas paraître dans cette maison.

— Il vient pour voir Minnie. Il sait que je suis là... il se soucie bien de me rencontrer ! il ne me fait pas même l'honneur de penser à moi ! il a oublié même que j'existe ! depuis notre *aventure*, il en a eu cent autres, cela est clair.

— Voyons Ethel, il faut une explication, descends, regarde-le en face, nous saurons tout.

— Non, non, je ne veux pas le voir. Je ne serais pas maîtresse de moi ! j'aurais l'air d'une folle, il se moquerait de moi.

— Il le faut cependant.

— Non, il ne le faut pas, dans l'intérêt de ma dignité ; juge à quel point il m'a oubliée. Il savait très bien que je vivais chez toi, là-bas !.. ton nom et le mien sont nécessairement liés dans son souvenir. Eh bien, t'a-t-il parlé de moi ?

— Jamais, c'est vrai.

— T'a-t-il demandé si j'étais morte ou vivante ?

— Non, je dois même avouer qu'il évite de me parler, et que ma présence le gêne.

— Tu vois bien ! il est impossible que vous n'ayez pas prononcé souvent mon nom devant lui ?

— Je suis sûre, en effet, que Minnie a dit plusieurs fois : pourquoi donc Ethel ne vient-elle pas avec nous ?

— Et il entendait, n'est-ce pas ?

— Il entendait.

— Tu le vois ! c'est horrible.

Et Ethel éclatait en sanglots, pleurant pendant des heures, tandis que Hawbury, flegmatique par devoir, et s'habituant à monologuer en style télégraphique, se disait en rentrant à l'hôtel avec un bâillement :

— Rude corvée ! sacrifice à l'amitié !.. promesse tenue.

VIII

Encore Girasole

Un jour, Mme Willougby et Minnie se promenaient en voiture, escortées par Hawbury qui chevauchait du côté de Minnie.

L'attention de ces dames fut soudainement attirée par un cavalier qui s'approchait au petit trot de son cheval, se dirigeant tout droit de leur côté.

Minnie, de ses petites mains, avait tout à coup saisi le bras de sa sœur et était devenue d'abord toute pâle, puis toute rouge.

— Quel ennui ! soupira Mme Willougby.

— Que faire ? murmura Minnie ! nous ne pouvons pas ne pas le voir.

— C'est évident, mignonne ; ce serait une impolitesse.

Le cavalier s'approchait toujours. Mme Willougby fit arrêter la voiture, et lui adressa la parole du ton le plus aimable, mais avec cette amabilité un peu hautaine que les femmes savent si bien faire servir à la démonstration de l'antipathie.

Le comte de Girasole, car c'était lui, donna de l'éperon à son cheval. L'animal se dressa et retomba par une courbette élégante à côté de la voiture. L'Italien, dont les yeux étincelaient, avait arraché plutôt que levé son chapeau, avec une telle violence, que celui-ci faillit lui échapper et rouler à terre. L'émotion l'empêchait de parler.

Ses premières paroles furent des exclamations confuses, et quand la liberté du langage lui revint, les mots s'échappèrent précipités, ardents, enthousiastes, expressifs.

Son regard, en même temps, ne quittait pas les yeux de ces dames, comme s'il eût voulu enfoncer, avec l'éclair qui jaillissait de sa prunelle, chacun de ses compliments, chacune de ses déclarations, dans la tête et dans la pensée de ses interlocutrices.

Ayant tourné légèrement la tête, il vit Hawbury qui le regardait de haut, de loin, avec une certaine surprise ironique.

L'anglais, le nez en l'air, posait sur l'Italien, comme une lame d'acier, son grand œil calme et froid, tandis que de la main gauche il caressait un de ses favoris et l'étirait comme s'il eût voulu en faire un fil.

En réalité, lord Hawbury, ignorant absolument le nom et la qualité de cet étranger, et ne lui ayant pas été présenté, attendait, impassible, indifférent, et n'avait pas la moindre intention de chercher une querelle.

Mais le comte de Girasole n'interprétait pas ainsi le flegme britannique. Cette caresse lente et régulière des favoris par Hawbury lui paraissait une menace; et il concevait pour cet arrogant étranger une haine jalouse, féroce, italienne.

Madame Willougby, toute à son rôle, présenta les deux gentlemen l'un à l'autre, puis salua Girasole, comme pour l'inviter à passer son chemin. Mais l'Italien ne comprit pas, ou ne voulut pas comprendre.

Comme la voiture se remettait en marche, il poussa son cheval et le plaça auprès de Mme Willougby, faisant ainsi strictement pendant à Hawbury qui se tenait à côté de Minnie. L'Anglais se pencha vers le baby et se mit à causer. Or, le baby ne songeait pas à rire, à faire la coquette; si elle riait, c'était pour dissimuler son émotion, sa terreur presque, en revoyant un homme dont elle se croyait débarrassée depuis Milan.

Elle n'osait pas le regarder, et ne se lassait pas de répondre à Hawbury, même quand celui-ci ne lui parlait pas.

Girasole voyait ce manége, en comprenait le sens, la portée, mais se calmant, ou plutôt feignant d'être calme, dépensait en une conversation animée avec Mme Willougby le feu dont il ne pouvait embraser Minnie et brûler Hawbury. Comme il parlait mal un mauvais anglais, le comte de Girasole était loin de gagner ou de conserver des avantages dans ce dialogue; si bien qu'en même temps il se sentait à la fois importun et grotesque, ce qui ne contribuait pas à diminuer sa profonde irritation.

Mme Willougby était mal à l'aise; ne pouvant se débarrasser de l'Italien, elle donna l'ordre de rentrer; mais à peine la voiture avait-elle fait volte-face, qu'on aperçut un troisième cavalier sur la route.

C'était Scone Dacres qui avait suivi la voiture depuis son départ, qui ne voulait que la suivre, qui ne s'attendait pas à ce brusque retour, et qui ne pouvait plus reculer ni s'évader.

Cloué sur place, il n'était pas revenu à la libre possession de lui-même, que déjà la voiture était tout près de lui.

Les dames l'aperçurent, il avait un visage facile à voir de loin et facile à reconnaître. En ce moment, il paraissait en proie à une tristesse profonde, et ses traits révélaient l'abattement le plus complet.

Il leva son chapeau pour saluer, et ses sourcils se froncèrent avec violence; il ne regardait pas Minnie. Son regard fixe et perçant ne quittait pas Madame Willougby. Celle-ci avait son voile baissé, de telle sorte qu'il était presque impossible de distinguer ses traits.

En passant, Dacres lança un coup d'œil, bourru comme un coup de poing, au comte de Girasole; il était impossible de dire plus nettement et avec moins d'égards :

— Quel est ce monsieur ? Que fait-il là ? Pourquoi ne s'en va-t-il pas ?

Cette scène tint dans deux secondes. Dacres continua sa route.

La promenade était décidément gâtée et toute promenade devenait maintenant périlleuse... Minnie et Mme Willougby s'enfermèrent dans la chambre de celle-ci, quand elles furent rentrées, et se demandèrent avec dépit, avec inquiétude :

— Qu'allons-nous faire ?

— Oh ! moi, je ne veux pas réfléchir... je ne trouverais rien, s'écria Minnie qui se laissa tomber sur un canapé. Je savais bien que cela finirait ainsi et que le comte nous retrouverait !

— Quel homme ! comme il me déplaît! dit Kitty.

— Sans doute, il est déplaisant, repartit Minnie; mais nous ne pouvons pourtant pas lui laisser voir qu'il nous déplaît! Il m'a sauvé la vie; c'est vrai ! Je devrais être bien reconnaissante; mais c'est plus fort que moi, je suis à bout de reconnaissance; ah ! Kitty, je désespère!

— Sois tranquille... tu ne le reverras plus. Je suis tout à fait décidée à t'en débarrasser. Je lui signifierai son congé.

— Il reviendra ! il reviendra ! Tu n'as pas vu ses yeux ? avec des yeux pareils, on ne s'en va jamais. Qu'est-ce que lord Hawbury va penser de moi ? Et puis, ma chère Kitty, tu as vu l'autre ?

— Hélas ! oui,

— Hou ! quelle figure ! il est tout noir... il n'a pas même daigné me regarder... Je sais bien pourquoi.

Mme Willougby, rêveuse, ne répondait pas,

— Oui, je sais pourquoi, reprit Minnie. Il est jaloux, très jaloux, je le sens bien ; il avait l'air d'un orage prêt à éclater... Tout cela finira par une catastrophe, je le prévois... Ma situation est déjà bien romanesque... Les journaux s'en mêleront, tu verras cela, quand deux ou trois hommes se seront égorgés pour moi... Mais parle-moi donc, Kitty, tu vois que je me désole, et tu restes-là..., sans me rien dire.

— C'est qu'en vérité, je ne sais que dire.

— Eh bien, dis-moi ce qui te passera par la tête ! ce sera toujours cela. A nous deux, nous trouverons peut-être un remède... s'il y en a un. Ce Scone Dacres me fait plus grand'peur que tous les autres. Tu verras qu'il tuera quelqu'un. Oh ! si lord Hawbury voulait me débarrasser d'eux tous !

Mme Willougby la regarda avec surprise.

— Lord Hawbury... ne voudrais-tu pas qu'il disparût comme les autres ?

— Oh ! ma chère, cela m'est égal ; si pour être absolument tranquille, il fallait ne le revoir jamais, je me résignerais... Je voudrais qu'il n'y eût plus d'hommes sur la terre, — excepté papa. Je suis bien fatiguée de rester ici... si nous allions à Rome ?

— A Rome ?

— Oui.

— Pourquoi à Rome ! tu aimerais Rome ?

— Oui, oui, je voudrais aller à Rome, pour plusieurs raisons. D'abord, il faut bien aller quelque part, et Rome vaut mieux qu'une autre ville. Et puis, c'est bientôt la semaine sainte..., les fêtes..., le carnaval. Je meurs d'envie de voir le carnaval.

— Peut-être as-tu raison ; pour nous toutes, il est préférable d'aller à Rome.

— Certainement ; et puis j'ai une idée que je ne t'ai pas dite... Après la semaine sainte, j'entre au couvent !.. Voilà qui nous sauvera tout à fait.

— Au couvent ?

— Mais oui, je veux en finir ; c'est le moyen... Tu ne sais pas tout... j'ai reçu hier une lettre du capitaine Kerby...

— Mon Dieu ! soupira Kitty.

— C'est horrible ! il m'avait écrit en Angleterre. Il ne savait pas où j'étais..., mais voilà qu'il est arrivé à Londres, et il me dit qu'il quitte l'Angleterre *sur les ailes du vent,* tu comprends ? sur *les ailes du vent !* il doit être bien près d'arriver. Sa lettre est charmante ; mais s'ils arrivent tous, les uns après les autres, il y a de quoi me rendre folle ; aussi je veux aller au couvent, c'est décidé.

— Mais, ma pauvre Minnie, pour entrer au couvent, il faut être catholique.

— Je suis si malheureuse, que je me ferai catholique pour en finir ! Papa est, dit-on, un *anglo-catholique.* Je ne sais pas bien ce que cela veut dire, mais tous les *anglo-catholiques* vont à Rome. Je puis bien faire comme eux... je serai novice. On dit que c'est gentil... Je n'ai pas encore l'intention de prononcer des vœux ; ce sera pour plus tard... mais plus j'y songe, plus je trouve que c'est une excellente idée.

— Bien, nous reparlerons du couvent à Rome ; mais ton idée d'aller à Rome n'est pas mauvaise, d'autant plus que la santé d'Ethel m'inquiète ; le changement d'air lui fera du bien.

— C'est évident, je lui en ai déjà parlé. Mais, comprends-tu cela ? Ethel ne veut pas entendre parler de quitter Naples ; et pourtant je suis bien certaine qu'à Rome, elle serait moins triste.

— Tu dis vrai. Donc, j'accepte ton projet... Nous y serons pour la semaine sainte : je te le promets.

— J'ai encore une dernière mais bien bonne raison, Kitty, pour aller à Rome. Tu sais que tout le monde y est prêtre, prêtre catholique, et par conséquent ne peut pas se marier. Cela fait qu'on ne me fera pas la cour, qu'on ne voudra pas m'épouser. Alors, si on me sauve la vie... je n'aurai rien à craindre ; ce sera charmant.

Mme Willougby ne put s'empêcher de sourire.

— Enfant ! grande enfant ! quand seras-tu donc une femme ?

— Quand je n'aurai plus peur des hommes !

— Je ne vois aucun obstacle au voyage que tu proposes.

— Il y en a un cependant.

— Comment ? il y en a un...

— Mais oui, dit Minnie en soupirant, il y en a un. Ai-je le droit de leur faire tant de peine à tous ?

— De la peine ? s'écria Mme Willougby, suffoquée.

— Oui, de la peine ! je n'aime pas à faire de la peine aux gens, surtout à ceux qui m'ont sauvée. Si, par désespoir, ils allaient commettre quelque acte de folie !

Disant cela, Minnie, qui paraissait réellement inquiète, s'était approchée de la fenêtre et regardait dans la rue. Au même instant, elle recula effrayée, réprimant une exclamation.

— Viens ! viens vite, dit-elle en se tournant vers Kitty.

Mme Willougby se leva à son tour et suivit des yeux la direction que lui indiquait le doigt de Minnie.

Un gentleman à cheval passait lentement, la tête baissée sur la poitrine ; — quand il fut devant la maison, il leva les yeux avec une profonde tristesse.

— Scone Dacres ! s'écria Minnie, vois comme il a l'air malheureux.

Mme Willougby se taisait.

— C'est drôle ! reprit Minnie, comme si elle se fût parlé à elle-même, il m'aime, et il ne me regarde jamais.

— Que veux-tu dire ?

— Je veux dire que c'est toujours toi qu'il regarde.

— Quelle folie !

— Ah ! comme je serais contente, si c'était de toi qu'il fût amoureux.

Mme Willougby voulait regarder Minnie d'un ton de reproche ; mais elle ne put y tenir et éclata de rire.

— Enfant ! tu crois donc que les hommes n'ont rien autre chose à faire en ce monde qu'à tomber amoureux... Un jour, tu sauras qu'il existe d'autres sentiments que l'amour.

— C'est possible, mais je l'ai bien remarqué, il te regarde toujours et avec un si singulier regard ; on dirait qu'il est en colère ; puis son œil devient doux ! doux ! suppliant ! D'abord, j'ai eu peur qu'il ne voulût te jeter en bas de la voiture.

— Oh ! Minnie !

— Et puis on dirait qu'il se contient, qu'il se calme.

— C'est heureux ! En tout cas, sa physionomie, je te le concède, révèle des souffrances, des douleurs... Mais en voilà assez sur ce sujet, il est temps d'aller rejoindre Ethel.

Un conciliabule fut immédiatement tenu entre nos incorrigibles voyageuses. Lady Dalrymphe ne fit aucune objection. Jamais Mentor n'obéit plus docilement au caprice de son... ou de ses Télémaques. Ethel écouta la discussion, plongée dans des réflexions douloureuses, et quand on l'interrogea à son tour :

— Que m'importe, dit-elle, là ou ailleurs !

Pendant que nos héroïnes étudiaient ce nouveau projet, le comte de Girasole réfléchissait.

Il ne se dissimulait pas que sa recherche était peu goûtée de ces dames ; pour Minnie, elle semblait assez indifférente. Or, Girasole, on le verra par la suite, n'était pas homme à s'avouer battu. Voici que maintenant, il avait la certitude que Minnie accueillait les hommages de lord Hawbury, ce qui était surabondamment prouvé par certain regard du noble lord, à leur rencontre ; il y avait de la colère, du dédain protecteur dans ce regard flegmatique.

Donc, lord Hawbury était son rival, son rival heureux et favorisé. Girasole, avant de prendre certaines déterminations italiennes, sur lesquelles il délibérait encore, prétendit en avoir, comme on dit, le cœur net.

Il se présenta à l'hôtel. Il trouva lady Dalrymphe seule. Mais, en la quittant, il rencontra Minnie et Mme Villougby et avec elles, l'inévitable Hawbury.

Minnie ne le regarda pas ; Hawbury le regarda trop. Girasole s'éloigna la rage au cœur et les lèvres blanches. Deux jours après, il se présenta de nouveau. Il lui fut répondu que ces dames étaient parties pour Rome.

Il rit, presque aux éclats, en apprenant cette nouvelle ; mais son rire eût fait peur au plus brave.

— A Rome, murmura-t-il, va pour Rome ! l'air de Rome est si malsain !

IX

Deux amis qui ne s'entendent plus

Hawbury s'était immolé une douzaine de fois sur l'autel de l'amitié. Il s'était sacrifié avec toute l'abnégation d'un Pylade d'Opéra, et, pour complaire à Dacres-Oreste, il s'était consciencieusement *assommé*.

Le mot était de lui.

Prenait-il goût à son martyre ? le fanatisme de l'amitié le lui faisait-il endurer avec joie ? C'est ce qu'il serait téméraire, ou du moins prématuré, de décider. Ce qui est incontestable, c'est que son immolation volontaire était entrée dans le cercle de ses habitudes, et qu'il se dévouait avec la même ponctualité, qu'il mettait à allumer un nouveau cigare, quand le premier était éteint.

Un jour, en rentrant chez lui, après une de ces visites habituelles et héroïques, il trouva Dacres qui s'était installé, comme de coutume, dans son domicile :

— Eh bien ! mon vieux camarade, lui dit-il d'un ton cordial, de quel côté vient le vent, ce matin ? Sont-ce les glaces du pôle ou les ardeurs du tropique que tu as à m'offrir ? Tiens, voilà un excellent cigare ; ouvre ton cœur et fais-moi tes confidences.

Dacres prit le cigare, regarda Hawbury, puis brusquement :

— Es-tu de première force en jurisprudence ? lui demanda-t-il.

Hawbury le regarda avec un étonnement qui peignait un effroi naïf.

— A propos de quoi me fais-tu cette question saugrenue ?

— Réponds ! connais-tu bien les lois ?

— Peuh ! comme on connaît des gens qu'on rencontre mais qu'on ne salue pas, faute de leur avoir été présenté. Mais quelle idée as-tu ? qu'as-tu à démêler avec la loi ?

— Il y a un point sur lequel je désirerais des renseignements.

— Va chez un avocat... un jurisconsulte de profession... il te renseignera exactement sur la loi et sur la manière de ne pas la suivre.

— Chez un italien ? ce serait inutile.

— On peut rencontrer des *lawyers* anglais, par ci, par là ; je te parie qu'il y en a une vingtaine autour de cette maison !

— Oui, mais je ne veux pas d'ennui, de consultation interminable. Je veux tout simplement une opinion nette, carrée, de n'importe qui...

— Alors je puis être ce *n'importe qui*. Quel est le point qui te tracasse ?

Dacres hésita un instant :

— Eh bien ! dis-moi, reprit-il vivement, tu as entendu parler des *outlaws* (1) ?

— Parbleu ! j'ai été bercé avec l'histoire de Robin des Bois et de ses francs compagnons, de la forêt de Sherwood, de Lincoln Green, de toutes ces aventures... Mais en quoi Robin Hood a-t-il affaire avec Scone Dacres ?

— Je ne plaisante pas, et ce n'est pas de ce genre d'*outlaws* que j'entends parler... mais bien de cette *outlawry* que les Français, je crois, appellent *prescription*.

— Bon, je comprends. Eh bien ?

— Eh bien ! quand un homme a des dettes et qu'il disparaît pendant un certain nombre d'années, ses dettes sont *outlawed*. Prescrites, n'est-il pas vrai ?

— En Angleterre ? oui. Mais non en France. Il y a même des gredins qui emploient ce moyen pour se libérer.

— Oui, oui, je sais qu'on est mal noté... mais il y a dettes et dettes... Il faut sept ans, je crois. Si la dette n'a pas été régulièrement constatée pendant ce temps, il y a prescription.

— Sept ans ! c'est exact.

— Ah ! je suis content. Je craignais d'avoir mêlé dans ma mémoire des bribes de lois américaines aux lois anglaises... Merci, je sais ce que je voulais savoir.

— Peut-on apprendre pourquoi tu voulais savoir cela ? D'ailleurs, mon ami, vérifie ma consultation. Au fond, je me connais en droit, comme en animaux antédiluviens...

— C'est dommage ! car j'aurais eu foi absolue en toi.

— Comment ! aurais-tu des dettes ? voudrais-tu te libérer par ce moyen... bizarre ?

— Non, non, je n'ai pas de dettes ; mais je me dis que la prescription appliquée aux affaires d'argent doit régler toutes les autres sortes de contrats.

— Oh ! oh !

— Pourquoi pas ? Un principe vrai peut s'appliquer à toutes les difficultés.

— Quelle logique !... Voyons, ta difficulté !

— Je croyais qu'un engagement... tu entends ? un acte qui lie deux contractants, pouvait se prescrire par sept ans d'absence... un mariage, entre autres... ou même une séparation !

Hawbury bondit sur ses pieds, éclata de rire et laissa échapper une retentissante exclamation.

— Tu es fou !

— Je puis m'être trompé, dit modestement le terrible Scone Dacres, en mordant un de ses doigts.

— Tu ne t'es pas seulement trompé ! tu es fou, mon bon Dacres, fou absolument fou, et le désir d'être libre te jette dans des subtilités inouïes. Le mariage, bon Dieu, c'est là son effroyable côté ; ne sais-tu pas que rien ne peut le briser, à moins de crimes, de sévices, d'actes graves, exceptionnels ? Sept ans ! tu crois qu'il te suffirait de sept ans pour reconquérir le plus précieux des biens, aliéné dans un jour d'extravagance ? Sept ans ! tu as là une fameuse idée ! Mais si cela était possible, le monde se dépeuplerait en vingt et un ans. Les maris laisseraient leurs femmes, les femmes laisseraient leurs maris pour un petit voyage d'agrément de sept ans, et tout serait dit... Et le lien religieux ? qu'en fais-tu ? impie ! C'est un sacrement, mon bon, et rien n'est plus difficile à entamer qu'un sacrement ! La mort seule peut le rompre. Pas d'illusion ! mon bon Dacres, prends un autre moyen d'accommoder ton amour et ta haine !

Dacres ne répondit pas. Il mit son front dans sa main et parut quelque temps perdu dans ses pensées, puis il reprit :

— Hawbury !

— Eh bien !

— Sais-tu quel est ce monsieur ?

— Quel monsieur ?

— Cet italien qui rôde autour de... ma femme...

Hawbury supposa que Scone Dacres parlait de sa femme par timidité et pudeur d'amoureux, pour ne pas nommer Minnie ; il hocha la tête en homme qui comprend les figures de rhétorique, bien qu'il ne les pratique pas ; il répondit :

---

(1) Individus mis hors la loi.

— C'est un gentleman qui lui a sauvé la vie, à elle; quelque chose comme cela... J'ai mal entendu!...

— Sauvé la vie, à ma femme?

— A ta femme, assurément, puisqu'elle serait morte, par sympathie, des suites de cet accident.

— Où l'a-t-il sauvée? Comment?

— Dans les Alpes, je crois... Je t'avoue que j'ai très peu écouté.

— Dans les Alpes? s'écria Dacres; il ne doit pas y avoir un mot de vrai dans cette histoire. Oh! elle est fine, ma femme! Voyons, comment t'a-t-elle raconté cela?

— Mais pourquoi t'obstines-tu à supposer que je converse si souvent avec ta femme? C'est lady Dalrymphe qui m'en a parlé. Il s'agit d'un précipice, d'une avalanche!

— Une avalanche! un précipice! Je n'en crois rien, Hawbury, je n'en crois rien. Elle a inventé cette histoire qu'elle a débité à lady Dalrymphe! C'est un mensonge de ce démon... ou bien on aura fait semblant de glisser sur la neige, pour que l'Italien courût après elle. Oh! je la connais si bien, elle et ses *trucs*.

Hawbury trouva le mot *truc* bien irrévérencieux, appliqué aux accidents dont Minnie s'était plainte, car il ne pouvait imaginer que le mot fût à l'adresse d'une autre.

— Tu ne m'avais jamais dit que cette séduisante créature fût coquette, murmura-t-il d'un ton de doux reproche.

Dacres lui répliqua, les yeux étincelants :

— Eh! c'est la coquetterie même, une coquetterie devenue doucereuse, de furibonde, d'endiablée qu'elle était. Ah! tu appelles cela de la coquetterie? Courir les montagnes, rouler dans les précipices, se faire sauver par des Italiens bruns comme des corbeaux? Coquetterie! le mot est plaisant.

Le pauvre Scone Dacres éclata d'un rire nerveux.

— Voyons, mon bon Dacres, reprit Hawbury, tu me parais trop soupçonneux. Remarque qu'elle pourrait te renvoyer l'accusation, au sujet du Vésuve. Qu'allais-tu chercher là, sinon l'occasion coquette d'un sauvetage? Ta femme te porte à la tête et te fait mal juger de ce qui l'entoure. Vois les choses plus simplement.

— Bon! bon! dit Dacres d'un ton bourru, elle n'a pas inventé l'accident, soit, mais, en somme, elle a pris l'Italien et elle le garde.

Hawbury, mécontent de l'acharnement que son ami mettait à médire de Minnie, s'efforça de changer de conversation.

— A propos, lui dit-il, tu sais? tous tes ennuis vont finir. Ces dames quittent Naples.

— Tu as dit?... Elles quittent Naples?

Dacres se laissa tomber sur une chaise, qui gémit sous son poids.

— Oui, continua Hawbury; il y a longtemps déjà qu'elles sont ici; elles veulent voir Rome, la semaine sainte, le Saint-Père et tout ce qu'il y a à voir.

Dacres paraissait ne plus entendre son ami; de nouveau, il s'était plongé dans ses réflexions, plus d'un quart d'heure se passa ainsi. Hawbury le considérait avec inquiétude et n'osait le troubler, de peur de provoquer quelque explosion inattendue.

L'explosion vint toute seule. Dacres se leva enfin avec une brusquerie telle, que la chaise tomba.

— Hawbury! dit-il d'une voix brève.

— Que t'arrive-t-il?

— Je vais à Rome!

— Toi à Rome?

— Pourquoi pas?

— C'est insensé; tu t'obstines dans une entreprise chimérique qui te réserve de cruelles déceptions... Ne fais pas cette nouvelle folie.

— Je la ferai. J'irai à Rome; c'est décidé, c'est décidé.

— Tu n'y songes pas.

— J'y songe parfaitement. J'ai mûrement réfléchi.

— En un quart d'heure! quel bien un pareil voyage peut-il te faire?

— Oh! cela me fera du mal... mais j'empêcherai aussi le mal d'être fait à d'autres.

— Si tu avais une chance seulement de gagner un peu de bonheur...

— Je gagnerai... je gagnerai de la voir. Ah! tu ne sais pas que sa vue a réveillé en moi le démon de colère et de haine qui sommeillait.

— *By Jove!* Je m'en aperçois; mais tu ne parles pas, hypocrite, de l'amour que cette même vue a réveillé aussi.

— De l'amour, dis-tu? Non, non, de la jalousie, de la rage. Je veux me repaître de cette beauté fatale, fascinatrice. Je ne suis plus libre, je suis un esclave... mais je veux devenir un remords, oui un remords vivant. Ah! je la défie bien de se débarrasser de moi!... Je la suivrai, partout, partout, toujours! elle n'est pas à moi... elle ne sera pas à un autre. Je suis triste et exilé; je ne veux pas qu'elle soit joyeuse et libre... je ne veux pas souffrir seul.

— Ah! ça, mon vieux, dit Hawbury stupéfait, dans quel mélodrame as-tu marché ce matin? Ne peux-tu laisser tranquille la créature qui ne veut pas de toi? Si encore tu avais eu avec elle un tout petit bout d'explication ! mais non, tu n'oses même pas te présenter à elle, tu me charges d'y aller à ta place, tu restes pieds et poings liés.

Dacres n'écoutait pas, il suivait une autre idée.

— Et le bel Italien, dit-il, en ricanant et en se croisant les mains pour faire craquer leurs jointures, je suppose qu'il court à Rome aussi, ce bandit. Celui-là ne se gêne pas pour être tout le temps chez elle.

— Je ne l'y ai vu qu'une fois.

— Oui... mais quelle soumission, n'est-ce pas ?... hein ! quels regards ! quelles douces paroles !

Hawbury ne s'était pas encore aperçu de l'étrange quiproquo qui révélait le désordre des idées de son ami, mais il commençait à croire que celui-ci déraisonnait de plus en plus.

— Ma foi, lui dit-il, si cet Italien va chez ces dames pour le chérubin, il n'est pas encouragé ; elle l'évite, elle paraît l'avoir en horreur.

— Eh ! je le sais bien, répliqua Dacres avec un long soupir, que ce n'est pas pour Minnie qu'il va là. Oh ! non, il y en a une autre, dont un amant a sauvé la vie...

— Une autre ?

— Oui, oui ! tu me l'as dit, je le savais ; mais Scone Dacres est là ; il veille, il te répond que cela finira mal, très-mal, pour ce Sigisbé maudit ! tu verras comme je me venge.

— Quel massacre ! Voyons, mon vieux, n'aie pas tant de colère !

— J'irai à Rome ; tu viendras avec moi.

— Moi ! oh : par exemple.

— J'aurai besoin de toi ; il le faut !

Les yeux de Scone Dacres brillaient d'un tel feu que Hawbury eut peur d'une complication sérieuse.

— Il me semble, en effet, dit-il, que puisque j'ai la folie d'avoir beaucoup d'amitié pour toi, je ferai bien de ne pas te laisser à toi-même... Ah ! si je pouvais empêcher ce maudit voyage !

— Promets-moi de venir avec moi à Rome !

— Eh bien oui, j'irai avec toi, et je t'empêcherai bien de faire quelque sottise.

— Que parles-tu de sottise ? Oh ! ne t'inquiète pas, — reprit Dacres dans le paroxysme de la fureur, et dans cet état de tension nerveuse où la violence devient calme, n'ayant plus d'ascension à faire. — J'irai à Rome ; je veux la surveiller... lire constamment dans son bonheur, l'infâme ! Elle est admirablement belle ! Les années passent sur elle sans l'effleurer. Je la retrouve plus jeune, plus ravissante que quand je l'abordai pour la première fois... elle a de plus le charme d'une douceur, d'une soumission que je ne lui connaissais

pas, avec un air de tristesse qui lui sied à ravir. Pourquoi est-elle triste ? Est-ce que par hasard elle se repentirait ? Mais non, c'est de l'hypocrisie, de l'hypocrisie toute pure... une nouvelle manière, comme on dit en peinture ; avec cela on attire les adorateurs... on a des gens qui vous sauvent la vie ! et moi, est-ce que je compte ? Que suis-je ? Oh ! rien, presque rien, moins que rien. Tonnerre du ciel ! je ne la quitte plus... Je la démasquerai ; je la tuerai !

Hawbury, depuis quelques instants, considérait son ami avec une stupeur croissante ; il riait et paraissait cependant alarmé.

— Ah ! ça, dit-il, de qui diable parles-tu ? Ce n'est donc pas pour suivre Minnie que tu vas à Rome ?

— Moi, s'écria Dacres en frappant la table d'un coup de poing violent, je vais à Rome pour la tuer ?

— Mais qui ?

— Ma femme ! parbleu.

— Ta femme ! tu l'aimes donc ? tu n'aimes donc plus Minnie ?

— Oui, ma femme, répéta Dacres avec force, sans répondre à la question. Elle s'est jetée entre moi et mon chérubin ; elle me trouvera entre elle et son Italien.

Si Hawbury ne se tordit pas de rire, malgré sa gravité britannique, ce fut simplement par pitié pour son ami dont l'état mental l'inquiétait.

X

Un officier de zouaves

C'est bien au dix-neuvième siècle que la vie est un voyage. Les chemins de fer ont rendu à la poésie le grand service de réaliser quelques-unes de ses fantaisies et de lui assurer par là la continuation d'un crédit légèrement compromis. Les monstres vomissant des flammes, qui enlèvent en un éclair les belles héroïnes ; les coffres mystérieux transportant, comme par un coup de baguette, des personnages intéressants à cent lieues de distance ; les chevaux allant en voiture dans des voitures qui vont sans chevaux, telle est la féerie moderne et qui satisfait l'imagination par les choses mêmes, sans l'embarrasser par des personnages mythologiques.

La locomotive a donc, au coup de sifflet d'un homme, noir comme Vulcain, transporté tous nos personnages à Rome. Minnie s'y croit en sûreté, elle a déjà visité des couvents qui lui plaisent beaucoup.

Mais la malheureuse Ethel, qui croyait trouver un soulagement dans le voyage, est absolument désespérée, depuis qu'elle a appris que lord Hawbury a quitté Naples sur les traces de Minnie.

Elle ne doute pas qu'il ne connaisse parfaitement sa présence dans la cohorte Dalrymple ; mais elle lui est devenue sans doute si indifférente, qu'il n'a pas même la politesse d'adresser à son égard la question la plus banale.

On conçoit que ces réflexions étaient de nature à augmenter considérablement la mélancolie d'Ethel dans cette capitale de la mélancolie. Elle voyait les ruines de son amour, comme une petite mousse fleurie sur toutes les ruines de Rome ; et sans l'attrait que l'on trouve toujours à contempler ses désastres, quand ils sont pittoresques, Ethel se fût interdit toute promenade dans le Forum ou dans le Colysée, emplis et et voilés de son désespoir.

Une grande inquiétude se mêlait à sa douleur. Elle avait une peur horrible de rencontrer l'infidèle. Elle ne se sentait pas le courage de le voir face à face. Elle ne se dissimulait pas qu'une rencontre subite lui ferait perdre tout son sang-froid et l'exposerait à donner le spectacle de la plus insigne, de la plus indigne faiblesse.

Elle finit donc par ne plus sortir, par rester chez elle, enfermée, verrouillée, prisonnière de son dépit, pleurant, rêvant, s'étudiant, sans succès, à acquérir cette superbe indifférence dont Hawbury lui donnait un si vaillant exemple.

Le meilleur moyen de l'arracher à cette dangereuse mélancolie eût été précisément de fatiguer son imagination et ses pieds, de visiter tous les monuments, tous les musées ; mais le mal dont elle souffrait n'était pas de nature à faire rougir Ethel, et tout en gémissant, elle s'estimait trop de gémir, pour n'être pas complaisante envers sa douleur.

Madame Willougby qui comprenait tant de choses, et qui paraissait initiée aux secrets des tristesses féminines, avait vainement plaidé, discuté ; sa logique n'avait pu entamer les déplorables résolutions d'Ethel.

Aussi, Mme Willougby avait été bientôt forcée de s'en tenir à la compagnie de Minnie, et les deux sœurs qui se voyaient également en sûreté ne perdaient aucune occasion de visiter Rome dans tous ses détails, d'étudier dans la moindre de ses pierres cette ville éternellement intéressante.

Un jour, Mme Willougby et Minnie passant en voiture devant une des nombreuses églises de Rome, se trouvèrent arrêtées par une foule énorme qui stationnait aux portes ; l'église devait étinceler à l'intérieur, car il sortait par ses ouvertures comme un reflet rose et jaune qui se mêlait à l'éclat du soleil. Sur le seuil, des gardes-suisses avec leur costume pittoresque ; des cardinaux qui descendaient en robes rouges de leurs voitures écarlates ; devant les marches, un défilé de carrosses de toutes les formes, de toutes les dates ! Toute l'aristocratie de Rome s'entassait sur la place, et les toilettes les plus élégantes des italiennes à la mode, se mêlaient aux uniformes éclatants des officiers de tous les grades.

Par bonheur pour nos curieuses, des anglais se trouvaient épars dans le tas pressé des spectateurs ; elles purent ainsi obtenir un renseignement et apprendre qu'elles se trouvaient devant l'église des jésuites et qu'on attendait le pape, pour je ne sais quelle cérémonie.

Minnie ouvrit de grands yeux. Si le pape pouvait, en passant, faire un signe qui exorcisât ses nombreux sauveteurs ! Elle attendit donc avec une palpitation étrange l'arrivée du pape.

Sa voiture fut bientôt annoncée par une grande rumeur ; la foule s'agita dans tous les sens ; les gardes firent faire un passage en refoulant de chaque côté les spectateurs ; un premier rang s'agenouilla dévotieusement, non toutefois, sans que quelques-uns de ceux ou de celles qui attendaient la bénédiction pontificale fissent avec le doigt le geste de conjuration nécessaire, pour éviter le mauvais œil.

Le carrosse de Pie IX s'avança majestueusement. On sait que la figure du plus entêté des pontifes est agréable, souriante, sympathique.

Minnie battit des mains.

— Vois donc, Kitty, s'écria-t-elle, comme il a l'air gentil !

Pour n'être pas révérencieuse, l'exclamation n'en partait pas moins du cœur. Minnie continua :

— Regarde ! Kitty, *o what a Darling!*

Mais, Madame Willougby, dont l'attention avait été accaparée par un incident, au lieu de suivre l'indication de Minnie, lui demanda tout à coup :

— Est-ce que tu connais un officier de zouaves ?

— Un officier de zouaves ! certes non, Kitty ! voilà une singulière question ! Qui t'a mis en tête que je connaissais un zouave !

— C'est qu'il y a un officier de zouaves qui ne cesse pas de tenir les yeux fixés sur nous depuis que nous sommes arrivées. Ce n'est pas tout, il me semble qu'il nous fait des signes, qu'il s'efforce d'attirer nos regards, et je crois que c'est de toi qu'il veut être remarqué... regarde : il est là sur les degrés au sommet de l'escalier.

— Cela m'est bien égal, dit Minnie... J'aime mieux voir le Pape. Comme il est bien en robe blanche... Ton zouave, je suis sûre qu'il me guette pour me sauver la vie; je ne veux pas le regarder.

— Tu as beau faire, Minnie, ce zouave est une de tes anciennes connaissances. C'est peut-être ton capitaine Kirby !

— Mais non, puisque c'est un zouave. Le capitaine est dans les Riflemen.

— Il peut avoir pris ce costume pour une raison que nous ignorons, regarde-le donc. Mieux vaut en finir.

— Kitty, tu es méchante; tu sais que je ne veux pas le regarder; et tu insistes. Est-ce que j'ai besoin de le voir, ton horrible zouave; car il est horrible. Si tu me taquines ainsi, j'aime mieux retourner à la maison.

Mme Willoughby, qui n'insistait que pour savoir à quoi s'en tenir sur le compte de cet admirateur nouveau de Minnie, allait sans doute trouver un argument plus fort pour aiguiser la curiosité de sa sœur, quand un nouvel incident détourna son attention.

Depuis quelque temps, on voyait dans la foule un personnage bizarre, grand, long, maigre, à face de cadavre. Ses cheveux pendaient, noirs, plats, graisseux, sur son vêtement noir et râpé. Il serrait son cou jusqu'à moitié de sa hauteur dans une cravate blanche d'une propreté équivoque, et il avait en main un grand parapluie tout ouvert qu'il promenait à quelques mètres au-dessus de la tête des assistants.

Au moment où le pape arriva devant le portail de l'église, le personnage maigre et spectral fit un grand mouvement de ses coudes pour approcher du Saint-Père et parvenir jusqu'à la ligne formée par les gardes-suisses.

Le pape, les mains levées, bénissait la foule. Sa voiture s'arrêta, et plusieurs serviteurs s'avancèrent, pour aider le souverain pontife à descendre.

L'homme squelette était si mince qu'il glissa sa tête entre les épaules des suisses, et quand sa tête avait passé, son corps était au large. Il parvint donc à se faufiler à travers le cordon assez serré, de façon à se trouver juste en face du pape, qu'il regarda de ses yeux ronds et fixes.

Le pape le vit, laissa échapper un mouvement de surprise, et sauta brusquement plutôt qu'il ne descendit sur le marchepied du carrosse.

L'étranger se tenait immobile; mais les Suisses l'avaient remarqué et sur l'attitude de Sa Sainteté, jugèrent à propos de mettre fin à cette scène singulière ; deux d'entre eux mirent la main sur le collet de l'étranger, pour l'attirer en arrière.

C'était une grande audace et presque une usurpation de la part de messieurs les Suisses, dont la plus grande fonction doit se borner à former une tapisserie vivante sur le passage du saint père. Aussi la foule prit-elle immédiatement parti pour le squelette contre les Suisses et arracha-t-elle vivement l'inconnu des mains qui prétendaient l'arrêter.

Pendant ce mouvement, le pape, bénissant toujours, avait passé.

Les Suisses voulurent reconquérir leur prisonnier perdu. Une chasse commença, une bousculade terrible et bruyante suivit cette prétention, et la bagarre devint telle que Mme Willoughby jugea prudent de quitter la place, et que la voiture tourna bride. Minnie était désolée, le pape l'avait charmée, elle eût voulu lui demander tout de suite l'entrée du plus joli couvent de Rome.

A peine ces dames étaient-elles rentrées chez elles, qu'on leur annonça un visiteur, le baron Atramonte.

— Atramonte ! dit lady Dalrymple. Qu'est-ce que c'est que ce baron? Nous n'y sommes pas. Atramonte! quelque intrigant Italien? Nous en avons vu assez. Le connaissez-vous, Kitty?

— En aucune façon. Ce nom m'est complètement inconnu.

— Qu'on lui dise que nous sommes sorties! En vérité, c'est à douter qu'on soit en pays civilisé... Cette noblesse continentale a vraiment des façons d'une impudence !

La femme de chambre sortit pour faire la commission, mais elle rentra au bout de quelques minutes.

Le baron désirait voir miss Minnie Fay, sur l'heure, et pour affaire urgente.

Lady Dalrymple regarda Mme Willoughby, qui regarda Minnie.

— Mais je ne sais pas ce que cela veut dire, s'écria Minnie. Encore un qui veut me taquiner. Oh! Dowdy, chère Dowdy (c'était le nom familier de lady Dalrymple), allez voir ce que c'est; renvoyez-le; je vous prie.

— Au fait, il vaut mieux que j'éclaircisse l'incident, dit la bonne lady Dalrymple, très obéissante pour un mentor. Il doit y avoir une méprise. Comment est-il vêtu? demanda-t-elle à la servante. Est-ce un militaire? Il y a tant de militaires dans cette ville religieuse!

— Un militaire, oui, madame... Je crois qu'il a un uniforme de zouave.

Mme Willoughby et Minnie se regardèrent.

Lady Dalrymple se leva et sortit.

— J'étais bien sûre que ce zouave te reconnaissait, dit Kitty.

— Mais je ne le connais pas, moi! un zouave! Est-il possible que je connaisse un zouave?

— Je te répète que c'est peut-être ton capitaine Kerby. Il aura pris un faux nom pour te poursuivre.

— Lui! je suis certaine, moi, que ce n'est pas lui, et pourtant c'est quelqu'un qui veut me tourmenter. Que vais-je devenir?

— Notre tanto l'a sans doute congédié.

— Oui, mais tu verras qu'il ne sera pas parti.

Lady Dalrymphe rentrait.

— Quel singulier personnage! dit-elle. Il parle anglais, mais non comme un anglais. Il se dit baron, et pourtant je le crois Américain. Il n'y a pas de baron en Amérique. Je suis bien surprise.

— J'espère qu'il est parti! demanda madame Willougby.

— Mais pas le moins du monde. Voilà ce qu'il y a de grave; il refuse de s'en aller; il veut voir Minnie; il n'a pas consenti à me faire connaître le motif de sa visite. Je lui ai dit qu'elle était sortie; savez-vous ce qu'il m'a répondu?

— Non.

— Il m'a répondu avec aplomb qu'il n'avait rien à faire, qu'il allait s'installer ici et l'attendre. Alors, il a pris une chaise, l'a posée violemment sur le plancher et s'est assis en croisant ses jambes. Je ne sais plus que faire. Kitty, à votre tour, allez le trouver.

— Quelle bizarre individu, dit Mme Willougby. Il me paraît fort impoli. Vous croyez qu'il n'est pas Italien?

— Oh! il parle trop bien anglais; je ne doute pas que ce ne soit un Américain.

Minnie poussa un cri.

— Un américain! un américain! je suis perdue.

— Le connaissez-vous donc? demanda lady Dalymphe.

— J'en ai peur. Un américain! cela ne peut être que lui.

— Qui? lui!

— Oh Dowdy! oh Kitty!

— Mais, enfin...

— C'est lui! c'est l'homme!

— Quel homme?

— L'Américain! l'Américain!

— Quel Américain?

— Celui du Canada.

— Il n'a pas l'air d'un Canadien.

— L'autre non plus... c'est un Américain, un vrai.

— Cependant, Atramonte! ce n'est pas un nom américain; et puis cette baron-nie... Mais voyons, continua lady Dalrymphe avec bonté, comment connaissez-vous votre Américain?

— Il m'a... il m'a sauvé la vie!

— Quelle folie! s'écria lady Dalrymphe; je connais bien l'Italien qui vous a sauvé la vie.

— Ce n'est pas cette fois-là.

— Ah! s'il en est ainsi, j'estime que le mieux est d'avoir le cœur net de cette affaire; à votre place, j'irais avec votre sœur et je verrais ce personnage. Ce n'est peut-être pas celui que vous croyez.

Minnie regarda Mme Willougby.

— Veux-tu Kitty? dit-elle.

— Allons! il vaut mieux en finir dit Mme Willougby avec un soupir.

Et les deux sœurs quittèrent la chambre; elles allèrent au salon d'attente.

Madame Willougby entra la première. Minnie se blotissait contre elle, derrière elle, pour s'abriter de sa protection, et se défendre d'avance contre un danger inconnu.

L'officier de zouaves avait les cheveux coupés ras, et de longues moustaches; ses traits étaient réguliers et n'étaient pas dépourvus d'une mâle beauté. Ses grands yeux bleus n'avaient pas quitté la porte. Son sourire prouvait bien qu'il attendait un résultat triomphant de sa démarche et de la surprise qu'il ménageait.

Au premier regard, Madame Willougby reconnut l'étranger qui les avait si longuement regardés auprès de l'église des Jésuites.

Elle fit un pas et une révérence comme une lady du meilleur monde et de la plus grande distinction.

Mais le zouave ne parut pas intimidé, au contraire, par cette étiquette.

Il bondit, écarta Mme Willougby, saisit Minnie dans ses bras et l'embrassa, à moustache que veux-tu!

Mme Willougby poussa un cri d'horreur et recula.

Minnie ne criait pas, ne se reculait pas et ne s'évanouissait pas. Elle paraissait confuse, cherchant doucement à se dégager; mais comme on se dégage de l'étreinte d'un ami. Elle parvint à se rendre libre, et alors seulement elle montra un peu de peur, en allant s'asseoir bien vite à quelque distance de ce zouave en explosion.

Quant à lui, il cédait à la joie. Il se laissa tomber sur sa chaise et poussa un violent éclat de rire.

— Ah! au fait! j'en avais besoin! dit-il. Histoire de renouer connaissance! Par le pape, je ne me doutais pas que vous fussiez ici, Minnie! Eh bien, oui, me voilà, zouave. Je suis à Rome depuis deux mois. N'est-ce pas bien drôle? Moi, moi, en zouave et en baron, car je suis baron, un vrai baron, s'il y en a de vrais, baron en chair et en os... Je vous raconterai cela ! Voilà ! Il y a deux ou trois ans, je me suis battu pour le pape... J'ai eu tort, étant Américain. Mais je n'ai pas pu faire autrement ! Tant pis ! Le pape m'avait donné un grade. Il voulut me retenir... Brr ! j'avais à faire chez moi, en Amérique ; j'y suis retourné, vous savez, au moment du naufrage... Quel bonheur, hein ! que j'aie été là !... Depuis ce temps-là, j'ai un peu roulé partout... sans oublier ma chère petite Minnie ! Oh ! non, je ne pouvais pas l'oublier ! l'oublier !... et je la retrouve ! Go Ahead ! J'ai spéculé sur les vins et les raisins.... Un jour que j'avais goûté plus que d'habitude à la marchandise, avec des camarades, des zouaves du pape, ne se sont-ils pas avisés de me faire rester avec eux ?... On avait besoin, paraît-il, d'un gaillard !... On savait que j'étais un gaillard. On m'a offert le titre de baron Atramonte !... Cela m'a amusé. Parfait ! ai-je répondu, je suis le gaillard demandé ! Et me voilà baron, capitaine des zouaves pontificaux, prêt à aller où m'appelle la gloire... Mais comme il n'est pas défendu à un soldat du pape d'avoir un cœur et d'aimer, je suis resté amoureux fou de ma petite Minnie... Je l'aime en anglais, en italien, en latin, car je parle latin... Pour commander mes hommes, il faut s'entendre à servir la messe... Vous ne savez pas que je ne suis pas catholique... Mais bah ! qu'est-ce que cela fait ?... J'ai raison le pape... Il me va, cet homme ! Il a une bonne nature. Sa constitution physique m'a plus séduit que sa constitution spirituelle... Il est mon homme ; je suis son homme. Est-ce assez gai ? Ah ! ah ! et vous, ma petite Minnie, comment cela va-t-il ?... Plus jolie que jamais ! Tiens, à propos, vous ne m'avez pas présenté... Quelle est cette dame ? Présentez-moi bien vite.

Et après cette tirade, cette fusée, ce bouquet d'artifice, riant, soufflant, se frottant les mains, le baron se leva.

Minnie avait écouté avec un demi-sourire. Ce gros bavardage ne lui déplaisait pas.

Elle murmura deux noms, celui de Mme Willoughby, celui de Rufus K. Gunn ; elle appuya sur l'initiale.

Le baron reprit :

— Madame Willoughby ! Ah ! très bien, très bien. La sœur de ma petite Minnie ! Enchanté de vous voir, *mame* (il avait une façon elliptique de prononcer le mot madame) ! Parfaitement, *mame*, votre nom me rappelle de bien doux souvenirs ! C'est dans votre salon que j'ai obtenu la promesse de Minnie. Une poignée de main, hein ?

Le baron saisit la main de Mme Willoughby et la serra d'importance.

— Voyez-vous, continua le zouave exubérant, il ne faut pas croire que je rougisse de mon nom ! Mais le pape m'a fait baron,... Cela le désobligerait, le brave homme, si j'avais l'air de dédaigner son petit cadeau. C'est déjà bien assez que je ne sois pas de toutes ses petites cérémonies... En Amérique, bon, pas de titres ! Ici, je fais comme tout le monde. Tout le monde est au moins baron. J'ai raison, n'est-ce pas ? Vous m'approuvez. A Rome, plus de Rufus K. Gunn. Le baron Atramonte. A-tra-mon-te ; appuyez sur le *mon* en prononçant *monnnn*. Quant à vous, Minnie, pas d'étiquette entre nous. Appelez-moi Ruf, mon bon Ruf... Cela va, n'est-ce pas ? Oh ! je suis bien content.

La joie la plus naïve brillait et perlait en grosses gouttes de sueur sur le front du baron. Mme Willoughby ne savait plus où elle en était ; Minnie agrandissait son sourire.

A ce moment, la porte s'ouvrit, et la servante présenta à Mme Willoughby une carte portant ce nom : COMTE DE GIRASOLE.

XI

Tous ! tous !

En toute autre circonstance, Mme Willoughby eût évidemment prié Minnie de se retirer dans sa chambre, mais en ce moment la présence inopinée de l'Italien était une sorte de délivrance.

Mme Willoughby se sentait devenir folle depuis qu'elle subissait les familiarités, le langage, les confidences, les protestations du baron Atramonte, ou plutôt de Rufus K. Gunn. Elle ressentait pour ce zouave de fantaisie et pour cet Américain exagéré une sorte d'horreur, et ce fut peut-être la première fois que le comte de Girasole arriva fort à propos, sans que nous médisions jamais de son intervention lors de l'accident des Alpes.

Mme Willoughby se leva donc vivement pour aller à la rencontre de l'italien, et elle mit dans son accueil une chaleur à laquelle celui-ci était bien loin de s'attendre. Les yeux noirs du comte s'illuminèrent d'une joie presque farouche, et quand Mme Willoughby lui offrit de s'asseoir ; comme son siège était près de celui de Minnie, il s'assit avec une sorte de tremblement, et son teint mat devint plus pâle encore.

Il s'agissait d'entamer la conversation. L'Américain, devenu muet, ne fournissait aucun prétexte. D'ailleurs, Mme Willougby était ravie de son mutisme. Rompue d'ailleurs à toute la stratégie mondaine, elle eut bientôt abordé les formules admiratives, à propos de Rome, de ses monuments; et elle se livra, sur la beauté du temps, sur le climat, à des observations qui, pour n'être pas neuves, n'en étaient pas moins fort judicieuses. Girasole paraissait écouter, mais se contentait d'incliner la tête de temps en temps, et Rufus, furieux de l'arrivée de cet intrus, se bornait à des réponses monosyllabiques, dont lord Hawbury eût été jaloux, s'il les eût entendues.

L'italien et l'américain se sentaient instinctivement rivaux. C'était à qui lasserait l'autre, et chacun d'eux semblait avoir juré de ne pas céder la place à son ennemi. Si bien que la conversation fut traînante, et qu'il devint bientôt aussi impossible à Mme Willougby de l'animer, que de l'interrompre. Elle avait voulu corriger l'ennui causé par la visite du baron; elle n'avait fait que doubler le supplice. Quand elle eut parlé de Rome, de tous ses édifices, de tous ses environs, elle fit une course désespérée à travers l'Europe; mais elle avait beau voyager, changer brusquement d'itinéraire, elle ne perdait aucun de ses compagnons de route. Elle allait prendre le parti de se lever, de congédier à ses risques et périls ces deux insupportables visiteurs, quand la Providence, qu'il ne faut pas s'étonner de rencontrer souvent à Rome, comme chez elle, ou comme à son pied à terre, sembla la tirer d'embarras.

La porte s'ouvrit et la femme de chambre annonça lord Hawbury. Pour le coup, c'était la délivrance. Minnie, elle-même, éprouva un mouvement de joie intérieure. Mme Willougby s'était levée, et prenant la main de sa sœur, et toutes deux firent un pas au devant du sauveur.

Mais Hawbury n'était pas seulement leur allié, il devait être aussi celui de Rufus; car, dès qu'il parut dans le salon, Rufus s'élança de sa chaise, courut au nouvel arrivant, le serra dans ses bras et lui secoua les mains avec toute la vigueur dont il était capable.

— Oh! par exemple, s'écria-t-il, je veux crever comme un chien, si je ne suis pas le plus heureux des hommes! l'amour et l'amitié! je suis comblé. D'où venez-vous, mon ami... Vous êtes content?... Cela va bien? La mine est excellente. C'est bien vous! tout à fait vous! non, je veux qu'on me pende, si jamais de la vie j'ai été plus étonné. Vous êtes bien le dernier homme que j'attendais... Quelle surprise! quelle chance!

Hawbury satisfait également, mais plus calme, recevait ces démonstrations en parfait gentleman.

— Certes, mon bon camarade, je suis enchanté de vous voir; moi non plus, je ne m'attendais pas à vous voir ici.

Il secouait la main du baron avec une énergie aussi solide, mais moins brutale; il paraissait en effet très heureux de la rencontre; mais il n'abusa pas des effusions; il salua les dames, s'excusa en racontant que Rufus K. Gunn était un vieil ami, qu'il n'avait pas rencontré depuis plusieurs années.

Mme Willougby le mit à l'aise, et comprenant que de vieux amis inopinément mis en présence avaient beaucoup de choses à se dire, commença à préparer sa retraite; elle était devenue facile. Le comte de Girasole, dépité et embarrassé, fuyant toujours, d'instinct, par pressentiment, le regard de Hawbury, s'était levé et était sorti. Puis Hawbury, qui ne faisait jamais de longues visites à ces dames, et qui devenait peut être l'embarras de Mme Willougby, entraîna son ami Rufus.

Il est bien entendu qu'avant de quitter la place, Rufus avait insisté pour échanger avec ces dames de vigoureuses poignées de mains, et qu'il pétrit comme pâte les petits doigts de Minnie. Il avait promis de revenir le lendemain; mais il était enfin parti, et c'était, pour ce jour-là, autant de gagné.

Le baron avait emmené chez lui Hawbury, qui s'étant confortablement installé dans un R cking-chair que Rufus considérait comme l'orgueil et la joie de sa chambre, lui dit:

— Maintenant que nous voici à l'aise, pour causer, vite, mon cher Rufus, les confidences! Comment vous trouvez-vous ici, zouave, soldat du pape, vous que j'ai laissé chasseur, trappeur et mécréant?

Le baron, comme l'avait dit Hawbury, était en effet une vieille connaissance, et à ce propos je ne puis m'empresser de faire une remarque qui a échappé jusqu'ici aux plus grands philosophes, c'est que si l'on voulait y mettre un peu de bonne volonté, on finirait par découvrir que l'univers entier est comme une toute petite ville où chacun se connaît. Deux étrangers qui s'abordent, en creusant légèrement la question de leurs relations, finissent toujours par trouver un ami commun, un point qui révèle entre eux des liens antérieurs à ceux que la rencontre fortuite paraît avoir formés. Sur toute la terre on peut se trouver en pays de connaissance.

Le baron avait rencontré lord Hawbury, il y avait plusieurs années, dans les prairies de l'Amérique, auprès des montagnes

Rocheuses. Rufus avait sauvé Hawbury des mains des Indiens, puis côte à côte, les deux amis, échappés au scalp avaient parcouru ces contrées lointaines partageant les mêmes périls, affrontant les mêmes hospitalités, se livrant aux mêmes hardiesses d'exploration.

De cette vie robuste était née une robuste amitié, on s'était séparé parce qu'il faut bien se séparer un jour ou l'autre, même quand on n'a pas été unis par le mariage ; chacun des deux avait pris sa course dans le monde, mais en emportant le souvenir, l'empreinte du cœur de son compagnon, et à la première rencontre les deux empreintes devaient se rejoindre, se confondre, pour faire un cœur commun.

Bien souvent on s'aime, pour s'empêcher instinctivement de se haïr. Ils avaient obéi à cette précaution naturelle, et s'ils ne se fussent pas connus dans des circonstances exceptionnelles, les deux amis se seraient médiocrement estimés. Hawbury, gentilhomme correct, aurait déclaré que le baron était un ours mal léché ; et le baron eût traité Hawbury de *snob* parfait, ce qui eût ressemblé à l'épithète de *gandin*, en français.

Mais, grâce à l'influence du milieu où ils s'étaient rencontrés, l'*ours* et le *snob* se tenaient pour les deux meilleurs compagnons du monde.

— Ainsi, vous voilà dans les zouaves ! reprit Hawbury, en renouvelant une question, à laquelle le baron Atramonte, qui se versait à boire, n'avait pas répondu. Mais vous n'êtes pas catholique romain ?

— Qu'est-ce que cela fait, — répondit le baron en faisant claquer ses doigts ; —on devient poisson, quand on est dans le filet. Pour aspirer au chapeau de cardinal ou à une simple prébende, il faut avoir la foi ; mais pour se battre ! J'ai signé un engagement ; on ne m'a pas demandé de réciter le chapelet ; d'ailleurs je me suis enrôlé par sympathie.

— Par sympathie ?

— Oui, j'aime le pape... c'est un bel homme. L'histoire en dira ce qu'elle voudra. Je ne sais comment il manœuvre la barque de saint Pierre ; mais il s'y tient bien, et il n'est pas un de nous qui ne soit prêt à donner sa vie pour ce vieux « gentleman. »

— Mais enfin, vous n'allez pas à confesse, vous ne remplissez aucun devoir de l'Eglise ?

— Certes, non. Je suis soldat ; je monte la garde au Vatican ; mais, quand je rencontre un prêtre anglais, je lui serre les mains ; il y a de bons enfants parmi eux...

— Comme on change ! vous traitiez jadis le pape comme le monstre de l'apocalypse.

— Ah ! oui, mais la bête, c'était moi. Je vous affirme que le pape est charmant. Je vais quelquefois flâner dans les églises, pour le voir entrer et sortir ; parce que je le vois souvent, je m'imagine qu'il est à moi... Les Indiens ne m'allaient pas avec leurs scalps et leurs tatouages ; j'aime mieux les cardinaux et les abbés... La première fois que je suis venu ici, cette fantaisie m'a pris. Je suis parti avec un souvenir délicieux... Je suis revenu, tout disposé à m'acclimater. Savez-vous d'ailleurs que si on voulait s'en donner la peine, on ferait ici des élevages magnifiques de bestiaux ? Le pays est prodigieux ; si on le cultivait, il vaudrait au moins nos prairies.

— C'est possible ; en attendant, vous vivez au milieu d'un peuple de mendiants.

— C'est vrai, ah ! si les Américains voulaient exploiter Rome ! ces romains ont un capital splendide dont ils ne savent pas se servir... et puis des idées absurdes ! ici pas d'égalité ! moi, je suis d'avis que nous sommes tous égaux, comme nous devons tous être libres... ce qui manque à Rome c'est une République.

— Ou une monarchie constitutionnelle, dit Hawbury.

— Non ! pas de monarchie ! on lui demanderait trop de miracles ;... et le pape renonce à en faire ! Je ne vous dis pas mon avis sur Victor-Emmanuel... Comme zouave, je l'aimerais assez ; comme zouave du pape, je suis obligé de le regarder d'un mauvais œil. Je voudrais ici une belle et bonne République... avec un président qui serait moi. Je prendrais pour commandant en chef Garibaldi, pour secrétaire d'Etat Mazzini, qui vaut notre Bill Seward ! Qui sait ! si je reste ici, ce sera peut-être plus tôt qu'on ne croit... Le pape se remettra peut-être à la tête du mouvement... Voilà, mon cher, mes opinions actuelles ; qu'en dites-vous ?

— Je dis que vous êtes toujours le fou intrépide, et le brave cœur que j'ai connu là-bas, répondit Hawbury en souriant ; mais je crois bien qu'un jour, vous serez fatigué de vos Romains, comme vous vous êtes fatigué des Indiens. Les tatouages d'ici n'habillent pas des hommes si différents que vous le supposez des hommes nus de nos prairies.

— Bah ! laissez-moi mes illusions, et puis, quand le désenchantement viendra, je partirai.

Tandis que le baron développait devant Hawbury ses plans régénérateurs, Mme Willoughby et Minnie discutaient les incidents de la journée.

La conversation avait mal commencé, ou plutôt n'avait pas commencé tout d'abord. Minnie s'était jetée sur un fauteuil, d'un côté de la chambre. Madame Willougby s'était assise sur un canapé, de l'autre. Pendant quelques minutes, pas un mot ne fut échangé. La sœur aînée réfléchissait à cette succession rapide, saugrenue, d'épisodes toujours semblables dans leur variété, puisqu'ils étaient le renouvellement et la multiplication du même péril.

Minnie avait l'air de réfléchir ; mais la réflexion avait une aile bien sérieuse pour effleurer ce gentil front de baby, ces cheveux blonds ; et le papillon du caprice, de la fantaisie, de la rêverie, se jouait pour quelques minutes dans cette tête fleurie, ouverte à toutes sortes de brises embaumées.

Minnie fut la première lasse du silence.

— Tu diras tout ce que tu voudras, s'écria-t-elle en regardant sa sœur qui n'avait rien dit et qui ne paraissait pas tentée de dire quelque chose, ce n'est pas moi qui l'ai amené ici. Pourquoi es-tu si furieuse ?

— Oh ! furieuse !

— Oui, furieuse, je le vois bien... Tu devrais être au contraire si pleine de pitié pour moi.

— Je suis ennuyée, très ennuyée, ma chère Minnie ; voilà la vérité. Ces aventures... désagréables finiront par amener une complication sérieuse...

— Je le sais bien, Kitty... mais ce n'est pas une raison pour ne point me dire ce que tu penses de lui...

— De qui ? de ce soldat, de ce..

— De mon sauveur ? Oui.

— Ne me demande pas ce que j'en pense, Minnie.

— Tu fronces les sourcils ? tu en penses donc beaucoup de mal ?

— J'en ai peur ! voilà tout.

— Autant que des autres ?

— Davantage.

— Eh bien ! s'écria Minnie d'un ton triomphal, puisqu'il te fait peur, imagine la situation d'une pauvre jeune fille à laquelle il a sauvé la vie ! Est-ce qu'elle peut lui résister quand il *veut* l'embrasser, quand il *veut* sa main ; que ferais-tu à ma place ?

— Je ne le reverrais pas. Il a une façon de traiter les jeunes filles !... Quel brutal !

— Oui ! oui ! il est brutal, soupira Minnie ; mais il est toujours comme cela, et l'on est bien forcé de s'y habituer. Il est l'ami de lord Hawbury... C'est une bonne note en sa faveur ; mais cela complique singulièrement mon existence. Que vais-je devenir ?

— Il faut quitter Rome immédiatement.

— Quitter Rome ! nous arrivons à peine. Je ne puis pourtant pas me chasser de toutes les villes qu'il plaît à mes insupportables sauveurs d'habiter !

J'ai une autre idée, moi, une idée que je crois excellente.

— Voyons ton idée ?

— Tu connais le pape ?

— Je l'ai vu comme toi.

— Je m'imagine, moi, que je le connais bien ; il nous a donné sa bénédiction. Eh bien ! il faut aller le trouver. Il est puissant ; il peut tout. Tu lui diras : Minnie est malheureuse dans vos tats ; débarrassez-la des gens qui la tourmentent.

— Quelle folie !

— Ce n'est pas une folie. On prétend que le pape a un pouvoir au-dessus de tous les autres ; c'est précisément ce pouvoir-là qui m'est nécessaire.

— Tu es une enfant, ou plutôt tu affectes de parler comme une enfant, ma chère Minnie ; le mieux, c'est de rester dans ta chambre et de n'en pas sortir.

— Oh ! par exemple, jamais ! jamais ! Pourquoi serais-je prisonnière ?

Mme Willougby, impatientée, se leva :

— Minnie, tu me feras mourir de chagrin ! dit-elle.

Minnie qui ne voulait la mort de personne, et la mort de sa sœur, encore bien moins que celle d'aucun de ses poursuivants, s'élança dans les bras de Mme Willougby, la caressa, lui demanda pardon. Elle promit d'être bien soumise, bien docile, de faire tout ce que voudrait sa sœur, sa bonne sœur chérie, et pour distraire Kitty des idées grondeuses qui pouvaient la tenter, elle l'attira doucement à la fenêtre.

— N'y pense plus, lui disait-elle de sa voix la plus câline. Nous verrons, tout s'arrangera.

Mais il était vrai qu'au fond Minnie, dans les plus beaux des espoirs, espérant toujours beaucoup. Le baby avait gagné la cause, et Mme Willougby venait de l'embrasser, en promettant de ne plus la gronder provisoirement ; quand Minnie qui regardait par la fenêtre, s'écria :

— Oh Kitty, un homme ! regarde !

— Où cela ?

— Là, auprès de la fontaine.

Suivant la direction indiquée, madame Willougby vit, en effet, auprès de la fontaine, un homme qui se dissimulant de son mieux, tenait les yeux fixés sur la fenêtre.

Scone Dacres, dit Minnie en hochant la tête.

— Oui, c'est bien lui ; c'est étrange, murmura Mme Willougby.

— Ainsi, ils viendront tous ! tous ! ici,

Et, dans un élan de tristesse si exalté qu'il ressemblait à un élan de triomphe, Minnie sanglota et se coucha sur la poitrine de sa sœur ; mais ses sanglots furent brefs, et la grande sœur n'eut pas à essuyer longtemps les yeux de la charmante martyre.

XII

Invasion

On a pu comprendre, par les paroles du baron, qu'il se faisait quelque peu illusion, au moins sur la situation présente.

Ce n'était point un fat ; c'était un de ces hardis et invincibles Américains qui, regardant fixement le bon, finissent par le rapprocher par un fanatisme d'optique, et par s'imaginer qu'ils l'ont atteint quand ils n'ont fait encore que le découvrir.

Convaincu que sa dernière lettre adressée à Minnie était parvenue à celle-ci en Angleterre, et qu'aussitôt elle avait été possédée d'un irrésistible désir de le voir, il ne doutait pas que la jeune fille ne fût arrivée à Rome uniquement dans l'intention de lui tendre sa jolie petite main et d'être embrassée par lui.

Tout autre que le zouave se serait demandé pourquoi Minnie n'avait pas répondu à sa brûlante épître ; mais s'il s'était fait une fois au plus cette question, le triomphant Baron, infaillible comme un défenseur de l'infaillibilité couronnée, s'était sans doute dit que Minnie avait voulu le surprendre, que c'était là une adorable délicatesse, une piquante coquetterie, une preuve nouvelle de l'innocent amour du baby.

La petite déconvenue ressentie lors de sa première visite, était donc parfaitement oubliée, il ne se supposait aucun rival, et il voulait jouir dans toute sa plénitude de la joie suggérée par cette assurance d'une affection naïve de jeune fille.

De nature gaie, de complexion heureuse, créé par le rire et la victoire, le baron Atramonte ne connaissait aucun découragement, et quand il lui fallait subir un échec, admettre une contrariété, il se disait qu'il avait été piqué, par hasard, mais qu'une piqûre fouettait le sang et ne pouvait être prise au sérieux.

Voilà pourquoi, oubliant la visite du comte de Girasole, reçue par Minnie en même temps que la sienne, il ne se souvenait que du charmant hasard qui lui avait fait retrouver Hawbury dans le salon de sa fiancée. L'amitié devait venir en aide à l'amour, et l'amour ajouter une pointe d'ivresse aux délices de l'amitié.

C'était, comme on le voit, un tempérament solide et charmant que celui de Rufus K. Gunn. Il ne faut donc pas nous étonner de le retrouver le lendemain, pressé, gaillard, fredonnant, en route pour l'hôtel de lady Dalrymple ; il allait d'un bon pas, le cœur battant, le sang aux joues, l'étincelle dans les yeux.

Il n'était pas seul.

Il avait un compagnon qu'il traitait déjà presque d'ami, et dont il avait fait la connaissance le matin même.

Personnage bizarre, très-grand, très-long, très maigre, très jaune, avec des mèches de cheveux blancs descendant sur une cravate, assurément moins blanche que les cheveux, serré dans un étui noir qui pouvait à la rigueur passer pour une redingote ou une soutane ; tel était le nouveau compagnon du baron Atramonte. A ce portrait, nous reconnaissons facilement l'étranger qui s'était comporté d'une façon si excentrique envers le pape et qui avait été arrêté comme un garibaldien.

L'histoire était venue aux oreilles du baron. Il aimait les garibaldiens, autant que les zouaves ; qui n'aimait-il pas d'ailleurs ? Il s'était rendu à la prison et avait reconnu dans le prisonnier un compatriote en détresse, le révérend Saül Tozer, brave clergyman qui parcourait l'Europe pour sa santé et ses études. Rufus avait trouvé une bonne figure à Saül et d'emblée avait offert à Saül sa main, la liberté et son amitié. Il était donc tout simple que le baron Atramonte, ayant délivré le clergyman Saül Tozer, ne voulût plus s'en passer, et songeât à le présenter dans le monde où lui-même était admis.

Voilà pourquoi Rufus emmenait Saül chez lady Dalrymple ou plutôt chez celle qu'il appelait sa fiancée.

En route, il adressa plusieurs fois d'énergiques clignements d'yeux pleins de promesses au clergyman, pour lui dire :

— Vous allez voir comme nous serons reçus !

Il faillit subir un échec. Quand il eut frappé à la porte, on lui répondit que Miss Minnie n'était pas à la maison.

— Très bien, répliqua le baron, je l'attendrai, asseyez-vous, mon révérend, vous êtes ici, comme chez vous !

La servante qui avait ouvert la porte de la rue, la laissait ouverte ; ce qui était un langage catégorique.

Rufus ferma la porte de sortie, ouvrit carrément la porte du salon et se tournant vers la femme de chambre :

— Ne crains rien, petite, lui dit-il. Je sais le chemin. Allez droit devant vous, mon révérend.

Le révérend n'avait pas besoin qu'on l'engageât à suivre la ligne droite. Il était lui-même une ligne perpendiculaire, marchant toujours dans son ombre. Il s'avança donc dans le salon, et se trouva en face de lady Dalrymphe, très étonnée de cette brusque invasion.

Le baron ne vit pas l'étonnement. Il était d'ailleurs dans un de ses jours de particulière effusion avec le monde, avec l'humanité tout entière. Il fit donc deux pas, se mit aux côtés du révérend Saül, et s'adressant à la douairière qu'il reconnaissait :

— Comment allez-vous, *mame*, lui demanda-t-il, en la saluant, comme ses soldats saluaient le Saint Sacrement.

Lady Dalrymphe dont le caractère était excellent, lui rendit son salut, mais avec une certaine froideur !

— Je parie que vous ne me remettez pas, lui cria-t-il !

Il lui passait par l'esprit que la douairière, en raison de son âge, devait être sourde « comme une potence. »

Il continua donc, sur un diapason fort élevé :

— Rappelez-vous, *mame* ! Il est vrai que je n'ai pas eu l'honneur de vous être régulièrement présenté... Eh bien, présentons-nous... Je suis le baron Atramonte, capitaine de zouaves pontificaux, et voilà mon excellent ami, le révérend Saül Tozer.

Accompagnant ses paroles du geste, il présenta sa main à la douairière.

Lady Dalrymphe sourit, se laissa secouer le bras et répondit courtoisement :

— Je suis heureuse de faire votre connaissance.

Ce n'était pas qu'au fond, l'aristocratique douairière ne se sentit choquée, non précisément de la poignée de main, mais de la grosse main elle-même.

— Voyez-vous, *mame*, reprit le baron, je suis venu pour voir ma jeune amie miss Minnie Fay... Elle n'y est pas ? Je vous avouerai que cela m'ennuie, mais enfin, puisque je suis là, le mieux est de prendre patience, et de causer avec vous, en l'attendant. C'est vot'e avis, n'est-ce pas ? savez-vous quand elle rentrera ? hein ? non ! tant pis ; car plus je l'aurai attendue, plus j'aurai de plaisir et d'appétit de la voir à son retour.

Le baron offrit une chaise au révérend, se laissa tomber lui-même sur son siège, et comme il avait marché vite, souffla bruyamment pendant quelques minutes.

Lady Dalrymphe se remit à l'ouvrage de tapisserie qu'elle avait interrompu. Mais le baron, quand il eut suffisamment soufflé, voulut se rendre agréable ; il toussa et reprit :

— Vous êtes ici depuis longtemps ? hein, *mame* ?

— Pas depuis très longtemps.

— Vous êtes satisfaite du pays ?

— Sans doute.

— Joli pays !

— Très joli.

— Et la santé se soutient bien ? demanda le baron avec une nuance d'intérêt très marquée.

— Mille remerciements.

La réplique l'intrigua. Etait-ce oui ? était-ce non ? Décidément, la douairière n'était pas bavarde. Il changea de texte :

— Vous connaissez depuis longtemps ma petite Minnie ?

— Oui, milord.

— Comme parente ? comme amie ? hein ?

— Comme parente.

La conversation menaçait de se prolonger, quand le baron, un vieux chasseur dressé à la chasse des Indiens, prêta l'oreille. Il entendait des pas dans l'escalier et le froufrou d'une robe. Il se dressa d'un bond ; Saül Tozer dont le ressort était associé à sa mécanique, se leva de même.

La porte s'ouvrit :

Ce n'était pas Minnie qui entrait, mais sa sœur, Mme Willougby. Nous devons confesser que depuis l'arrivée du baron. Il y avait eu quelques explications animées à l'étage supérieur. Les deux sœurs avaient donné ordre de ne recevoir personne ; aussi avaient-elles été consternées d'apprendre l'invasion du zouave et du révérend ; et la voix du baron vibrant aux oreilles de lady Dalrymphe, était montée comme un bruit de trompette guerrière menaçant d'un assaut.

Il était cruel et imprudent de ne pas aller au secours de la douairière. Il fallait absolument que l'une des deux se dévouât. Le choix n'était pas douteux, en bonne logique. Mais Minnie n'entendait pas se soumettre à la logique. Elle voulait descendre ; Mme Willougby s'y opposait, arguant des usages, des convenances ; à quoi Minnie répondait qu'en résumé, le baron lui avait sauvé la vie !

C'était la réponse à tout et pour tous ! Elle ne serait jamais sauvée de ses sauveurs ! Il fallait qu'elle s'habituât à en voir surgir, pulluler autour d'elle !

Mme Willougby, qui se reprochait ses faiblesses passées, résolut d'agir enfin avec autorité, elle descendit.

Le baron s'était donc levé, le cœur bondissant d'espoir ; il vit la sœur de sa Minnie, au lieu de Minnie, et une rougeur rapide de désappointement passa sur son visage. Il se rappela fort à propos, que Minnie n'était pas à la maison, du moins, d'après ce qu'on lui avait dit, et qu'il n'avait rien de mieux à faire que d'attendre. Il rentra donc dans sa bonne humeur, dans sa placidité heureuse; le genre humain voilé pendant une seconde, lui apparut de nouveau dans tout son rayonnement; il trouva que Mme Willoughby était fort belle, que sa figure annonçait une bonne âme; il lui tendit la main.

Mme Willoughby salua, mais feignit de ne pas voir la main; comme sa tante, elle connaissait les muscles du baron.

Atramonte présenta le révérend; puis, tirant sa montre pour la prendre à témoin de la patience avec laquelle il attendait Minnie, il se rassit et se mit à battre du tambour avec ses doigts sur le bras de son fauteuil... Enfin, après un silence de quelques secondes :

— *Mame*, dit-il, est-ce que miss Minnie tardera beaucoup à rentrer?

— Minnie n'est pas sortie, dit froidement Mme Willoughby.

— Pas sortie!

— Non.

— Alors, madame, vous avez la servante la plus idiote qui se puisse imaginer. Elle me paiera ses mensonges. Miss Minnie, dites-vous, n'est pas sortie?

— Elle est ici, reprit la sœur de Minnie sans se départir de son calme superbe.

— Mais alors, cria le baron en frappant de ses deux poings sur les deux genoux, elle ne sait donc pas que je suis là?

— Elle le sait!

— Alors, pourquoi ne vient-elle pas?

— Parce qu'elle est indisposée.

— Indisposée!

— Oui.

Mme Willoughby venait de faire la seule concession qu'elle eût promise à Minnie, qui lui avait demandé en grâce de ne pas froisser les sentiments du baron. En somme, c'était le meilleur moyen de se débarrasser de lui.

— Indisposée! reprit-il vivement, pauvre chère petite! oh! pas malade? hein! *Mame*. Rien de sérieux? quoi? quelle indisposition?

— Rien de sérieux en effet,... mais elle doit garder la chambre...

Elle n'est pas au lit, j'espère!

— Non, non, pas jusque-là.

— Ma chère petite Minnie, dit l'excellent baron en croisant ses deux mains sur son cœur pour le comprimer, ou pour le tirer de sa poitrine comme il avait tiré sa montre, c'est ma faute à moi, si elle est indisposée et je le sais bien. Elle a fait ce voyage, la chérie, uniquement pour me voir; la fatigue a été très-forte! Je me rappelle maintenant combien elle était pâle hier... Mon Dieu, mon Dieu, s'il allait lui arriver quelque mal. Je vous en prie, mame, soyez

franche. Je suis un soldat qui ne craint pas les blessures.... Parlez-moi *carrément*. A-t-elle au moins passé une bonne nuit? Où souffre-t-elle? Que puis-je faire pour elle? Une idée! Pour la remettre, si vous lui portiez un mot de moi...

— Mille grâces; mais elle a surtout besoin de repos. La moindre excitation pourrait être dangereuse.

Le baron, approchant son fauteuil de celui de Mme Willoughby, commença alors une série d'interrogations auxquelles la sœur de Minnie essayait de répondre ou de ne pas répondre de son mieux.

Cependant, le révérend Saül Tozer, toujours assis, toujours muet comme un poisson, cherchait depuis quelque temps un moyen plus ou moins ingénieux de se mêler à la conversation. Il pensait que, ayant été présenté par le baron, il avait le devoir d'intervenir dans l'entretien et de s'affirmer à la fois, comme un homme du monde, comme un érudit et comme un clergyman.

Aussi, trouvant que le baron monopolisait Mme Willoughby, se glissa-t-il doucement jusqu'à lady Dalrymphe.

— Ce pays, commença-t-il, offre un puissant intérêt.

La douairière salua de la tête.

— Oui, madame, j'ai eu l'honneur de visiter depuis plusieurs jours les musées antiques, c'est un spectacle qui écrase l'âme sous l'admiration.

En parlant, le révérend Saül écrasait du doigt quelque chose d'invisible dans le vide, par habitude d'écraser le serpent.

— En effet, consentit à reprendre la bienveillante lady Dalrymphe.

— Tout ce qui nous entoure, reprit le révérend, qui avait trouvé le texte de son sermon, est sujet à la destruction!

Il toussa, fit tourner deux ou trois fois sa tête sur son pivot enveloppé d'une cravate quasi-blanche, afin de s'assurer, sans doute, qu'elle tenait bien, puis il continua :

— Oui, la destruction! voilà le premier point acquis; tout marche à l'abîme, ah! que profondément vraies sont les paroles du Psalmiste. « Nos jours sont comme l'herbe des prairies, comme la fleur du matin, quand le vent souffle à travers le vallon, elles se fanent en une heure. » Oui madame! Je me suis arrêté au milieu du Forum, j'en ai remué la poussière avec mon parapluie et je me suis senti écrasé!... Et le Colisée, quel admirable débris... C'est là encore que l'écrasement est inévitable. Vous ignorez peut-être qu'il a été construit par les Flaviens, et qu'il pouvait contenir quatre-vingt mille spectateurs assis, et plus de vingt mille debout!... En été, quand les éclatants rayons du soleil, selon l'admirable expression du Psalmiste, donnaient une chaleur trop forte, les spectateurs étaient protégés par un *velum*... *Velum*, tente, abri, voile... puissante idée madame !

— C'est mon avis, bâilla poliment lady Dalrymphe.

— L'Arc de Titus, Madame, reprit le révérend, est encore une belle ruine faite pour écraser l'âme. On le doit à l'empereur de ce nom, qui le fit élever pour célébrer la conquête de Jérusalem.

A qui croyez-vous que soit dû l'Arc de Septime Sévère ?

Tout simplement à Septime Sévère. L'histoire qui égare souvent les historiens et le public, n'a trompé personne cette fois. Il en est de même pour l'Arc de Constantin. C'est bien à Constantin qu'il est dû.

Ce sont des constructions très remarquables..., éminemment remarquables, n'est-ce pas, Madame ?

— Je suis heureuse de partager votre opinion, dit lady Dalrymphe presque défaillante.

— Je dis vrai, madame. Le mensonge ne souille pas ma bouche. Mais permettez-moi d'ajouter que les ruines de cette antique cité n'offrent pas, à mes yeux, un spectacle aussi désolant que les ruines morales.

Quand je regarde autour de moi, savez-vous ce que je vois, madame, le savez-vous ? Soyez franche. Vous ne le savez pas ? Eh bien, je vois la Babylone de l'Apocalypse. Madame, n'avez-vous pas longuement réfléchi à cela ?

— Pas très longuement, murmura l'infortunée douairière, qui crut pouvoir se permettre de se lever.

Elle salua avec une révérence le révérend, balbutia un : je vous demande pardon, que l'on vit sur ses lèvres plutôt qu'on ne l'entendit, et commença très nettement un mouvement de retraite, au grand désespoir de Saül Tozer qui commençait à se lancer à toute vapeur, et qui voulait persuader lady Dalrymphe de la similitude de Rome avec Babylone.

Pendant ces essais de conversation historico-artistico-propagandiste, le baron, qui tenait Mme Willougby, ne la lâchait pas et la suppliait toujours de porter un message à la jeune fille.

Mme Willougby refusait.

— Non, je vous assure que cela la troublerait trop. Il lui faut le calme le plus complet. Sa santé est réellement très délicate... Je suis inquiète.

— Mais alors ! mais alors !... s'écria le baron, il faut aviser, consulter !

Puis il marcha dans la chambre.

— Oh ! ce ne sera que l'affaire de quelques semaines !

— Quelques semaines, dites-vous ; alors, je veux la veiller nuit et jour, entendez-vous ! oui, nuit et jour... Voyons, que puis-je faire de mieux ? Je vais m'installer ici. Voyez-vous, dans ces indispositions, car je comprends maintenant son indisposition comme si je la voyais elle-même, il ne faut pas de négligence... C'est épouvantable ! je vais donner ma démission, abandonner ma position, mon titre ! tout, pour vivre ici, dans cette maison...C'est mon devoir, puisque c'est à cause de moi qu'elle est malade !

— Je vous assure que vous vous trompez. Son indisposition n'a aucune gravité... c'est nerveux... un peu de faiblesse... une névralgie !

— Je vous dis que vous ne la connaissez pas, s'écria le baron, en se levant comme s'il allait s'élancer vers la chambre de Minnie. Il n'y a que moi qui la connaisse... Mais quoi ? Qu'est-ce que cela ?

Atramonte renversa une chaise, faillit *écraser* l'écrasant révérend Saül Tozer, et rugit comme un lion en bondissant vers la porte qui s'ouvrait.

Minnie, dont il avait entendu la robe de soie dans l'escalier, Minnie, qu'il avait devinée, attirée, magnétisée, apparaissait dans l'encadrement de la porte ouverte.

Mme Willougby resta foudroyée.

Quant au baron, il enleva Minnie dans ses deux bras et la mangea de baisers. Minnie, qui avait peur des ogres, n'osa résister.

— Ah ! Minnie, petite chérie... petite poupée d'amour, disait-il, vous êtes descendue... imprudente ! Il fallait rester là-haut !... J'allais vous envoyer une lettre ! Pauvre amie, si faible, asseyez-vous donc là, dans ce fauteuil... Ah ! vous vouliez me voir ; soyez tranquille, je m'installe là ; je ne bouge plus, je ne vous quitte plus... non, non, quand le tonnerre devrait m'écraser.

Au mot « écraser, » le révérend se leva. Le baron avait déposé Minnie dans un fauteuil, s'était assis sur un siège plus bas, à côté d'elle, et, prenant une de ses petites mains de baby dans ses fortes mains de soldat, la caressait, la baisait avec une dévotion infinie, comme on voit des guerriers baiser la main du « bambino » divin dans les tableaux des maîtres.

Minnie paraissait accepter très bien cette adoration : elle avait rassuré le baron, et puis elle causait avec lui de Rome, de Naples, d'Amérique, du pape... Elle affectait de bien écouter pour bien répondre, et ne regardait pas les yeux enflammés de sa sœur.

Mme Willougby, hors d'elle-même, lui cria enfin, d'un air d'autorité :

— Minnie, je veux que vous sortiez d'ici.

Minnie sentit que c'était sérieux. Elle se leva pour obéir, le baron voulut l'embrasser encore une fois. Mais la sœur Minerve se plaça devant elle, et déploya la majesté de son regard, comme un bouclier, puis elle entraîna la petite insurgée.

— Mademoiselle, lui dit-elle quand elle fut dans l'escalier, vous comprenez que je ne puis conserver plus longtemps la responsabilité de votre conduite. Je vais envoyer un télégramme à notre père pour qu'il vienne au plus vite vous chercher.

Minnie trouva que sa sœur était un tyran, et fit tout bas contre elle le serment que les victimes ont l'habitude de faire contre la tyrannie.

XIII

Le baron monte à l'assaut

Dans cette même journée où le baron avait fait brèche dans la place, un autre visiteur s'était présenté. Celui-là aussi était bien décidé, bien résolu, mais il partait moins ouvertement en guerre; son siège était plus cauteleux; ses batteries étaient mieux masquées. C'était un adversaire dangereux, un rival redoutable, moins par les chances qu'on lui donnait que par celles qu'il pouvait trouver dans son astuce et dans son audace.

C'était le comte de Girasole.

La femme de chambre, conformément aux ordres reçus, lui avait fait la même réponse qu'au baron. Seulement le baron avait, d'un bond, franchi l'obstacle, et le comte, jugeant ou feignant de croire l'obstacle invincible, s'était incliné devant.

Qu'il fut désappointé et plein d'amertume, c'est ce que je n'ai pas besoin d'expliquer. Sa dernière réception lui avait suggéré des espérances auxquelles il ne voulait pas renoncer. L'à-propos de sa précédente visite lui avait valu une faveur qu'il attribuait à ses mérites, aux réflexions de Minnie et de sa sœur; et selon le proverbe aussi utile à pratiquer en Italie que partout ailleurs, à savoir qu'il faut battre le fer pendant qu'il est chaud, il venait marteler pendant une heure ou deux le fer qu'il supposait rougi ou tiède au moins.

Mais cette consigne, cette porte close, glaçait terriblement l'ardeur du comte, ou plutôt l'avivait singulièrement en le mettant au défi d'entrer quand même dans la place. Ce qui rendit le cas plus grave, c'est que pendant la faction qu'il fit dans la rue, il vit fort distinctement le baron forcer la consigne et pénétrer chez lady Dalrymple en y introduisant le révérend Saül Tozer.

Est-ce qu'on se jouait de lui, le comte de Gerasolo, l'incontestable sauveur de Minnie? à qui était-il sacrifié? à un zouave brutal, à une connaissance d'un jour; car il avait bien compris, lors de sa précédente visite, aux paroles de lord Hawbury que le baron Atramonte était une relation toute récente.

Le comte avait le malheur ou le bonheur de posséder ce tempérament énergique qui traduit la colère par la pâleur, et qui donne les avantages du sang-froid à la rage la plus venimeuse.

Il n'était pourtant pas patient, et ses fureurs glacées lui semblaient aussi lourdes à porter longtemps que peuvent l'être pour d'autres des fureurs bouillantes.

Italien, fielleux, haineux, cauteleux, il ne commettait jamais d'imprudences généreuses; et peut-être bien que, s'il était descendu dans un gouffre pour en retirer Minnie, c'est qu'il avait jugé l'expédition plus avantageuse que périlleuse pour lui.

La ligne droite était le chemin le plus ordinaire de cette volonté implacable; mais la ligne courbe, tortueuse, était une volupté raffinée qu'il se donnait dans les circonstances difficiles.

— Oh! comme je vais me venger! dit-il avec un sourire méchant.

Pauvre Minnie, c'est pour le coup qu'elle eût été effrayée, et qu'elle se fût trouvée bien malheureuse, si elle l'eut vu quand, se retournant une dernière fois vers la maison dont il n'avait pu forcer la porte, il lança ce regard aigu, menaçant, qui avait des étincelles de poignard, et des ombres sinistres de poison. Pauvre Minnie!

Mais ce qui doit arriver arrive. C'est surtout à Rome que, malgré la clientèle nombreuse acquise à la providence, la fatalité a ses victimes. Après tout, on verra par la suite des événements si les dangers dont Minnie est menacée ne valent pas mieux pour son bonheur final.

Quant au baron, celui-là, ne songeait ni à la ligne droite, ni à la ligne courbe, il allait par bondissements; il ne reconnaissait aucun obstacle; pour un peu, il fût venu quatre, six, dix fois par jour, forçant la porte entrebâillée, et menaçant d'enfoncer toute porte fermée. On pouvait croire à sa façon de s'installer, à chaque visite, qu'il établissait son domicile légal, permanent, officiel; et l'on redoutait toujours qu'il eût l'idée de ne pas partir. Cette idée-là ne lui était pas encore venue.

Madame Willougby avait beau chercher les moyens imaginables d'arrêter cette invasion, cette inondation *baronienne* ; rien ne pouvait contenir l'impétuosité d'Atramonte. On avait songé à un moyen radical d'en finir, à un congédiement si net, si catégorique, si bien notifié devant Hawbury par exemple, que Rufus K. Gunn, tout Atramonte qu'il était devenu, eût perdu la tramontane ; mais Minnie s'opposait de toutes ses forces à ce qu'on fît rien de désagréable au baron.

— Il m'a sauvé la vie, disait-elle.

C'était son refrain.

Lady Dalrymphe commençait à trouver son rôle de Mentor assez singulier ; c'était une sinécure désagréable. Mme Willougby, bien qu'elle fût en Italie et dans Rome, ne connaissait plus de madones ni de saints à qui se vouer. Ethel, elle-même, renonçant à son silence et à sa solitude, s'efforçait de convaincre Minnie de la nécessité de recourir en sa faveur aux moyens énergiques et décisifs, c'est-à-dire autoritaires. Les efforts d'Ethel, comme ceux de Mme Willougby, comme ceux de lady Dalrymphe, étaient vains. Minnie, ébranlée un instant par toutes ces admonestations, revenait bien vite à son entêtement, à son caprice obstiné. Elle voulait voir le baron toutes les fois qu'il se présentait, et ne concevait pas qu'on pût lui refuser la porte.

— Alors, voulez-vous voir aussi, quand même, le comte de Girasole ? demandait Mme Willougby.

— Je n'en sais rien. Je suis toute triste... et j'ai presque peur, quand je pense au comté.

— Fort bien, mais je suppose que le capitaine Kerby ne va pas tarder à arriver. Naturellement vous voudrez le voir aussi ?

— Pourquoi me donner tant de chagrin, ma bonne Kitty !

— Sois tranquille, Minnie, celui-là n'entrera pas ici, je te le jure. D'ailleurs, j'ai envoyé un télégramme à notre père ; il décidera entre toi et moi et jugera si nous devons rester toujours tes humbles servantes.

— Qu'est-ce que père pourra faire à tout cela ?

— Je m'imagine que s'il s'oppose à ce que vous receviez toujours tous vos pourvants, vous n'insisterez plus autant.

— Père n'est pas assez méchant pour m'enfermer, sous clé, à la maison ! Qu'il vienne, après tout. Je le supplierai de m'emmener loin, bien loin d'ici. Après tout, je ne tiens pas autant à les voir... ces sauveurs dont je voudrais être préservée ! mais ils viennent : je suis là. Comment faire ?

A moins d'avoir mauvais cœur, il faut bien que je les reçoive. Ah ! ils ne savent pas combien ils me rendent malheureuse !

— C'est surtout, n'est-ce pas, ce baron, ce Rufus K. Gunn ? Je le trouve effroyable.

— Ah ! tu n'es pas juste, Kitty ; il n'est pas plus effrayant que les autres ; il l'est moins que M. de Girasole. Il est brusque, mais bon. On ne peut pas lui résister..., il vous trouble, vous charme, vous ensorcèle. Il a une si drôle de façon de tout enlever comme à la pointe de son sabre !

Mme Willougby sentit que le mal était arrivé à son point culminant ; ainsi les défauts, les atroces défauts mêmes du baron constituaient un charme, aux yeux de cette petite folle.

On tint un conseil de famille. Ethel y fut appelée. On dressa la liste des cinq amoureux authentiques de Minnie. On agita, comme dans tous les conseils possibles, les questions préliminaires plus longtemps que la question principale. Dans quel ordre fallait-il inscrire les prétendants ? Selon leurs chances, leurs droits ou leurs prétendus mérites ? Ethel, qui tenait la plume, mit par dépit ou par douleur le nom de lord Hawbury en tête. La liste fut ainsi faite :

1° Lord Hawbury ;
2° Le comte de Girasole ;
3° Scone Dacres ;
4° Le baron Atramonte ;
5° Le capitaine Kerby... encore inconnu et absent.

Parmi ces cinq, quatre avaient sauvé la vie à Minnie : ils avaient par conséquent des droits égaux.

La seule satisfaction personnelle qu'Ethel put trouver à cette constatation et à l'étude de cet imbroglio, c'est que du moins Hawbury n'avait pas sauvé la vie de Minnie. Le conseil ne conclut pas d'une façon péremptoire. On décida qu'on se tiendrait sur la défensive, et qu'au besoin contre le plus entreprenant, on prendrait héroïquement l'offensive.

C'était décider qu'on ne savait quoi décider. Les hommes se réunissent souvent, font des gouvernements et tiennent des assemblées, des conseils, pour des résultats aussi équivoques, aussi dérisoires.

Le baron revint le jour suivant. Il n'avait pas amené le révérend Saül avec lui. Il avait l'intention de voir Minnie seule, et la présence d'un tiers lui eût été particulièrement désagréable.

Il se présenta donc comme la veille ; mais comme la veille, on lui répondit que ces dames étaient absentes.

— Toutes ? demanda-t-il.

— Toutes, lui fut-il répété.

Le baron n'était pas homme à s'accommoder de ce qu'il considérait, non sans quelque raison légitime, comme un mensonge grossier. Seulement, comme il se sentait formidablement fort de son bon droit et de son amour, il voulut bien feindre une grande condescendance.

— Jeune fille, dit-il à la femme de chambre, je crois à la pureté de vos intentions. Vous vous imaginez peut-être dire la vérité, toute la vérité, rien que la vérité ; mais comme je sais que vous êtes exposée à l'erreur, comme vous avez été manifestement la dupe de vos sens hier, je vais m'assurer du fait par moi-même.

Et doucement, mais avec une douceur énergique de zouave, il écarta la camériste, franchit la première porte et pénétra dans le salon. Personne... le salon était même démeublé de la douairière. Le baron regarda, réfléchit, attendit. Minnie pouvait être aux étages supérieurs. Atramonte se dit qu'il n'était pas plus difficile de monter au premier, au second, au troisième, que d'entrer dans ce salon.

L'Écriture a dit : (Saül Tozer n'était pas là, mais son esprit était présent) l'Écriture a dit : cherchez et vous trouverez ! Atramonte en soldat de l'Église, se dit qu'il allait chercher en conscience.

Il gravit donc lestement l'escalier jusqu'au premier étage, et là, de sa voix rendue caressante, engageante, il appela par trois fois :

— Min... Minn... Minnie !

Pas de réponse.

Il éclaircit par une petite toux le clairon de sa voix militaire, et redit plus haut :

— Min... Minn... Minnie !

Cette fois encore, le silence l'avertit de l'inutilité de son appel.

Mais le baron était habitué à se battre obstinément pour l'invraisemblable et l'incompréhensible ; il ne s'avoua donc pas vaincu, et d'une voix de commandement, retentissante comme un roulement de tonnerre, d'une voix à faire sauter les vitres, il hurla :

— Minnie ! ma Minnie adorée !

Une porte s'ouvrit et une dame apparut. Atramonte ne la connaissait pas, ne l'avait jamais vue. Elle était jeune et belle ; ses yeux noirs étincelaient et foudroyaient le baron d'un regard indigné.

— Qui êtes-vous ? Que demandez-vous ? dit-elle brusquement.

— Moi ! mais je suis le baron Atramonte... on a dû vous parler de moi. Ce que je demande, c'est Minnie, ma petite Minnie ; savez-vous où elle est ?

— Qui ?

— Minnie.

— Minnie ?

— Eh ! oui, Minnie, Minnie Fay, Minnie qui sera baronne Atramonte, ma Minnie à moi.

La dame regardait le baron avec une sorte d'horreur méprisante qui croissait.

— Je veux la voir, reprit Rufus K. Gunn.

— Elle n'est pas ici.

— Voyons ! est-ce vrai ? C'est qu'on me répond toujours cela d'abord, ou quelque chose comme cela. Par l'orteil de saint Pierre ! je n'ai pas de chance, si vous ne me trompez pas. Il faut que je la voie. Oui ou non, est-elle à la maison ?

— Non.

— Votre parole d'honneur ?

La dame se redressa, le toisa d'importance, et, sans le saluer, se retourna, rentra chez elle en poussant vivement la porte.

Il me faut bien avouer que, malgré sa bienveillance pour l'humanité entière et pour la partie féminine de l'humanité en particulier, le baron proféra un juron absolument américain et dit brutalement entre ses dents :

— Pourquoi fait-elle ainsi la *sucrée* ? Je n'ai rien dit de mal. Je l'ai interrogée en parfait gentleman... Je méritais plus d'égards... Si j'osais...

Le baron regarda toutes les portes et regarda ses poings ; puis il sourit.

— Il est vraisemblable que Minnie est sortie. C'est même certain. Si elle était ici, elle m'aurait entendu, et si elle m'avait entendu, elle serait déjà là... Le mieux est de me mettre en chasse. Excellent petit gibier, je saurai bien vous rattraper... C'est singulier comme tout le monde qui entoure ma gentille Minnie manque de cordialité...

Ces dames ont trop de noblesse, trop de noblesse... je suis pourtant baron ! S'il faut que le pape me fasse comte, prince pour les désarmer, il me fera tout cela !

Le baron redescendit allègrement l'escalier, lança un mot de pardon à la femme de chambre et partit à grands pas.

Il avait son plan.

En quelques minutes, il fut chez un loueur de chevaux ; il prit la première bête qui se trouva prête, l'enfourcha, et courut au Corso... Ces dames n'y étaient pas. Du Corso, Atramonte galopa à la place du Peuple, puis il gravit la colline pincienne, et là se mit à examiner le panorama qui se déroulait à ses pieds. Comme on peut le supposer, Atramonte connaissait assez tous les coins de l'horizon étalé devant lui pour s'y intéresser médiocrement.

Il s'agissait bien pour lui des monuments vieux ou modernes de la ville éternelle ou du paysage adorable dont on jouit sur ces hauteurs ! Tout à coup, il poussa un cri ; il avait aperçu quelque chose qui ressemblait à ce qu'il cherchait... Trois dames en voiture, dont les ombrelles cachaient leurs visages, trois dames ! c'étaient-elles ! le nombre trois est le nombre divin ! ce ne serait pas la peine d'être à Rome et d'être amoureux, si l'on n'avait pas toutes les superstitions.

Le baron donna un terrible coup de cravache à son cheval et le lança à fond de train sur la descente de la colline, à la grande inquiétude de la foule qu'il traversait comme une lame ou une baïonnette de zouave traverse une poitrine de garibaldien. Au bas du coteau, dans les voitures qui défilaient, il eut bientôt remarqué celle qui portait son cœur et sa fortune.

Minnie était là avec lady Dalrymple et Mme Willougby. Ces dames, en apercevant Atramonte, ne laissèrent voir aucune émotion; Minnie l'attendait, et ses deux gardes du corps avaient leur siége tout fait. On avait résolu, dans un nouveau conseil de guerre, que le baby ne recevrait plus aucun de ses adorateurs à la maison. Comme Minnie, si coupable qu'elle fût, ne pouvait être retenue prisonnière, on avait décidé que les chocs passionnés de ces nombreux et insupportables prétendants auraient lieu au grand air.

Le soleil, la pluie, la poussière, le vent qui passe deviendraient plus facilement des auxiliaires pour ces dames, héroïques mais fort embarrassées de leur héroïsme.

Déjà Hawbury chevauchait élégamment auprès de la voiture, quand on vit déboucher le baron.

— Hallo! cria celui-ci, apercevant Hawbury, comment cela va-t-il? Et vous tous? en bonne santé, n'est-ce-pas? hein? oui, je vous poursuis à travers le monde entier... Comment va Minnie? toujours gaie! fraîche! plus de migraine! Bien! bien! bravo! Bonne chose que l'exercice! prendre l'air, c'est la véritable hygiène... Voyez-vous, même pour les petites personnes comme vous Minnie, la vie sédentaire a ses dangers. Il faut voyager, marcher, courir... Nous arrangerons une partie, pour un de ces prochains dimanches! hein?... n'est-ce pas?

Lord Hawbury était stupéfait. Déjà, la veille, il avait été passablement surpris de trouver K. Gunn auprès de ces dames; mais en somme, le baron s'était tenu de façon irréprochable.

Que signifiait aujourd'hui cette grande familiarité avec Minnie? Ces manières d'intimité? le baron ne lui avait rien expliqué, de sorte que lord Hawbury se perdait en suppositions plus étranges les unes que les autres.

Ce qui étonnait surtout la fleur des gentlemen, c'est que Minnie ne paraissait pas le moins du monde choquée et ne semblait pas disposée à arrêter d'un mot ce flot torrentueux de paroles, dont quelques-unes étaient plus qu'incohérentes.

Minnie était assise seule, sur le devant de la voiture.

Hawbury et le baron caracolaient de chaque côté; l'on pouvait voir qu'elle souriait à l'un et à l'autre, et qu'elle les encourageait tous les deux. En réalité, Hawbury resté un peu en arrière accaparait l'oreille de lady Dalrymple, tandis qu'au contraire le baron, poussant son cheval, visait à l'oreille rose de Minnie.

Atramonte était heureux, au delà de toute expression. Ses yeux rayonnaient, ses gestes eux-mêmes semblaient lancer des éclairs; sa voix chantait, sonnait, tonnait, détonnait, d'une façon étonnante.

Lady Dalrymple et Mme Willougby échangeaient des regards désespérés. Minnie seule était parfaitement calme et dans sa simplicité ordinaire.

Tout à coup, un nouveau cavalier rejoignit la voiture. C'était le comte de Girasole. Mme Willougby et lady Dalrymple auraient bien voulu lui donner ou lui prêter au moins la place du baron; mais le baron n'était pas homme à se laisser facilement évincer, et il ne restait plus l'ombre d'une place à prendre autour de la voiture.

Girasole lança sur le groupe un regard qui n'était rien moins que sympathique; son œil noir et sombre s'arrêta particulièrement sur Hawbury.

Celui-ci le salua plus que légèrement, puis reprit avec lady Dalrymple la conversation engagée.

Le comte se mordit les lèvres et partit au galop.

— Un de moins! pensa Mme Willougby, c'est toujours cela!

Mais cette chétive consolation devait lui être refusée. Voici qu'apparut un quatrième cavalier.

Celui-là, pâle, l'allure solennelle et triste, l'œil mélancolique, avait l'air profondément désolé. Il arrivait au devant de la voiture et ne voyait que le dos de Minnie. Son regard désespéré, toutefois, était arrêté sur Mme Willougby.

Celle-ci salua, ainsi que lady Dalrymphe.

Il souleva son chapeau et la voiture passa.

Alors, il se retourna et vit Minnie de face. La jeune fille lui sourit et le salua à son tour. N'était-ce pas un sauveur? Puis la foule sépara de la voiture notre ami désolé, c'est-à-dire Scone Dacres.

Le baron se souciait peu de ces cavaliers qui passaient ; il parlait, il pérorait, il racontait toutes sortes de prouesses ; il se trémoussait avec fureur, ravi, exalté, ivre ; et l'humanité profitait de ce surplus de bonté qui découlait de lui comme la gomme des arbres ; il voulait particulièrement régénérer l'église catholique et l'État romain ; puis de Rome, il galopait sur un éclair aux montagnes rocheuses et racontait des chasses fantastiques, des combats terribles contre les indiens.

Il était, d'ailleurs, aussi libre, aussi à son aise, aussi communicatif que s'il eût été chez lui, au milieu de sœurs, de frères, de parents de tous degrés enchantés de l'écouter.

Minnie était la seule qui fît attention à ces récits interminables ; et ce n'était pas par effort de bienséance, de politesse ; elle lui souriait aux endroits agréables ; elle avait les petits frissons obligés aux endroits terribles ; elle s'extasiait aux belles descriptions.

Hélas ! le tour du monde lui-même a une fin. Il fallut bien que la voiture prît le chemin de l'hôtel. C'était le moment naturel des adieux pour ce jour-là.

Hawbury salua et se retira ; mais le Baron n'entendait pas s'en aller ; il était de ceux qui n'ont qu'un mot dans leur vie : — J'y suis, j'y reste ! — et ce mot-là, le baron le répétait dans toute circonstance. Il l'avait dit au Vatican, séduit par le pape ; il l'eût dit en enfer, pour peu que le diable eût l'air d'un bon diable.

Les dames entrèrent, le baron entra.

Elles montèrent à l'étage supérieur ; Atramonte ne se trouva pas embarrassé.

— Minnie, dit-il, vous allez bientôt redescendre, eh bien, je vais m'arranger de mon mieux pour vous attendre.

Il poussa la porte du salon, choisit le fauteuil le plus confortable, s'y enfonça, et fermant à demi les yeux s'apprêta à dépenser une bonne provision de patience.

Mais l'attente lui parut bientôt longue, un quart d'heure, une demi-heure, trois quarts d'heure, ne le lassèrent pas ; au bout d'une heure, l'impatience le prit ; il sortit du salon, grimpa les marches de l'escalier, et écouta. Il entendit qu'on parlait : sans doute, on l'avait oublié. Il lui suffirait d'appeler :
— Min !
On ne répondit pas.
— Minnie !
Cette fois l'appel était fait à voix plus haute.
Toujours même silence.
— Minnie ! hallo o o o o !
Rien encore.

— Minnie Fay ! hurla-t-il de sa voix la plus éclatante.

Cette fois, la porte d'une chambre s'ouvrit vivement. Mme Willougby parut, les joues rouges, le regard étincelant.

— Monsieur, dit-elle, cela est intolérable. Vous ne comprenez donc rien ? ni les égards dus à des femmes, ni leur attitude à votre égard ? Sortez, ou certainement je trouverai bien, même dans cette ville de zouaves, quelqu'un pour vous jeter hors de cette maison.

Et après cette apostrophe éloquente par le geste, par les mots, par l'accent, elle referma la porte et tira les verrous.

Le baron était anéanti, foudroyé, Non, jamais, dans le cours de son existence aventureuse, il n'avait été ainsi traité, pas même par les sauvages des Montagnes-Rocheuses ; il se sentit scalpé, brûlé, torturé. Il fut pendant quelques minutes incapable d'associer ensemble ses idées.

— Qu'est-ce que cela ? murmura-t-il. Qu'est-ce que j'ai donc fait de mal ?

Lentement, descendant à reculons les marches qu'il eût volontiers descendues à genoux, comme les marches du fameux escalier saint, l'œil fixé sur la porte inexorable, il atteignit le rez-de-chaussée, et se trouva dans la rue, sans s'apercevoir que pour la première fois de sa vie, il avait reculé.

Fort heureusement ce désespoir compliqué de surprise ne pouvait engourdir longtemps l'excellent esprit du baron.

A dix pas dans la rue, il relevait la tête ; à vingt pas, il poussait des hum ! hum ! significatifs ; à cent pas, il disait :

— Un malentendu ! C'est un malentendu, très certainement ! Demain tout s'expliquera. Je verrai Minnie. Elle me dira d'où a jailli cet éclair, cet orage ; mais le temps sera au beau fixe demain, et après tout, la journée n'a pas été mauvaise. Je puis bien pardonner un peu à cette bourrasque, après les belles heures que j'ai savourées !

Parfaitement réconforté par ces réflexions, le baron retourna à ses affaires, persuadé que s'il y avait de la folie dans son affaire, le cas n'était pas de son côté.

— Car, ajouta-t-il, en arrivant au Vatican où l'appelait son service, que tous les diables et les diablotins de l'enfer me crèvent le ventre, si je ne me suis pas conduit en parfait gentleman !

XIV

Le Refrain de Minnie

La comédie que j'entreprends de raconter, comédie, on le verra, mêlée de drame (car il y a des poignards mortels qui ne sont pas plus longs que des épingles ; et toutes les fois qu'on raconte des histoires féminines, on écrit à travers des boîtes et des pelottes remplies d'épingles) la comédie dont je suis le très-fidèle narrateur, n'a pas encore eu de grands coups de théâtre ; bien que la série des accidents arrivés à Minnie puisse compter. Elle se compose surtout jusqu'ici, de petites scènes qui ont toutes leur dénouement partiel, leur moralité. Après la scène des tentatives du Baron, voici la scène des explications entre Madame Willougby et Minnie.

— Je ne puis plus supporter cela, disait l'excellente Kitty d'un ton solennel. Vous tombez d'abîme en abîme, miss Minnie Fay. J'admire votre calme, et je me demande parfois si votre gaieté n'est pas de la folie. Comment? Il n'y a pas de malheur qui ne soit venu fondre sur vous! Cheval emporté, naufrage, chute dans un précipice de glace, chute dans un cratère, toutes les variétés de catastrophes, toutes les occasions de prendre la nature en horreur et de devenir prudente, sage, expérimentée, vous les connaissez! Il se trouve toujours là, à point nommé, un personnage fantastique, infernal, qui vous sauve ; si bien que vous avez l'air de lui avoir donné rendez-vous dans l'abîme!... Or, ma chère enfant, je vous en avertis, ce n'est pas dans les volcans, dans les presqu'îles, ni au fond des mers qu'on trouve un mari. Ce phénomène se produit dans un milieu calme, prosaïque; et votre famille ne donnera jamais son consentement aux petites velléités d'union que la reconnaissance vous suggère. Il faut en finir... Je quitte Rome, je vais rejoindre notre père ; je lui dis tout et il saura si vous êtes faite, ma jolie Minnie, pour épouser ou cet effroyable italien ou cet épouvantable baron Atramonte.

— Ah! Kitty, tu as été bien dure pour lui!

— C'était mon intention d'être ainsi.

— J'avais envie de courir après lui, de lui dire que je n'étais pour rien dans tes duretés.

— Aussi avais-je fermé la porte au verrou. Puisque vous êtes un baby imprudent eh bien! on vous traitera en baby; on vous mettra en pénitence.

Cette conversation reprenait pour la dixième fois, le lendemain de la scène que nous avons racontée au chapitre précédent.

Mme Willougby n'avait pas dormi de la nuit; elle méditait mille plans pour tenir l'ennemi à distance, pour le battre fractionnellement, pour le mettre en fuite... Mais que pouvait-elle tenter de plus? Si du moins Minnie y mettait un peu de bonne volonté et aidait à sa propre défense!

— C'est un sauvage, plus sauvage que les peaux-rouges, répétait Kitty, à propos de Rufus K. Gunn.

— Mais non, il n'est pas si sauvage que cela, disait Minnie, et puis il m'aime tant!

— Alors, Minnie, c'est à moi à lui céder la place. Qu'il entre ici en vainqueur; qu'il mette la maison à sac, à feu et à sang! Je m'en lave les mains.

— J'avoue qu'il n'a pas l'usage du monde, de notre monde; est-ce un si grand mal?

— L'usage du monde! le mot est plaisant. L'usage du monde! En effet, ce monsieur qui force les portes, qui s'installe violemment au salon, qui court par les escaliers comme un forcené, qui crie comme s'il commandait à ses zouaves, en effet, il n'a pas l'usage du monde; mais il a celui des forêts, des cavernes de bandits!

— Kitty!

— Savez-vous ce qu'il fera un de ces jours?... il vous épousera de force.

— Pourquoi de force? murmura Minnie, en souriant du sourire le plus ingénu.

Madame Willougby suffoquait.

A ce moment la porte s'ouvrit et la femme de chambre entra:

— Une lettre pour mademoiselle, dit-elle, en remettant un pli au baby.

Celle-ci prit la lettre, regarda la suscription, qui portait:

— MISS FAY, POSTE RESTANTE, ROME. — L'ouvrit, puis elle poussa un cri.

— Qu'est-ce que c'est que cette lettre? demanda madame Willougby.

— Oh! ma sœur, si tu savais!

— Eh bien!

— C'est bien plus horrible que tout le reste!

— Mais enfin...

Alors Minnie, prenant un air tragique du plus haut comique, laissa tomber ces mots:

— Cette lettre m'est adressée.... par le capitaine Kerby.

Un moment de stupeur suivit cette déclaration dramatique.

— Il est à Rome? demanda Kitty d'une voix sourde.

— Non, pas encore!

— Comment, pas encore?

— Mais il va venir.

— Bonté du ciel!

— Il est allé en Angleterre; il a su que j'étais partie pour l'Italie, alors il m'écrit ici... Je ne puis pas dire le contraire, c'est là une attention délicate de sa part.

— Alors, nous devons le remercier, n'est-ce-pas?

— Il arrive, me dit-il, dans trois jours.

Mme Willougby jugea inutile de répondre. Un gémissement plaintif s'exhala de sa poitrine.

— Il dit, continua Minnie, qu'il aura grand plaisir à passer la saison ici et grande joie à me revoir. Sa lettre est fort gentille.

Mme Willougby se leva, se croisa les deux bras sur la poitrine, puis, relevant la tête :

— Minnie ! dit-elle avec solennité.

— J'écoute, petite sœur.

— Que diriez-vous, mademoiselle Minnie Fay, si ces gentlemen se brûlaient mutuellement la cervelle.

— Oh ! Kitty, méchante Kitty, peut-on concevoir de pareilles idées !

Minnie cachait son joli visage dans ses petites mains.

— Il est impossible, reprit Kitty, que l'un d'eux ne prenne pas cette résolution désespérée, et n'extermine pas les autres.

— Oh ! s'écrie Minnie avec un élan du cœur, j'en sais bien un qui ne sera pas tué !

— Qui donc ? je vous prie.

— Eh ! Rufus K. Gunn... on n'a qu'à l'attaquer, il se débarrassera de tous les autres !

— Et cela vous plairait ?

— Dame, si on l'y force !

— Minnie vous êtes un monstre de férocité.

— Et toi aussi Kitty.

— Moi qui ne veux que votre bien, votre repos. Écoute-moi, ma chère enfant, nous quittons Rome, je te reconduis auprès de notre père, qui me dégagera de toute responsabilité. Il te renverra en pension... c'est ce qu'il aura de mieux à faire... Pas dans une pension française : tu y serais exposée encore à des sauveurs... Moi, j'ai été trop douce. Il faut une main ferme qui te tienne sévèrement... C'est inutile de pleurer ; je ne me laisserai pas attendrir... J'ai dit.

Minnie, qui avait baissé la tête, éleva un peu les yeux pour voir s'il n'y avait pas un sourire, un tout petit sourire au coin des lèvres de sa sœur.

Mais non, c'était le masque rigide d'une volonté implacable.

— Petite sœur, murmura Minnie !

— Parlez ! je vous écoute.

— Promets-moi de ne plus être aussi dure avec Rufus K. Gunn.

— Que vous importe ! puisque vous ne le verrez plus !

Minnie eut un tressaillement.

— Plus jamais ?

— Jamais !

— Pas même une seule petite et dernière fois ?

— Jamais ! jamais.

— C'est bien ! dit Minnie d'un accent résolu et en pinçant ses délicieuses lèvres d'une façon significative. Bonsoir, Kitty, je suis fatiguée, je vais dormir.

Ces derniers mots étaient prononcés d'un ton contenu, résolu.

Mme Willougby ne voulait pas que la volonté vînt trop tôt à l'esprit du baby, ce serait évidemment pour commettre une folie.

— Minnie ! dit-elle d'un ton conciliant.

— Bonsoir, Kitty ! répéta Minnie avec rancune.

Majestueuse, presque fière, presque grandie, miss Fay passa devant sa sœur et entra dans sa chambre, dont la porte se referma vivement sur elle.

Mme Willougby hésita....

— Fallait-il faire les premières avances de réconciliation ?

— Non, non ! dit-elle enfin... de l'énergie.

Et majestueuse à son tour, pour elle toute seule, elle rentra dans sa chambre.

XV

Jalousie

Lord Hawbury commençait à trouver qu'il jouait un singulier personnage. Il était venu à Rome pour veiller sur Scone Dacres, mais ce n'était pas un rôle aussi facile qu'il se l'était imaginé tout d'abord.

Dacres s'était tout à coup éclipsé, comme s'il eût eu peur que le regard perspicace d'un ami ne le perçât à jour et ne vît distinctement en lui le monstrueux mystère qu'il refusait d'y voir ; puis Hawbury avait fini par ne plus entendre parler de lui.

Une seule fois, il l'avait rencontré, alors que lui, lord Hawbury, accompagnait ces dames à la promenade ; il avait remarqué sa physionomie désolée, ses sourcils contractés, tout un ensemble des moins rassurants. Rien dans l'esprit, dans le cœur du pauvre Scone Dacres, ne s'était modifié ; il était toujours dans l'état d'exaltation qui s'était emparé de lui à Naples et qui avait décidé Hawbury à ne pas le quitter.

Mais Hawbury, las de son malade, en était aussi fort inquiet.

Il aimait ce fou, mais il n'en aimait pas la folie ; et un matin que très préoccupé, il passait dans sa tête tous les moyens connus, en rêvant des moyens inconnus de combattre et de vaincre cette morbidezza *cérébrale*, il entendit frapper à la porte ; c'était Scone Dacres lui-même.

Hawbury, le flegmatique, l'impassible, oublia tout à fait ce qu'il devait à sa nature, poussa un cri de joie et bondit sur ses pieds, comme un simple français.

— Eh ! mon vieux, cria-t-il, d'où viens-tu ? dans quel cloître t'enfermes-tu ?

On le voit, il n'était plus question de langage télégrammatique. Hawbury parlait dans les cas extraordinaires, de façon à rendre jaloux son autre ami excentrique, Rufus K. Gunn.

— Ah ! ça, continua-t-il, que diable es-tu donc devenu ? Voilà un siècle que je ne t'ai vu, si fait je t'ai aperçu, mais dans un éclair. T'amuses-tu donc en secret à Rome ? hein ? est-ce que tu fais des fouilles ? voudrais-tu emporter une statue découverte par toi ? maintenant, assieds-toi et conte moi tes affaires. Veux-tu un bon verre de bière, premier choix ? un cigare... Laisse-moi te voir boire et fumer ; je croirai que tu vis encore... et surtout ne te presse pas ; alimente-moi, abreuve-moi de rêves pour longtemps, cause tant que tu voudras, de ce que tu voudras, et si tu n'es pas en train maintenant, quand tu voudras.

Scone Dacres ne répondit que par un sourire de mélancolie à cette ouverture de l'amitié ; il prit un siége, avala plus sérieusement que Socrate buvant la ciguë, un verre de bière, alluma plus tristement qu'une vestale qui se sent condamnée à mort et qui rallume le feu sacré, un pur cigare de la Havane, tira désespérément quelques bouffées et garda le silence ; puis avec la rectitude, avec la netteté d'un ressort qui fonctionne.

— Quel était, dit-il, ce zouave qui caracolait l'autre jour, auprès de la voiture ?

— Le zouave ? un vieil ami à moi, un bon garçon, un américain nommé Gunn. Il s'est engagé dans les zouaves du pape, par fantaisie, par originalité. Et le pape, entre nous, a du bonheur de s'être attaché un pareil soldat. Un beau jour, je l'ai rencontré chez ces dames.

— Ces dames ! s'écria Dacres avec une sorte de rugissement contenu, je suppose qu'il fait encore partie de cette escouade de beaux cavaliers qui montent la garde autour de madame ma femme.

— Ho ! ho ! mon vieux, la main sur la conscience, j'affirme qu'il n'est pas question de cela. Je te dis que c'est un ami, un ami à moi, un des meilleurs et des plus francs camarades que je connaisse. Je suis persuadé que tu l'aimerais autant que je l'aime, et qu'il t'irait comme un gant !

— Et à ma femme aussi, sans doute, dit Scone Dacres avec amertume.

— Mais, tu n'y es pas du tout, du tout, il ne connaît pas ta femme le moins du monde, il ne se soucie pas d'elle... c'est à l'autre, à Minnie qu'il en veut ; donc tu n'as pas de prétextes de jalousie conjugale et de folie.

— De la jalousie ? moi ! tu te moques de moi je suppose.

— Hum ! je sais où le bât te blesse, mais c'est une vieille histoire ; je ne veux pas trahir sa confiance ; mais...

Hawbury fut interrompu par un long et bruyant soupir qui soulevait les larges poumons de Dacres, il était évident que celui-ci avait peine à se contenir.

— Continue, dit Dacres... continue, ce mais en suspens demande une suite.

— Je te répète qu'il s'agit d'une vieille histoire... avec la petite Minnie ; il en est fou, voilà tout.

— Fou de Minnie ! en es-tu sûr ?

— Parfaitement sûr.

— Ce n'est pas un jeu ? une façon de détourner mes soupçons ? d'endormir ma vigilance ?

— Non, non, c'est ton ex-chérubin qu'il adore ; il a des droits antérieurs aux tiens ; des droits qui remontent au déluge ! te voilà distancé.

— Miss Fay ! voilà tout ! tu me le jures ? demanda Scone Dacres, avec un nouveau soupir, mais un soupir d'allégement cette fois.

Il s'était subitement calmé.

— Vois-tu, Hawbury, reprit-il, cette terrible femme est une malédiction pour moi ! C'est qu'elle est superbe ! c'est une sorcière, une Circé, une Mélusine ! il lui faut une cour, un tas de niais sur ses talons. Je pouvais croire qu'elle avait fait une nouvelle recrue ; tu m'affirmes le contraire, je veux bien l'admettre... C'est qu'elle est d'une force ! depuis dix ans, mon ami quelle transformation, ce démon a pris la peau d'un ange de lumière ! et elle joue son rôle à la perfection. As-tu vu ses yeux ? une lueur céleste ! Je parie que si j'insistais, tu me parlerais de la douceur de ses vertus ! Mais il fallait voir cela autrefois ? Si elle avait eu seulement le quart, la centième partie de cette douceur dont elle se fait un masque aujourd'hui... j'aurais tout supporté. Tu me diras qu'elle a peut-être changé pour tout de bon ? compte là-dessus, et bois un verre de bière ! Est-ce que les femmes changent ? elles sont coulées en bronze et pour la vie !

En somme Scone Dacres parlait beaucoup moins à Hawbury qu'à lui-même, il était dans cette phase du drame, de la comédie ou de la farce de son cœur, où le soliloque est nécessaire.

— En vérité, lui dit Hawbury qui feignit de se croire interrogé.—Je désirerais de tout mon cœur, mon vieux camarade que le ramage de ta femme répondît à son plumage, mais je ne puis te renseigner ; tu m'as prévenu contre elle... Je ne lui parle jamais qu'à distance ; j'en ai peur... c'est

bête; d'autant plus qu'il y a sur sa physionomie un air de douceur des plus engageants.
Minnie Fay la traite exactement comme
une sœur aînée, et en paraît folle. Je vois
cela; ce qui prouve d'abord qu'elle n'est
pas dure, maussade avec la jeune fille.
On aime qui vous aime, et celle qui aime
ton chérubin doit avoir aussi son petit
bout d'aile repliée quelque part.

Dacres se tut assez longtemps, puis reprit :

— Il y a bien ce damné italien, ce *patito*
maudit encore, ce diable noir qui lui a
sauvé la vie, m'as-tu dit, ce doit être
son amant en titre ! Celui-là n'a pas besoin
de caracoler autour de sa voiture.

— Oh ! celui-là, elle ne m'a jamais paru
entichée de lui, ni soucieuse de son admiration.

— Parbleu ! c'est là son infernale adresse,
elle a une habileté machiavélique. Est-ce
que tu crois qu'elle affiche ses sentiments !
C'est un serpent sous l'herbe ; mon cher,
on ne la reconnaît que quand on est mordu, mis à mort. Ah ! que le diable, son ami,
l'écrase ou l'emporte !

— Mais pourquoi t'en occupes-tu ! pense
à autre chose, et chasse ces idées de rep-
tile, de poison.

— Est-ce que je peux m'en débarrasser ?
Vois-tu, Hawbury, ce cauchemar me possède. Il y a cet Italien surtout... Oh ! il
n'aura pas ma femme, celui-là. Je les sur-
veillerai, je les guetterai ! Et Dieu me
damne si je n'ai pas ma revanche !

— Dacres, mon vieux Dacres !

— Mais je les ai déjà guettés !

— Hein ?

— Parbleu, je ne suis pas une brute. J'ai
vu l'Italien rôder toujours du côté de sa
demeure, et je l'ai vue, elle, sur son balcon. Elle l'attendait : c'était clair

— Eh bien ! après ?

— Comment, après ? qu'est-ce que fait, à
Rome surtout, où les balcons sont bâtis
pour cela, une femme sur un balcon ? J'étais
caché dans l'angle d'une fontaine ; elle ne
me voyait pas... si tu avais remarqué sa
gentillesse, sa grâce, sa coquetterie, son
visage d'ange ! Si elle m'a entrevu sans me
reconnaître, elle m'aura pris pour un galant transi, pour un joueur de sérénades
sans orchestre. Oh ! c'est du dernier comique, un galant, moi ; quand je suis un
vengeur exaspéré.

— Mon cher Dacres, tu es plus fou que
jamais ; heureusement cela va finir.

— Finir ! quoi ?

— Elle va partir.

— Partir !

— Oui.

— Partir ? et où va-t-elle, je te prie.

— Elle retourne en Angleterre.

— En Angleterre ? quand elle arrive à
peine ici ? Qu'est-ce que cela signifie ?

— Je n'en sais rien... Seulement, j'ai
appris les projets de départ. Voilà la semaine sainte finie. Rome perd son plus at-
trayant spectacle.

— Partir ! partir ! répétait Dacres, qui
t'a dit cela ?

— Miss Fay.

— Cela n'est pas vrai.

— Miss Fay me l'a affirmé de la façon
la plus formelle. Elles vont en voiture jusqu'à Civita Castellana.

— Pourquoi prennent-elles cette route-
là ? Encore une sottise ; je n'en crois
rien.

— Sottise ou non, cela est. De plus, elles tiennent beaucoup à ce que personne ne
le sache.

— Ah ! ah ! tu vois du mystère, maintenant. Voilà qui ressemble furieusement à
Mme Dacres.

— C'est Minnie qui a trahi le secret, en
enfant, en baby qu'elle est, et Mme Willoughby paraissait fort contrariée de cette
indiscrétion. Elle a tâché de lui imposer
silence ; mais il était trop tard.

— Et ce petit incident s'est passé ?

— Hier matin ; je me promenais à cheval je les ai rencontrées dans leur voiture,
et je disais avec la politesse la plus banale
que j'espérais avoir l'honneur de leur rendre bientôt visite, quand Minnie a laissé
échapper la vérité.

— Et ma femme était très vexée ?

— Contrariée, au moins.

— Furieuse, avoue-le.

— Furieuse, si tu veux.

— Alors, c'est son secret, un secret à
elle seule, c'est elle qui a un motif de cacher une fugue coupable, l'hypocrite !
Comme si je ne la connaissais pas ! C'est
pour moi qu'elle se cache et qu'elle se
sauve ! Elle sait bien que je me suis attaché à sa poursuite, elle veut fuir avec son
italien. Mais je lis dans votre jeu, madame !
nous verrons bien ! je vous rattraperai.
Attendez ! attendez ! tout n'est pas rose dans
l'adultère ! je ne vous quitte pas

— Comment ! tu veux la suivre ? mais
c'est de la démence.

— Oui, je la suis, je la poursuis, je marche dans son ombre.

— Pourquoi faire ? Tu te plains d'un
cauchemar et tu cours après ?

— Je sais ce que je sais. L'Italien ! mon
cher, l'Italien ! je les tuerai tous les deux.

— Oh ! oh !

— Oui, je les tuerai !

— Mais c'est de la fièvre chaude.

— C'est tout ce que tu voudras, mais je
ferai ce que je dis.

Et, avec les allures d'un homme qui va demander l'adresse du plus prochain armurier, Scone Dacres s'élança dehors ; Hawbury allait le suivre quand le baron Atramonte qui entrait, l'empêcha de sortir.

XVI

Chacun à son tour

Hawbury n'était pas fâché d'apercevoir la physionomie ouverte, gaie, riante du baron. Au moins celui-là avait une folie amusante ; la conversation était possible avec lui.

Du plus loin qu'il le vit entrer :

— Bravo, mon noble ami, lui cria-t-il, voilà une excellente idée, mon grand baron ! Et cette santé, toujours excellente, n'est-ce pas ?

Mais Hawbury s'arrêta brusquement. Sa vue basse l'avait trompé. Le baron n'était rien moins que souriant, gai, dispos.

— Eh ! By Jove ! qu'arrive-t-il, quelle face de déterré, mon cher baron ! Avez-vous reçu le tonnerre sur la tête ? Le Vatican se serait-il écroulé ?

— C'est infâme ! s'écria le baron avec un hurlement plaintif.

— Quoi ! Qu'y a-t-il d'infâme ? Que vous est-il arrivé ?

Le baron lança sur la table un coup de poing qui fit tomber une bouteille, chanceler une autre et courir les verres en vibrant.

— On ne se moque pas des gens comme cela, dit-il en rugissant.

— Croyez-vous qu'on se moquera moins de vous, quand vous aurez tout cassé ? Qui donc se moque de vous ?

— Est-ce que je le sais ? Si j'avais un ennemi en face, je le terrasserais. Mais non ; c'est de biais, de loin, dans l'ombre, que l'on me brave et que l'on me provoque !

— Il me sera difficile de vous aider, même d'un conseil, si vous ne me dites pas ce dont il s'agit.

— Par le diable ! il s'agit de Minnie ! Est-ce qu'il peut y avoir au monde un autre sujet d'occupation, de préoccupation ?

— Allons ! je vois qu'il s'agit seulement d'une querelle d'amoureux.

— Une querelle ? Pas le moins du monde ! Est-ce que Minnie se dispute avec moi ? Est-ce que je me dispute avec Minnie ? Le tonnerre m'écrase si elle n'est pas un ange !

— Mais alors...

— Elle a disparu...

— Disparu ? Que signifie cela ?

Le baron avala un grand verre de bière.

— Que ce verre m'étouffe, reprit-il avec feu, si j'en sais davantage. Tout ce que je puis affirmer, c'est que sa maison n'est plus une maison ; c'est un château-fort, une citadelle, barricadée, cernée, cerclée. Les sonnettes sont tamponnées et ne sonnent pas. Les domestiques sont devenus invisibles et aussi impossibles que les grenouilles dans mon gousset de montre... Oui, c'est une infamie, et je suis curieux de savoir ce que vous en pensez vous-même.

— Voyons, dit Hawbury, jusqu'à présent, je ne vois rien d'infâme, ni même d'extraordinaire. Croyez-vous que Minnie soit enfermée chez elle ?

— Parbleu !

— Elle n'a plus de domestiques ?

— Je n'en vois pas un, pas la queue d'un chien, pas le bout d'oreille d'un âne.

— Mais ces dames n'habitent pas seules la maison. Il y a un concierge. L'avez-vous interrogé ?

— C'est évident. Je lui ai même fortement graissé la patte.

— Et, malgré la patte graissée, il ne vous a rien répondu ?

— Il m'a répondu qu'il n'avait rien à me répondre.

— Quoi ! pas un pauvre petit renseignement ?

— Voilà le seul qu'il m'ait donné... Il m'a dit qu'elles étaient à la maison, puisqu'elles étaient sorties le matin et qu'elles étaient rentrées. Bon ! cela faisait mon affaire... je suis allé tambouriner à la porte à coups de pied et à coups de poing... on aurait dit que je frappais sur le sépulcre du Golgotha, après la résurrection. Pas un mot, pas un bruit, si ce n'est celui que je faisais. Je suis retourné vers le concierge ; je lui ai parlé de l'étrangler ; ce propos l'a ému. Comme c'est un vrai concierge italien, il a été chercher une petite madone, s'est agenouillé devant, et m'a juré que ces dames étaient en réalité à la maison ; mais que sans doute elles ne voulaient pas me recevoir, ni me répondre. Voilà l'infamie ; et que le Moïse de Michel-Ange m'étrangle avec sa barbe, si je sais ce que cela veut dire !

— By Jove ! c'est un peu raide de procédé, en effet.

— Attendez ! attendez ! Naturellement, je me dis, après un accès de rage, que tout cela s'expliquerait le jour suivant, et qu'il fallait un peu de patience. Je revins chez moi et j'attendis ; puis le lendemain, je renouvelai la tentative. Elle eut le même résultat. Encore une fois je parlai au concierge, la patte graissée, et le concierge me jura ses grands dieux que ces dames étaient chez elles.

Elles étaient sorties le matin et paraissaient en parfaite santé. Elles étaient rentrées vers midi et s'étaient enfermées dans leur appartement.

Je revins à la porte, que je faillis enfoncer à coups de bottes, sans obtenir pour cela la moindre réponse.

— Voilà qui est bizarre !

— Dites ébouriffant, stupéfiant ! tonitruant ! Je commençais à trouver la chose grave, très grave, mais je n'étais pas tenu à lâcher pied, la place était fermée ; il fallait l'investir, le siège allait commencer. Je graissai plus abondamment encore la patte du concierge, je m'installai chez lui toute la nuit, je ne fis qu'aller et venir ; vers le matin, je ronflai un peu sur sa chaise. Il n'y comprenait rien, il supposait que c'était une affaire du gouvernement, que j'étais envoyé par la police du pape, et en bon italien, il jurait de m'aider de tout son pouvoir. Je ne vis rien, en somme, sinon une espèce de diable italien, un comte suspect que j'avais rencontré chez elles lors de ma première visite. Il rôdait autour du logis, j'étais dans la loge du concierge ; je l'observais... Il fut rejoint par un homme de même mine que lui ; ils piétinèrent longtemps, puis de guerre lasse ils disparurent. Je vous ai dit que je passai la nuit. Le matin, vers neuf heures, j'entends une porte qui s'ouvre avec précaution. Je comprends que quelqu'un se penche sur l'escalier, au premier étage, et guette la porte d'entrée. Je me glisse comme un jaguar ; je bondis, je saute et je tends les deux mains de l'air le plus indulgent à une dame, la vieille douairière. Mais au lieu de mettre une de ses mains, sinon toutes les deux, dans les miennes, lady Dalrymphe me regarde, me toise et recule.

« — Bonjour, *mame*, lui dis-je de ma voix la plus engageante, bonjour.

» — Bonjour ! me répond-elle sèchement.

» — Je viens pour voir Minnie, lui dis-je avec un sourire qui eût désarmé une tigresse.

» — Voir Minnie ! me répond-elle du ton que prendrait le pape pour refuser une invitation à dîner de Victor-Emmanuel. Mais elle n'est pas encore levée...

» — Pas levée ! Impossible, par une si belle matinée... Qu'est-ce qu'elle a ? Soyez assez bonne pour l'aller trouver, mame, et pour lui dire que je suis là. J'entrerai et j'attendrai.

» La vieille lady ne bougea pas.

» — Je ne suis pas une servante, me répondit-elle d'un ton assez dur. Je suis la tante de Minnie, sa gardienne, et je ne sers point d'intermédiaire entre les étrangers et ma nièce.

» Je sautai sur place.

» — Un étranger ! Qui cela ? Moi ! Mais je suis son fiancé !

» — Je n'en sais rien.

» — On m'a présenté à vous... Vous me connaissez bien ?

» — Non, je ne vous connais pas !

» — Mais puisque je vous répète que je suis le fiancé de Minnie...

» — Je n'entends rien à ces fiançailles, dit la vieille ; la famille ignore tout cela. Ma nièce est une petite fille qui va retourner près de son père, et qui sera sans doute renvoyée en pension, ainsi qu'elle le mérite.

« — Mais je lui ai sauvé la vie ! m'écriai-je.

» — C'est très possible. Par malheur, ou par bonheur, vous n'êtes pas le seul. De plus, cela ne vous donne aucun droit d'ennuyer les gens, et vous ne les ennuierez plus désormais. Vos prétendues fiançailles sont une absurdité. Minnie est elle-même une petite absurdité vivante... et vous, monsieur, vous êtes une grosse absurdité, en chair et en os. Ah ! c'est vous qui avez failli hier démolir la maison ! Permettez-moi de vous dire, monsieur, que, si vous recommencez, c'est la police qui se chargera de vous calmer. Certes, nous l'aurions appelée hier, si nous n'avions désiré ménager vos sentiments... Mais nous trouvons que vos sentiments ne méritent plus d'être ménagés...

» Elle allait, elle pérorait, cette vieille pie de douairière !

» Je l'interrompis :

» — Je vois, madame, où vous voulez en venir. Seulement, je vous ferai remarquer que vous n'êtes pas Minnie ; et je n'accepte point vos conclusions. Je suis ici du droit de mon amour, j'y resterai du droit d'ordre précis de Minnie elle-même ne m'aura pas chassé. Montrez-moi Minnie, et j'écouterai ce qu'elle a à me dire. Voilà tout ce que je réclame. C'est clair, c'est net, c'est carré, et je n'en démordrai pas !

» — Vous ne la verrez pas, reprit la vieille, pas du tout, pas du tout ! Vous ne reviendrez plus, car vous ne serez pas reçu ; et si vous essayez de forcer les portes, j'appellerai la police. Avez-vous compris ?

» — Mais je ne suis pas un voleur ! Je ne crochète pas les serrures !

» — Non, mais vous tentez de les briser, ce qui revient au même. Vous avez reçu, monsieur, une éducation singulière, dont je ne vous fais pas mon compliment, et je vous prie de nous laisser en repos à l'avenir !

» Eh bien, mon vieil ami, que Satan m'écorche, me tanne et fasse de ma peau un tambour, si, de ma vie, j'ai été plus abasourdi. C'est qu'elle me débitait toute cette morale, la douairière, de son ton calme, sucré.

» Elle me reconduisit jusqu'à la porte, la fit fermer sur moi, et me voilà, depuis ce moment, avec le problème le plus biscornu, ne sachant par où le prendre pour le résoudre, ne lui trouvant ni queue ni tête.

» Je ne comprends qu'une chose : c'est qu'on séquestre Minnie ; c'est qu'elles ne veulent pas qu'elle soit ma femme ! Elles enragent de ce que Minnie m'adore, et peut-être aussi de ce que je n'adore que Minnie. Elles ont entrepris de nous séparer : mais elles ne réussiront pas, je le jure ! »

Hawsbury, né pour le rôle de confident, avait écouté avec son flegme ordinaire. Il reprit du ton le plus parfait :

— Etes-vous sûr que miss Fay vous aime ?

— Elle est folle de moi, de la vraie passion.

— Vous en êtes bien sûr ?

— Bien sûr ; aussi sûr que de mon existence. Ah ! si vous voyiez les regards qu'elle me jette ! Elle a une foi absolue en moi ; elle me montre une tendresse ! Tenez, rien qu'en y songeant, je regrette de n'avoir pas étranglé la vieille. Minnie m'a promis qu'elle serait à moi, envers et contre tous !

— Très bien, alors ! Du moment que vous êtes certain de son affection, la bataille est à demi gagnée.

— A demi ? Je veux qu'elle soit doublement gagnée, tonnerre du pape !

— Hum ! La société admet tant de considérations étranges ! Elle a tant de préjugés !

— C'est cela ! La société ! La routine ! La vieille société européenne... Nous avons changé tout cela, nous autres Américains. Un mariage n'a besoin que de deux volontés : — M'aimez-vous ? — Oui. — Alors, marions-nous ! Si cette famille, que la foudre écrase ! tient aux dollars, j'en ai bien autant à leur jeter à la tête qu'en peut posséder leur père. Si elle veut un rang, des honneurs... eh bien ! ne suis-je pas baron !

— Et avant tout, dit Hawbury en souriant, en serrant la main de son ami, si elle tient à un brave cœur, à un honnête homme, à un vaillant compagnon, jamais la famille ne trouvera mieux que Rufus K. Gunn, baron Atramonte !

Le sang monta aux joues du baron.

— Hawbury, ce que vous dites là est d'un bon garçon, franc, solide au poste. Ah ! si cette douairière pouvait vous entendre ! Si vous pouviez lui glisser dans l'oreille ce que vous venez de me dire là ! Au fait, pourquoi pas ? Est-ce que vous ne donneriez pas un bon coup d'épaule à votre ami Rufus, hein ?

— Parbleu, Rufus, je ne demanderais pas mieux, je vous le jure ; mais je doute que j'aie l'occasion de leur parler.

— Pourquoi ? Oh ! vous êtes bien noté dans la maison.

— Je ne dis pas le contraire ; mais elles vont quitter Rome, et cela dès demain matin...

— Hein ! Quitter Rome ? Tonnerre !

— Je vous l'affirme.

— Demain matin ?

— Exactement. C'est miss Fay qui me l'a dit elle-même.

— Minnie ? Ma Minnie ?. Voyons, je deviens fou, ce n'est pas possible, vous raillez !

— Je ne raille pas ! La semaine sainte est finie. Rien ne les retient plus à Rome.

— Bien ! Et où vont-elles ?

— A Civita-Castellana, en voiture.

— Hein ? Vous dites ?... A Civita-Castellana, par la route ? Mais la vieille douairière a donc perdu la tête ?

— Que voulez-vous dire ?

— Mais je suis zouave du Pape, moi ! Je connais la route ! Si elles partent vite, je jure qu'elles reviendront plus vite encore !

— Pourquoi ?

— Parce qu'il y a par là des nids de brigands qui ont l'audace de s'intituler garibaldiens, et qui sont tout simplement des détrousseurs de grands chemins. Je dis que c'est de la démence. Elles seront arrêtées, mises à rançon ! Et Minnie ? La pauvre petite créature, elle mourra de peur ! Cette vieille Dalrymphe l'aura tuée... Ah ! mais je les suivrai, je les escorterai. C'est mon droit de fiancé, mon devoir de zouave. Je défie bien la vieille de me chasser.

— Cela tombe à merveille ! dit Hawbury ; car je pars moi-même demain par la même route, avec un de mes amis.

— Bravo ! cria le baron. Eh bien ! on en découdra avec les brigands ! Je sauverai une seconde fois ma petite Minnie, et que les griffes de Lucifer me dépouillent de haut en bas, si le pape, mon vieux pape, ne m'unit pas à Minnie, lui-même, par des liens contre lesquels toutes les vieilles femmes de la terre casseront leurs ongles !

XVII

Un voyage à émotions

Le jour suivant, deux voitures sortaient de Rome et prenaient la route qui se dirige vers Florence par la route de Civita-Castellana.

Dans l'une de ces voitures, quatre dames; dans l'autre, quatre femmes de chambre disparaissaient sous un amoncellement de boîtes, de caisses, de malles de toutes tailles et de toutes formes, depuis le rond parfait jusqu'à l'ovale allongé et le carré le plus symétrique.

Il était grand matin, et la ligne d'horizon disparaissait encore sous un brouillard épais. A peine si, par instants, on distinguait derrière les éclaircies de la brume quelques rayons du soleil levant, comme les yeux d'une coquette qui préparent leur entrée, derrière un voile.

Peu à peu, le nuage se dissipa, s'évapora, et une large perspective s'ouvrit devant les voyageuses. La poésie perdait à cette lumière croissante. Des deux côtés de la route, s'étendaient les paysages arides de la Campanie, dont les lignes sèches n'étaient brisées que par les ruines d'un vieil aqueduc, paraissant pris de fièvre et chancelant sur ses jambes de granit.

Les voitures roulaient vite. On apercevait déjà dans le lointain la chaîne des Apennins à l'aspect sombre, et l'on ne jouissait pas du sourire que mêlent à ces montagnes ombreuses les petits villages suspendus à leurs flancs, ou les villas émergeant de leurs murailles blanches et regardant de leurs yeux de marbre par dessus les verdures fines qui leur servaient de masque ou d'éventail.

La route était donc monotone. Après la plaine, une autre plaine. Il semblait que les montagnes fussent un mirage décevant, fait pour attirer et déconcerter l'espérance.

Jusqu'à ces derniers jours, Mme Willougby avait été la seule confidente des secrets de Minnie. Mais les événements de la dernière semaine avaient forcé les deux sœurs à entr'ouvrir un peu le voile dont elles enveloppaient leurs épanchements. Je l'ai dit, Ethel et lady Dalrymple avaient été initiées, au moins en partie, aux terribles mystères dans lesquels devait incessamment se débattre l'infortuné et imprudent baby.

Le voyage avait donc été décidé dans une délibération prise en commun, et Minnie n'ignorait pas que ses compagnes étaient instruites de ce qui la concernait.

Pour n'être pas des plus agréables, cette certitude n'influait que médiocrement sur la placidité de baby. La gentillesse de sa philosophie n'en perdait aucune grâce, et ses allures mignonnes avaient gardé toute leur coquetterie.

Blottie dans un coin de la voiture, avec son doux et malin sourire, avec son faux air résigné, poussant de temps en temps de gros soupirs qui n'alarmaient ni n'émouvaient personne, elle ne pouvait donner l'idée, à laquelle elle prétendait, d'une des plus intéressantes victimes de la fatalité de l'amour.

Elle ne se plaignait pas tout haut. Oh! non! Elle était trop fière et trop malheureuse. Elle ne se fût pas permis le moindre reproche contre qui que ce fût; seulement, il y avait dans toute son attitude un je ne sais quoi si touchant, si rêveur, si pathétique; sa physionomie de poupée présentait un tel caractère de joli petit chagrin, de grave tristesse, que chacune de ses compagnes était désarmée d'avance contre cette jolie rebelle, et se demandait au fond de sa conscience si elle ne devait pas prendre sa part de responsabilité dans les malheurs accumulés sur la tête, sur l'avenir de cette petite héroïne à tête blonde.

Ce sentiment de compassion et ce remords s'imposaient de façon toute spéciale à Mme Willougby. Elle se demandait si elle avait veillé avec assez de sollicitude sur cette enfant naïve, sur cet esprit simple. Sans doute elle n'eût pu prévoir tous les accidents auxquels Minnie avait été exposée; mais elle eût pu intervenir assez tôt dans les premiers élans de la reconnaissance, pour empêcher celle-ci de devenir la menace d'un nouveau danger, d'un nouvel abîme; elle n'avait pas assez interrogé la petite sœur; elle avait laissé des petits secrets se blottir, faire leur nid et leur couvée dans ce petit cœur; et maintenant il y avait de la cruauté à détruire les nids, à écraser les couvées.

Mme Willougby, pour apaiser ses remords, s'efforçait d'égayer le voyage. Il commençait sous d'assez tristes auspices; le paysage semblait ajouter une tristesse de plus, une mélancolie plus pesante aux rêveries emportées de Rome.

Mais les remarques plaisantes, sarcastiques de Kitty étaient absolument perdues pour Minnie. Plus on voulait la distraire, plus elle penchait la tête, en soupirant, en tendant son joli cou à la hache du sacrificateur; en pardonnant à ses bourreaux ou à ses *bourrelles*, du fond de son joli petit cœur tout meurtri.

La dernière échauffourée du baron avait produit un grand effet sur ces dames, mais sur l'une d'elles, l'impression avait été des plus salutaires.

Je veux parler d'Ethel.

Jusque-là, elle s'était absorbée dans une pensée unique, pensée de douleur et de regrets. Elle s'enfermait dans son désespoir comme dans une forteresse inattaquable. Mais par dessus, ou plutôt à travers les murailles, était passée la voix du baron. Il était de ceux qui font tant de bruit, que les plus sourds les entendent ; et force avait bien été à la désolée Ethel de s'enquérir du motif de cet infernal tapage.

Elle avait parlé, interrogé en détail ; elle avait écouté la réponse ; elle avait été surprise, puis très effrayée ; et c'était ainsi que, sortie de ses réflexions absorbantes, elle était rentrée dans toutes les conditions d'un être actif, vivant. C'était là un progrès inappréciable. On avait aidé à cette reprise de l'existence normale : on s'était empressé de raconter par le menu les exploits du baron, chacune parlant avec son caractère spécial ; c'est-à-dire lady Dalrymphe gaiement, superbement, en femme du monde, que les allures d'un fou égaient et font sourire ; Mme Willougby avec son indignation qui tenait de la haine contre ce mal-appris ; Minnie avec ses petits hochements de tête tout sentimentaux, comme il convient d'en avoir quand il s'agit d'un homme qui, après tout, vous a sauvé la vie et vous adore.

— Il m'adore trop, voilà tout ! répétait-elle en insistant avec complaisance sur ce tort considérable.

Ethel cherchait à se former une opinion à elle, ce qui impliquait un travail d'esprit des plus salutaires dans sa situation, combinant les trois versions et ajoutant ses impressions personnelles, lors de l'apparition du zouave, un jour sur l'escalier, quand il poussait ses cris de : « Minnie ! Hallooo ! » formidables.

Mme Willougby racontait sa lutte contre le baron, comme elle l'avait forcé à la retraite, comme elle l'avait foudroyé ! On a beau appartenir au sexe faible, un zouave du pape n'est pas fait pour intimider.

Lady Dalrymphe avait aussi son combat et sa victoire à raconter. Elle était jalouse de la gloire que se donnait Mme Willougby. Elle avait donné, comme les vieilles troupes de Wellington à Waterloo, et elle avait vaincu.

Tel était le sujet qui revenait toujours, pendant la route. Ethel approuvait, commentait, admirait, encourageait. C'était si bon d'avoir de l'énergie. Elle-même, pour ne pas rencontrer le traître qui l'avait oubliée, elle s'était enfermée, emprisonnée, cadenassée ; elle eût passé toute sa vie sous les verrous plutôt que de le rencontrer, l'infidèle, le trompeur ! Évidemment elle n'était pas entièrement consolée. Il y a des crimes envers l'amour qu'une femme ne peut ni ne veut pardonner. Mais enfin Ethel se sentait au cœur une force nouvelle.

Mme Willougby se félicitait par dessus tout de n'être plus exposée à d'incessantes terreurs. Les autres pouvaient se plaindre de la fatigue du voyage. Elle, dût-il durer cent jours et cent nuits, elle répéterait toujours :

« — Plus loin ! plus loin ! Arrachons Minnie à cet ogre, à ce vampire, à ce monstre épouvantable ! »

Jamais elle n'avait été si joyeuse, si vive, si loquace ! Elle avait des façons maternelles pour Minnie. Elle reprenait possession de son baby, de sa Minnie à elle ! Il ferait beau voir, maintenant, qu'on vînt la lui disputer ! Quand ils seraient trois, quatre, une demi-douzaine, une compagnie, un bataillon, une armée... s'appelassent-ils légion, comme disait le révérend Saül Tozer ! Elle se sentait au cœur toutes les intrépidités !

Et pendant que, causant, chacune se félicitait de la situation nouvelle, à l'exception, bien entendu, de la pauvre, triste et navrée Minnie, qui ne disait rien, mais qui n'en pensait pas moins, la route se déroulait sous les roues des voitures. Les voyageuses passaient au trot de leurs chevaux et se sentaient si contentes, qu'elles pardonnaient à la monotonie du paysage. Quel calme, après tout ! Quel repos ! Qu'il fait bon être tranquilles !

Or, voici que, derrière leurs voitures, d'autres voitures se dessinent à l'horizon...

Quoi de plus naturel ? La route n'appartient-elle pas à tout le monde ?

Dans une première voiture, il y a deux hommes. Ils sont encore à une trop grande distance pour qu'on puisse distinguer leur visage.

Ce sont sans doute deux paisibles négociants allant à Florence pour leurs affaires.

Un peu plus loin, trotte une seconde voiture contenant deux hommes également, deux négociants, évidemment, se rendant toujours aussi évidemment à Florence.

Derrière ces voitures, à l'arrière-garde, galope la silhouette d'un cavalier ; le cheval a de grandes allures, et, s'il continue, il aura bientôt dépassé les voitures.

Cependant ces dames ne s'inquiétaient pas de ces voitures.

Mme Willougby parlait ; lady Dalrymphe approuvait par des petits hochements de tête, et Ethel souriait.

Le ciel semblait pur ; qui pouvait se douter que des points noirs menaçaient à l'horizon, et que l'orage fût si proche ?

Le cavalier, en galopant, avait atteint et dépassé la première voiture qui le précédait.

— Tonnerre ! cria dans cette voiture Scone Dacres, en s'adressant à son compagnon, qui n'était autre que lord Hawbury. L'as-tu vu ! L'as-tu reconnu ? C'est ce damné Italien ! Parbleu ! je m'en doutais ! Ose dire encore que j'avais tort !

— Diantre, by Jove ! répliqua Hawbury, dont cette double exclamation résumait les craintes et les surprises.

Dacres s'était levé dans la voiture, tendait le poing et suivait d'une malédiction tonitruante, qui s'augmentait à chaque tour de roue, l'Italien en question.

Celui-ci avait laissé entre lui et nos deux personnages une assez grande distance.

Déjà il avait atteint la seconde voiture.

Dans celle-là, il y avait deux hommes aussi, comme ces dames l'avaient remarqué ; deux négociants, n'est-ce pas ? se rendant à Florence.

Ah ! Kitty ! ah ! Mme Willougby ! pourquoi n'avez-vous pas emporté de Rome, ou mis à votre portée, si vous l'aviez dans vos bagages de voyageurs, un de ces énormes instruments d'optique grâce auxquels nos savants commettent, envers les astres et envers le soleil, en particulier, toutes sortes d'indiscrétions !

Certes, l'un des deux voyageurs n'était qu'un astre de dixième grandeur, le satellite d'un astre, le révérend Saül Tozer ; mais l'autre, planète de premier ordre, triple soleil, météore igné, s'écria :

— Que les ongles de Belzébuth me fouillent l'œsophage !

— Et pourquoi, monsieur le baron ?

— Si je ne reconnais pas l'homme !

— Quel homme ?

— Ce cavalier ! Ne l'avez-vous pas vu à la maison de Minnie ? Il est entré pendant que nous étions là.

— Je crois, baron, que vous faites erreur !

— Erreur ? Par les foudres du Pape ! Moi, me tromper ?... Après tout, c'est peut-être possible. Vous n'étiez peut-être pas là cette fois là, et vous ne le connaissez pas ; mais moi, je le connais ! Voyez-vous, mon révérend, cet homme-là, j'en jurerais, prétend me couper l'herbe sous le pied. Mais je lui en taillerai, de la besogne : Croyez-en Rufus K. Gunn, baron Atramonte !

Et quand l'Italien passa, le baron le mitrailla d'un regard qui aurait dû le renverser de cheval.

Mais l'Italien parut se préoccuper médiocrement de cette décharge. Loin de ralentir l'allure de son cheval, il le poussa en avant, le cinglant d'effroyables coups de cravache.

Les voitures des dames n'étaient plus qu'à une courte distance.

Minnie et sa sœur, assises sur le devant, aperçurent l'étranger.

Bientôt, elles purent distinguer son visage : c'était le comte de Girasole.

Mme Willougby fut la première à le reconnaître ; elle ne put retenir une exclamation de surprise et de terreur.

— C'est désespérant ! s'écria Ethel.

— Je suppose, dit Minnie avec impétuosité, que, dans votre injustice, vous allez m'accuser de l'avoir averti et appelé, n'est-il pas vrai ? Mon Dieu ! c'est tout naturel ! Vous ne pouvez jamais croire que je suis innocente des malheurs qui surviennent, et vous vous en donnez à cœur joie de me gronder !

Personne ne répondit à ce réquisitoire. Le silence était absolu dans la voiture ; tandis que l'étranger approchait de plus en plus.

Les dames répondirent froidement à son salut.

Quant à Minnie, elle ne salua pas ; mais elle jeta au comte le plus douloureux regard qui ait jamais pu jaillir d'un œil humain ; et ce regard désolé, qu'il interpréta comme il le voulut, alla si vivement au cœur de l'Italien, que tout son sang monta à son visage, et qu'il renouvela, cette fois, son salut avec une courtoisie parfaite.

— Je ne savais pas, dit-il, dans son langage métis, mêlé d'italien et d'anglais, que vos seigneuries fussent dans l'intention de voyager... Est-ce donc une résolution subite qui vous a éloignées de Rome ?

Mme Willougby répondit par la première raison qui lui vint à l'esprit. Mais le comte ne l'écoutait pas. Il regardait les grands yeux de Minnie, doucement, en suppliant, et comme s'il eût été hors d'état de soutenir plus longtemps une conversation banale, il balbutia quelques mots d'excuse, souleva son chapeau et s'enfuit à toute bride.

— En vérité, s'écria Mme Willougby, je ne sais ce que j'ai éprouvé tout à l'heure en face de cet Italien. Mais je crois que je deviens folle.

— Qu'y a-t-il donc, ma chère Kitty ? demanda Minnie de sa voix languissante.

— Je ne sais, je le répète, ce qui s'est passé en moi ; mais, tandis que cet homme nous parlait, je me suis sentie trembler jusqu'au fond du cœur, et cette terreur étrange ne s'est pas dissipée.

— Oh ! Kitty... Tu es toujours comme cela, à imaginer toutes sortes de dangers. N'est-ce pas que je dis la vérité, Ethel ?

— Quant à moi, dit Ethel, le comte ne m'a pas paru du tout un homme à faire trembler... Il faut que notre chère Kitty ait les nerfs ébranlés depuis ces dernières aventures.

— Voulez-vous mon flacon, Kitty ? demanda à son tour lady Dalrymphe. Peut-être préférez-vous de la valériane ?... Je puis en trouver dans mon sac...

— Mille grâces ! dit Mme Willougby avec ironie ; j'espère que cet effet singulier ne durera pas.

— Mon Dieu ! soupira Minnie en traînant ses paroles, comme si elles eussent été réellement mouillées de larmes cachées, je suis bien sûre que ce pauvre comte n'a jamais fait de mal à personne. Aussi, je ne vois pas pourquoi vous vous acharnez toutes contre lui, à moins que vous ne lui fassiez un crime de m'avoir sauvé la vie... Je me souviens d'un temps où vous ne trouviez pas assez d'éloges pour lui.

— En vérité, chère Minnie, reprit Kitty, tu te trompes, en me supposant quelque antipathie contre le comte. J'ai pu le trouver parfois un peu indiscret, mais rien de plus...

Ces dames se turent. Minnie reprit son attitude de martyre, et ce fut sans avoir ébauché la moindre petite conversation que nos héroïnes arrivèrent à Civita-Castellana. Elles se firent conduire directement à l'hôtel, où l'on mit à leur disposition trois chambres au premier étage, deux d'entre elles ayant vue sur la rue, et la troisième sur la cour intérieure. Aux fenêtres de la rue, il y avait un balcon.

Nos voyageuses eurent bientôt changé de costume et secoué cette adorable poussière des voyages en chaise de poste, qui rend si hideuse, par comparaison, la poussière noire et aveuglante des chemins de fer. Cette poudre du chemin, qui s'attachait comme le baiser du paysage à ces hôtes fugitifs, nivelait au premier abord toutes les physionomies et donnait à toutes les femmes, brunes, châtaines ou rousses, cette adorable couleur féminine par excellence, ce teint blond, charmant, souriant, qui rendait les arrivées agréables et faisait sourire.

La poudre noire des chemins de fer encrasse les plus jolis minois, les met en deuil. C'est la cendre de nos volcans portatifs qui enfouit les grâces légères, comme la cendre du Vésuve ensevelit les belles jeunes filles qui fuyaient de Pompéi avec leurs bijoux dans leurs bras !

Mme Willougby était toujours la plus prompte à ces métamorphoses du voyage ; et ce fut elle qui vint la première s'installer sur le balcon.

Civita-Castellana n'est pas une ville bien intéressante par elle-même, et quand on a vu Naples, quand on sort de Rome, on peut fermer les yeux en se mettant au balcon pour respirer.

Mais, outre que Mme Willougby eût eu, dans toute circonstance, le plus grand tort de voiler ses jolis yeux, le spectacle qui s'offrit à sa vue valait la peine qu'elle le considérât avec attention.

Devant la porte, les deux voitures étaient arrêtées ; les chevaux, dételés, avaient été conduits à l'abreuvoir. Autour des deux berlines se pressait une troupe de pauvres, de mendiants malpropres, déguenillés, pittoresques, cachant leurs plaies équivoques et montrant leurs nudités effrontées, estropiés de toutes façons fabriqués, que Salvator Rosa eût embusqué dans un paysage sombre, et que Callot eût copiés au trait, sans rien oublier.

Autour de ces mendiants, faits par la paresse, la fainéantise, et recommandés par la charité, se pressaient d'autres mendiants innocents faits par la nature. Des coqs à la queue insolente, à l'éperon formidable ; des poules de tout plumage, des dindons à la crête rubiconde et d'autres animaux grognant, soufflant, piaillant, se faufilaient entre les jambes des curieux.

Mme Willougby regardait ce rapprochement des mendicités instinctives, quand, tout à coup, elle entendit le bruit d'une voiture montant la rue au grand trot des chevaux.

La voiture perça la foule ; le cocher distribua impartialement des coups de fouet aux bêtes et aux gens, pour s'ouvrir un passage, et la voiture s'arrêta.

Un homme s'élança à terre. Il sembla que le choc de ses bottes eût retenti dans le cœur de Mme Willougby ; elle poussa un cri d'effroi, d'horreur, et, par un bond en arrière, se trouva au milieu de la chambre.

— Qu'y a-t-il ? Kitty ! te sens-tu malade ? ma pauvre Kitty !

Les questions venaient de tous les points, c'est à dire de toutes ces dames à la fois.

Kitty ne répondait pas. Debout, pâle, la main tendue vers la fenêtre, elle ne pouvait articuler une parole. Enfin, un sanglot de dépit, de mauvaise humeur, plus que de chagrin véritable, lui échappa.

— Qu'est-ce donc ? que se passe-t-il ? lui demanda-t-on encore.

— Là ! là ! dit Mme Willougby. C'est lui ! c'est lui !

— Qui, lui ?

— Lui ! Cet homme atroce, épouvantable !

Minnie avait couru à la fenêtre ; mais, au lieu de pousser une exclamation déso-

lée, elle partit d'un éclat de rire, frais, moqueur, enfantin, implacable.

Puis, battant des mains :

— Oh ! comme je suis contente ! Oh ! Kitty, je t'en conjure, n'aie pas l'air si fâché !
Il est si amusant, et, je me suis tant ennuyée en route !

Lady Dalrymple avait vu, elle aussi ;
mais elle conserva son sérieux, et, du ton
le plus solennel :

— Kitty, ne vous troublez pas, ne vous
troublez pas à ce point ! Je suppose que
cet homme n'aura pas l'audace de nous re-
lancer jusqu'ici. Ne vous alarmez pas.
Quant à vous, Minnie, prenez garde d'être
inconvenante...

— Ma chère tante, dit Minnie, en affectant un sang-froid comique, je ne comprends
pas pourquoi vous avez envie de me gronder ! Je trouve sir Rufus K. Gunn l'homme
le plus gai du monde, et, rien que de le
voir, je me sens le cœur content. S'il m'est
défendu de rire, je ne rirai plus... c'est entendu !

Et, faisant une révérence boudeuse, elle
alla dans un coin.

Cet incident, en occupant l'attention de
ces dames, ne leur permit pas de voir l'autre voiture passer, avec Hawbury toujours
calme et nonchalant, et Scone Dacres avec
sa physionomie sombre, désespérée.

XVIII

Les bons avis perdus

Quand on vint annoncer à ces dames
qu'elles étaient servies, elles firent fermer
toutes les portes autour d'elles, et, pendant
le dîner, il ne fut question que de cet
homme épouvantable. On mit vingt plans
sur le tapis — je veux dire sur la nappe —
pour résister à une invasion nouvelle dont
on se sentait menacé.

Le moindre bruit, le heurt d'une assiette,
le cliquetis d'un verre et d'un couteau,
tout alarmait ces dames et leur paraissait
un signal d'attaque. Pourtant, le dîner
s'était passé sans préliminaires de bataille,
et l'on commençait à se rassurer ; ces dames
allaient prendre du repos, afin d'être prêtes
dès le matin, à la première heure, à continuer leur voyage.

Minnie avait quitté la table la première,
quand un coup retentit à la porte.

Ce fut un frisson, un tressaillement, un
murmure convulsif. C'était le moment du
danger, du courage.

Le coup avait été relativement discret,
mais c'était une discrétion de zouave ; on
devinait qu'une note de plus serait une menace, une effraction.

Mme Willougby toussa légèrement et
dit à la femme de chambre d'une voix
pleine, assurée :

— Voyez qui frappe !

Tout en parlant, elle se cambrait et regardait la porte, comme si elle se fût attendue à recevoir le coup mortel par le trou
de la serrure, et comme si elle eût voulu
mourir debout.

— Madame, répondit la femme de chambre, c'est une lettre.

— Une lettre !

On entendit un soupir d'apaisement.

— Une lettre... Qui l'a apportée ?

— Je ne sais pas, madame ; c'est un domestique qui me l'a donnée.

Mme Willougby prit la lettre avec précaution, du bout des doigts, comme si le
poison des Borgia allait s'en échapper. Elle
en brisa le cachet doucement.

Elle lut ; puis, ayant lu, elle promena
un regard provocateur autour de la chambre.

— Eh bien ? demanda Ethel.

— Eh bien ! c'est de lui.

— De lui ?

— Oui, du baron Atramonte.

Lady Dalrymple gémit.

— Et que veut-il ?

— Ah ! cette fois, il est plus habile. Le
tigre cache ses griffes, et fait patte de ve-
lours.

— Mais enfin ?...

— Ce *monsieur*...

(On ne peut imaginer avec quel art ex-
quis ce mot était prononcé pour signifier
autre chose que ce qu'il disait ! Il est impossible de faire tenir plus de mépris en
moins de lettres.)

— Ce *monsieur* prétend qu'il a besoin
de nous voir, de nous parler, pour affaire
de la plus haute importance.

La jolie bouche de Mme Willougby faisait la moue la plus dédaigneuse.

— Il fallait s'y attendre ! dit lady Dalrymple. La violence n'a pas réussi. L'ennemi se sert de la ruse.

— Mon enfant, ajouta-t-elle en se tournant
vers la femme de chambre, dites à ce *monsieur*...

(Cette fois encore, le mot *monsieur* était
prononcé comme une injure ; mais avec
quelle infériorité ! La différence entre les
deux ironies était pareille à celle des deux
beautés.)

— Dites à ce *monsieur* qu'il nous est
impossible, vous entendez bien ? *impossible*
de le recevoir.

Elles se rassirent toutes les trois avec
des airs superbes. Enfin, elles avaient envoyé leur ultimatum ; on ne les faisait pas
reculer.

Mais on sait si le baron était homme à se désarmer pour si peu.

Quelques minutes s'étaient à peine écoulées depuis le message du baron Atramonte, qu'on frappait de nouveau à la porte, qu'une nouvelle lettre était présentée, sollicitant une réponse.

Cette fois, le baron affirmait qu'il lui était impossible d'accepter cette fin de non-recevoir, attendu qu'il s'agissait d'une question de vie ou de mort.

Bien qu'aucune des vestales veillant sur la petite flamme évaporée qui s'agitait dans les yeux et dans le cœur de Minnie ne prît au sérieux ce mot de « mort » ainsi jeté, il y eut un silence grave, on réfléchit. Il devenait évident que cette seconde épître ne ferait qu'en précéder d'autres. Le baron ne s'arrêterait pas. Des menaces de meurtre ou de suicide, il passerait à d'autres extravagances.

Lady Dalrymphe se dévoua :

— Pas de demi-mesures ! J'ai déjà reçu et traité selon son mérite M. le baron Rufus K. Gunn. Je ne le crains pas. Retirez-vous, rentrez chacune chez vous. J'en ai affronté bien d'autres. Qu'il monte !

— Mais, ma tante !... Mais, madame !...

Ces supplications rendaient l'héroïsme plus impérieux encore.

— Qu'il monte !... répéta lady Dalrymphe.

Devant cette noble insistance, il n'y avait plus qu'à se retirer en bon ordre.

C'est ce que firent ces dames, en emmenant Minnie, qui soupira et sourit.

Lady Dalrymphe resta seule pour affronter le minotaure. Il parut, toujours le même, toujours franc, trop franc, toujours rond, trop rond.

Il offrit la main à la douairière qui affecta de ne pas voir le geste.

Le baron promena un regard circulaire dans la chambre et poussa un violent soupir, qui galopa sans doute sur les traces de celui de Minnie.

Il s'attendait évidemment à voir sa chère Minnie... Elle n'était pas là !

C'était un rude désappointement.

— M'ame, dit-il en s'asseyant auprès de la douairière, je vous ai écrit que les affaires dont je voulais vous entretenir étaient de la plus haute importance ; qu'il s'agissait de vie ou de mort. Je vous assure que c'est l'exacte vérité... Mais, avant de vous raconter cela, j'ai deux mots à vous dire, au sujet de notre petite histoire de Rome. Il paraît que je vous ai un peu ennuyé !... Oui, j'ai pensé à cela ! Eh bien ! si cela est, je vous jure que ce fut sans intention méchante. J'en suis désolé, désolé !... C'est fini, n'est-ce pas ? Il ne sera plus question de cela... Vous n'êtes plus fâchée... Je vous fais des excuses... Vous ne pouvez pas demander plus... des excuses conditionnelles, bien entendu, au seul cas où je vous aurais ennuyé... Hein ! c'est entendu ?

— Bien, monsieur... C'est entendu ; après ?

— Après ?... J'arrive à notre affaire. Vous êtes parties bien soudainement de Rome !... Bon ! bon ! Cela vous regarde... Mais je voudrais savoir si vous avez pris quelque renseignement sur cette route, avant de vous y engager ?

— Sur cette route ?... A quoi bon ?

— Je m'en doutais ! Eh bien, mame, laissez-moi vous dire que de grandes raisons me portent à croire que cette route n'est pas sûre.

Lady Dalrymphe ne put réprimer un sourire moqueur.

— En vérité ! dit-elle.

— Oui, m'ame, je vous le répète ; cette route est spécialement dangereuse pour les dames.

— Et pourquoi, je vous prie ?

— Voilà, m'ame : le pays est mal surveillé. Ce pauvre pape ne peut tout faire ! Le désordre est trop grand dans son administration. Les brigands abondent sur cette ligne frontière. Oui, m'ame, les brigands ; non pas des brigands d'opéra-comique, mais de vrais brigands. Ils se font appeler garibaldiens... Je n'aime pas les garibaldiens, mais ce sont de braves gens, autant que des gens braves ; tandis que ces gens-là sont des voleurs, tout simplement, qui se soucient de Garibaldi ou du pape comme d'un fétu. Ce pauvre gouvernement du pape n'est pas bien vigoureux. Il ne peut avoir raison de ces bandits qui vont, courent, surgissent au moment où l'on s'y attend le moins, vous attaquent, vous pillent et disparaissent.

— Ainsi, vous êtes convaincu, mais absolument convaincu qu'il y a du danger de rencontrer des brigands sur la route que nous suivons.

— J'en suis convaincu, oui, mame, archi-convaincu !

— Un témoignage comme le vôtre est précieux. Avez-vous entendu parler récemment de quelques actes de violence, commis sur cette route ?

— Non, m'ame.

— Alors, pourquoi supposez-vous qu'il existe maintenant quelque danger spécial ?

Lady Dalrymphe, enchantée de son raisonnement, avait un air de triomphe.

— Un de mes amis m'a affirmé qu'il en était ainsi.

— Un de vos amis ! Ah ! j'ai moins de confiance, puisque le renseignement n'émane pas de vous directement et uniquement... Ne dirait-on pas, M. le baron, que nous sommes les uniques voyageuses sur cette route ? Est-ce que des voitures ne passent pas à tout moment, des voitures qui montent ou descendent ? Or, si la route n'était pas sûre, les voitures seraient attaquées ; on le saurait ; et vous avouez que, depuis longtemps, il n'y a pas eu d'attaques...

La logique de lady Dalrymphe était écrasante.

Le baron serrait ses poings à s'enfoncer les ongles dans la chair.

— M'ame !... m'ame... je vous répète... je vous affirme... je vous jure que la route est considérée comme très dangereuse...

— Pourquoi ?... Voyons, pourquoi ?

— Mais, si vous aviez daigné prendre à Rome le moindre renseignement, tout le monde vous l'aurait dit.

— Soit ! Vous venez nous conseiller de ne pas voyager de ce côté...

— Parfaitement ; oui, m'ame.

— Et, selon vous, que devrions-nous faire ?

— Je vous adjure de retourner à Rome, et, si vous voulez quitter la ville, de prendre une autre route.

Cette fois, lady Dalrymphe ne put se contenir plus longtemps, et le sourire moqueur, quasi-impertinent qu'elle retenait, s'épanouit sur ses lèvres.

Rufus n'avait besoin que de cette étincelle pour bondir sur sa chaise.

— Je comprends ! s'écria-t-il. C'est clair, c'est très clair !... Vous doutez de ma parole ? Hein ! c'est cela ?... Parlez franchement ! Je suis un hâbleur, un farceur. Ne vous gênez pas, traitez-moi comme si j'étais un simple Italien... Mais j'ai fait provision de courage et de tranquillité.

En disant cela, il pétrissait sa chaise à la broyer sous son poing.

— Si ce que je vous affirme était confirmé par une autre personne, me croiriez-vous ?

Lady Dalrymphe ne voulut pas paraître la dupe de cet argument. Elle prit son plus grand air de grande dame :

— Tout dépendrait, dit-elle, de la personne qui confirmerait votre assertion.

Le baron n'offrait une caution de sa parole, qu'avec la pensée de la voir refuser. Quand il comprit qu'on allait peut-être l'accepter, il se mordit les lèvres et fit un mouvement terrible du gosier, comme si, au lieu d'une couleuvre, on lui donnait un serpent à avaler.

Mais le sentiment du devoir l'empêcha d'éclater.

— Eh bien ! madame (il dit « madame », et non « m'ame », tant il avait de dignité), j'ai à vous proposer la parole d'un gentle-man qui, je le suppose, a un certain crédit auprès de vous.

— Il se nomme ?

— Lord Hawbury.

— Lord Hawbury ! mais il est à Rome !

— Non, madame ; il est ici, dans cet hôtel.

— C'est impossible.

— Je ne sais pas si c'est impossible, mais c'est vrai.

— Eh bien, monsieur, je serai très heureuse de le voir et de recevoir ses avis.

— Oh ! ce ne sera pas long.

Le baron Rufus K. Gunn, sans plus de protocoles, s'élança vers la porte avec son impétuosité ordinaire, renversant aux pieds de lady Dalrymphe la chaise qu'il venait de quitter.

— Quel monstre ! murmura la douairière, en remettant le siège en équilibre.

Monstre ou non, le baron était un phénomène d'activité. Deux minutes ne s'étaient pas écoulées qu'il reparaissait avec lord Hawbury.

Lady Dalrymphe exprima à ce dernier l'étonnement qu'elle ressentait de le rencontrer à Civita-Castellana.

— J'accompagne un de mes amis, répondit le lord, en s'inclinant.

Lady Dalrymphe poussa un profond soupir. Le prétexte était plus ou moins bien choisi. Lord Hawbury n'était-il pas entraîné, lui aussi, par sa passion pour Minnie ? Mais alors, comment pouvait-il être en relations amicales avec celui qui s'était érigé en bourreau, en tourmenteur du baby ?

Le baron coupa court à ces réflexions, en expliquant à lord Hawbury dans quel but il avait réclamé son témoignage.

— En effet, monsieur, dit lady Dalrymphe, je désirerais savoir ce que vous pensez de tout ceci.

— Ah ! c'est mon opinion, sérieuse, réfléchie, que vous réclamez ?

— Sans doute.

— Eh bien, entre nous, je vous avouerai...

Le baron était sur des charbons ardents.

— Eh bien, je ne suis pas très au courant. J'ai bien entendu parler de brigands, mais les brigands sont la légende de l'Italie, et je n'ai jamais voyagé sur cette route.

Lady Dalrymphe lança au pauvre baron un regard de triomphe.

— Hein ! que dites-vous ? s'était écrié Rufus, en envoyant des clignements d'yeux féroces, éplorés, à lord Hawbury.

— Entendons-nous, madame, reprit de sa voix calme et mesurée le flegmatique gentleman. S'il s'agit de cautionner la parole de Rufus, je vous affirme, madame, que ce gentleman est un de mes plus sincères, de mes plus intimes amis, et un des plus honnêtes compagnons que je connaisse. Je jurerais sur ma vie que nul ne mérite plus d'estime et de confiance. S'il a dit quelque chose, vous pouvez y croire, c'est vrai ; s'il assure qu'il y a des brigands sur cette route, c'est qu'il y en a.

— Certainement, dit lady Dalrymphe, vous avez bien raison de croire en votre ami, comme il croirait, comme il croit sans doute en vous ; mais n'est-il pas possible qu'il se trompe, et que, par conséquent, il vous trompe de bonne foi ?

Le visage du baron, après avoir passé par toutes les nuances du rouge et avoir atteint le violet le plus foncé, pâlit subitement. Les dernières paroles de Hawbury, cette chaude et sincère recommandation lui avaient rendu toutes ses espérances ; mais le sourire aigu de lady Dalrymphe avait passé sur ces belles paroles comme un souffle sur un château de cartes, et il ne restait rien de ce bel édifice, mirage d'une seconde, temple de l'hyménée entrevu dans une bulle de savon !

Hawbury, devant la mine piteuse de son ami Rufus, voulut lui venir en aide :

— J'admets fort bien, dit-il, que ni madame, ni moi, ni Rufus, nous ne puissions savoir par nous-mêmes la vérité ; mais la vérité est assez grave pour qu'on prenne la peine de la chercher. N'y a-t-il pas dans cette ville quelqu'un, un habitant, en qui lady Dalrymphe aurait plus de confiance que dans la parole de mon honorable ami Rufus ? Est-ce que l'hôtelier lui-même ne vous paraîtrait pas mériter qu'on l'interrogeât ?

Le baron, au lieu de saisir des deux mains la perche amicale que lord Hawbury lui tendait, battit des mains avec colère et s'écria :

— Les habitants ! les hôteliers ! tous des menteurs ! Ce sont des gredins, des brigands, complices des brigands ! Croyez bien que si ces gens-là vous donnent un conseil, c'est dans le but de vous pousser à quelque imprudence et d'en tirer profit !

— Mon cher ami, dit Hawbury qui s'étonnait lui-même de l'entêtement du baron, il est impossible que nous ne puissions pas trouver ici quelqu'un dont le témoignage soit décisif. Que diriez-vous de nos postillons ? celui qui m'a conduit a véritablement une bonne figure. Je jurerais que c'est un brave et honnête homme, inférieur aux postillons anglais, mais supérieur en moralité à beaucoup d'Italiens.

— C'est possible, grommela le baron. Mais je ne me fierais pas à lui, plus qu'à tout autre. Depuis quand, Hawsbury,

croyez-vous à l'honnêteté d'un voiturier italien ?

Lady Dalrymphe lança à lord Hawsbury un regard d'encouragement.

— Cependant, s'il parle anglais, dit-elle.

— Eh ! parbleu ! les bandits parlent toutes les langues.

— Monsieur, reprit la douairière avec solennité, et en paraissant avoir au front la corne de la licorne britannique, celui qui parle notre langue ne peut manquer de tout sentiment de loyauté... ; de plus, pouvant l'interroger moi-même, je suis certaine, en ma qualité de femme, de discerner, dans un clignement d'yeux (le baron venait de cligner de l'œil) le sentiment véritable de celui qui me répond ; donc je crois, j'estime que le mieux est d'interroger ce postillon ; et je suppose que lord Hawbury ne fera aucune objection ?...

— Aucune. Ce postillon est un mendiant, comme tous les mendiants italiens ; mais je ne vois pas quel intérêt il aurait à nous tromper.

Il fut donc décidé que le postillon serait interrogé. Il était en train, non de se rafraîchir, mais de se réchauffer, jusqu'à l'hyperbole, grâce à certains flacons payés généreusement par lord Hawbury. Il avait donc les pommettes extrêmement rouges et les yeux extraordinairement brillants quand il comparut.

C'était un solide gaillard ; son buste énorme reposait sur des jambes arquées ; sa figure banale et brutale pouvait être celle du premier honnête homme venu, ou du dernier des brigands.

Naturellement lady Dalrymphe lui trouva la physionomie d'un honnête père de famille. Le baron ne douta pas une minute que ce ne fût un bandit de la pire espèce. Nous saurons peut-être tout à l'heure à quoi nous en tenir.

Il parlait bien anglais, cet excellent postillon, trop bien même. Il déclara qu'il avait voyagé plusieurs fois sur cette route, et pas plus tard que l'année dernière. Était-ce au juste l'année dernière ? Non ; c'était il y a deux ans ! Le temps passe si vite, même pour un postillon qui court toujours ! En somme, pourquoi cette route eût-elle été dangereuse ?... C'était une bonne route, plate, avec peu d'ornières, une jolie route sans prétention, que l'on méprisait comme on méprise le pauvre monde, quand il ne fait pas de bruit... Des brigands ! il faudrait en amener pour en trouver.

Il haussait ses larges épaules. Après tout, ce n'était que son opinion bien humble de postillon qu'il exprimait là. Mais il y avait dans l'hôtel un gentleman qui devait être plus au courant que lui-même. Il allait à Florence, tout seul, à cheval ! Jugez un peu s'il avait peur des brigands !

— Quoi ! le comte de Girasole ! s'écria lady Dalrymple.

— Je crois en effet que c'est lui.

— Eh bien ! messieurs, dit la douairière d'un air de triomphe, voilà une excellente occasion d'être renseigné ! Le comte de Girasole est Italien, et je suis certaine qu'il s'intéresse à notre sécurité.

— Tonnerre ! gronda le baron.

— Vous dites ? monsieur, demanda la douairière.

— Je ne dis rien !... Ce comte ! cet Italien ! je le trouverai partout !

Lady Dalrymple avait déjà prié le postillon d'amener le comte de Girasole au plus tôt.

Au bout de cinq minutes, il parut. Sans prendre garde aux regards désespérés et furibonds que Rufus jetait à Hawbury, il s'avança vers la douairière avec sa politesse obséquieuse, souriant, mais un peu pâle.

Il était charmé, dit-il dans un anglais de contrebande, de pouvoir rendre service à milady, de quelque façon que ce fût.

Quand lady Dalrymple lui eût exposé l'objet de la consultation, il eut un léger sourire.

Le baron ne le perdait pas de vue.

— Je ne sache pas, répondit-il, qu'il y ait des brigands sur cette route.

Cette fois, il s'en fallut de bien peu de chose que lady Dalrymple n'écrasât le baron de sa joie immodérée.

— J'ai voyagé très souvent de ce côté, continua le comte, il ne m'est jamais rien arrivé. La route me paraît aussi sûre que la place Saint-Pierre.

Lady Dalrymple rayonnait. Le comte regarda Hawbury et le baron avec une expression de moquerie tempérée par la politesse, et il crut devoir répéter :

— Pas le moindre danger ! Je voyage seul, voyez plutôt, sans une arme, sans le moindre petit couteau, et j'ai de l'or dans mes poches.

Il tira des poches de son habit, des goussets de son gilet, des poignées d'or.

Il était difficile de terminer la conférence par un salut et un congédiement pur et simple. On causa pour ménager la transition. Le comte de Girasole donna sur la route plus de détails qu'on ne lui en avait demandés. Cette idée de bandits lui avait paru bouffonne. Il lui fallait tout le respect qu'il professait envers la respectable société dans laquelle il se trouvait, pour ne pas éclater de rire. En vérité, il était bien heureux que cette crainte lui eût fourni l'occasion de voir lady Dalrymple ; c'était là une bonne fortune dont il appréciait le prix. Le comte, sans se moquer directement du baron, et même indirectement de lord Hawbury, prenait sa revanche des airs hautains, des regards équivoques qui l'avaient plus d'une fois atteint au passage. Il ne dit rien de fâcheux sur le courage de ces gentlemen ; mais il rit si bien des fantômes de brigands, des chimères fantastiques évoquées par eux, qu'il n'eût pas agi autrement s'il eût voulu les humilier et se moquer.

Il fallait donc que le baron et lord Hawbury s'avouassent vaincus et prissent congé de la douairière.

Atramonte était navré. Il n'avait eu de chance en rien. Il n'avait pas vu Minnie ; il avait follement espéré que tout le monde reviendrait pour l'écouter. Sa croyance aux brigands n'était pas ébranlée. Ce qu'il avait dit, il le croyait fermement ; il le croyait comme la parole papale.

Les affirmations du postillon l'avaient mis en colère, mais c'était un bandit à mépriser. Celles du comte de Girasole le troublaient davantage encore, sans qu'il osât formuler tout haut l'opinion qui grondait en lui. Que conclure ? Girasole était-il un menteur ou un ignorant ?

Hawbury ne croyait guère aux brigands, mais croyait en son ami Rufus K. Gunn, et le témoignage de Girasole lui paraissait suspect. Il avait été fort sensible à l'échec subi par son compagnon ; il le partageait dans une certaine mesure, et il se demandait ce qu'il était venu faire à Civita-Castellana, sinon se faire moquer de lui par un comte italien qu'il eût eu du plaisir à mystifier.

Il était parti pour accompagner Scone Dacres, et il ne savait pas au juste s'il eût désiré que la société féminine s'en revînt à Rome ou continuât sa route. Il était fort perplexe.

Sa plus grande inquiétude était de savoir comment allait se comporter ce fou de Scone Dacres, qui dès à présent guettait l'Italien comme un chien de chasse guette le gibier, qui avait vu le comte de Girasole monter à l'appartement de ces dames, et qui par conséquent devait supposer qu'il avait été appelé par elles.

Quant à nos héroïnes, ce serait mal les connaître que les croire tranquilles, attendant, dans de menus propos, la fin de la conférence de lady Dalrymple avec le comte de Girasole.

Les portes d'auberges ne sont jamais épaisses ; celles des auberges d'Italie sont particulièrement minces, et celles de l'hôtellerie de Civita-Castellana abusaient de la mode. Aucune d'elles ne fermait hermétiquement, et toutes semblaient disposées à se tordre pour laisser passer les zéphirs.

Ces dames entendaient donc, et écoutaient pour mieux entendre. Elles n'avaient pas perdu un mot de toute la conversation.

Mme Willoughby était convaincue que la seule intention du baron avait été de rencontrer Minnie, d'échanger un regard avec elle. De plus, il voulait les ramener par terreur à Rome. Qui sait ce qu'un capitaine de zouaves, même de zouaves du pape, pouvait tenter à Rome?

Minnie partageait l'opinion du baron; elle croyait aux brigands. C'était un accident qui devait la menacer; mais, à coup sûr, il se trouverait là, à point nommé, encore un sauveur pour la tirer de leurs griffes, s'ils avaient des griffes; et partagée entre la terreur, le plaisir d'être de l'avis du baron, et son instinct d'imprudence, Minnie ne croyait rien. Seulement, son petit cœur palpitait tout bas.

Quant à Ethel, l'arrivée soudaine de lord Hawbury avait failli lui causer un évanouissement et avait réveillé toutes ses exaspérations premières. Elle se souciait peu de ce qu'il avait dit; elle était plus courroucée de ce qu'il n'avait pas dit. Pourquoi ne l'avait-il pas demandée? Le seul son de sa voix faisait vibrer toutes les fibres de son être. C'était un renouveau de crainte, d'espérance et de désespoir qui ne devait pas cesser de si tôt.

Etait-il besoin de se demander pourquoi il était venu à Civita-Castellana? C'était clair: c'était pour y rejoindre Minnie, toujours Minnie. Ah! comme il fallait l'aimer, pour ne pas la haïr, cette rivale de tout le monde, cette accapareuse des cœurs!

Un doute cependant agitait Ethel. Comment Hawbury pouvait-il être l'ami dévoué du bourreau de Minnie? C'était là un mystère ajouté, mêlé à beaucoup d'autres. Après tout Hawbury, moins délicat qu'on ne l'avait supposé, attendait peut-être que le baron Atramonte se fût détaché de Minnie, pour offrir au baby délaissé son cœur et sa main.

Ce n'était pas là, en tout cas, la preuve d'un grand amour; et quand la pauvre Ethel fouillait son cœur, se rappelait le passé; quand elle comparait, elle était tentée de se reprendre à moins mépriser Hawbury.

A peine les trois gentlemen avaient-ils quitté la douairière, qu'un nouveau conseil de guerre ou de gouvernement fut tenu entre ces dames.

Minnie, bien entendu, ne prit aucune part à la délibération, et resta assise à part dans l'attitude d'une martyre qui attend la palme.

On discuta, on s'échauffa quelque peu, et à l'unanimité des trois juges le baron fut condamné. Il avait évidemment voulu ramener Minnie à Rome, en inventant son absurde histoire de brigands. Il fallait résister, déjouer ce plan machiavélique et aller en avant. Après tout, la présence de lord Hawbury empêcherait bien Rufus de se livrer à des violences, et le comte de Girasole, si peu plaisant qu'il fût, serait au besoin un auxiliaire et un champion.

Il n'en était pas moins fort extraordinaire que tous ces gentlemen eussent suivi, poursuivi Minnie. Quand cette course cesserait-elle? Quand serait-on à l'abri de cette chasse insupportable?

L'heure du sommeil termina la délibération, et le lendemain matin, dès l'aube, la *pension* Dalrymple, comme l'appelait l'hôtelier, quitta Civita-Castellana.

Le comte de Girasole partit de l'hôtel environ une demi-heure après ces dames, et dépassa Minnie et Cⁱᵉ à quelques milles de la ville.

Après lui, le baron et le révérend Saül Tozer se mirent en route. Enfin Hawbury et Scone Dacres fermèrent la caravane. Ce pauvre Scone Dacres ne rêvait qu'à la vengeance; et avec une patience comme les anges en ont donné la recette aux Anglais, Hawbury écoutait les sorties furieuses de son vieil ami contre l'Italien, contre Mme Dacres-Willoughby, ainsi que ses projets hyperboliques de châtiment.

La matinée était claire et belle; la route serpentait à travers les collines; le paysage devenait grandiose, les montagnes se dressaient plus hautes et plus ombreuses. Il y avait vraiment une volupté, même pour des voyageurs blasés, à se laisser emporter au trot rapide des chevaux, dont les grelots rhythmaient pour ainsi dire l'harmonie de cette matinée superbe.

Tout à coup, le bruit d'un coup de feu retentit, puis un cri.

— Good lord! Dacres! avez-vous entendu? cria Hawbury. Est-ce que par hasard le baron aurait dit vrai?

Le postillon arrêta net les chevaux.

— En avant! lui cria Hawbury. Avez-vous un pistolet, Dacres?

— Non.

— Eh bien! aidons-nous nous-mêmes.

Hawbury sauta hors de la voiture, enleva le postillon, se mit en selle à sa place, et au risque de briser la voiture, ne s'inquiétant ni des fossés ni des bornes, lança les chevaux à toutes brides dans la direction du bruit.

— Dacres, cria-t-il, ce sont les brigands, et ces dames sont là!

— Ma femme! mon Dieu, ma femme! hurla Scone Dacres.

Qui sondera jamais l'abîme du cœur, et qui établira jamais la loi des contradictions humaines ? Scone Dacres était pâle, en songeant au danger de celle qu'il maudissait quelques minutes auparavant.

— Un couteau ! une arme ! continua-t-il en agitant les bras. Ah ! il faut les défendre ou nous faire tuer.

Et les chevaux fouettés par M. Hawbury faisaient bondir la voiture dans une route qui s'enfonçait à travers les bois.

XIX

Pris au piège

Les dames étaient parties droit devant elles, sans se préoccuper de l'ombre même d'un danger. Le triomphe de lady Dalrymphe avait été complet, et sa sagacité n'était pas de celles qu'il fût possible de prendre désormais en défaut.

La victoire remportée sur les roueries du baron était une garantie d'infaillibilité.

Les trois gardiennes de Minnie et Minnie s'abandonnaient donc au doux roulement de la voiture, admiraient le paysage qui devenait admirable, s'étudiant à découvriret à étudier les beautés de la nature à mesure qu'elles surgissaient devant elles et autour d'elles.

Les chevaux gravissaient lentement une pente assez facile d'ailleurs, et la voiture s'engageait dans un bois touffu qui mettait brusquement son rideau de haute futaie sur l'horizon.

A peine la voiture avait-elle fait un demi-mille, que la route tourna brusquement.

Un quadruple cri s'échappa de la poitrine des voyageuses.

Le spectacle qu'elles avaient devant les yeux expliquait et justifiait cette exclamation.

En travers de la route, un arbre tout récemment déraciné gisait, opposant aux chevaux une barrière infranchissable. Derrière cette barricade rustique vingt hommes armés, le fusil au poing, se tenaient immobiles. Enfin, comble de la stupéfaction, au milieu de la troupe se tenait à cheval, comme un chef, un homme, un gentilhomme, le comte de Girasole.

Deux des bandits, il fallait bien leur donner ce nom, s'étaient détachés du front de bataille et, s'avançant vers le postillon, lui avaient intimé l'ordre de s'arrêter. Je ne sais si l'injonction était prévue, attendue, mais elle fut accueillie avec déférence. Puis Girasole poussa son cheval vers la voiture.

— Mesdames, dit-il avec la plus exquise politesse, j'ai l'honneur de vous prier de vouloir bien descendre.

— Mon Dieu ! je vous en prie, monsieur le comte, que veut dire cela ? s'écria lady Dalrymphe avec une agitation qui pouvait amener une attaque de nerfs.

— Cela signifie, madame, que je m'étais trompé, et qu'il y a des brigands sur cette route.

Lady Dalrymphe ne répondit pas ; elle comprenait l'horrible ironie de cette réponse.

Le comte descendit de cheval, et, avec une galanterie parfaite, offrit la main aux dames afin de les aider à descendre.

Mais sans accepter ce secours, elles quittèrent la voiture : Mme Willougby la première, dédaignant de foudroyer le bandit ; Ethel, hautaine et presque indifférente ; lady Dalrymphe, agitée, courroucée ; Minnie, soupirante et résignée.

De ces quatre captives, les trois premières étaient pâles, je dirais livides, si ce mot n'impliquait une idée de laideur, incompatible avec les charmantes figures d'Ethel et de Ketty ; elles étaient en proie à une épouvante qu'elles cherchaient de moins en moins à dissimuler.

Minnie paraissait la moins effrayée. Elle pensait tout bas, et presque à demi-voix :

— C'est désolant ! Je suis sûre maintenant que quelqu'un va surgir qui me sauvera la vie... C'est toujours comme cela que cela se passe.

Girasole les salua, et s'adressant directement à elle :

— Pardonnez-moi, miss, si je vous fais une semblable réception, mais vous serez admirablement traitée ; n'ayez aucune crainte. Je vous engage ma parole, je vous le jure sur ma vie !

— Misérable ! s'écria lady Dalrymphe, qui avait surmonté les tentations d'évanouissement ; et, d'une voix frémissante de colère :

— Si vous arrêtez cette enfant, si vous osez lui faire la moindre injure, vous êtes un homme perdu... Elle a des amis puissants qui la vengeront.

— Vous vous trompez, madame, répliqua Girasole, avec la même politesse imperturbable. Miss Minnie m'appartient, et je ne vous reconnais aucun droit sur elle, aucun. Je suis son meilleur, son seul ami. Elle est ma fiancée, je lui ai sauvé la vie ; je lui ai dit que je l'aimais, et lui ai proposé d'unir sa destinée à la mienne... Elle ne m'a pas refusé, au contraire ; vous vous êtes placée entre elle et moi. J'ai voulu en finir, j'en ai fini. Je suis un noble Italien, comte de Girasole, des Girasole d'Urbino. Je l'aime, je suis dans mon droit, et j'agis selon mon devoir.

Lady Dalrymphe était une brave douairière, bien placide, bien calme, et qui, pour employer une expression familière, sortait rarement des gonds. Mais en face d'une telle impudence, elle fut réellement suffoquée et exaspérée. Elle se dressa sur ses pieds, étendit les bras comme pour jeter au comte une suprême malédiction, puis, vaincue par son émotion, elle lança un cri rauque et s'affaissa sur le sol. L'évanouissement qu'elle avait oublié ne l'oubliait pas.

Ethel s'élança vers elle avec deux des femmes de chambre.

Mme Willoughby éclata en sanglots.

— Comte de Girasole, épargnez Minnie, dit-elle en joignant les mains. Si vous l'aimez, qu'elle vous soit sacrée! Ce n'est qu'une enfant; si nous avons repoussé, ce n'est pas pour une raison qui vous soit personnelle; c'est uniquement parce qu'elle est trop jeune.

— Vous vous méprenez sur mes intentions, dit le comte, en haussant les épaules; j'aime Minnie plus que ma vie. Elle m'aime, je la rendrai heureuse. Vous ne la quitterez pas, et vous jugerez par vous-même de son bonheur!... Venez, ma sœur.

— Ta sœur! misérable!

L'Italien avait la voix chaude, passionnée. Mais Mme Willoughby, insensible à ces déclarations étranges, dans un pareil moment, fondait en larmes et entourait Minnie de ses bras, comme pour la défendre contre les dangers qui la menaçaient.

Minnie disait tout bas à sa sœur:

— Voyons, Kitty, n'aie donc pas peur, n'aie pas l'air d'avoir peur. Je sais bien que c'est fort désagréable. Oh! je le reconnais, mais vous vous forgez des terreurs folles. Je suis sûre que vous seriez encore plus effrayée si c'était Rufus K...

A peine ce K était-il articulé, que Minnie s'arrêta et ne put aller au delà du K. Elle entendait un bruit de voiture qui approchait. Tout le monde regarda, mais les bandits avaient la vue meilleure.

C'était la voiture du baron et du révérend Saül Tozer.

Atramonte avait bien deviné que les brigands n'étaient pas loin; mais il ne se doutait pas qu'ils fussent si proches, et au moment où il arrivait au tournant, la voiture fut entourée par les brigands.

Le premier regard du baron fut formidable. Le second fut celui d'un soldat qui sait retrouver du calme dans les situations les plus périlleuses. Il se dressa dans la voiture, se tint droit, les bras croisés, impassible et menaçant. Il voyait à quelques pas de lui Minnie calme et presque souriante, Mme Willoughby sanglotante, lady Dalrymphe évanouie, et pourtant il restait calme.

— Rendez-vous! lui cria Girasole, vous êtes mon prisonnier!

— Ah! ah! c'est vous le brigand en chef, à ce qu'il paraît, dit le baron qui semblait en quelque sorte indifférent à ce qui se passait.

— Descendez! reprit Girasole; on ne vous fera pas de mal; on se contentera de vous attacher.

— Fort bien! rien que cela? c'est trop juste, dit le baron. Hé! mon ami Saül Tozer, soyez donc assez bon pour descendre, et pour offrir à ces messieurs vos poignets, afin qu'ils les attachent solidement.

— Je suis à vos ordres, baron, dit le révérend.

L'excellent Saül Tozer descendit de voiture avec la placidité que réclamaient son caractère et son état.

Les brigands se groupèrent autour de lui; l'un d'eux, un homme pieux sans doute, qui devinait un homme d'Eglise, poussa même la complaisance jusqu'à le soutenir.

Or, voici la situation des divers acteurs de ce drame et des décors.

La voiture était sur la lisière du bois, si près du fourré, que les branches touchaient la capote.

Le bon Clergyman cherchant le marche-pied dans la crainte d'un faux pas, s'était penché, faisant le gros dos, et s'appuyant au bras d'un des bandits.

Alors, il se passa quelque chose d'inouï dans les fastes des zouaves pontificaux. Irrévérencieux pour la dignité du révérend, mais pratique comme un Américain, le baron bondit, posa un pied sur l'épaule de Saül Tozer, et, se servant de ce dos d'ecclésiastique comme d'un tremplin, s'élança par-dessus la tête des brigands, à travers branches et feuilles, en plein fourré.

Le mouvement avait été si brusque et exécuté avec une agilité si surprenante, que les brigands restèrent ébahis et que pas un ne songea à se jeter dans les broussailles.

— Damnation! cria Girasole.

Saisissant un pistolet, il le déchargea, au jugé, dans la direction qu'avait prise le baron. Mais à l'explosion répondit de l'épaisseur du bois ce cri déjà connu de nos héroïnes, qui retentit comme un écho moqueur:

— Min! Minnie!

Minnie entendit; un éclair brilla dans ses yeux, et joignant ses petites mains de façon à faire un porte-voix, elle lança de sa petite bouche en grossissant le son:

— Wha-a-a-a-at? (Quoi?)

C'était cet étrange Wha-a-a-a-at, roucoulé avec une vibration attendrie et succédant à un coup de feu qui avait frappé l'oreille d'Hawbury et celle de Scone Dacres.

— Sacramento! exclama Girasole.

Minnie se tourna vers l'Italien et le regarda avec de grands yeux étonnés.

Elle était redevenue aussi calme que si elle eût joué aux jeux innocents.

Quant à Mme Willoughby, l'arrivée de ce baron détesté lui avait donné une lueur d'espoir, hélas! trop tôt évanouie; elle retombait dans son désespoir.

Lady Dalrymphe, en dépit des efforts d'Ethel, n'avait pas encore repris ses sens. Le coup était terrible. Le malheur survenu pouvait être évité par elle. Pourquoi n'avait-elle pas écouté le baron? pourquoi n'avait-elle pas eu foi en la sincère et honnête recommandation de lord Hawbury?

Mais avant qu'aucun des acteurs de ce drame eût fait un nouveau mouvement, on entendit le roulement d'une autre voiture, le claquement d'un autre fouet, l'écho d'une autre voix humaine.

Girasole donna des ordres à ses hommes, qui se précipitèrent en avant, les armes hautes.

Hawbury et Scone Dacres apparurent.

Pour Hawbury, le rôle était tout tracé. Il était gentleman, des femmes étaient en danger. Son devoir était de se jeter sur les brigands. Il était sans armes; qu'importe! Le cœur est une armure. Il n'avait pas à raisonner, mais à aller où le devoir l'appelait.

Quant à Scone Dacres, c'était autre chose; il n'avait qu'une pensée. Le malheureux croyait que c'était une affaire convenue entre l'Italien et sa femme, et dans ce guet-apens sinistre, il ne voyait qu'un rendez-vous amoureux à grand orchestre.

— En avant! cria-t-il, tandis que Hawbury, fouettant les chevaux, les enlevait de toute sa vigueur.

Minnie était sur le premier plan avec Mme Willoughby et Girasole. Ethel, penchée sur lady Dalrymphe, lui prodiguait ses soins. Cette fois encore, la fatalité, bien cruelle ou bien généreuse, voulut que Hawbury ne la vit pas.

— Misérables! s'écria Hawbury d'une voix retentissante, quelle infamie commettez-vous donc?

Girasole ricana.

— Pas d'injures, dit-il, vous êtes prisonniers. Ne résistez pas, sur votre vie!

— Gredin d'Italien! hurla Scone Dacres.

Et Girasole n'avait pas prononcé une parole de plus, que Dacres avait bondi sur ses pieds et brandissant un long couteau, dont, paraît-il, il s'était muni à tout événement, s'était rué au milieu des brigands, frappant, taillant, blessant, s'efforçant avant tout de parvenir jusqu'à Girasole, qui s'était reculé de quelques pas.

En une seconde, Hawbury fut à ses côtés.

Déjà deux hommes étaient tombés sous le couteau de Dacres! Hawbury, de son pistolet, en avait abattu un troisième; puis saisissant son arme par le canon, il s'en faisait une masse qui tombait avec un bruit mat sur les têtes et sur les épaules.

Les brigands reculaient. Dacres n'était plus qu'à trois pas de Girasole. Son visage respirait une férocité sauvage, ses yeux étincelaient; il riait de fureur. L'ivresse du sang lui montait au cerveau. Tous les massacres d'Italiens qu'il avait rêvés se multipliaient et venaient s'offrir à lui.

Girasole eut peur.

Un des bandits se jeta sur Dacres, s'efforçant de le saisir à bras-le-corps; mais Dacres le secoua, et d'un revers de main l'envoya rouler à terre. Alors ce fut une véritable et une épouvantable mêlée. Tous les brigands se ruèrent sur Dacres avec des cris de rage. La lutte n'était plus possible. Scone allait succomber, quand il sembla qu'une idée lui était venue, une idée nouvelle pour lui, mais exploitée déjà avant lui: tout en se défendant il recula, et, saisissant le moment favorable, il se retourna, bondit et se jeta lui aussi dans le fourré.

— Feu! cria Girasole; attrapez-le mort ou vif.

Quelques brigands s'élancèrent à sa poursuite; d'autres, au commandement donné, avaient tiré et, au risque d'atteindre les dames, avaient fait feu également sur lord Hawbury, mais sans l'atteindre.

Frappant, toujours avec une précision admirable, de la crosse de son pistolet, l'Anglais ne se lassait pas; mais ses adversaires étaient trop nombreux. Les bandits, exaspérés de la fuite de Dacres après la fuite du baron, redoublèrent de furie, et lord Hawbury entouré, saisi par plus de vingt mains, eut beau lutter, se raidir, mettre en œuvre toutes les ressources d'une boxe inconnue aux Italiens, il dut céder. Un brigand, sans doute un ancien jésuite, s'était baissé et, le déplaçant pour ainsi dire en le saisissant aux jambes, le fit se pencher et tomber la face contre terre. On se jeta sur lui, et en un instant le pauvre lord Hawbury fut lié, garrotté comme une momie d'Égypte.

Toutes nos héroïnes, muettes et tremblantes, avaient assisté à cette lutte. Ethel, debout, ne perdait pas Hawbury des yeux. Elle ne respirait pas, elle haletait. Toute son âme était suspendue à la destinée d'Hawbury. Quand elle vit la fuite de Dacres, quand elle vit Hawbury, renversé, lié, elle poussa un cri, et se jeta en avant comme pour le couvrir de son corps.

Girasole l'écarta brutalément.

— Arrière! dit-il; ce milord est mon prisonnier. Arrière, où vous serez liée comme lui.

Sur un geste, pour montrer que la menace était sérieuse, deux hommes se détachèrent du groupe, et se dirigèrent vers Ethel.

Celle-ci recula épouvantée.

Certes, Hawbury avait bien entendu le cri poussé par Ethel. Mais le moment eut été mal choisi pour une réconnaissance, en supposant que les simples cris féminins, même quand ils partent du cœur, ne soient pas tous pareils au premier abord. Pour discerner le timbre spécial que chaque femme donne à ces élans de son âme, il faut une présence d'esprit, une liberté de ses facultés qui manquaient absolument à Hawbury. Lié, rugissant, il se tordait, et impuissant à lutter, il voulait frapper encore. On l'avait traîné auprès de la voiture du baron, et, là, on l'avait appuyé contre une roue. Ses liens étaient serrés de telle sorte que tout mouvement de sa part était impossible.

Girasole donnait des ordres à ses hommes, et les voyageuses serrées, pressées les unes contre les autres, tremblantes de peur, tendaient l'oreille, écoutaient si aucun bruit de secours ne se faisait entendre de nouveau. Bien qu'elles eussent été infructueuses, les arrivées successives des deux voitures avaient été des causes d'espérance, qu'elles eussent désiré voir se renouveler. Lady Dalrymphe n'avait pas encore repris ses sens, et gisait sur le sol dans une syncope qui pouvait bien être le commencement de la mort.

Bientôt, ceux des brigands qui s'étaient lancés à la poursuite des fugitifs, revinrent seuls. Ce fut pour les voyageuses un nouveau sujet de terreur. N'avaient-ils pas pu les atteindre, ou bien les avaient-ils tués?

Girasole parlait à voix basse aux brigands. Pas un mot ne parvenait à l'oreille des dames ou des prisonniers. Que leur disait-il? Les blâmait-il de leur négligence, ou bien les félicitait-il de quelque crime accompli?

Les brigands, après cette courte conférence, s'occupèrent de leurs blessés.

Deux de ces misérables avaient été frappés par le couteau de Dacres; mais en somme les blessures étaient peu dangereuses. Un troisième était étendu à terre; c'était celui qui s'était jeté au devant de Dacres quand celui-ci s'était élancé vers Girasole. Il gisait dans une mare de sang. On le souleva; sa face était livide, ses traits contractés, ses lèvres absolument blanches; il était mort. Dacres l'avait at-

teint en plein cœur. Les bandits lui improvisèrent une oraison funèbre de clameurs, d'imprécations, et comme Hawbury restait seul pour répondre de cette prouesse de Scone Dacres, ils coururent à lui, en proférant des menaces.

Hawbury, impassible, les regardait de ses yeux grands ouverts, sans qu'un muscle tressaillît dans son visage. Couvert de boue et de poussière, lié, bâillonné, il avait si grand air, il conservait tant de dignité que les bandits hésitèrent à frapper.

— Bas les armes! cria Girasole.

Tous obéirent.

Le comte s'avança lentement vers Hawbury, fixant sur lui son regard hypocrite et sombre. Hawbury daigna le regarder à son tour. Les éclairs des deux prunelles se joignirent et se croisèrent comme deux épées.

Girasole eut un sourire moqueur.

— Milord, dit-il, sera sans doute heureux de savoir que miss Fay sera traitée avec les plus grands honneurs. Milord lui porte un grand intérêt, je le sais; mais elle est ma fiancée, et j'ai saisi cette occasion d'assurer notre mariage. Vous savez sans doute que je lui ai sauvé la vie?

XX

Le Repaire

Girasole, convaincu que lord Hawbury professait un profond amour pour Minnie, espérait, en le torturant, l'obliger à sortir de son insupportable sangfroid.

Mais Hawbury écoutait dans la plus superbe indifférence.

Exaspéré, Girasole eut un geste d'impatience, et sa main se posa sur la crosse d'un pistolet. Une rapide réflexion arrêta son bras, et se tournant vers sa bande:

— Conduisez cet homme... où vous savez, dit-il d'un ton de commandement.

Girasole était revenu vers le groupe des dames.

— Myladies, dit-il de son air le plus aimable, c'est-à-dire le plus horrible, je vous prie de m'entendre. Si j'en suis réduit à cette déplorable extrémité, c'est que j'ai rencontré, de votre part, une injustifiable résistance à mes projets. Minnie m'appartient... Je l'aime et je suis aimé d'elle. Je regrette de vous avoir causé ces ennuis. Maintenant mon but est atteint, et vous êtes libres.

Il s'approcha de Minnie et lui prit la main, qu'elle laissa prendre.

— Vous m'avez promis cette jolie main, mignonne. Je vous aime plus que ma vie;

et je vous consacrerai toute mon existence. Je vous jure de vous rendre heureuse.

— Mais je ne vous demande pas de me rendre heureuse ! s'écria Minnie. Je ne veux pas abandonner ma chère Kitty. C'est une honte de faire ce que vous faites, et vous me forcerez à vous haïr.

Girasole sourit. Le ton de ces reproches en adoucissait singulièrement pour lui l'expression.

— Mylady, dit-il à Mme Willoughby, mademoiselle ne veut pas vous quitter. Si vous désirez nous suivre, je ne m'y opposerai pas.

— Oh ! ma chère Kitty, dit Minnie, qui commençait à trouver son aventure trop romanesque, ne me laisse pas seule, toute seule, avec ce méchant homme ! Viens avec nous. Tu verras... ce sera moins triste, si tu viens. J'ai bien peur seulement que nous ne manquions de bien des choses.

Girasole était allé adresser la même invitation à Ethel, et, comme à Mme Willoughby, il lui avait fait ses excuses en lui déclarant qu'elle était libre de le suivre, mais Ethel déclara qu'elle n'abandonnerait pas lady Dalrymple, qui donnait à peine quelques signes de vie... Girasole revint ensuite vers Minnie et Kitty.

— Suivez-moi, leur dit-il ; l'endroit où je vous conduis n'est pas éloigné d'ici ; ce n'est pas une fatigue.

Mme Willoughby hésitait : mais pouvait-elle abandonner sa sœur ? Quelle résistance opposer à ce misérable ?

Girasole entra dans le bois ; les deux femmes le suivirent.

Mme Willoughby chancelait, prête, à chaque pas, à succomber sous l'émotion.

Quant à Minnie, elle avait toutes ses forces. C'était la fatalité ; elle s'y soumettait ; elle prenait l'habitude de s'y soumettre ; elle était calme, vaillante ; les gémissements poussés par sa sœur lui paraissaient une faiblesse insigne.

— Si c'est pour te désoler ainsi, lui disait-elle tout bas, que tu me suis, j'aime mieux que tu ne viennes pas. Vraiment, tu me désoles.

— Pauvre Minnie, pauvre enfant, pauvre chère enfant ! sanglotait Mme Willoughby.

— Eh bien ! oui, je suis une enfant, comme tu dis, mais ne me le dis pas tant, car je veux me conduire comme une femme. N'aie pas peur !

Mme Willoughby se tut. Elle comprenait qu'avec un caractère enfantin comme celui de Minnie, le mieux était de se résigner, de veiller et d'agir, en paraissant céder.

Au fond, Minnie qui sentait à la fois sa petite logique et sa petite folie, se heurtant comme deux grelots dans sa cervelle, ne jugeait pas qu'il y eût lieu de se désoler absolument. Elle était enlevée ! Mais elle n'était pas la première à qui un pareil accident et un pareil honneur eussent été accordés.

Ce qui lui arrivait, toutefois, n'arrivait pas à tout le monde, et constituait un privilége, une supériorité. Si Girasole l'aimait, c'était un malheur ; mais c'était un malheur excusable et qui n'était pas de sa faute, à elle. Or, il est plus facile de subir un malheur qu'on n'a pas provoqué.

Les voitures qui avaient amené ces dames étaient là, dételées, sur la lisière du bois. Elles étaient gardées par le postillon à figure bonnasse et honnête qui avait plu si fort à l'excellente douairière. Girasole lui adressa un mot en passant, et lui glissa une pièce d'argent dans la main.

L'homme salua ironiquement les deux femmes au moment où elles passaient devant lui. Girasole marchait maintenant auprès d'elles. Le bois était très épais, plus sombre et plus silencieux, à mesure qu'elles avançaient.

Mme Willoughby se demandait si la fuite était possible ; mais, eût-elle pu se jeter à travers les broussailles, qu'elle n'eût pas été certaine de décider Minnie à l'imiter. Hélas ! l'infortunée, celle pour qui la bonne Kitty tremblait si fort, à chaque pas qu'elle faisait sur les feuilles tombées et sur les branches séchées, se retournait pour voir si sa robe ne s'accrochait pas, ne se déchirait pas, ne prenait pas des plis malencontreux ! S'il est beau qu'une jeune martyre, qui va mourir pour sa foi, s'arrange dans l'arène et se préoccupe de tomber avec grâce, que penser de la martyre coquette ou ignorante, qui ne songe pas à mourir, qui ne sait pas ce que le sort lui réserve, et qui garde assez de sang-froid pour préserver la mousseline de sa robe, quand sa robe elle-même ne la préservera peut-être pas ?

Faut-il admirer cette sublime innocence ?

La fuite, en tous cas, était impraticable, et Mme Willoughby, héroïque à sa manière, mais sans faire montre de son héroïsme se disait :

— Nous allons à la mort ! c'est bien ! je ne lui survivrai pas. Nous mourrons ensemble.

Girasole ne prononçait pas une parole. Il réglait son pas sur celui de Minnie, et prenait le soin d'écarter les branches qui auraient pu effleurer le visage du baby.

Minnie marchait légèrement, librement, comme s'il se fût agi d'une simple promenade. Elle regardait à droite et à gauche dans la forêt ; volontiers elle l'eût admirée. Tout à coup elle tressaillit ; un lézard courait à ses pieds ; et la peureuse, qui ne s'était pas trop effarouchée de la vue des brigands, qui allait, elle ne savait où, sous la conduite du plus misérable bandit, faillit s'évanouir du frétillement d'un lézard à ses pieds. Mme Willougby, frappée de ce contraste, se demandait si Minnie était folle ou si le cher baby manquait absolument de cœur.

Cependant la forêt commençait à s'éclaircir. Les arbres, moins serrés, laissaient circuler l'air et la lumière, et permettaient aux regards de pénétrer plus avant. On entendit bientôt le murmure d'un ruisseau. Minnie s'arrêta pour le regarder courir, et elle ne put s'empêcher de remarquer qu'il était le plus joli ruisseau du monde; puis elle descendit avec lui la pente de la forêt, et bientôt le filet d'eau devint une rivière pour finir par l'épanouissement d'un lac, dans un vallon charmant.

Girasole était-il poëte en même temps que chef de brigands; et quand il désarmait ses pistolets comptait-il sur les charmes de la nature pour enchaîner ses prisonniers... je veux dire ses prisonnières? Le coquin n'eût pas choisi, en tout cas, un site plus pittoresque pour séduire ses victimes. Des éminences boisées dominaient ce lac transparent, et, derrière ces pentes adoucies, s'élevaient, dans toute leur fierté, les sommets des Apennins. Le lac n'avait guère qu'un mille environ en longueur, autant en largeur. C'était un miroir pour le paysage coquet, pour le ciel souriant, pour les jolies filles qui voudraient sourire et faire les coquettes sur ses rives ou sur ses ondes.

En approchant du lac, Mme Willougby vit des formes humaines s'agiter, et il fut bien facile de reconnaître des brigands pareils à ceux qu'on avait trouvés dans la forêt. Elle tourna vivement la tête de côté, avec un frémissement de désespoir et aperçut, à travers les arbres, une maison en ruines. Précisément, Girasole invita ces dames à se diriger vers cette maison.

La ruine était sur le bord du lac, mais si elle y jouait un rôle de décor, elle paraissait avoir une utilité plus pratique pour les bandits. Le toit était encore en bon état; mais les châssis des fenêtres avaient disparu; la porte avait suivi les châssis.

L'air avait toute facilité pour entrer; quant aux hôtes qu'on amenait de force dans cette hôtellerie suspecte, ils pouvaient rêver la liberté à travers ces ouvertures, il leur était interdit, tant les sentinelles étaient nombreuses, de tenter la moindre évasion.

Ces hommes au teint basané, aux traits durs, aux yeux trop noirs, dans tout l'attirail classique et très héroïque des bandits parurent monstrueux à la pauvre Kitty.

On devinait bien qu'ils n'auraient aucun scrupule et que, sur un signe, ils auraient frappé, tué ou menacé d'un péril plus grand que la mort les malheureuses femmes qu'on leur amenait.

Si au moins Mme Willougby avait pu s'exprimer en Italien! Elle eût pu leur faire des offres de rançon, elle eût essayé de faire sur leur cupidité ce qu'il était chimérique d'essayer sur leur sensibilité, surtout par une pantomime sans parole.

Elles atteignirent la maison, en passant sous le feu de ces regards menaçants. Quand elles eurent franchi le seuil, Kitty se dit tout bas :

— Nous voici dans notre tombeau.

Minnie ne paraissait avoir aucune de ces idées lugubres. Elle regardait les bandits avec curiosité; deux ou trois fois, à ceux qui avaient des barbes grises, elle fit une révérence polie; elle honorait la vieillesse. Si elle eût osé, elle se fût arrêtée pour regarder à son aise les accoutrements singuliers, les armes et les scapulaires de ces coquins; comme elle s'était arrêtée plus d'une fois à Londres pour admirer un Chinois et à Paris pour voir passer un chef arabe.

Girasole, marchant toujours en avant, gravit un escalier et atteignit ainsi le second étage de la maison.

Là se trouvait un appartement spacieux tenant toute la largeur de l'édifice, avec une fenêtre à chaque extrémité et deux autres sur un des côtés de la façade.

Le plancher disparaissait sous une couche épaisse de paille fraîche, entremêlée de peaux de bêtes. Du reste, le mobilier était primitif; il ne comportait, dans son énumération, ni chaise, ni tables : des bottes de paille suppléaient à tout.

— Je vous fais mille excuses, mesdames, pour cette installation, dit ironiquement le comte de Girasole des Girasole d'Urbino. Je souffre de ne pouvoir vous offrir que ce taudis; mais, rassurez-vous, ce n'est qu'une halte. Je ne vous dirai pas, mesdames : A la guerre comme à la guerre !... puisque la guerre est finie; mais vous n'avez qu'une journée et une nuit à passer ici. Nous nous rendrons demain à une demeure plus digne de ma charmante fiancée, demeure où elle sera la plus heureuse des femmes.

— Un jour et une nuit ! s'écria Minnie, avec une moue de dédain; mais je ne veux pas rester si longtemps que cela, je vous en préviens, dans cette horrible maison.

— Je vous en supplie, dit Girasole, joignant les mains; excusez-moi pour quelques heures de jour et pour une seule nuit; vous aurez ensuite tout ce que vous pourrez désirer.

— Non, non, monsieur, cette maison est abominable. J'aime mioux rester courir ou dormir dans les bois. Ah ! les bois, c'est si bon !

Girasole sourit avec indulgence.

— Vous aurez, Minnie, tout le loisir de courir dans les bois, je vous le jure ; mais demain, demain seulement. Vous attendrez ici que je puisse vous offrir un sort plus digne de vous. Vous pouvez être tranquille ; vous êtes ici en pleine sécurité, une nuit sera bien vite passée. Demain matin on nous mariera ; un prêtre que j'ai fait mander doit arriver dès l'aurore et procéder à la cérémonie.

— Bien ! bien ! pour le mariage, nous verrons ; mais ce n'en est pas moins, monsieur, un singulier manque d'égards que de m'enlever pour m'amener dans un si vilain endroit... Où vais-je m'asseoir ? Et voyez ma pauvre chère Kitty bien-aimée ! Que vous soyez méchant avec moi, je n'ai encore trop rien à dire ; mais vous n'avez pas le droit de la forcer, elle, à s'asseoir par terre, sur ces horribles peaux de bêtes féroces, sur cette abominable paille ! Vous ne lui avez pas sauvé la vie, à elle, et vous n'avez aucun motif pour lui faire de la peine.

— Mais c'est bien loin de ma pensée ! s'écria Girasole, qui, pour un chef de brigands, jouait un singulier rôle, vous faire de la peine, à vous ou à votre sœur ! Vous ne me connaissez pas... Mon cœur, ma vie, tout vous appartient... Je mets tout à vos pieds.

— J'aimerais mieux y voir une chaise ! dit Minnie avec colère.

— Mais, mon enfant, ma chère fiancée, nous sommes dans un désert ; il n'y a pas de chaise ! Je n'ai pu trouver que de la paille.

— Alors, pourquoi m'avez-vous amenée ici, puisque vous saviez que vous n'y trouveriez pas de chaises ? Où voulez-vous que je puisse m'asseoir ? Supposez-vous que je vais rester tout le temps debout ? C'est une indignité, cela n'a pas d'autre nom ! Ah ! que dirait mon pauvre papa, s'il me voyait traitée ainsi ?

Le mécontentement de Minnie était moins comique que l'embarras de Girasole. Cette enfant gâtée était-elle une future femme de génie, tâtant de son pouvoir, à propos d'un caprice, voulant mâter ce bandit à l'occasion d'un enfantillage ? Ou bien faut-il nous résigner à ne voir en elle qu'un baby, ayant des idées et des craintes de baby, à l'heure où une autre jeune fille aurait eu des angoisses plus sérieuses ? C'est là l'éternelle énigme de l'éternel féminin, Shakespeare lui-même l'a posée souvent sans la résoudre. Je n'entreprendrai donc pas d'éclaircir le problème.

— Ne vous désolez pas ainsi, cara, carissima mia, disait le plus piteux des coquins ; demain, je vous le répète, vous serez dans mon château ; là, rien ne vous manquera, vous serez heureuse !

— Je ne vois pas comment je puis être heureuse demain, si je reste debout jusqu'à demain ! s'écria Minnie exaspérée. Vous parlez comme si j'étais de pierre ou de bois, continua-t-elle. Ah ! je prévois ce que sera le château, si vous traitez ainsi celle qui doit en être la châtelaine.

Girasole réfléchissait. On n'est pas brigand sans être un peu sot. Ce qu'il y a de plus spirituel sur la terre, c'est encore tre un honnête homme. Girasole était donc digne de prendre très au sérieux les lamentations de Minnie. Il se dit intérieurement qu'après tout elle ne se plaignait pas d'avoir été enlevée. Elle semblait tacitement ratifier cette témérité de l'amour sincère. Elle reconnaissait implicitement son droit à lui ; n'était-il pas juste qu'il reconnût et qu'il satisfît son droit à elle, d'être reçue selon une personne de son éducation, de son rang, de son élégance ? Réellement, dans l'égoïsme de sa passion, il avait négligé le confortable, et, pour une Américaine, c'était une faute plus grosse que le crime de rapt.

Alors il se demanda, en fronçant le sourcil, où il pourrait bien trouver une chaise dans ce pays désert.

Si je ne pressentais que cette aventure, commencée tragiquement, aboutira à un dénouement tragique, je serais tenté de rire de la déconvenue de ce scélérat qui prévoit tout, excepté le superflu. Conçoit-on l'ogre du Petit-Poucet prêt à dévorer l'ingénieux enfant et ses petits frères, mais s'arrêtant tout à coup parce que ceux-ci se plaignent que le sel dont ils seront assaisonné est trop gros ; et voit-on le monstre, désolé de ne pouvoir trouver du sel fin pour complaire à ses victimes, c'est-à-dire à ses victuailles ?

Minnie voyait bien l'empire qu'elle prenait sur Girasole, et elle n'était pas disposée à en user avec clémence. Elle regardait Girasole avec des yeux farouches, courroucés, si bien que celui-ci baissait la tête et se rongeait la moustache.

— Je ne vous parlerai plus jamais, jamais ! criait Minnie, à moins que vous ne m'apportiez une chaise ; il me faut une chaise !

C'en était trop ! Girasole bondit dans l'escalier. Il se mit à courir dans toutes les directions, à fureter dans tous les coins, cherchant, mendiant, invoquant une chaise !...

Certes ! il y avait là beaucoup de bois, puisqu'on était en pleine forêt. Mais que faire de ce bois ? Comment en une minute le tailler, le façonner en siége ? Ah ! il y a donc toujours un désir à satisfaire derrière les autres désirs satisfaits ! Enlever la femme que l'on aime, ce n'est donc rien, si on n'enlève pas en même temps un pliant pour qu'elle puisse s'asseoir !

Girasole communiqua son embarras à quelques-uns de ses hommes. Ils se réunirent autour de lui, secouant la tête, délibérèrent, mais ne purent que constater leur impuissance, à moins que la madone ne vînt à leur secours !...

Tout à coup Girasole poussa un cri de joie.

A quelques pas, il venait d'apercevoir un tronc d'arbre qui, par un caprice de la nature, affectait presque la forme d'une chaise ou d'un escabeau.

C'était là seule ressource. La Madone, à la chaise, avait exaucé le souhait des bandits.

Il donna l'ordre à deux de ses hommes d'enlever le vieux tronc d'arbre, et de le porter dans la maison. Puis il s'élança, d'un cœur léger et d'un pied aérien vers l'appartement de Minnie pour lui faire connaître ce succès inespéré. Minnie l'écouta froidement, d'autant qu'il parlait avec une rapidité fâcheuse pour l'anglais coupé d'italien à l'aide duquel il voulait se faire comprendre.

Les hommes qui portaient la souche gravissaient l'escalier avec bruit, haletants, soufflants; le tronc était des plus lourds. Finalement, ils déposèrent ce trône d'un sylphe, taillé pour un géant, devant la porte de Minnie.

Il se présenta alors une difficulté nouvelle : la porte était trop étroite, le bloc de bois était trop gros. Minnie entendit le double bruit que faisaient les brigands, en jurant par le nom de tous les saints d'Italie (or, on sait que les saints sont plus nombreux en Italie que partout ailleurs), et en frappant le chambranle de la porte à coups redoublés.

Minnie courut à la porte; elle vit Girasole fort humilié et les brigands fort embarrassés.

— Qu'est-ce que c'est que cela ? demanda-t-elle d'un air de petite reine ?

— C'est... c'est une chaise, un siége que je vous apporte, balbutia Girasole.

— Une chaise, cela ? mais ce n'est qu'un horrible tronc d'arbre, et pas autre chose.

Furieuse, elle fit un mouvement pour rentrer dans sa chambre.

Girasole, embrassant le tronc d'arbre, comme Oreste, menacé des Furies, embrassait l'autel protecteur, était pâle et suppliant.

— Mais, enfin, disait-il, que voyez-vous d'effrayant, d'horrible, dans ce morceau de bois ? Si vous saviez, cara mia, les efforts qu'il a fallu faire pour l'apporter ici !

— Otez cela, enlevez cela ! criait Minnie, qui semblait en proie à la plus violente terreur.

— Mais pourquoi ? demandait Girasole suppliant.

— Enlevez cela, vous dis-je ! Hâtez-vous !

— Cependant, c'est pour vous; c'est un siége !

— Cela, un siége ? Je n'en veux pas ! N'est-ce pas, Kitty, que cela ressemble tout à fait au billot sur lequel on coupa le cou de Jeanne Gray ? D'ailleurs, si vous croyez qu'il n'y a pas dans ce tronc d'arbre un tas de vilaines bêtes ! Vous êtes le plus cruel des hommes, de m'offrir un pareil siége ! Enlevez cela tout de suite, je le veux, et allez-vous-en aussi; laissez-moi seule avec ma bonne chère Kitty. Ce n'est pas elle qui aurait jamais l'idée de m'offrir un pareil siége. Oh ! oh ! vite, enlevez-le !

Girasole était vraiment à plaindre. Il était désarçonné, désarmé, écrasé. Il n'y avait plus qu'à obéir. Il ne savait plus commander.

Il fit enlever le tronc d'arbre et suivit les brigands qui l'emportaient dehors, tourmenté, torturé de son impuissance à satisfaire le premier désir de la femme qu'il adorait; et pourtant il se rendait cette justice qu'il n'avait reculé devant rien pour la lier à lui, pour la contraindre à être sa femme.

La petite moue de cette capricieuse enfant rendait inutiles ses violences, et il se sentait incapable d'en commettre d'autres pour achever son œuvre. Il était lâche et vaincu. La possession de ce petit cœur d'enfant, de poupée, était un problème insoluble. Il s'était posé une énigme qu'il ne pouvait trouver, et le sphynx railleur, moqueur, ouvrant une mâchoire terrible, semblait rire et se moquer de lui, et en attendant qu'il le grignotât.

Pendant ce monologue désespéré de Girasole dans la forêt, Minnie parlait à sa sœur.

— Tu vois bien, lui disait-elle, comme vous avez eu tort de faire toutes de l'opposition à ce brave, à cet excellent Rufus K. Gunn ! Ce n'est pas lui qui m'eût jamais trahie, trompée de cette façon ! Ce n'est pas lui qui m'eût jamais attirée, par un piége, dans cette horrible masure, au milieu d'un désert, dans un taudis de mendiants sans portes ni fenêtres, où il n'y a pas même une chaise pour m'asseoir; et pourtant je suis horriblement fatiguée ! Il a toujours été bon, obligeant pour moi, le baron ; c'est pour cela que vous étiez jalouses... Eh bien ! êtes-vous contentes ?

— Tais toi, Minnie ; pense à cette pauvre lady Dalrymphe que nous avons laissée évanouie aux mains des bandits, à notre bonne Ethel ! Comment peux-tu dire que nous sommes contentes de ton malheur ? Ah ! Minnie, c'est mal !... Voyons, calme-toi, et viens t'asseoir. Je vais tâcher de te faire un siége avec des fourrures.

Et corrigeant ses reproches par sa complaisance, Mme Willougby se mit en mesure de faire un tas des peaux de bêtes éparses sur la paille, afin d'en former une sorte de siége.

— C'est bien inutile, ce que tu fais-là dit Minnie.

— Je t'assure, chérie, que tu auras un siége très doux, très confortable.

— Je n'en veux pas. Tu crois que je vais m'asseoir sur ces horribles peaux !

— Voyons, c'est très doux, je te l'assure ; regarde plutôt !

Et, de sa main complaisante, la bonne Kitty pesait sur l'amas de fourrures, qui se prêtait complaisamment à la démonstration.

— Je suis sûre que c'est affreusement dur et que tu te meurtris les mains ! disait l'entêtée Minnie, qui refusait de regarder les fourrures et de juger de l'effet produit par la main de Kitty.

— Ne t'occupe pas de moi ! ajoutait-elle. Je suis à bout de forces, j'en mourrai !

— Eh bien ! voyons, Minnie, c'est moi qui vais m'asseoir. Tu viendras te placer sur mes genoux. Qu'en dis-tu ?

— Non, non, je ne suis plus une enfant ; je te fatiguerais, je serais trop près de ces affreuses fourrures. L'odeur me révolterait, et puis cela vient de vilaines bêtes que je ne connais pas.

— En vérité, Minnie, tu sembles prendre à tâche de me désespérer... Sois raisonnable, je t'en supplie... Après ces émotions, tu me fais bien du chagrin avec tes caprices.

— Des caprices ! tu appelles cela des caprices ? C'est moi qui suis toujours raisonnable. Kitty, sache-le bien ; je ne me démens pas. Je suis toujours conséquente avec moi-même. Je n'ai pas voulu d'un tronc d'arbres, je ne veux pas de ces peaux

de bêtes pour m'asseoir, et je ne veux pas être bercée comme un petit enfant.

Mme Willougby ne répliqua pas ; mais elle continua à plier les peaux de bêtes et à les entasser ; puis elle plaça sur ce tas un bon lot de paille, si bien qu'en somme, le siége était devenu presque aussi haut qu'une chaise ordinaire ; enfin, elle poussa la pile jusqu'au mur, de façon à lui donner un dossier.

Alors, plus éloquente par l'action qu'elle ne l'avait été par la parole, elle alla s'asseoir elle-même en poussant un petit soupir de satisfaction.

Une minute se passa.

— Minnie ! dit-elle, quand elle fut bien installée.

— Kitty !

— Je suis très bien, je t'assure, oh ! mais, très bien. Viens t'asseoir sur mes genoux, cinq minutes seulement ; je ne te demande que cinq minutes, pas plus ! Vois, j'étends ma robe de façon à ce que tu puisses encore t'asseoir dessus.

Et la bonne Kitty, qui avait une inquiétude plus sérieuse au fond que celle de fournir un siége à la capricieuse enfant, faisait sa voix aussi douce, aussi suppliante que possible.

— Eh bien ! je consens ; je vais m'asseoir un tout petit instant, dit Minnie, seulement, tu promets de ne pas me parler... de mes sauveurs. Ah ! où est-il et quel est-il celui qui me tirera d'ici !

— Je te jure de ne te parler de rien, ma chérie. Viens... viens !

Elle appelait Minnie avec des inflexions de voix douces, câlines, auxquelles d'ordinaire les petits chats ne résistent pas.

Minnie leva le pied, j'allais dire la patte, fit un pas, puis deux, puis trois, puis cinq, et vint s'asseoir en ronronnant sur les genoux de sa sœur.

Quelques minutes après, la tête appuyée sur l'épaule de Kitty, elle dormait profondément.

Au bout d'une heure, Girasole reparut.

Minnie dormait toujours. Mme Willougby, maîtresse du champ de bataille, immobile, fixa sur l'Italien ses yeux noirs avec une telle expression de colère et de mépris, que le comte ouvrit la bouche pour parler, ne trouva pas un mot, tourna sur place et prit la porte.

FIN DE LA PREMIÈRE PARTIE

DEUXIÈME PARTIE

I

La chasse

Revenons aux victimes de Girasole, que nous avons laissées sur le théâtre même de l'attentat. Kitty pense avec douleur à leurs inquiétudes et aux dangers qu'elles courent encore. Quant à elles, voyons ce qu'elles essaient de devenir.

Ethel, lady Dalrymphe et les quatre femmes de chambre avaient été lentes à se reconnaître dans la stupeur d'un pareil événement.

Ethel était le chef naturel, par la raison, par l'énergie, de ce groupe désespéré.

L'évanouissement de lady Dalrymphe avait été fort long. Je n'oserai dire qu'il dura une heure, car il se trouverait peut-être un médecin pour contester qu'une syncope pût se prolonger ainsi, sans devenir mortelle. Mais quand, à force de flacons, d'essences, de frictions, de tapotements et de supplications, l'excellente douairière daigna revenir à elle, il y avait si longtemps que sa pensée avait quitté la terre, qu'elle dut traverser toute une région de limbes, de vapeurs, de cauchemars, avant de rentrer en possession de la réalité.

La vérité brutale, cruelle, arracha des sanglots qui soulagèrent physiquement et moralement l'infortunée lady Dalrymphe. On la conduisit en la soutenant avec précaution, on la porta jusqu'à la voiture dételée qui ne pouvait plus servir que de divan, de terrasse ; et quand le calme fut enfin revenu dans les esprits, on délibéra.

Que faire ? où aller ? Plus de chevaux, plus de conducteurs, plus même de bandits à interroger, à corrompre, si on ne pouvait les intimider !

Lady Dalrymphe, en raison des secousses subies, était beaucoup trop faible pour qu'on pût songer à lui proposer une longue marche. Il ne fallait pas songer davantage à la transporter quelque part. Les femmes de chambre restaient étranglées par la peur, et à toute idée émise devant elles, elles poussaient des soupirs terribles, mais peu pratiques.

Quant à Ethel, elle avait toute son énergie ; mais que peut le meilleur général avec des troupes indécises ou disposées à la retraite?

Tout à coup, dans ces ténèbres de la délibération qui s'épaississaient à chaque minute, plus denses, plus effrayantes, un rayon, un mince rayon, pâle, fluet, grisâtre, apparut.

C'était le révérend Saül Tozer.

Il avait été sanglé comme un paquet de branches, et il s'était laissé faire. Pendant une heure, il était resté dans cet état ; si bien que son immobilité et son impassibilité l'avaient fait oublier ou dédaigner des bandits, et que ceux-ci, en se retirant, avaient jugé inutile de se charger de ce fagot humain.

Saül Tozer, humble par état, n'avait pas protesté contre ce mépris. Il avait assisté à toutes les péripéties de la lutte, puis il avait trouvé le moyen de se dresser peu à peu sur ses pieds, et quand les brigands eurent vidé la place, en faisant de tout petits pas, en usant de la faible latitude que lui laissaient ses liens, il avait glissé droit devant lui. Ce fut ainsi qu'il apparut près de la voiture.

Il se plia à angle droit, pour saluer lady Dalrymphe, et ayant ainsi prouvé sa politesse, en dépit de tout, il dit de son ton le plus oratoire :

— Je ne sais, madame, si j'ai l'honneur d'être reconnu par vous. Mais je suis allé vous rendre visite à Rome, avec mon ami le baron Atramonte. Quoique fortement attaché, je me fais un devoir de me mettre à votre disposition. J'espère bien, d'ailleurs, qu'une de ces dames voudra bien couper ou détacher les cordes qui gênent mon zèle et paralysent mes efforts. Au fond, je crois qu'il vaudrait mieux détacher que couper. La corde a encore une valeur... elle peut servir.

Ethel se hâta de se rendre au vœu du révérend, et prit à cet effet, dans son nécessaire de voyage, une paire de ciseaux. Mais l'opération n'était pas si facile qu'on pouvait le croire. Alexandre eût renoncé, après une seule tentative, à dénouer ce nœud gordien; mais Ethel n'avait pas l'épée d'Alexandre pour le trancher. Les cordes étaient grosses, solides, et les ciseaux, des petits ciseaux à broder, se tordaient et menaçaient de se rompre en mordillant les cordes.

Mais les ciseaux étaient de pur acier, des ciseaux anglais de la meilleure fabrique. Ne pouvant couper, ils scièrent. C'était se tirer d'affaire en vrais ciseaux féminins. La corde céda: Saül Tozer fut libre. Alors, il fit de la main et de ses grands bras le salut qu'il n'avait pu faire que de son corps.

— Réellement, monsieur, lui dit lady Dalrymphe, je vous suis fort obligée. Oui, je me souviens de votre visite... Monsieur, un homme de votre état est toujours de bon conseil. Que faut-il faire, selon vous ?

— A coup sûr, madame, dit Saül Tozer en regardant les traces bleues qui tatouaient ses poignets, je veux vous donner un bon conseil. Je vais réfléchir... et je médite une prière à celui de qui vient toute force en ce monde.

Tozer croisa ses mains endolories et pria, mais pendant deux ou trois secondes seulement. Cela lui suffit pour trouver, pour recevoir une idée.

— A mon avis, dit-il d'un ton à la fois solennel et modeste, je crois que le mieux serait de nous en aller, et d'aller chercher de l'aide dans le pays.

— Mais il n'y a pas de maison à cent milles à la ronde ! s'écria Ethel, un peu désappointée du conseil naïf du révérend.

— Vous connaissez cette route ? demanda avec sangfroid le doux Saül.

— Non.

— Alors, madame, comment savez-vous qu'il n'y a pas de maison ?

— Nous n'en avons aperçu aucune en venant ici.

Le révérend Tozer eut un sourire béat.

— Je ne vous dirai pas que Dieu m'éclaire, dit-il avec componction; cependant, je sens en moi une clarté.

Tous les regards se tournèrent vers lui, en clignotant, comme s'il eût dû les éblouir.

— Vous n'avez pas vu de maisons jusqu'ici, continua-t-il d'une voix profonde; cela veut-il dire qu'il n'y a pas de maisons en avant.

Après ces judicieuses paroles, Saül parut s'absorber en lui-même. Les yeux ne clignotaient plus, la clarté de son éloquence était de celles qui n'éblouissent pas.

Tozer releva la tête; l'inspiration le saisissait aux cheveux :

— Le capitaine des brigands n'a-t-il pas parlé d'aller chercher du secours en avant ? demanda-t-il de la même voix profonde.

— Oui! oui! il a parlé de cela, dit Ethel impatiente.

Saül Tozer était un logicien admirable et un controversiste renommé. Il profita des points qu'on lui accordait, pour conclure, après une petite toux qui est la fanfare des orateurs victorieux :

— De façon générale, dit-il, je ne serais pas disposé à prendre ce que dit ce brigand pour parole d'Evangile. Mais, dans la circonstance présente, je crois qu'il est bon, qu'il est prudent, de tenir compte des moindres éléments fournis à nos investigations. Donc, voici mon humble avis... et que la colère du Dieu vivant me frappe, si je n'exprime pas ma pensée en toute franchise. J'estime qu'il y a lieu de nommer une commission qui aille en avant à la découverte, et qui nous renseigne sur l'état du pays.

— Je suis prête, dit Ethel, que ces révélations solennelles, mais un peu lentes, exaspéraient, et si ma chère tante n'a pas peur de rester seule ici...

— Peur! certainement non; je n'aurai pas peur, répondit lady Dalrymphe, qui voulait avoir autant de courage que sa nièce. Seulement, je voudrais bien, ma chère Ethel, ne pas vous perdre de vue. Je crains pour vous.

— Rassurez-vous, chère tante, les dangers sont les mêmes pour tous, et si je suis assez heureuse pour trouver du secours...

— Allez donc, chère enfant, dit lady Dalrymphe avec attendrissement.

Tozer intervint de nouveau.

Il déclara que son devoir était tracé d'avance. Dieu l'éclairait une seconde fois. Il accompagnerait Ethel, il la protégerait.

Lady Dalrymphe se résigna. Elle avait peut-être compté sur la compagnie du révérend pour attendre sans peur le retour d'Ethel; mais puisque Dieu éclairait Saül Tozer, il fallait se soumettre.

Saül et Ethel partirent ensemble.

Ils franchirent l'arbre que les brigands avaient renversé pour faire une barricade; puis ils marchèrent rapidement sur la route.

— Parlez-vous italien, mademoiselle ? demanda Saül.

— Non.

— C'est bien regrettable; moi non plus. C'est une belle langue, d'ailleurs.

— Oui, monsieur; mais nous tâcherons de nous faire comprendre par signes.

— En réalité, dit Tozer, qui retrouvait un sujet de dissertation, l'italien est un succédané... Comprenez-vous ce mot? Oui, tant mieux... Donc, l'italien est un succédané du latin... Alors je pourrai coudre quelques mots latins, et j'arriverai à me faire comprendre.

— Dieu le veuille!

— Ceci est un doute, mademoiselle. Vous doutez de la Providence?

Ethel ne répliqua pas. Les deux voyageurs marchèrent sans se parler. L'intervention prochaine de la Providence devait être méritée par la méditation et le silence.

Ethel était trop triste pour soutenir la conversation. Quant au révérend, il eut besoin de rechercher, de repêcher dans sa mémoire les bribes de latin qui flottaient, qui nageaient comme des poissons dans un réservoir un peu abandonné.

Cependant, après une centaine de pas, Saül crut utile de placer quelques paroles bien senties.

— Oserai-je vous demander, miss, dit-il, de quelle conviction vous êtes?

— De quelle conviction? s'écria Ethel, qui ne comprit pas d'abord, et qui était à cent lieues d'une pareille question.

— Oui, à quelle secte, à quel corps religieux appartenez-vous?

— Moi, mais j'appartiens à l'Eglise...

— Pardon! Eglise est un mot. Il y a Eglises et Eglises... toutes bâties de pierres, mais la plupart ayant pour ciment l'iniquité. Quelle Eglise, je vous prie, quelle Eglise?

— Mais l'Eglise d'Angleterre.

— Hum! le corps épiscopal! école de haut ton, j'en conviens...

Ethel ne put réprimer un sourire; elle n'avait jamais envisagé l'Eglise anglicane à ce point de vue du ton; elle s'étonnait aussi de l'instinct naïf de propagande qui se développait chez le révérend, par la marche.

Tozer revint à la charge :

— Etes-vous professe? demanda-t-il.

— Vous dites?

— Etes-vous professe?... Nous appelons profès quiconque s'est donné corps et âme à une Eglise, et qui ne fait plus qu'un avec elle. Oui ou non, miss, vous êtes-vous donnée?

— Je ne savais pas... Dans une certaine mesure, oui, certainement, je suis attachée à mon Eglise.

— J'en suis ravi, vous me comblez de joie... C'est une grande force et un splendide privilège d'appartenir à son Eglise, d'être inondé du rayonnement de la grâce. Vous êtes inondée fréquemment, je suppose?

— Inondée! c'est beaucoup dire.

— Quoi! — s'écria Saül en s'arrêtant, comme s'il allait abandonner une âme indifférente à la foi. — N'allez-vous pas, avec vos sœurs professes, vous noyer dans les gouffres insondables de la béatitude céleste?

— Oui, oui; je vais à l'église, répliqua Ethel qui ne voulait pas être laissée en route.

Tozer eut un soupir d'allégement. L'œuvre de salut terrestre qu'il allait entreprendre lui était facile avec une sainte.

— Tout va bien alors, dit-il. Ainsi, vous vous intéressez aux missions?

— Je ne saurais trop vous parler de missions, mon révérend. Les catholiques romains les aiment beaucoup, mais d'autres m'ont assuré qu'elles ne servent à rien... Je n'ose décider.

— Je vous parle des missions protestantes, dit gravement Saül, qui réfléchit ensuite pendant quelques secondes; puis relevant brusquement la tête :

— Quelle est votre opinion sur les juifs? demanda-t-il en s'arrêtant et en se croisant les bras.

— Les Juifs! s'écria Ethel, ahurie.

Elle regarda son compagnon avec de grands yeux épouvantés; elle se demandait s'il n'était pas fou, s'il n'était pas évadé de quelque asile, et si sa fureur homicide n'allait pas succéder à la fureur évangélisatrice qui rayonnait dans son regard.

— J'ai dit : les juifs, répéta Tozer... Qu'en pensez-vous?

— Je ne les aime pas, dit Ethel, pour le désarmer.

— Ah! C'est cependant le peuple choisi de Dieu, reprit Tozer avec un rire sardonique.

— Ce n'est pas ma faute, répliqua Ethel, qui commençait à avoir peur de la folie de son compagnon, si je ne les aime pas; mais, en réalité, j'ai connu peu de juifs.

— Ah! quels magnifiques prophètes ils ont produits; à ce propos, il me plairait d'avoir votre avis sur un point : croyez-vous à la Sion spirituelle ou à la Sion temporelle?

Ethel regarda le révérend avec un effarement qui trahissait ses angoisses et son ennui.

— La Sion!... murmura-t-elle.

— Eh bien! oui, la Jérusalem! Sion! Sion! Jérusalem!

— Mais... je ne sais pas.

— Comment! vous ne savez pas?!

Tozer lui jeta un regard de pitié navrée. Décidément cette femme, qu'il croyait fervente, n'était pas à sa hauteur. Ah ! s'il avait eu sous la main les jeunes professes qu'il catéchisait, comme il eût humilié cette superbe ! Il se souvenait d'une petite fille de huit ans, dont la tête n'atteignait pas la hanche, et qui avait son opinion faite sur la Sion spirituelle. Comme il eût eu du plaisir à l'interroger en ce moment !

C'était un terrible coup pour un pasteur, toujours en quête de brebis dociles et bien dressées, que ce dédain ignorant d'une jeune fille ignorante ! Il resta quelques minutes écrasé sous le poids de ses méditations ; puis, après avoir regardé au ciel et, au loin, devant lui sur la route, comme s'il avait été à la recherche de la Sion spirituelle, Saül dit à sa compagne :

— Je voudrais pourtant vous demander quelque chose.

— J'écoute, répondit Ethel.

Tozer se plaça au milieu de la route, et, levant les mains au ciel, comme pour invoquer la lumière, il continua :

— Sommes-nous dans la septième circonférence ?

— Hein, plaît-il ? la septième circonférence ? s'écria Ethel, qui craignit de devenir folle à son tour.

— Sommes-nous dans la septième circonférence ? répéta Tozer d'une voix sépulchrale.

— Je n'en sais rien, monsieur ; mais qu'est-ce que cela veut dire ?

— Oh ! oh ! hurla Tozer. Se peut-il que vous ne puissiez me répondre ? Vivons-nous dans la grande tribulation ? Oui ou non, y vivons-nous ?

— Quelle tribulation ? sanglota Ethel, sans pleurer toutefois.

— C'est désolant, c'est désolant ! Mais enfin, ma fille, vous croyez bien à la bête de l'Apocalypse ?

Ethel était pâle, à bout de courage ; elle le regarda, et, véritablement, si ce n'était à la bête de l'Apocalypse, elle croyait du moins à une bête quelconque ; mais elle n'osa que balbutier :

— La bête ! Quoi ! quelle bête !

Tozer ricana d'une façon terrible.

— Alors, peut-être, ne croyez-vous pas non plus à *son nombre* ?

— Ah ! il y a un nombre ? soupira Ethel.

— S'il y a un nombre ? Un six, un six et un six ! Six cent soixante-six, voilà le nombre !

— Non, j'ignorais cela, balbutia Ethel, qui regardait autour d'elle, prête à appeler les brigands à son secours.

— Mais, continua Tozer, il est hors de doute que la sixième circonférence est franchie.

— Ah !... vous croyez ?

— Certainement, j'y crois... Et le dessèchement de l'Euphrate, vous n'y croyez peut-être pas ?

— L'Euphrate ? le dessèchement ?

Cette fois, Ethel ne voulut pas aller plus loin. Le fou la frapperait, l'étranglerait ; mais elle ne ferait pas un pas de plus.

Saül, debout au milieu de la route, la regardait de ses yeux, vacillant dans sa face pâle, comme les étoiles, quand elles semblent posées sur le pic neigeux d'une montagne. Il lui jetait en silence toutes les malédictions dont les prophètes les moins endurants ont donné les formules. Lui aussi, était visiblement agacé. Est-ce que, par aventure, sa compagne ne partagerait pas ses idées ? Il fallait en finir. Il reprit d'une voix plus douce :

— Vous avez lu, au moins, l'ouvrage de Fleming sur la papauté ?

— Moi ? non ! Je n'en ai même jamais entendu parler.

— Voilà qui est bien bizarre ! Enfin, je ne vous fais pas l'injure de vous demander si vous connaissez les « Horæ Apocalyptæ » d'Elliot ?

— Ah ! Elliot a fait...

— Il a réalisé ce qu'avait tenté Cumming.

— Cumming ! Qu'est-ce que Cumming ? demanda la pauvre Ethel, qui cherchait à désarmer le fanatique.

— Vous ne connaissez pas Cumming ?

— Non.

— Vous n'avez pas lu sa grande tribulation ?

— Non.

— Pas même ses esquisses apocalyptiques ?

— Non, non !

Tozer paraissait foudroyé.

A ce moment, la route tournait brusquement. Ethel poussa un cri de joie.

— Vous vous rappelez Cumming ? s'écria Saül.

— Des maisons ! voilà des maisons ! répondit Ethel en agitant les mains.

On apercevait un petit hameau dans un vallon. Les maisons étaient rares, l'église semblait chétive ; mais c'était le salut.

— Soyons prudents, dit la jeune fille. J'ai toujours peur de voir apparaître des brigands. Puisqu'il y a une église, il doit y avoir un prêtre pour la desservir. Nous nous adresserons à lui, n'est-ce pas, monsieur ?

Tozer avait complétement oublié l'objet de sa mission. Il était dans l'Apocalypse. Il lui fallut quelques minutes pour comprendre qu'il devait songer à des intérêts humains.

— Un prêtre, dit-il, en cherchant à se

souvenir; nous irons certainement chez le prêtre.

— Vous parlerez latin ?

— Oui, je parlerai latin.

Et, se plongeant de nouveau dans sa mémoire, Saül Tozer remua toutes les bribes de latin qu'il avait déjà entamées avant d'évangéliser.

Le village n'était pas éloigné de la route. Les voyageurs l'eurent bientôt atteint C'était un pauvre village, des masures, avec des guenilles accrochées aux portes et des enfants nus dans la poussière.

Ils allèrent tout droit à l'église. La porte en était ouverte, et précisément un prêtre, le curé du village, se tenait au pied de la chaire sur un banc, paraissant achever une méditation ou une sieste.

La chaleur du jour expliquait la sieste, aussi bien que la fraîcheur de l'église portait à croire à la méditation.

C'était d'ailleurs un bon gros homme, d'une physionomie rieuse, au visage tout rond et tout rose. Son œil vif, malin, s'alluma d'une curiosité bienveillante; il rajusta sa soutane un peu trop ouverte sur la poitrine, et fit deux pas. Tozer alla droit à lui, et, lui prenant la main, la secoua d'importance.

— *Buon giorno !* dit le prêtre.

Ethel salua.

— *Parlate italiano ?* demanda-t-il encore.

— Non, dit Ethel d'un mouvement de la tête.

— *Salve domine !* s'écria Saül Tozer.

— *Salve bene !* répondit poliment le curé, un peu surpris.

— *Quomodo vales ?* continua Tozer, qui avait préparé les premières questions.

— *Optime, Dei gratia*, répondit le prêtre.

Saül Tozer fit la grimace. Il trouvait que le curé avait une prononciation vicieuse. Il continua :

— *Domine, sumus viatores infelices et innocentes, in quos fures, nuper impetum fuerunt. Omnia bona nostra arripuerunt.*

— *Fieri non potest !* s'écria le curé.

— *Et omnes amicos nostros in captivitatem lacrimabilem tractaverunt.*

— *Cor dolet ! miseret me vestrum !*

— *Miserabilis terra !* s'écria Tozer inspiré.

Le curé soupira.

— *Tonitruendum est malum !* hurla Tozer, qui s'exaltait et qui ne songeait plus qu'à écraser la bête de l'Apocalypse. *In hostium manibus fuimus... est nimis omnipotens malum !*

Depuis quelques instants, le bon curé le regardait avec stupeur.

— *Quid vis dicere ?* dit-il en se grattant le front.

— *Est nimis sempiternum durum !*

— *In nomine omnium sanctorum apostolorum* cria le prêtre, *quid vis dicere ?*

— *Potes ne juvare nos ?*

— Mais parlez donc anglais ! reprit le curé. Je suis Irlandais, et je ne comprends pas un mot à votre jargon.

— *Good gracioses !* dit Tozer.

Il saisit de nouveau la main du prêtre et faillit l'écraser dans ses doigts osseux, puis il continua :

— Ah ! la Providence ! la Providence ! Vous êtes Irlandais; mais alors, pourquoi ne parliez-vous pas anglais tout de suite ?

— C'est vous qui vous acharniez à parler latin. Vous ne sortiez pas de vos *sempiternum malum* et de vos *tonitruendum malum*. Vous m'avez mis singulièrement au supplice !

— Il est vrai, dit modestement Tozer, que j'ai introduit quelques américanismes dans mon latin. Que voulez-vous, il y a si longtemps que j'ai étudié, et j'ai si peu étudié !

Déjà le curé s'était empressé de conduire les voyageurs au presbytère, qui communiquait par une porte avec l'église, de leur offrir à se rafraîchir et deux chaises.

La conversation put s'engager raisonnablement, utilement.

Ethel raconta toute l'aventure.

Le curé écouta avec attention. Il se hâta de répondre qu'il allait immédiatement procurer des chevaux. On irait les atteler à la voiture restée dans la forêt, et ces dames pourraient ainsi être conduites à la ville la plus voisine.

Ethel ne pensait pas que lady Dalrymphe fût en état de supporter un long transport. Le curé se mit à sa disposition et promit de trouver le moyen d'installer les voyageurs dans le hameau. En effet, il se mit immédiatement en quête, et revint bientôt avec quelques paysans qui amenaient des chevaux.

— Voici, dit le curé, le meilleur attelage que j'aie pu trouver. On amènera d'abord ces dames ici, puis on retournera chercher les bagages.

Ethel se disposait à repartir, quand Tozer, qui était dans un moment lucide, lui fit remarquer qu'elle devait être fatiguée, et qu'un nouveau dérangement de sa part était au moins superflu. Le curé fut de cet avis, et ajouta que Saül Tozer suffirait à la tâche.

Ethel hésitait; elle avait peur que Saül n'épouvantât lady Dalrymphe avec la bête de l'Apocalypse, pourtant elle finit par se rendre aux observations du curé.

Le révérend se mit en route avec les hommes et les chevaux, et le prêtre, resté seul avec Ethel, lui demanda de nouveaux détails sur l'aventure.

Tandis qu'ils causaient, un homme parut à la porte du presbytère, appela le curé qui sortit et qui resta absent pendant quelques minutes.

Quand il revint, sa figure avait une gravité qui ne lui était pas habituelle.

— Je viens précisément, dit-il, de recevoir un message qui vous intéresse.

— Un message? De qui?

Le curé hésita, puis continua :

— De là-bas, du comte de Girasole.

— Du comte?

— Oui, il a besoin d'un prêtre, et il m'envoie chercher.

— Il a besoin d'un prêtre!... Qu'est-ce que cela signifie?

— Ce n'est pas tout. Il demande aussi une femme de chambre pour servir des dames. Il la demande tout de suite, et je vais partir moi-même sans perdre de temps. Il paraît qu'il y a là-bas un mort qui doit être enterré ce soir même; enfin, d'après ce que je crois deviner, j'aurai aussi de la besogne demain matin.

— Ah! mon Dieu! s'écria Ethel, ils vont encore tuer quelqu'un!

— Tuer?... Oh! je ne crois pas; ce n'est pas pour une autre mort qu'on aura besoin de moi... c'est plutôt pour un mariage.

— Un mariage? Ah! ma chère Minnie! mais vous ne pouvez pas, vous ne devez pas les marier!

— Mais, dit le brave curé, je ne demanderais pas mieux que de vous écouter; seulement, dans ces circonstances délicates, je ne sais guère ce qu'il y a de mieux à faire.

— Mon Dieu! mon Dieu! répétait Ethel désolée, comment tout cela finira-t-il? Que résoudre?

— Hélas! mon enfant, la force des faibles est dans leur résignation.

Ethel ne voulait pas se résigner; elle pleurait, et à travers ses larmes, elle essayait de réfléchir; tout à coup elle tressaillit : une idée venait de traverser son cerveau.

Elle regarda le prêtre, vit sur son visage une expression de bonté vaillante, de sympathie résolue.

— Mon père, dit-elle, nous les sauverons.

— Je le veux bien, ma fille; mais, comment?

— Je vous dis que nous les sauverons.

— Je suis prêt à vous aider... Que faut-il faire?

Ethel se leva, alla à la porte, la ferma soigneusement, regarda autour d'elle d'un air inquiet; puis, revenant s'asseoir, elle se pencha vers le curé, et se mit à lui parler longtemps à voix basse.

Il hochait la tête et souriait...

II

Sur la piste.

Si Scone Dacres, au moment de se jeter sur le comte de Girasole, avait tout à coup changé d'idée et s'était lancé à travers bois, ce n'était pas, comme on le pense, par terreur ou par lâcheté.

Il avait compris que la fuite était possible, et que fuir c'était encore le meilleur moyen de sauver ses amis.

Voilà pourquoi, bondissant comme une panthère, il s'était frayé à travers les broussailles, à coups de bottes et à coups de poings, un chemin qui n'était pas sans épines, mais qui, une fois allongé de quelques milles, n'était pas sans douceur.

Quelques brigands lui avaient vainement donné la chasse. Scone était d'une force, d'une agilité surprenante; mais son énergie était encore doublée par cette conviction absurde et toute-puissante : il adorait sa femme. Il eut bientôt mis une distance énorme entre lui et les brigands. De plus, faisant de brusques détours, procédant par une marche en zigzags, à la façon indienne, il leur avait bientôt fait perdre sa piste. Mais la difficulté commençait avec la sécurité. Où était-il? Il se trouvait complètement égaré et ne savait dans quelle direction il devait continuer sa route.

Il s'arrêta, prêtant l'oreille. Il n'entendait plus aucun bruit; il respira et se prit à réfléchir.

Après un instant de repos, il se leva de nouveau et plongea résolûment à travers lianes et broussailles. Tout à coup il s'arrêta, en poussant un cri de surprise. Devant lui se dressait un rocher d'environ cinquante pieds de hauteur. C'était au plus épais de la forêt.

— A l'assaut! murmura Dacres.

Et des pieds, des mains, des ongles, il grimpa. Après de vigoureux efforts, il atteignit la cime du roc. Là s'étendait un espace couvert de mousse, boisé, un endroit charmant, à tout prendre, et qui invitait au repos. En tout cas, nul lieu n'était plus propice à la méditation.

De plus, c'était un excellent poste d'observation, au cas où les brigands se seraient élancés à sa poursuite. Scone Dacres se laissa tomber à terre, et, s'étendant le plus commodément possible, il s'interrogea sur la situation.

La scène à laquelle il venait d'assister était nette et claire dans son esprit. Il se rappelait avoir vu Minnie calme, impassible, tandis que Mme Willougby pleurait et se tordait les mains. Que pouvait signifier cela ? Il avait cru d'abord que sa femme avait combiné un guet-apens pareil avec l'Italien. Si invraisemblable que fût une pareille supposition, il l'avait admise d'abord. Il croyait Mme Willougby Scone Dacres capable à la fois de se donner à Girasole et de se débarrasser d'un mari détesté.

C'était cette hypothèse qui avait inspiré sa fureur dans le premier élan du combat. Mais la fureur s'était dissipée dans sa course ; et maintenant, plus calme, il se prenait à douter.

Ces larmes de sa femme lui paraissaient une réfutation éloquente de ses soupçons. Fallait-il supposer que cette habile comédienne avait joué une scène de désespoir, pour ajouter le piment de l'hypocrisie à l'effronterie de sa conduite? Certes, le visage, le regard étaient ceux d'un ange ; mais le cœur était-il celui d'un démon ? Si elle avait trahi ses amies, si elle avait médité la mort de son mari, pouvait-elle s'y prendre mieux, plus perfidement ? Mais la perfidie pouvait-elle atteindre à ce caractère de vérité apparente ? Quoi! elle mentait, en tenant le chérubin étroitement embrassé! Quoi ! elle mentait en pleurant avec tant d'abandon!

Ce doute naissant, cette vision des beaux yeux en larmes de sa femme agitaient terriblement Scone Dacres.

Son sang bouillait dans ses veines, la fièvre lui montait au cerveau. Il crispait ses poings formidables ; il eût voulu étrangler quelqu'un, puisqu'il ne pouvait étouffer d'embrassements celle qui le promenait de la haine à l'amour.

Il ne pouvait rester étendu; il se leva d'un bond, regarda autour de lui ; la solitude était profonde, le silence complet. Le mieux, pour lui, était de se remettre en marche. Il essaya de dresser un plan de conduite. Il se dit, que puisqu'il avait couru en avant, le mieux était de revenir sur ses pas, pour retrouver la route. Mais, à quoi bon regagner la route ? Voulait-il se jeter de nouveau sur les brigands, attendre Girasole ? Il n'en savait rien, ses idées étaient mal définies.

Il tira de sa gaîne de cuir son long couteau (bowie-knife), qui, dans sa main, était une arme terrible ; puis, l'oreille au guet, il se mit à marcher. La roche sur laquelle il s'était hissé descendait de l'autre côté par une pente douce, jusqu'à un étroit vallon; il semblait que ce fût là le lit desséché de quelque torrent. Le suivre, était le plus sûr moyen d'arriver à un cours d'eau. Cette considération détermina Scone à suivre ce chemin. En conséquence, il se mit à longer le ravin, se cachant avec soin au plus profond du fourré.

Le ravin contournait de petites collines couvertes d'arbres et de broussailles. Dacres n'avançait que lentement, arrêté, à chaque pas, dans sa marche, par des branches entrecroisées. Mais déjà, à certains signes, il reconnaissait qu'il s'approchait d'un endroit habité. Le ciel se découvrait, indiquant un emplacement dépourvu d'arbres. C'était le moment de redoubler de précautions.

Quitant le vallon, il gravit la colline, parvint à la limite de la forêt, et se trouva tout à coup en présence d'un lac, dont j'ai déjà esquissé le décor.

Comme Dacres fouillait l'horizon, il aperçut, à un quart de mille environ, une vieille maison de pierre, d'où s'échappait un léger nuage de fumée, montant et tournoyant dans les airs, à travers les arbres.

Le paysage était si triste, la solitude de ce lac enfermé était si sévère, cette maison avait une si mauvaise mine, que, sans être un observateur trop sagace, Dacres ne put s'empêcher de dire :

— Quel excellent refuge pour des voleurs !

Puis, il se demanda si, par hasard, cette maison ne serait pas celle de ses ennemis. Le hasard lui fut favorable.

Examinant avec plus de soin, il remarqua des formes humaines se mouvant à travers les arbres, puis des foyers qu'il n'avait pas vus d'abord, et qui révélaient l'existence d'un campement.

Dacres poussa un cri de joie, et un éclair féroce jaillit de ses yeux. Maintenant, il n'était plus poursuivi : c'était lui qui allait devenir l'assaillant. Il se repaissait du spectacle que lui promettait sa vengeance, tapi derrière le tronc d'un arbre, comme le tigre qui guette sa proie.

Les ennemis étaient nombreux ; mais il était bien caché, et ils ne soupçonnaient pas sa présence.

Il affermit son couteau dans sa main, et réfléchit un instant au meilleur plan d'attaque. Avant tout, il fallait s'approcher le plus possible, sans être découvert. Un rideau d'arbres favorisait ce début de stratégie ; lentement, il se mit à marcher, mais à glisser sur la pente de la colline, et il parvint ainsi à atteindre la frange verte qui garnissait le bord de l'eau.

Les broussailles étaient épaisses. Scone Dacres se souvenait des forêts vierges, en y pénétrant, en les fauchant des bras et de ses jambes. Il pouvait, en tout cas, s'y cacher, sans risquer d'être découvert.

Il atteignit à la fin, un point commode, où il lui était possible d'examiner en toute sécurité la vieille maison. Il n'en était plus éloigné que d'une distance de cinquante mètres au plus. Cinq ou six individus de mauvaise mine gardaient l'entrée, les uns étendus sur le gazon, les autres marchant, de ci de là, comme des sentinelles indolentes qui n'ont peur ni d'une attaque, ni d'une évasion, et qui portent négligemment la consigne.

Dacres ne pouvait souhaiter un meilleur poste d'observation. Il compta en tout une vingtaine d'hommes, allant et venant à travers les arbres ; ils semblaient fort occupés d'un travail dont il ne pouvait distinguer la nature.

Mais, tout à coup, son regard fut étrangement soulevé de terre et jeté éperdu dans l'espace. Il venait d'apercevoir, à une des fenêtres ouvertes, quelque chose qui flottait. Était-ce le drapeau des bandits ? Concentrant toute son attention sur ce point, il aperçut, à côté de ce rideau flottant, une forme de femme qui passait et repassait dans le cadre éclairé par le soleil.

Scone se sentit repris de la fièvre qui l'avait un peu quitté. Si c'était sa femme !

Puis, voici qu'à côté de cette vision, une autre apparaissait : celle-ci était délicate, blonde, avec des cheveux dorés s'échappant en boucles légères du ruban qui n'osait les retenir.

Le chérubin !

Minnie était prisonnière ; elle l'appelait sans doute. Mais pourquoi l'Italien, amoureux de Mme Dacres, avait-il enlevé cette enfant ? Ce brigand avait-il besoin d'un harem ? Ou la perfide Mme Dacres avait-elle donné le prétexte de l'enlèvement de Minnie à la satisfaction de son horrible caprice ?

— Ah ! si Hawbury était là ! soupira Scone Dacres ; il m'aiderait à réfléchir ; j'ai peur de penser.

Le malheureux, sans le savoir, n'avait peur que du conflit qu'il sentait dans son cœur, de la faiblesse plutôt qui l'entraînait à aimer, quand même, la créature fantasque et décevante qui l'avait si cruellement torturé dans le passé, et à laquelle il apportait naïvement son cœur, pour des tortures nouvelles.

Minnie quitta la fenêtre. Mme Willoughby vint s'y appuyer ; elle posa sa main contre le mur, et posa sa tête le long de sa main en levant les yeux au ciel.

On la voyait dans toute la grâce de sa pose, dans toute sa beauté. Scone Dacres poussa un rugissement d'abord. Il voulut maudire, blasphémer ; mais une fascination plus forte que sa colère, que ses derniers soupçons, le fit tomber en extase devant cette statue lointaine qui semblait

placée entre ciel et terre, pour le défier de s'élever moralement jusqu'à elle.

Oui, c'était elle, jeune, charmante, touchante, ayant recommencé le printemps de sa vie et abordant les premiers rayons de l'été. Il ne voyait pas les larmes qui roulaient dans ses yeux, mais il en avait comme l'intuition. Quand elle eut fini son invocation au ciel, son appel muet, elle laissa tomber ses regards inquiets, terrifiés, devant elle, et elle joignit les mains en trahissant visiblement une angoisse profonde.

— Ah ! démon ! ah ! cher ange ! murmurait Dacres. Est-ce du secours que tu appelles ? est-ce un vengeur que tu crains ? Pourquoi es-tu si inquiète ? Est-ce moi, est-ce lui que tu attends ? Si c'est moi, me voilà, j'accours !

Il se leva, il allait s'élancer ; mais son attention fut tout à coup détournée de la fenêtre, et attirée vers la terre par le regard même qu'il observait de loin.

Girasole s'approchait de la maison. Dacres chercha son couteau.

Ce damné Italien était donc réellement attendu ; il arrivait du côté où les brigands avaient installé leur bivouac, un peu plus loin, auprès du bord.

Il marchait vite. Évidemment, il se hâtait vers quelque but exécrable, infernal.

Dacres sentit commencer une véritable agonie. La pensée que ce bandit se dirigeait vers la maison où était sa femme lui mettait dans le cœur mille couleuvres ; il eut du sang aux lèvres, et crut qu'il venait d'en boire : c'étaient ses lèvres qu'il venait de mordre, de déchirer, et qui saignaient. Il eut l'idée de courir, de se ruer sur Girasole, de le tuer et de mourir ensuite sous les yeux de sa femme.

Mais les brigands étaient nombreux. Ils pouvaient sauver, préserver leur chef et le faire prisonnier, lui, ce qui eût été absurde et ridicule.

Non, il valait mieux attendre. L'occasion allait venir ; ils se trouveraient face à face. Il était impossible qu'il n'en fût pas ainsi ; Dacres parvint à se contenir.

Girasole entrait dans la maison. Dacres fut suffoqué. Il tomba comme Othello, et se roula à terre. Mais Iago n'était pas là pour prolonger sa torture ; il sortit bien vite de ce spasme extravagant, et regarda de nouveau. La maison ne racontait rien par les portes et les fenêtres ouvertes de ce qui se disait à l'intérieur. Propos d'amour ou menaces de mort, rien ne s'envolait par toutes ces issues ; et l'on ne voyait apparaître personne dans l'encadrement des portes et des fenêtres.

Le temps passait, les minutes tombaient comme des gouttes de plomb fondu sur le cœur de Scone Dacres, Girasole ne sortait pas.

Le soleil baissait; Dacres était épuisé par les efforts de la lutte et de la fuite. Il n'avait pas pris, depuis le matin, la plus légère nourriture; mais que lui importait tout cela?

Il fallait agir.

La maison était sur une pente, c'est-à-dire que sa plus grande hauteur était du côté du lac. Par derrière, elle était à demi enterrée, et, du coteau qui la dominait brusquement, il pouvait sembler facile de sauter jusqu'à une fenêtre.

Dacres comprit cela et se décida à tenter l'assaut.

Il était fort, il était grand; son ennemi était dans la maison. L'heure était venue : pourquoi hésiter?

Il attendit cependant l'obscurité complète. Il eut le courage de rester une heure immobile. La maison ne semblait renfermer qu'une seule lampe, dont on apercevait la lueur par les fenêtres. Les brigands s'endormaient; le silence descendait et s'imposait, terrassant les passions mauvaises.

Dacres se leva alors, ou plutôt rampant, se courbant à demi, il traversa le court espace qui le séparait de la maison. Devant lui, était la fenêtre de l'étage inférieur, au-dessus de lui était la fenêtre du premier étage.

Il se dressa et tenta d'atteindre le rebord de la fenêtre. C'était possible, grâce, je l'ai dit, au petit monticule de terre auquel la maison était adossée.

Dacres plaça son long couteau entre ses dents, se souleva en s'accrochant aux pierres en saillie qui sortaient de l'édifice; il saisit la corniche de ses deux mains, et, par un effort énergique, enleva son corps; puis, passant un bras et une jambe à l'intérieur, il se disposa à entrer.

Au même moment, une clameur furieuse éclata de toutes parts. Les brigands étaient debout et avaient tout vu.

Dacres, n'écoutant que son courage, bondit au milieu d'eux, et de son couteau se mit à frapper. Hélas! ils étaient trop nombreux. Un instant après, Dacres gisait sur le sol, les membres solidement attachés.

III

Face à face.

Laissons Dacres à ses sinistres réflexions. Il nous faut revenir maintenant à un autre prisonnier qu'il serait injuste d'oublier.

Hawbury, pris et traîné par les brigands, avait été frappé, bafoué, torturé tout le long de la route, à travers le bois.

Ses geôliers et ses bourreaux étaient arrivés jusqu'au bord du lac qui semblait le quartier général de toute la bande. Puis on avait gagné la vieille maison, qui, ainsi que je l'ai dit, était élevée de deux étages. Malgré sa vétusté, elle était encore solide.

La porte principale était au milieu de la façade, et de chaque côté du vestibule se trouvait une chambre.

Le plan de la maison, qui n'avait pas été tracé par Vitruve, offrait cette particularité que le vestibule ne la traversait pas tout entière, mais formait une salle carrée d'où partait un escalier de pierre montant aux étages supérieurs.

Le premier étage se composait de trois pièces : l'une, sur les deux façades et un côté, était occupée par Minnie et Kitty; l'autre, sur la façade postérieure, avait une issue sur l'escalier; la troisième était placée à côté de celle-ci et prenait jour sur une face latérale.

Ce fut dans la chambre de derrière qu'Hawbury fut conduit ou plutôt transporté.

Dans un coin, un tas de paille, sur lequel étaient jetés quelques morceaux de tapis, défiait le sommeil. Au mur, était rivé un anneau énorme en fer.

On poussa le prisonnier vers le tas de paille, on lui passa aux jambes une corde dont le bout fut assujéti à l'anneau de fer; si bien qu'eût-il pu marcher, il lui eût été impossible de faire plus de deux pas en avant.

Naturellement, cette chambre n'était pas plus meublée que celle où se trouvaient Minnie et Mme Willougby. Tout se bornait, comme siége et comme lit, à cette paille et à ces haillons sordides.

Hawbury eût bien voulu s'approcher de la fenêtre; mais, en réalité, il ne pouvait se mouvoir d'aucun côté; ses bras et ses jambes étaient attachés de telle façon, que c'était à peine s'il lui était possible, en s'appuyant du coude contre le mur, de rester debout.

La porte s'était refermée. (Il y avait une porte à cette chambre.)

Hawbury s'était laissé tomber sur la paille, le visage tourné contre le mur. Il resta ainsi immobile, sans proférer une plainte, ne voulant pas donner à ces bandits la joie d'entendre se plaindre un gentleman comme lui.

Bientôt, il entendit un bruit de pas sur l'escalier. On passait devant la porte, puis il distingua la voix de Girasole. C'était le comte qui faisait les honneurs de sa présence aux deux dames captives.

Hawbury écouta avec une profonde attention. Il n'avait absolument que cela à faire.

Bientôt il distingua, entrecoupant la voix sonore du comte, la voix claire, fraîche, argentine de Minnie. Girasole suppliait, Minnie grondait. C'était la scène de la chaise qui se jouait alors.

Girasole s'éloigna, descendit ; et, après un long silence, un grand tapage se fit entendre. Des hommes marchaient pesamment chargés, et Minnie, impatientée, frappait le plancher du pied en disant :

— Otez cela ! emportez cela !

Hawbury ne comprenait rien à ce ton de commandement ; mais il savait que Minnie était prisonnière et retenue dans une chambre voisine de la sienne.

Pendant une heure, il ne perçut aucun bruit ; puis des pas retentirent de nouveau dans l'escalier, et s'approchèrent de sa porte, qui s'ouvrit.

Deux des brigands parurent, portant un fardeau qu'ils déposèrent à terre avec précaution. C'était une litière faite à la hâte de broussailles entrecroisées ; sur cette litière, un cadavre au visage découvert, les lèvres contractées par la rigidité de la mort, était étendu.

Hawbury ne se rappelait pas très clairement les détails de la lutte soutenue contre les brigands ; mais il reconnut sans surprise et non sans satisfaction, que l'un de ces misérables avait succombé.

Les brigands chargés du cadavre jetèrent, en le déposant sur le plancher, un regard farouche au prisonnier. Cependant ils ne firent aucune autre démonstration hostile, et après avoir déposé le corps de leur camarade, parallèlement au lit de Hawbury, ils se retirèrent.

La présence et le voisinage de ce brigand trépassé n'étaient pas faits pour égayer ou pour adoucir la situation physique et morale de Hawbury. Il se retourna contre la muraille, regrettant, avec une philosophie admirable, de n'avoir pas à sa disposition un cigare à fumer, et d'être privé même de la ressource de se boucher le nez avec ses doigts, pour ne pas humer l'air que ce bandit allait bientôt corrompre.

Mille réflexions se pressaient dans le cerveau de Hawbury. Le temps lui paraissait long. Sa montre, qui battait la mesure contre son flanc et qu'il ne pouvait consulter, l'aidait à prendre les minutes pour des heures. Il n'entendait plus aucun bruit venant de la chambre où miss Fay était prisonnière ; les brigands eux-mêmes, dispersés ou mis en vedette, avaient cessé leur tapage, et il ne savait plus trop ce qu'il devait croire, redouter ou espérer !

Il méditait vingt projets sans s'arrêter à aucun. C'était un cercle plus difficile à franchir que celui du feu, au Canada. Ce-

pendant, la volonté de fuir s'imposait impérieusement. Mais comment fuir ? Le moyen le plus simple, le plus pratique eut été évidemment de corrompre les geôliers. Mais il rencontrait le même obstacle que celui qui avait arrêté déjà Mme Willougby. Il ignorait tout à fait l'italien ; les quelques mots ramassés par mégarde dans les hôtels, eussent été dérisoirement insuffisants pour une négociation si délicate. Il ne doutait pas d'ailleurs que Girasole, qu'il ne traitait plus que de brigand, ne fût décidé à exiger de lui une forte rançon. Donc, quant à lui-même, ce n'était qu'une question d'argent, et qu'une attente de quelques heures, ou d'un jour ou deux.

Mais miss Faye ! Il était évident que les sentiments passionnés que lui témoignait le comte ne tendaient à rien moins qu'à une mise en liberté.

Tout à coup ses méditations furent interrompues par des pas au bas de la maison. On monta l'escalier. Hawbury se retourna à demi, vit ouvrir la porte, et deux hommes, chargés d'une boîte de six pieds environ de long et de deux pieds de large, entrèrent. Ils venaient ensevelir leur camarade, mort au champ d'honneur. Le cercueil fut dressé contre le mur, comme une guérite ; et les deux hommes sortirent, pour revenir ensuite avec un linceul. On n'épargnait aucun épisode à la sensibilité physique de Hawbury.

Le cadavre fut pieusement enseveli. Un des brigands donna de confiance l'absolution au camarade qui pourrait peut-être la lui rendre de là-haut ; on ferma le cercueil ; et Hawbury resta seul.

Hawbury n'était pas porté par nature et par éducation aux réflexions mélancoliques, et s'il était contraint de songer au néant des titres, à l'égalité des conditions, devant le pistolet d'un bandit, à la similitude qu'un coup de crosse, ou qu'une balle de pistolet peut établir entre un gentilhomme bien élevé et un immonde brigand ; c'était quelque chose que de n'avoir plus directement sous les yeux, à côté de soi, ce cadavre libre et soumis aux influences de l'air. Le cercueil sauve la pudeur de la mort.

Le jour baissait. Sans espérer que la nuit fût la délivrance, ni même le repos, Hawbury la souhaitait comme un malade souhaite un changement, sans trop compter sur la guérison rapide.

Il commençait à s'étonner qu'on le laissât si longtemps seul et dans cet état d'incertitude. Son impatience grandissait de minute en minute ; pourquoi personne ne venait-il, même l'insulter, se moquer de lui ? Que faisait donc Girasole ? Pourquoi ce bandit se refuserait-il la joie de torturer sa victime ? Etait-il bien le chef des brigands ? Présidait-il à ce moment même le tribunal ironique qui allait prononcer sur la destinée de Hawbury ? Ces retards avaient-ils pour but d'abattre le courage du prisonnier et d'assurer mieux sa soumission ?

— Ils ne me connaissent guère, se disait tout bas Hawbury. Je les défie de me soumettre. Ils me tueront par la faim, par la soif, par la corde, par le couteau, par tout ce qu'ils pourront inventer, mais ils ne me feront pas sortir de mon sang-froid. Ma colère est trop refroidie pour qu'il la réchauffât.

Enfin, comme le jour n'envoyait plus par la fenêtre ouverte qu'une lueur rouge et incertaine, qui palpait les murs, prête à s'en détacher, la porte s'ouvrit et Girasole entra.

Il affecta d'entrer lentement, théâtralement. Les Italiens ignoreront toujours la simplicité, même dans le crime.

Girasole s'arrêta devant le prisonnier et le contempla quelque temps en silence.

Hawbury, par un effort violent, était parvenu à s'asseoir. Impassible, fier, il regardait l'Italien en face.

— Eh bien ! lui demanda-t-il, je désirerais savoir combien de temps vous avez l'intention de prolonger cette aventure. Que prétendez-vous faire ? Dites votre prix, coquin ; nous discuterons, et nous arriverons, je l'espère, à un chiffre raisonnable.

— Un chiffre ! s'écria Girasole, en haussant les épaules.

— By Jove ! est-ce que je ne vous connais pas ? est-ce que je ne sais pas vos habitudes ?... Vous faites après tout un commerce comme un autre. Vous m'avez pris, et vous désirez tirer de votre capture le meilleur prix possible ? Quoi de plus simple ? cela se fait tous les jours en Italie ! Allons, combien demandez-vous ?

Le sang monta aux joues de l'Italien.

— Mylord, dit-il en anglais, avec son insupportable accent, qui agaçait Hawbury, il ne peut être question ici de profit, de prix, de chiffre ni de rançon.... Mon prix est tel que vous ne consentiriez jamais à le payer.

— Vraiment ! Il est heureux, Fra Diavolo, que vos hommes aient bien serré les cordes qui me retiennent, car, sur l'honneur, je vous ferais sortir plus vite de la gorge les paroles et les aveux... Dépêchons-nous !... Combien ?

— Les brigands, mylord, qui vous ont pris, ne sont pas des voleurs... ils ne veulent pas d'argent.

— Que veulent-ils ? Des excuses ?

— Ils veulent votre sang !

— Bande de Shylock ! Mon sang !

— Oui.

— Pourquoi faire ? Si c'est pour le boire, cher et honnête Girasole, dissuadez-les, et dites-leur bien que, si pur qu'il soit, il ne vaut pas un verre de vin de Sicile.

— Ils veulent se venger.

— Peuh ! quelle folie ! se venger des honnêtes gens, c'est une entreprise énorme. Quel mal leur ai-je fait ?

— Il y a là du sang ! dit Girasole en désignant le cercueil.

— Quoi ! ce gredin ?... Ah ! ça, êtes-vous fou ? C'était un combat, un combat loyal, de mon côté du moins : deux Saxons contre vingt Italiens ! C'était une lutte, cela, une lutte superbe ! Vous êtes de faux artistes en guet-apens, si vous ne la comprenez pas. Ah ! c'est le sang qui est séché dans cette boîte que vous voulez venger ? C'est de la bouffonnerie, cela, et j'en rirais presque.

— Assez ! dit Girasole, frappant violemment du pied. Mes hommes vous condamnent, mais ce n'est pas tout ; car, moi aussi, je vous ai condamné !

— Vous ! s'écria Hawbury, fixant sur Girasole son regard méprisant. Par le diable ! voilà qui passe les bornes de la plaisanterie. Est-ce que j'ai pris votre sang, à vous ? Par Dieu ! non, et ce m'est un grand regret ! Déliez-moi seulement un bras, et je le ferai monter à vos joues.

Le dédain d'Hawbury provoqua chez Girasole un accès de rage. Il fit un pas, et tendant son poing avec menace :

— Je vous dis que j'aurai votre vie, hurla-t-il en écumant. Oui, vous mourrez ; perdez tout espoir. Mes hommes vous ont condamné, vous dis-je, et, moi, je ratifie leur sentence, parce que vous m'avez insulté.

— En vérité ! Parbleu si vous étiez un gentilhomme, il y aurait une façon toute simple d'arranger l'affaire. Le voulez-vous ? Choisissez les armes... je suis de bonne composition... Epée, pistolet, à votre aise ! Je vous traiterai comme si vous étiez réellement M. le comte de Girasole, et non pas un bandit. Cela vous va-t-il ? Allons, pas de phrases : répondez oui ou non.

— Mylord, dit Girasole avec un éclair pâle dans les yeux, je veux votre vie... Je choisirai peut-être le pistolet.

— Enfin !

— Mais il n'y aura pas de duel, oh ! non, pas de duel.

— Hein ! voilà qui est mieux. Eh bien ! comte de malheur, brigand infâme, brûle-moi la cervelle... et laisse-moi tranquille !

Hawbury, se laissant retomber sur la paille, tourna le dos à l'Italien.

IV

Les procédés de Girasole

Quand Dacres avait dirigé contre la vieille maison la tentative que j'ai racontée, il n'avait pu, malgré les précautions minutieuses qu'il croyait avoir prises, échapper à l'attentive observation de ses ennemis.

Au moment où il essayait de franchir la distance qui le séparait de la fenêtre du premier étage, Mme Willougby et Minnie suivaient aussi, avec des sentiments que nous allons analyser, chacun de ses mouvements.

Elles avaient remarqué depuis une demi-heure ses manœuvres, et, grâce à la disposition de la chambre qu'elles occupaient, qui, ayant des fenêtres sur trois côtés, permettait d'interroger successivement trois points de l'horizon, elles avaient pu l'observer dans ses diverses évolutions.

Assises devant une fenêtre, Kitty et Minnie regardaient au loin, pour se réfugier par la pensée dans le ciel qui pâlissait.

Minnie s'était réveillée de son sommeil de fatigue ; elle partageait maintenant, sans en être tout autant affectée, les inquiétudes de Kitty. Toutes deux, les premières heures de péril passées, espéraient vaguement un secours. Il était impossible qu'on ne leur vînt pas en aide ; mais par quel sentier des collines descendrait-il, le libérateur ? Par quel ravin le verrait-on accourir ?

Elles veillaient toutes les deux, attendant un signal, les bras enlacés, écoutant, pour surprendre un tressaillement, le silence de la nuit.

Tout à coup, elles perçurent un bruit étrange, léger, un frôlement dans les herbes qui bordaient le lac. Les deux sœurs, dans un même mouvement de crainte inexpliquée, se serrèrent plus près l'une contre l'autre, et regardèrent attentivement, cherchant à percer l'ombre qui s'épaississait.

La nuit était obscure, les ténèbres descendaient lourdes et denses, comme un brouillard, de la forêt et des montagnes d'alentour ; mais les yeux s'habituaient à l'obscurité, à mesure que celle-ci augmentait, et pouvaient, quoique faiblement, distinguer les objets.

Minnie et Kitty virent une forme qui remuait. Etait-ce un homme, une sentinelle des bandits, une bête quelconque ? Il leur eût été impossible de le dire.

Cet être semblait ramper le long de la rive : il était dans un endroit découvert ; rien ne le cachait aux regards ; il était évident qu'il ne comptait, pour se dérober, que sur la complaisance ou la complicité de la nuit.

C'était, dans le cas d'une bonne intention, une imprudence, et, dans un autre cas, une impudence. Ce que ces dames voyaient, les brigands à leur poste pouvaient l'apercevoir.

Minnie fut la première à revenir sur un premier mouvement d'effroi. Elle épiait au bout de deux minutes, avec la curiosité d'un enfant, les mouvements de cette chose inconnue, fantastique.

Dailleurs, quand sa sœur lui demanda, à voix basse, ce qu'elle pensait de cette apparition, elle déclara nettement que c'était un animal.

— Oui, oui, Kitty, dit-elle tout bas, c'est un gros chien, ou c'est un loup, un ours. Je sais bien que nous sommes dans une maison sans portes ni fenêtres ; mais il faudrait que cet animal pût s'élancer d'un bond ou traverser le vestibule rempli de brigands... Ah ! je ne pardonnerai jamais à ce vilain comte la façon dont il nous traite. Il n'a seulement pas voulu me donner une chaise, et il nous expose, d'ici à demain, à être dévorées par un tigre... Est-ce qu'il y a des tigres, en Italie ?

Kitty savait bien que les tigres n'arrivent que dans des cages en Italie ; mais elle était peu disposée à expliquer la faune du pays. Du reste, Minnie ne s'effrayait pas outre mesure, ni même selon la mesure, de l'éventualité possible d'un ours ou d'un tigre. En sa qualité d'héroïne, toujours exposée et toujours sauvée, elle trouvait très ordinaires les aventures les plus extraordinaires. Elle constatait un fait monstrueux, bien convaincue qu'elle n'en souffrirait pas :

— C'est une bête féroce, conclut-elle, après avoir regardé de nouveau.

— Ce n'est pas un ours, dit Mme Willougby par complaisance, quoiqu'il y ait des ours dans les Apennins.

— Je croirais plutôt que c'est un loup reprit Minnie avec autorité. Du reste, être mangé par un loup ou par un tigre, le cas est le même. Il est bien triste, ajoute-t-elle en soupirant, d'être mangée... quand on a faim.

— C'est un homme ! dit Kitty frémissante.

— Un homme ! Quelle folie, ma chère Kitty ! Un homme marche, il ne va pas à quatre pattes, à moins que ce ne soit un tout petit enfant.

— Je te dis que c'est un homme... et un homme qui vient à notre secours. Regarde bien, Minnie... Vois-tu ? il fait des signes... Il fait des signes, l'imprudent !

— Ah ! déjà ? soupira Minnie, qui se dépitait de n'avoir pas à attendre longtemps son sauveur.

Mme Willougby la fit taire d'un geste. Haletante, elle ne perdait pas un seul des mouvements de l'être inconnu qui s'avançait vers la maison.

— Il approche ! dit-elle d'une voix qui tremblait.

— Qui cela peut-il être ? demanda Minnie, que cette question semblait préoccuper exclusivement.

— Oh ! Minnie !

— Qu'y a-t-il, Kitty ?

— Je n'ai plus une goutte de sang dans les veines ; j'ai peur.

— Pourquoi ? Moi, je n'ai plus peur du tout.

— S'il était surpris, saisi, tué !

— Non, non, dit Minnie d'un petit air important, cela n'arrivera pas. Ah ! je savais bien qu'il viendrait quelqu'un ! Tu te le rappelles, dès que je suis en danger, c'est toujours la même chose, et jamais on ne manque de réussir... On va me sauver, c'est sûr... On te sauvera aussi, ma bonne sœur... Tu seras comme moi, quand on t'aura sauvée aussi souvent que moi. Je me disais aussi qu'il était bien étonnant qu'on ne fût pas encore venu.

— Qui, on ?

— Je ne sais pas, n'importe qui. Il y a toujours quelqu'un pour me sauver. Mais, j'y songe : s'il me sauve, tout va recommencer. Celui qui vient là, va m'emporter à travers les bois ; il me jettera sur un vilain cheval et me fera partir au grand galop... et puis, demain, ce monsieur me demandera à m'épouser... il dira qu'il a des droits. Qu'est-ce que je ferai, Kitty, qu'est-ce que je ferai ?

Mme Willougby n'écoutait plus les doléances enfantines de Minnie. Elle répétait : chut ! chut ! en pressant la main de sa sœur.

— Je parie que c'est lui ! s'écria presque à haute voix l'imprudent baby.

— Qui donc ? demanda Kitty impatientée.

— Mais lui, Rufus K. Gunn, mon bon Rufus. Ce n'est pas lui qui m'aurait tout refusé, comme cet affreux comte ; il aurait trouvé une chaise, lui !

— Mais tais-toi donc !

— Non, décidément, je ne veux pas être sauvée par un étranger, par un inconnu.

Inconnu ou non, l'homme avait, en rampant, fait un contour qui lui permettait d'atteindre la maison. Minnie, penchant sa jolie petite tête blonde, le vit au moment où il se glissait vers l'angle du mur.

— Oh ! dit-elle en se reculant, c'est ce vilain Scone Dacres, l'homme du Vésuve.

Deux minutes après, on entendit le grand tumulte que j'ai raconté, le bruit d'une lutte mêlée d'imprécations et de cris furieux, Mais le combat fut de courte durée. Il y eut un intervalle de silence.

Kitty, plus morte que vive, murmura :

— Ils l'ont tué!... On monte l'escalier. Nous sommes perdues !

Elle écouta le bruit d'une porte qui s'ouvrait dans la chambre qui faisait face à la leur.

— Notre dernier espoir s'évanouit, soupira Mme Willougby, bien prête à s'évanouir elle-même.

— Je ne vois pas pourquoi tu pleures, dit Minnie ; je ne tenais pas du tout à être sauvée par celui-là. Il en viendra un autre... C'aurait été la seconde fois, ça n'eût pas été naturel.

Minnie disait cela avec conviction. Sa folie enfantine était une foi profonde. On ne pouvait la discuter.

Tout redevint silencieux, d'un silence pesant, lourd, noir, d'un silence de prison. Les brigands étaient redescendus, laissant sans doute le prisonnier en lieu sûr.

Une heure se passa ainsi, puis Kitty entendit de nouveau qu'on entrait dans la maison. Un bruit de voix parvint jusqu'à elle.

On monta l'escalier ; la porte s'ouvrit ; un homme parut.

C'était le comte de Girasole.

Il portait une petite lampe dont il cachait la lumière avec sa main. Il la plaça dans un angle de la chambre, et s'approchant des deux sœurs :

— Mylady ; leur dit-il de sa voix la plus mielleuse, de son ton le plus hypocrite, j'ai le regret de vous annoncer que j'ai dû changer de résolution. Il faut... — excusez-moi d'employer ces paroles de commandement quand je voudrais n'avoir qu'à obéir... — il faut que vous vous sépariez cette nuit, jusqu'à demain matin.

— Nous séparer ! s'écria Mme Willougby, au comble de l'épouvante.

— Oh ! jusqu'à demain matin seulement ; puis, ensuite, vous serez réunies pour toujours. Mais, maintenant, cette séparation est indispensable : il y a eu déjà une tentative pour vous enlever d'ici. Je ne saurais prendre trop de précautions, et, la première, c'est de vous séparer. Vous serez ainsi, l'une et l'autre, plus faciles à surveiller. On vous a vues, par cette fenêtre, assister à une entreprise qui, fort heureusement, a été découverte... Dans l'intérêt de vos amis errants, il faut vous soustraire à la tentation de leur faire des signes.

— Je vous en supplie, monsieur, dit Mme Willougby en joignant les mains, ne me séparez pas de Minnie ! Vous ne pouvez être assez cruel pour exiger ce supplice... Je vous promets, je vous jure, sur mon salut éternel, que nous ne ferons rien, que nous ne tenterons rien pour nous échapper.

Girasole secoua la tête, avec un pâle sourire :

— C'est impossible ; je ne veux pas vous exposer à un parjure.

— Mais vous ne croyez donc à rien ?

— Oh ! si, je crois à beaucoup de choses. Je crois d'abord à mon amour pour miss Fay : elle est mon bien le plus précieux. Je ne veux pas m'exposer à la perdre. Si vous êtes mise dans une prison mieux close que celle-ci, miss Minnie n'essaiera pas de fuir. C'est vous, j'en suis sûr, qui l'excitez et qui finiriez par lui faire courir des dangers sérieux. Je vous sépare, pour ne pas la perdre.

— Eh bien ! attachez-nous, enchaînez-nous, mais ne nous séparez pas !

— Des chaînes ! des cordes, à vous ? Oh ! je suis un gentilhomme, madame ; je veux vous traiter avec les égards que vous méritez. Je prends mes précautions, mais je respecte la sœur de ma fiancée ; je ne veux d'autres chaînes que celles de mon affection, de mon dévouement.

Le scélérat entremêlait ses menaces de *concetti* dans le goût italien.

— Demain, continua-t-il, miss Fay sera ma femme ! Le prêtre est arrivé ; demain tout sera terminé ; et alors, je vous le répète, vous serez réunies de nouveau. Mais actuellement, madame, il vous faut sortir d'ici. Ce n'est qu'un peu de patience à avoir, puisqu'au lever du soleil miss Fay sera Mme la comtesse de Girasole.

Mme Willougby serrait sa sœur entre ses bras, et l'embrassait convulsivement. L'incorrigible Minnie, même dans ce moment critique, ne perdait pas le sang-froid de son étourderie.

— Voyons, ma petite Kitty, disait-elle à sa sœur, ne pleure pas, tu me ferais pleurer aussi. Il fallait nous attendre à cela ! Est-ce qu'il ne choisit pas toutes les occasions de nous faire de la peine ? Est-ce qu'il a eu un seul moment de grâce, de courtoisie ? Est-ce qu'il a su trouver une chaise pour asseoir celle qu'il traite de future comtesse ? Il trouvera d'autres taquineries, c'est sûr ; mais il vaut mieux lui obéir... Va-t-en, jusqu'au moment dont parle ce vilain homme, et auquel je ne veux pas songer. Demain, à la première heure, tu reviendras. Maintenant, comment vais-je faire pour passer là une nuit toute seule, dans cette horrible chambre, sans m'asseoir, sans me coucher. Je t'assure que je n'en sais rien.

— Toute seule ! s'écria Girasole. Je ne l'entends pas ainsi, ma charmante ; j'ai songé à cela, et vous aurez une femme de chambre à vos ordres.

— La femme d'un de vos brigands ? je n'en veux pas ; je veux ma femme de chambre.

— Celle qui vous servira n'est pas la femme d'un de mes hommes. J'ai envoyé chercher...

— Qui ? Dowlas ? ma femme de chambre ?

— Oh ! non ; je regrette de n'avoir pu faire cela... C'est une autre, une Italienne.

— Une Italienne ?... Non, non... Vous savez bien que je ne comprends pas un mot de cette affreuse langue. Vous avez encore trouvé ce moyen de m'être odieux. Ah ! pourquoi vous ai-je rencontré ?

Girasole paraissait assez perplexe.

— Vous aurez votre Dowlas demain, dit-il du ton hésitant qu'il prenait vite, à la moindre difficulté. Je l'enverrai chercher ; mais, pour ce soir, vous aurez l'Italienne... seulement pour ce soir et cette nuit.

— Ah ! vous n'aurez donc jamais une heure, une minute de bonté ! dit Minnie avec un soupir de résignation.

— Milady, reprit Girasole en se tournant vers Mme Willougby, je suis très fâché d'être contraint d'agir si brutalement à votre égard. Je vous prive, à mon grand regret, d'une compagnie aimable, pour vous en donner une autre moins agréable. Je vais être obligé de vous conduire dans la chambre où j'ai fait emprisonner l'homme qui a tenté de pénétrer ici ; mais, soyez tranquille, il est solidement attaché. Promettez-moi de ne pas défaire ses liens... Avez-vous un couteau ?

— Non, répondit Kitty d'une voix à peine perceptible.

— Ne vous désolez pas. Vous pourrez, du moins, causer avec le prisonnier, ce qui vous sera une consolation... Venez !

Disant cela, Girasole ouvrit la porte. Mme Willougby ne put faire autrement que de sortir sur ses pas. Elle fut conduite à la chambre d'en face.

A la lueur de la lampe, Kitty aperçut une forme humaine gisant dans un angle de la pièce, sur le plancher. Son visage était tourné de son côté, mais elle ne pouvait distinguer ses traits.

A quelques pas de lui, on avait étalé une botte de paille.

— Voilà, mylady, dit Girasole, avec un respect cruellement ironique, le seul lit, le seul siège que je puisse vous offrir pour cette nuit.

Puis, après avoir salué, il ajouta :

— Mille excuses... une nuit, en Italie, est bientôt passée... Ne vous désolez pas, chère belle-sœur, à demain !

Mme Willougby se laissa tomber sur les genoux. Elle pleurait à chaudes larmes. Elle entendit le pas lourd de Girasole redescendant l'escalier.

Elle eut pendant quelques instants la pensée de tout tenter pour se rapprocher de sa sœur; mais elle eut peur d'être surprise. Désobéir aux ordres de Girasole, c'était s'exposer et exposer Minnie à de cruelles représailles... C'était déjà bien assez du péril qui menaçait l'innocente et insoucieuse Minnie! Elle continua à pleurer, à prier; puis elle resta immobile, écoutant pour ainsi dire respirer la maison, ce monstre de pierre qui enfermait à la fois les bourreaux et les victimes.

V

Enfin!

Quelques moments après sa visite, Girasole remonta et entra dans la chambre de Minnie, suivi par une femme qui portait un costume de paysanne italienne. Sa tête était enveloppée d'un capuchon, pour la préserver sans doute de l'air de la nuit.

Minnie jeta sur elle un regard distrait.

— Charmante Minnie, dit Girasole, voici la servante dont je vous ai parlé, et qui passera la nuit auprès de vous. Je vous l'ai déjà dit : quand vous quitterez cette maison demain matin, pour vous rendre à votre château, vous aurez votre femme de chambre.

— En tout cas, je ne veux pas de cette vieille et horrible servante! cria Minnie.

— Seulement pour cette nuit! répéta Girasole d'un ton plaintif. Vous ne pouvez rester seule.

— Que vous importe! j'aime mieux causer avec ce mur ou avec ces étoiles, qu'avec cette femme.

Girasole sourit d'un sourire indulgent, presque paternel, et, se dirigeant vers l'escalier, il appela d'une voix forte :

— Padré Patricio!

Un pas lourd, quasi solennel, retentit sur les marches, puis une silhouette de prêtre se dessina dans le cadre de la porte.

Minnie le vit, eut peur, et se cacha la tête dans ses mains.

Mais il parut que ce n'était pas encore pour elle que Girasole appelait le prêtre; car celui-ci sortit de la chambre de Minnie emmenant le nouveau venu dans la pièce où se trouvait Hawbury.

Le prisonnier, étendu, était plongé dans un profond sommeil; et, en dormant avec cette placidité, avec cette audace, il semblait encore défier et mépriser le bandit qui l'avait menacé.

Girasole ne pouvait pâlir, mais il eut un rire de sarcasme en voyant Hawbury.

— Il se résigne facilement, dit-il.

Puis, s'adressant au prêtre, et lui désignant le cercueil :

— Mon révérend, voici le cadavre. Vous savez ce que vous avez à dire pour que l'âme partie de là ne s'égare pas trop en route. Vous resterez ici jusqu'à ce que la fosse soit prête... Vous n'avez pas peur de rester avec un mort?

Le prêtre s'inclina.

Girasole, toutes ses dispositions prises, se retira de nouveau. La maison redevint silencieuse.

Dans la chambre de Minnie, l'Italienne était restée debout, immobile; Minnie s'obstinait à feindre de ne pas la voir. Faut-il avouer qu'elle la regardait très bien? On dirait que certains cils blonds prennent un rayon des yeux et le projettent au loin, de côté, là où les yeux jugent de leur dignité de ne pas envoyer directement leur éclair? Mais Minnie ne s'était pas interdit de parler. Quelle future femme s'interdit cela?

— Vous me feriez plaisir, dit-elle sèchement, de ne pas rester comme cela tout debout. Vous me donnez mal aux nerfs. Il fait nuit, je n'ai plus ma pauvre Kitty; je veux au moins rester tranquille... Vous ne m'entendez pas?... C'est juste, vous ne parlez pas anglais... et comme j'ai très bien appris l'italien, je le parle mal... Alors, tenez-vous dans un coin et dormez... C'est horrible, ajouta Minnie avec un soupir, de n'avoir plus personne avec qui causer!

L'Italienne ne répondit rien; mais elle fit un pas vers Minnie.

— Qu'est-ce que vous voulez? s'écria celle-ci en se reculant avec terreur... Horrible créature, allez-vous-en!

Une voix douce et contenue murmura :

— Chère Minnie!

Puis elle ajouta aussitôt :

— Chut! chut!

Minnie tressaillit.

— Qui êtes-vous? dit-elle d'un accent à peine perceptible.

Elle sentit alors un bras qui entourait son cou, tandis qu'une main se posait doucement sur sa bouche.

— Pas un mot! chut! j'ai risqué ma vie pour toi... c'est le prêtre qui m'a amenée...

— Oh! chère bonne petite Ethel adorée! dit Minnie, comprimant mal un élan de surprise joyeuse.

— Silence, par grâce, silence!

— Mais je ne puis pas me taire, quand je suis folle de joie... Oh! ma chère Ethel!

— Je t'en supplie, ne parle pas. Si j'étais découverte, je serais perdue!

— Bien, bien, je vais parler tout bas... tout bas... Est-ce assez bas comme cela?... Dis-moi, comment es-tu venue ici?

— Je te répète que c'est le prêtre qui m'a amenée.

— Le prêtre! Quel prêtre?

— Mais oui, ce Girasole l'a envoyé chercher; j'ai compris que je pouvais te venir en aide, et je suis accourue avec lui pour vous sauver!

— Lui! avec lui!... Qui donc?

— Le prêtre.

— Ah! voilà mon sauveur... Dis-moi, Ethel: est-ce un catholique romain?

— Sans doute.

— Ah!... Alors c'est lui qui va me sauver, cette fois-ci?

— Je l'espère.

— C'est charmant, alors... je ne pouvais désirer mieux. Je te l'avouerai, il y a longtemps que je voulais être sauvée par un prêtre. Vois-tu, tous ces sauveurs n'ont rien de plus pressé, quand ils vous ont sauvé la vie, que de vouloir vous épouser; mais un prêtre, un catholique!... il n'y a pas de danger, puisqu'il ne peut pas se marier... quand même il vous aurait sauvé mille fois la vie... il ne peut pas... c'est bien vrai?

— Certainement non, reprit Ethel, que cette dissertation surprenait quelque peu en un semblable moment. Maintenant, je t'en supplie, mignonne, ne prononce plus un seul mot, plus un seul... Tu entends? pas un murmure, ou bien, certainement, on nous entendrait. Surtout, n'aie pas l'air de savoir qui nous sommes, ni moi, ni le prêtre; c'est très important, ma chérie. Reste tranquille comme une petite souris, et attends patiemment que tout soit prêt pour ta délivrance.

— Oui, chère bonne Ethel, oui, je vais être bien sage, je te le promets. Comme c'est singulier, tout de même, que nous soyons toutes deux ici!... Et puis, quel drôle de costume tu as pris!

— Chut! chut!

Minnie daigna enfin garder le silence.

Ethel se glissa vers la porte, et là, tendant l'oreille, elle se mit à écouter attentivement.

Tout était calme. Au bas de l'escalier, ni bruit ni lumière; mais les brigands étaient sans doute installés dans le vestibule.

Il fallait prendre garde de leur donner l'éveil.

La chambre d'Hawbury était, on le sait, sur le derrière de la maison, dans la partie parallèle à la chambre de Minnie. La porte se trouvait justement devant la dernière marche de l'escalier, à quelques pas de la porte derrière laquelle se tenait Ethel, si bien qu'elle aurait pu entendre la respiration du dormeur. De temps en temps, elle saisissait quelques sons indistincts; Hawbury était peut-être le seul qui dormit dans cette maison lugubre.

Ethel resta ainsi plus d'une heure. Minnie n'avait plus prononcé une parole. Enfin doucement la porte s'entrouvrit, une ombre apparut, et une main toucha l'épaule d'Ethel.

Pas une parole ne fut échangée.

Ethel sortit, étouffant soigneusement le bruit de son pas, et entra dans la chambre d'Hawbury. Le prêtre, car cette ombre corpulente était lui, désigna de la main le prisonnier qui dormait.

Son sommeil était agité, des mots entrecoupés s'échappaient de ses lèvres.

— Feu! feu! murmurait-il. Feu et flamme! il y a une fournaise devant nous... Je ne veux pas qu'elle meure!

Il rêvait d'Ethel, de la scène du Canada. Son péril actuel l'inquiétait peu, mais avait évoqué dans le sommeil le péril ancien. Il soupirait.

Ethel, qui s'attendait sans doute à le trouver là, fut fléchie par ces paroles, qu'elle comprit tout de suite. Son cœur battait violemment dans sa poitrine; elle baissa la tête. De grosses larmes coulèrent le long de ses joues. Elle aussi se souvenait d'avoir veillé déjà le sommeil d'Hawbury dans l'île, et elle écoutait, pour réveiller à la fois tous les échos de son cœur.

— Chère, disait le dormeur, nous allons nous arrêter là... Du poisson! cela vous fera un bon repas... Aimez-vous le poisson?... Comme vous êtes pâle!... Ne pleurez pas, je vous en prie!...

Ethel, immobile, serrant son cœur de ses deux mains, pleurait en silence.

— Ethel! dit tout à coup Hawbury d'une voix déchirante, où êtes-vous?... Perdue! perdue!

Il était impossible de résister plus longtemps à cet appel douloureux.

Ethel mit doucement sa main sur le front du prisonnier. Il tressaillit, s'éveilla:

— Qu'y a-t-il? murmura-t-il.

— C'est une amie! dit Ethel.

Le son de cette voix qu'il venait d'entendre dans son sommeil lui parut continuer le rêve.

— Qui êtes-vous? balbutia-t-il d'une voix tremblante... Au nom du ciel, parlez! parlez!

— Harry!

Ce nom fut dit avec une inflexion si douce et si pénétrante, qu'Hawbury se sentit touché au cœur par une étincelle électrique.

— Elle! s'écria-t-il presqu'à haute voix, en se redressant. Quoi! c'est vous?... Suis-je éveillé?... suis-je mort?... C'est impossible, je suis fou!... Ah! je le vois bien, j'ai le délire !... Si mes bras n'étaient pas attachés...

Ethel s'aperçut que des liens, rigoureusement serrés, empêchaient tout mouvement. Elle s'était munie d'un couteau, elle se hâta de couper la corde.

Hawbury se leva, saisit Ethel dans ses bras, et la pressa sur son cœur. Il ne s'étonnait plus, il ne demandait pas comment elle était là ; il la tenait embrassée, c'était tout, c'était plus que tout.

Ethel se débattait, mais un peu faiblement. Elle parvint pourtant à se dégager.

— Il n'y a pas une minute à perdre, dit-elle ; je suis venue pour vous sauver. Tout instant qui s'écoule peut vous coûter la vie !

Hawbury n'écoutait pas ; il lui baisait, il lui mangeait les mains.

— Laissez-moi, de grâce, laiss   .oi !

Elle cherchait à couper les   rdes qui gênaient encore Hawbury.

— Que dois-je faire ? demanda-t-il en la serrant contre lui, comme s'il eût du la perdre une seconde fois.

— Il faut vous échapper, dit Ethel.

— Je ne demande pas mieux... je vous emporterai dans mes bras... La fenêtre n'est-elle pas là ?

— Impossible de fuir par cette issue. La maison est cernée par les brigands, qui veillent avec une attention qui ne se fatigue pas.

— Je saurai bien m'ouvrir une route au milieu d'eux.

— Vous vous ferez tuer !... Je ne le veux pas !

— Chère ange ! Parlez, je vous obéirai.

— Ecoutez-moi donc : il faut vous échapper seul.

— Seul ?... Jamais !...

— Ah ! si vous m'obéissez ainsi !

— Moi ! vous abandonner ici, dans ce repaire !

— Je n'ai rien à craindre... Je suis déguisée, méconnaissable ; de plus, un bon prêtre s'est fait mon protecteur.

— Quel prêtre ?

— Je vous raconterai cela plus tard... C'est lui qui m'a amenée, qui m'a fait entrer ici... Il est à la porte qui veille sur nous, qui prie pour nous.

— Mais, vous ne pouvez être en sûreté dans ce coupe-gorge !

— Je vous jure que je n'ai rien à craindre... Ne discutez pas, je vous en prie... Le prêtre m'a amenée, c'est avec lui que je partirai.

— Mais il y a d'autres prisonniers que moi ici ; je ne puis les abandonner... Miss Fay n'est-elle pas au pouvoir des bandits, et, avec elle, une autre dame ?

— Oui, c'est vrai ; mais je vous le répète, le prêtre et moi nous les sauverons, nous avons notre plan.

— Je puis vous aider à l'exécuter.

— Non, non, c'est impossible, vous ne pouvez pas ! Il s'agit de déguisements, de moyens que vous compromettriez. Nous ne pouvons pas vous habiller en femme, vous !

— Seul ! partir seul ! répétait Hawbury, désolé.

— Je vous en supplie !

— Je n'ai pas le droit de vous résister ; mais, je vous en prie à mon tour, expliquez-moi ce plan.

— J'y consens... Venez là, tout près.

Et la bouche d'Ethel touchait presque le visage d'Hawbury, tandis qu'elle lui donnait, à voix basse, de rapides explications.

VI

Un plan désespéré

Ethel expliqua rapidement le plan qu'elle avait concerté avec le brave prêtre irlandais. Le danger augmentait à chaque instant. Les moments étaient comptés ; il fallait agir résolûment, sous peine de compromettre tout succès possible.

L'excellent curé avait approuvé la combinaison qui comportait le salut d'Hawbury, de Minnie et de sa sœur. Mais chaque chose devait venir à son rang, à son heure, et toute précipitation pouvait être malencontreuse.

Hawbury devait s'échapper le premier, grâce à un moyen quelque peu extraordinaire ; mais la situation était loin d'être naturelle, et les moyens les plus extravagants pouvaient être les mieux appropriés à une situation tragique. En réalité, l'évasion pure et simple était impossible ; la surveillance était étroite. L'Irlandais avait remarqué que des postes étaient établis de distance en distance dans toutes les directions, de sorte qu'il eût été mathématiquement impossible de se glisser, inaperçu, du dedans ou du dehors.

A l'intérieur de la maison, les mesures n'avaient pas été moins soigneusement prises. S'échapper par la fenêtre, c'était s'exposer à une mort certaine ; car c'était surtout à cette éventualité que les brigands s'étaient préparés et, avec eux, le plus vigilant de tous, le comte de Girasole lui-même.

La première tentative, celle de Dacres, démontrait à quel point le curé irlandais avait vu juste ; et pourtant, le bon prêtre ignorait cette éclatante confirmation de sa prudence. Seulement, connaissant les habitudes des brigands italiens, ayant une longue expérience de leurs procédés, il ne doutait pas que tout moyen qui reposait seulement sur des calculs d'agilité ne fût radicalement chimérique.

Ethel avait été persuadée à son tour par les raisonnements de son compagnon, et s'était décidée à s'abandonner complètement à lui. Déjà le succès avait récompensé sa soumission. Son costume l'avait préservée de tout examen. Déguisée en Italienne, elle avait été accueillie comme la servante attendue, et nul n'avait prêté la moindre attention à son accent, qui n'était pas exactement celui de la péninsule.

A peine si Girasole avait laissé tomber un regard sur elle. Jeune ou vieille, il n'était pas d'humeur à regarder une autre femme que Minnie, et s'il avait fait venir une servante en toute hâte, c'était pour réparer l'échec que l'épisode de la chaise lui avait fait subir.

En résumé, quel était le plan ?

Le voici.

Un fait brutal, positif, s'imposait d'abord : un homme devait être emporté hors de la maison. Il est vrai que c'était un mort, mais il n'en devait pas moins sortir par la porte et être transféré *quelque part*.

Ce *quelque part* était évidemment une fosse. Tout cela était certainement lugubre; mais le bon curé se trouvait un peu parent, par l'esprit, du frère Laurent de *Roméo et Juliette*. Il n'était pas facile à émouvoir, et il lui semblait tout naturel que la bière d'un brigand servît à sauver un honnête homme.

Le problème posé, il surgissait bien des difficultés, mais il ne surgissait aucune impossibilité; et l'Irlandais, en creusant son projet, croyait avoir tout prévu. Hélas! frère Laurent, aussi, avait bien combiné tout : le sommeil de Juliette, le retour de Roméo; mais il n'avait pas assez compté sur l'amour, qui est le rival de la mort, et sur la fatalité, qui joue sournoisement des niches à la prévoyance et à la providence.

Quant à Minnie et à sa sœur, le moyen était plus simple et rentrait dans les banalités du déguisement.

Sur ce point, il fallait bien attendre un secours du hasard; mais avec du sang-froid et de la persévérance, on tente le hasard et on le provoque à laisser croire qu'il avait un plan préconçu. Il y avait quelques femmes dans la maison, ainsi qu'autour de la maison. Il ne s'agissait que d'être confondues, pendant quelques instants, avec les compagnes de ces brigands. Ceci était une chance, mais une chance très possible.

Hawbury avait fait d'abord de nombreuses objections au projet raconté par Ethel. Il lui répugnait de se dérober; mais, après tout, il regardait Ethel encore plus qu'il ne l'écoutait, et elle était si jolie, qu'il se laissait persuader par ses yeux.

Après avoir laissé Ethel et Hawbury seuls pendant un quart d'heure, le prêtre rentra dans la chambre, flegmatique, et parfaitement décidé à commencer l'exécution de son plan.

Il n'avait apporté avec lui d'autre arme qu'un solide tournevis : c'était, pour le moment, l'outil de la délivrance.

Il se dirigea vers le cercueil, et commença à retirer une à une les vis qui maintenaient le couvercle.

Comme il est heureux que la vieille habitude de clouer les bières soit passée de mode! C'était un bruit pittoresque que celui des marteaux enfermant une dépouille humaine, et sonnant sur le bois les minutes qui précèdent l'éternité de l'oubli!

Mais il faut avouer que les vis sont un grand progrès. La poésie du désespoir y perd quelque chose; la tranquillité de la douleur, l'assoupissement du deuil y gagnent beaucoup.

Le bon curé tournait silencieusement ses vis et les retirait une à une. Ethel regardait avec un peu d'effroi la besogne, Hawbury l'encourageait d'un sourire.

Le couvercle fut détaché.

— Veuillez prendre le cadavre, dit le prêtre à demi voix.

Hawbury, qui avait peut-être fait ce cadavre, obéit avec un beau sang-froid, et l'enleva avec un sans-façon d'artiste; puis il le déposa à sa place, sur la paille, contre le mur; et, sur l'invitation du prêtre qui dirigeait la manœuvre, il lia les mains du brigand, en lui brisant légèrement les os, derrière les reins, et fit entrer les gros pieds du bandit dans les entraves qu'il avait quittées lui-même. Il trouvait un certain attrait ironique à faire imiter par ce hideux cadavre la belle attitude qu'il avait si fièrement prise devant Girasole. On eût dit vraiment que ce scélérat dormait son avant-dernier sommeil avec une conscience en repos.

Hawbury se plaça dans le cercueil, s'étendant sur le dos de toute sa longueur. Le prêtre, homme de précaution, et bien supérieur en cela au frère Laurent, avait apporté des petits morceaux de bois, et, en refermant le couvercle, il s'arrangea pour qu'entre la partie supérieure et les bords il restât un espace suffisant pour permettre au pseudo-mort de respirer.

Ethel l'aida dans tous ces préparatifs, en silence, mais avec une émotion que je n'ai pas à raconter.

Hawbury avait obtenu la permission de lui baiser la main : c'était assez, il n'en demandait pas davantage. On pouvait maintenant l'enterrer dix fois plutôt qu'une, il était résigné.

L'opération faite, Ethel joignit les mains et pria de tout son cœur.

— Il faut bien que j'aie l'air d'en faire autant, murmura le curé, mais Dieu sait que ce n'est pas pour le mort que je dis la prière des morts.

On entendit enfin du bruit dans la maison. Ethel tressaillit.

— Chut! murmura le prêtre, qui avait vraiment un courage admirable, et un admirable sang-froid, tout va bien. Retournez dans la chambre de miss Minnie; il faut que je reste seul.

— Vous n'avez plus besoin de moi ?

— Non, je réponds de tout.

Avant de sortir, Ethel glissa ses petits doigts dans l'ouverture du cercueil. On entendit un mouvement de Hawbury, qui ne pouvait que se heurter, sans pouvoir se déplacer, puis un soupir distinct.

— Vite! vite! dit le prêtre, ne compromettez pas le succès.

— Vous croyez, mon père ?

— Je crois toujours au triomphe des honnêtes gens.

— Vous me jurez que vous le sauverez ?

— Un prêtre ne jure pas. Il fait ce qu'il peut et il offre sa vie comme caution de sa bonne volonté. Si je ne le sauve pas, ma fille, je cours autant de risques que lui.

Cela fut dit doucement, simplement, paternellement. Ethel rejoignit Minnie, avec le cœur gonflé.

Pendant ce temps, le bon prêtre irlandais ne perdait pas une minute. Il examinait le cercueil, l'ouverture ménagée, les vis, et s'assurait que tout était en état.

A ce moment, il se fit du bruit en bas, dans le vestibule.

Le curé était en train de resserrer la troisième vis. Des pas retentirent dans l'escalier, puis deux bandits entrèrent.

Mais déjà le bon prêtre avait donné le tour décisif et remis dans la poche de sa soutane l'instrument précieux avec lequel il espérait avoir procuré l'absolution à Hawbury.

— Vous m'avez fait attendre, dit le curé; il y a longtemps que j'ai fini l'office des morts.

Les bandits firent un geste d'insouciance, et l'un d'eux grommela :

— Ce n'est pas trop de deux offices pour l'âme d'Antonio.

— Ce n'est pas assez, reprit vaillamment le curé, mais je n'ai pas de temps à perdre.

— C'est là l'objet? dit un des brigands en montrant le cercueil.

— Oui, mais portez-le avec soin. Les morts ont droit au repos.

Les deux hommes n'avaient pas apporté de lumière. La lune les éclairait assez, pour qu'ils distinguassent le cercueil dans l'obscurité de la chambre, mais pas assez pour qu'ils pussent l'examiner sur toutes les jointures.

On souleva la bière; chacun de ces robustes gaillards mit une extrémité du cercueil sur son épaule, et le couple sortit de la chambre, emportant le fardeau du camarade, qu'il trouvait pesant. Les marches de l'escalier craquaient au passage du cortége.

Ethel, derrière la porte de Minnie, veillait et écoutait, en priant de toute son âme, pour le vivant qui partait à la place du mort.

Tout à coup, elle entendit que quelqu'un montait rapidement.

Elle trembla de tous ses membres. Le stratagème était-il découvert? Mais celui qui montait ne portait sans doute pas plus de lumière que ceux qui descendaient. Il heurta le cercueil, proféra un juron, salua le prêtre, et continua de monter sans s'arrêter.

Quel était ce survenant? Il s'arrêta un instant devant la porte de Minnie. Ethel entendait le bruit de sa respiration. Le souffle était lourd et précipité. L'homme poussa quelques soupirs, et s'éloigna pour aller écouter à la porte de la chambre où était enfermé Scone Dacres.

Tout était tranquille dans les deux pièces.

Les pas se dirigèrent alors vers la chambre d'Hawbury, et Ethel entendit qu'on entrait.

Elle faillit pousser un cri : tout pouvait être découvert. Si le ciel ne protégeait les prisonniers, c'en était fait de ceux qui étaient restés dans la maison et de celui qu'on emportait dans le cercueil.

Ethel ne put résister à la curiosité de son désespoir. Elle entr'ouvrit la porte, s'efforçant de voir ce qui se passait. La vision fut terrible. Une ombre se profilait sur la muraille, bleuie par la lune, de la chambre d'Hawbury : c'était celle du comte de Girasole.

Il marchait lentement, en prenant maintenant des précautions pour n'être pas entendu. Il alla vers le tas de paille qui servait de lit au prisonnier. On eût dit qu'il glissait, qu'il effleurait seulement le plancher, comme s'il eût craint d'éveiller le dormeur. A chaque pas, il s'arrêtait et écoutait : le silence le rassurait. Alors il s'avançait, la main gauche tendue en avant, la main droite armée d'un pistolet.

Arrivé dans l'angle obscur où lord Hawbury avait été attaché, Girasole se courba, s'appuya sur un genou, et écouta de nouveau.

L'homme étendu sur la paille n'avait ni bougé ni même tressailli.

— Comme il dort ! murmura Girasole.

On eût dit qu'il hésitait ; mais, l'hésitation, en tout cas, fut de courte durée : il fit un geste résolu, et, abaissant son pistolet, plaçant le canon tout près du crâne de l'homme étendu, il fit feu.

Toute la maison retentit de l'explosion ; un cri perçant sortit de la chambre de Minnie ; une plainte désolée y répondit de la chambre de Mme Willoughby, qui s'élança dans le vestibule.

Mais Girasole, sa vengeance satisfaite, était sorti vivement ; il barra la route à Kitty.

— Ce n'est rien ! ce n'est rien ! dit-il d'une voix haletante. Tout va bien, ce n'était qu'une fausse alarme.

Mme Willoughby regagna sa chambre ; quant à Ethel, elle était tombée à genoux en joignant les mains.

Les brigands qui portaient le cercueil ne s'étaient pas arrêtés pour si peu. Suivis du prêtre qui marmottait des prières dont ils ne devinaient pas l'intention, ils se dirigeaient aussi rapidement que le leur permettait leur fardeau, vers un point, sans doute désigné d'avance, et qui se trouvait dans le bois.

Une fosse était ouverte. Le curé eût bien voulu rester seul. Il essaya de démontrer aux bandits que pour le salut de l'âme de leur camarade, il valait mieux lui laisser achever, sans témoins, l'œuvre commencée. Il ne serait sans doute pas agréable à la justice céleste de voir un brigand accompagné par ses pareils jusqu'au seuil intérieur de l'éternité.

Mais les instructions de Girasole étaient formelles. De plus, ces deux scélérats étaient en veine de mélancolie. Habitués à voir frapper et tuer, ils n'éprouvaient de sensibilité qu'au moment précis où la terre résonnait sur le cercueil. Pour rien au monde ils ne se fussent privés de cette volupté pieuse d'entendre ce bruit solennel et émouvant.

Le prêtre en était donc pour ses frais d'éloquence.

Que faire ?

Il donna la bonne mesure des prières, des intercessions ; et certes, il eût pu désarmer le ciel pour le compte de vingt-cinq bandits, par toutes les litanies qu'il débita. Il s'interrompit pour dire à ses assesseurs :

— Encore un coup de feu !

Mais les brigands lui assurèrent en souriant qu'il avait mal entendu, et que nul coup de fusil ou de pistolet n'avait été tiré.

Le curé se trouva alors pris au piège de sa bonne intention. Il chercha à se rappeler si, dans toutes les histoires d'évasion ou d'enterrement, il avait jamais entendu parler d'un vivant survivant à une sépulture hermétique ? Le cercueil descendait lentement dans la fosse.

Tout à coup, une alerte réelle, subite, extraordinaire, suspendit l'opération commencée.

Mais avant de dire ce qui la motivait, revenons à Minnie que nous avons abandonnée trop longtemps.

VII

La découverte

L'explosion du pistolet avait fait sauter Minnie. Pendant quelques minutes, elle fut dans une agitation et dans une exaspération douloureuses.

Mais son âme s'effarouchait comme les papillons et revenait bien vite comme eux à la picorée habituelle, pour ne prendre, des événements, même les plus tragiques, que la fleur, le miel, la rosée.

Elle se rassura donc facilement ; quand Ethel lui affirma qu'il n'y avait aucun danger à redouter, mais qu'il fallait parler bas, ou plutôt ne pas parler, de peur d'étonner Girasole, qui n'était pas loin, et qui ne comprendrait pas une conversation entre une servante italienne et une jeune Américaine, parlant chacune sa langue.

Ethel, en rassurant Minnie, domptait sa terreur secrète. Elle pensait à Hawbury enfermé dans le cercueil ; elle le suivait dans sa descente, dans sa sortie ; elle frissonnait à la pensée des dangers qu'il courait encore, qu'il courait surtout, hors de cette maison.

Les deux jeunes filles se serraient l'une contre l'autre.

— Chère Ethel, murmura Minnie, sais-tu bien que je commence à être horriblement lasse de tout cela ?

— Je le crois sans peine, ma chérie.

— Si j'avais seulement de quoi m'asseoir, reprit Minnie, poursuivie par son étrange idée fixe. Je pourrais être à l'aise pour me désoler, je dormirais peut-être sans me réveiller... et le sommeil c'est la consolation de la réalité... Mais rien pour me reposer, voilà ce qui me paraît horrible !

— Courage ! murmura Ethel.

— Ah ! je m'enfuirais bien, ainsi que tu me le proposais, si j'étais certaine de n'être pas vue, reconnue par cet affreux comte.

— Mais c'est pour t'aider à cette fuite que je suis venue.

— Oui, je le sais, avec ce bon, cet excellent prêtre... ce sauveur dont je n'aurai pas besoin d'être délivrée... Pourquoi tarde-t-il, pourquoi ne vient-il pas ?

— Patience !... Mais, de grâce ! tais-toi, ou parle plus bas.

— Je chuchote à peine.

— J'ai si peur qu'on t'entende !

— Je veux bien me taire, mais j'ai tant de choses à te dire !

— Tu me les diras plus tard.

— Oui, oui, plus tard ! soupira Minnie.

Le baby daigna garder le silence pendant cinq minutes... c'était beaucoup. Je n'affirme pas d'ailleurs que les cinq minutes fussent écoulées, quand elle reprit :

— Comment me feras-tu échapper d'ici ?

— Sous un déguisement.

— Bon !... Mais quel déguisement ?

— Sous le vêtement d'une vieille femme.

— D'une vieille !... Pourquoi d'une vieille ? Ah ! ce n'est pas aimable de m'habiller en vieille.

— Silence, donc, Minnie ! Il est impossible que l'on n'entende pas... Nous sommes épiées !

— Je vais me taire... mais promets-moi de ne pas m'habiller en vieille femme ?

— Minnie, je t'en supplie, on nous écoute !...

Il se faisait, en effet, du bruit dans l'escalier, un bruit qui augmentait et qui s'accentuait. Déjà, deux ou trois fois, Ethel avait cru saisir l'écho d'un mouvement ; cette fois, Minnie elle-même avait entendu.

Soudain, une voix retentit à l'extérieur, prononçant des mots en italien. Il semblait que ce fût à elles que la voix s'adressait. Naturellement, et pour de bonnes raisons, elles ne répondirent pas. Les mêmes paroles furent répétées avec une impatience facile à reconnaître.

Ethel eut le pressentiment que c'était Girasole qui parlait, et que c'était à elle que ces remontrances, ces ordres ou ces recommandations s'adressaient.

Elle avait raison : c'était bien Girasole.

Surveillant infatigable, il écoutait toujours, même quand il ne songeait pas à écouter. Il avait perçu à travers la porte le murmure de deux voix, et sachant que Minnie ne parlait pas italien, ces voix alternées l'avaient troublé, inquiété ; il avait appliqué son oreille à la porte, et il avait acquis la preuve que l'on causait, non en italien, mais en anglais.

La servante italienne, garantie par le curé, ne faisait donc pas son devoir ; elle avait sans doute laissé Mme Willougby revenir auprès de sa sœur. C'était une très grave infraction à des ordres positifs. Il ne pouvait permettre un pareil acte de désobéissance : voilà pourquoi il interpellait l'Italienne.

— Hé ! femme, lui criait-il dans sa langue, ne vous avais-je pas défendu de laisser ces dames communiquer entre elles ?

Comme Ethel et Minnie ne comprenaient pas le plus petit mot de l'apostrophe, il était impossible d'y répondre, ce qui exaspérait d'autant plus Girasole.

— Pourquoi ne répondez-vous pas ? criait-il plus haut et d'une voix plus furieuse. Où êtes-vous ?... Est-ce ainsi que vous remplissez votre devoir ?

Ce nouveau discours resta encore sans réponse. Ethel devinait bien ce qu'il pouvait lui dire... ; mais le moyen de lui répliquer ?

— Sortez ! dit la voix impérieuse.

Personne ne sortit.

Girasole crut devoir alors s'adresser à Minnie. Sa timidité de brigand sous le charme ne lui permettait pas d'entrer brutalement.

— Charmante miss, demanda-t-il en anglais, êtes-vous éveillée ?

— Certainement, répondit Minnie.

— Est-ce que madame votre sœur est avec vous ?

— Non... Comment pourrait-elle être là, puisque vous l'avez mise dans une autre vilaine chambre ?

— Ah !... Avec qui donc parlez-vous tout bas ?

Minnie hésita ; cependant elle continua :

— Avec la servante que vous m'avez donnée.

— Elle ne parle pas anglais ?

— Si ! si ! mieux que vous.

La raillerie, on en conviendra, était au moins fort déplacée ; mais Minnie n'était pas d'un caractère à manquer l'occasion.

Girasole reprit :

— Je ne savais pas que cette Italienne parlât anglais... Il faut que je la voie... Viens ici... Parles-tu italien, au moins ?

Il ouvrit la porte. Ethel se trouvait à deux pas de lui. Girasole entra une lampe à la main. Toute nouvelle dissimulation était impossible.

Ethel soutint le regard de Girasole avec courage. Elle se savait perdue ; mais on verrait bien qu'elle n'avait pas peur. Au fond, la prétention était exagérée, car elle songeait à Hawbury, et elle tremblait.

Au premier coup d'œil, Girasole la reconnut.

— Fort bien ! dit-il, vous m'avez trompé.

Il réfléchit ; la présence de Minnie lui imposait l'hypocrisie.

Ethel, de son côté, remise de sa première frayeur, le regardait avec le plus grand calme.

— Pourquoi êtes-vous venue ? lui demanda-t-il.

— Pour elle ! répondit Ethel, en désignant Minnie.

— Que vouliez-vous faire ?

— La voir, la consoler.

— Vous vouliez l'aider à fuir? Tant pis pour vous, si vous subissez les conséquences de votre imprudente audace... A propos, c'est le prêtre qui vous a amenée?

Ethel garda le silence.

— Vous n'osez pas répondre, vous avez peur pour le prêtre : cela me suffit.

Jusque-là, Minnie n'avait rien dit ; mais elle se leva, regarda Girasole, fronça ses jolis sourcils qui lui donnaient ainsi un air d'adorable méchanceté ; puis, après une minute de préparation pour son éloquence, ouvrant ses grands yeux, clairs, doux, innocents, faits pour désarmer toutes les perfidies :

— Que voulez-vous dire? s'écria-t-elle. C'est encore une persécution que vous commencez... Je vous déclare que je n'en puis plus souffrir... Vous tirez des coups de pistolet dans la nuit, vous venez écouter aux portes, tourmenter deux amies qui se consolent, après avoir séparé deux sœurs qui pleuraient ensemble. N'était-ce pas assez de m'avoir amenée dans cet horrible endroit? Qu'avez-vous encore à inventer pour me persécuter? Je ne croyais pas qu'il y eût au monde un homme aussi méchant que vous!

Girasole prit un air de componction navrée.

— Charmante miss, dit-il d'un ton suppliant, je regrette beaucoup de faire des choses qui vous déplaisent.

— Non, vous ne le regrettez pas, puisque c'est toujours la même chose.

— Carissima mia, je fais de mon mieux. Demain, vous aurez tout ce que vous pourrez désirer ; mais cet endroit est si éloigné!...

— Non, il n'est pas éloigné. Il y a partout des routes, des villages... Comment Ethel serait-elle ici sans cela?... Elle vient d'un village où l'on trouve tout ce que l'on désire, à commencer par de braves et honnêtes gens.

— Oh! miss, si vous voulez montrer un peu de patience, vous verrez comme je m'appliquerai à vous rendre heureuse! Je vous aime tant!

— Vous ne m'aimez pas du tout, du tout. Est-ce aimer les gens que de les laisser ainsi s'asseoir et vivre à terre? Vous ne faites que me répéter vos promesses... Demain! demain! Cela m'est bien égal ; c'est aujourd'hui que je veux des preuves d'amitié, de respect... Pourquoi menacez-vous ma chère Ethel.

— Parce qu'elle m'a trompé. Elle est venue conspirer contre moi.

— Je vous défends de lui faire aucun mal, aucun chagrin, entendez-vous? s'écria Minnie en enlaçant de ses petits bras la taille d'Ethel. Je veux qu'elle reste ici, avec moi, entendez-vous?

— Je suis très fâché, en vérité ; mais, mon ange, ma vie, il y a là un grand danger pour mon amour, un danger que je ne peux laisser subsister... Elle veut vous enlever... ce serait ma mort... Songez à tout ce que j'ai fait pour vous!

Minnie le regarda avec des yeux enflammés de colère :

— Je vous hais, vous êtes un monstre!

— Je vous en supplie, Minnie, rétractez ces paroles.

— Jamais!... Je suis désolée que vous m'ayez sauvé la vie... Tuez-moi, cela vaudra mieux!

— C'est vous qui me tuez, charmante enfant... Vous m'avez dit une fois que vous m'aimiez!

— Ce n'est pas vrai!... Je ne vous ai pas dit que je vous aimais, je n'ai pas pu vous dire cela... Vous ne m'avez jamais plu, et si j'ai eu peur de vous décourager, c'est que j'espérais bien ne plus vous revoir.... Je suis engagée à un autre, entendez-vous? à un autre qui sera mon mari... Je ne vous connais pas, je ne veux pas que vous me parliez...

Girasole était foudroyé. Jusque-là, il avait considéré les plaintes de Minnie comme celles d'une enfant gâtée dont il devait finir par avoir raison ; mais cette attitude nouvelle, plus féminine, moins enfantine, bouleversait toutes ses idées.

— Vous m'entendez, continua-t-elle, je suis fiancée à un autre, à un homme bon, doux, héroïque, qui fait mes volontés et ne me parle jamais des siennes.

Girasole poussa un rugissement. La jalousie l'égratignait à travers son masque et le faisait crier :

— Ah! vous l'aimez? dit-il... ah! vous êtes fiancée à lui?

— Oui!... oui!... cent fois oui!

— C'est comme cela?... Eh bien! sachez-le donc, celui que vous aimez, celui que vous me préférez, il est mort.

Girasole comptait beaucoup sur l'effet de cette réplique. Il fut manqué.

Minnie haussa les épaules.

— Ce n'est pas vrai!... Il n'est pas mort du tout... il est bien vivant.

— Je vous répète qu'il est mort!... Je l'ai tué!

— Je vous répète, moi, qu'il vit... Vous ne le connaissez pas : comment l'auriez-vous tué?

— L'Anglais! ce lord Hawbury!... je l'ai tué, vous dis-je! vociféra Girasole, blême de fureur et l'écume à la bouche.

— Mais qui vous parle de lui?

— Comment! ce n'est pas lui?... Mais qui donc?

— Oh ! je puis le nommer ; il ne vous craint pas, et vous avez tout à craindre de lui : c'est mon bon, mon excellent Rufus K. Gunn.

Girasole bondit, se frappa la poitrine de ses poings fermés, et avec un cri, une sorte de long hurlement, s'élança hors de la chambre.

VIII

Sous bonne garde

Obéissant à sa première émotion, Girasole avait descendu quelques marches ; mais à mi-chemin il s'était ravisé, et, appelant Ethel d'une voix forte :

— Descendez ! descendez ! cria-t-il, miss Ethel, je vous l'ordonne !

— Ne me quitte pas ! dit Minnie, suppliante, en se jetant dans les bras de sa cousine !

— Ma chère enfant, le mieux est d'obéir ; lui résister, ce serait le provoquer et compliquer nos dangers. Sois tranquille, je me sens le cœur ferme : je reviendrai.

— Ah ! si tu pouvais lui dire encore que je le déteste ! soupira Minnie.

Ethel embrassa Minnie et rejoignit l'Italien.

Pendant ce temps, le bon curé assistait, plus mort que vif, à l'enfouissement de celui qui était encore, mais qui cesserait bientôt d'être lord Hawbury. Couvert d'une sueur froide, il haletait, à mesure que les pelletées de terre tombaient, lourdes, pressées, sur le cercueil. Il cachait l'horreur de son angoisse dans ses mains, qu'il semblait porter à son front pour mieux prier.

Certes, il priait de toute son âme, et les brigands attestaient bien leur ignorance de la liturgie, malgré leur dévotion nationale et professionnelle, en ne remarquant pas que ces prières pouvaient être celles des agonisants, mais n'étaient point celles des morts. Déjà le cercueil était aux trois quarts recouvert... Encore quelques pelletées de terre, et le drame, le meurtre serait consommé.

Le brave curé irlandais avait des envies de tout avouer à ces bandits. Peut-être seraient-ils attendris ? La nuit, la mélancolie étendue dans l'espace, l'influence que garde toujours un prêtre en Italie, l'égoïsme qui pouvait conseiller à ces consciences malades d'obliger un médecin des âmes, s'ajouteraient peut-être à la ferveur des supplications du bon curé pour les désarmer et les changer en complices !

Dans son angoisse, il songeait aussi à improviser quelque miracle, à frapper d'une peur superstitieuse ces coquins enclins à la furie ; mais il n'osait rien. Il hésitait, il désespérait de trouver une solution. Ces pelletées de terre acharnées lui tombaient sur le front, sur le cœur, le torturant et paralysait sa réflexion.

J'ai dit qu'un incident avait interrompu le travail des brigands et le martyre du curé.

C'était un bruit de voix. A la lumière bleue qui faisait un jour élyséen dans cette nuit transparente, il fut facile de reconnaître Girasole marchant à grands pas, avec une femme.

Le curé tressaillit. Il avait reconnu Ethel.

— Où est le prêtre ? demanda Girasole à vingt pas de la fosse.

Le curé s'avança, sortit de l'ombre.

— Me voici, dit-il froidement ; que voulez-vous ?

Par caractère, l'Irlandais aimait les situations franches ; par appétit d'apostolat et de martyre, il affrontait volontiers le péril.

Les fossoyeurs avaient interrompu leur besogne : c'était déjà cela de gagné. Les hommes, devenus attentifs, s'appuyaient sur leurs bêches et écoutaient ce qui allait se dire, en regardant ce qui allait se passer.

— C'est vous que j'ai envoyé chercher ? demanda Girasole, dont la voix tremblait de fureur.

— C'est moi !

— Vous êtes venu avec une servante, n'est-ce pas ?

— Sans doute.... Vous m'en aviez demandé une.

— C'est cette dame que vous avez amenée ?

— Oui.

— Vous l'avez introduite sous un déguisement, vous l'avez présentée comme une Italienne ?

— Oui.

Comme on le voit, le prêtre répondait nettement, sans équivoque. Il sentait que tout faux-fuyant était inutile. Il guettait seulement une occasion pour regagner le terrain qu'il perdait.

Ces réponses calmes, fermes, sincères exaspéraient Girasole, qui était décidé à faire expier à Ethel les souffrances que lui avaient fait éprouver les dernières paroles de Minnie.

— Ainsi, s'écria-t-il, vous avez essayé de me tromper. Savez-vous quel châtiment je puis réserver aux espions et aux traîtres ?

— Je n'ai rien de commun avec un espion et un traître, répondit l'Irlandais, toujours calme.

— Misérable ! l'espion, le traître, c'est vous !

— Je le nie.

— Vous mentez !

— Je ne mens jamais ! reprit doucement le prêtre. Si vous consentez à m'entendre, vous verrez que je ne suis pas un traître ; Si vous le préférez, interrogez-moi ; je répondrai.

— Je n'ai qu'une question à vous adresser, et malheur à vous si vous ne dites pas la vérité... Pourquoi avez-vous amené cette femme ?

— Ma réponse sera catégorique, dit l'Irlandais. Cette dame et ses amis sont venus au village que j'habite et ont réclamé de moi l'hospitalité. Elles étaient désolées, on avait enlevé quelques-unes de leurs compagnes. Je reçus en même temps votre message, qui réclamait ma venue et me demandait une servante, sans autre explication ni condition. Cette dame était une amie intime de la prisonnière. Elle me supplia de l'amener pour consoler celle qui souffrait et partager sa captivité. Je ne vis rien de mal dans un mouvement de pitié. Elle acceptait le rôle de servante. Dites si c'est là une trahison. J'ai fait le bien, j'ai voulu le faire. Qu'avez-vous à me reprocher ?

— Pourquoi ce déguisement ?

— Pour qu'elle pût passer sans être inquiétée. Nous n'avions pas de temps à perdre Elle voulait voir ses amies le plus tôt possible. Si on l'eût questionnée, reconnue, elle n'eût pu parvenir jusqu'à elles.

— Certes ! je m'y serais opposé.

— Vous voyez donc que j'avais raison.

— Cette femme que vous avez introduite est une espion.

— Une espion ! Qui espionne-t-elle ?

— Elle est venue pour aider à l'évasion de son amie.

— Une évasion ! Je voudrais savoir comment il est possible à une femme de s'évader d'ici ?

Girasole, sans rien perdre de sa colère, se sentait moins libre de le laisser voir. En Italie, un prêtre n'est pas le premier venu. On ne peut pas le traiter, c'est-à-dire le tuer comme un simple lord d'Angleterre ; il faut plus de précautions.

D'ailleurs, ses réponses étaient si précises, si nettes, qu'il n'était pas possible de profiter, pour entrer en fureur, d'un manque de logique ou d'une maladresse commise par peur.

Le curé sentait le faible avantage qu'il avait pris. Il voulut l'augmenter :

— Non-seulement, reprit-il, une évasion n'est pas facile, mais je ne sais pas comment une jeune femme qui vient s'enfermer avec une prisonnière, aplanirait, par cela seul, les insurmontables obstacles opposés à sa fuite.

— Faites-moi grâce de votre sermon, l'abbé.

— Alors, faites-moi grâce de vos mauvaises raisons.

— Mes raisons sont fondées. Cette femme compte sur ses complices.

— Où sont-ils, ses complices !

— Vous, d'abord.

— Moi ! vous n'y songez pas ! Est-ce que je suis de force à me battre contre vos sentinelles ? Est-ce que je suis armé ? Est-ce que ma vie n'est pas entre vos mains ? Est-ce que vous n'auriez pas le temps de m'étrangler ou de me poignarder vingt fois avant que j'aie eu seulement le temps de dire un *Pater* et un *Ave*, pour aider à la fuite de vos prisonniers ?

— Nous ne sommes pas des assassins ! grommela Girasole.

— Et moi, je ne suis pas un traître ! reprit le curé.

Girasole se mordait les lèvres. Ses hommes n'avaient pas perdu un mot de cette conversation. Ils avaient souri à la pensée d'une évasion tentée par une femme et un prêtre. Leur chef était bien crédule, s'il s'épouvantait d'une pareille chimère. Leurs sympathies étaient visiblement du côté du prêtre. On a tant et si souvent besoin d'absolution dans leur état !

— J'ai assez discuté, conclut brusquement Girasole. Je n'ai pas confiance en vous ; je crois à votre trahison, au moins intentionnelle... Je vais vous mettre sous bonne garde, et, au premier geste suspect, je vous traiterai comme vous méritez d'être traité... Les saints du Paradis, s'ils voulaient me tromper, ne seraient pas plus épargnés que vous... Quant à cette femme, j'ai mille moyens de la punir... Allons, vous autres, laissez-là vos pioches et vos bêches, et venez avec moi.

— Mais, dit un des hommes, nous devons achever de combler la fosse du pauvre Antonio.

— Bah ! il ne se sauvera pas, dit Girasole en riant.

— Un des nôtres pourrait rester...

— Non, vous dis-je... J'ai besoin de vous pour garder ces traîtres... Prenez garde à vous ! Je brûlerai la cervelle de ceux qui les laisseront s'échapper.

Les hommes, tout en soupirant de ne pas rendre à leur camarade le bon office complet qu'ils avaient commencé, jetèrent sur leurs épaules les pioches et les bêches et suivirent Girasole en escortant les prisonniers.

La petite troupe marchait en silence. Elle arriva ainsi, guidée par le comte, dans un des bivouacs dont j'ai parlé déjà, et qui étaient disséminés autour de la maison. C'était un bouquet de bois, à une faible distance de la fosse que l'on pouvait apercevoir, à demi remplie, avec la terre accumulée sur les bords, et si blanche sous le rayonnement de la lune, qu'on l'eût prise pour des tas de neige.

Girasole parla bas à ses hommes, leur donna ses instructions et s'éloigna.

Le curé, dissimulant son horrible anxiété, s'était assis sur le gazon et avait invité Ethel à l'imiter. Leurs gardiens s'étaient formés en cercle autour d'eux, les regardant, les surveillant, et rendant toute tentative de fuite absolument impossible.

Le prêtre irlandais essaya, à plusieurs reprises, d'entamer la conversation; ils lui répondirent chaque fois avec une politesse absolue, mais sans se départir de leurs précautions.

Le pauvre curé essayait tout bas d'espérer, même contre l'espérance, en pensant à Hawbury. D'abord, le cercueil n'était pas complétement couvert. Il était probable que le prisonnier pouvait encore respirer. Certes, c'était peu de chose; mais si faible que fût la portion d'air aspirée par les ouvertures du cercueil, elle pouvait suffire pour prolonger sa vie.

Dans son besoin du ciel, le curé en venait à penser que l'arrivée de Girasole avait été un bienfait de la Providence : il avait empêché qu'on n'achevât de combler la fosse. N'était-ce pas un service immense rendu au pauvre lord Hawbury?

Il est vrai que le brave Irlandais était prisonnier lui-même; que sa vie, à tout prendre, ne tenait qu'à un fil et que si Girasole découvrait la vérité, ce qui arriverait au moins aux premières lueurs du jour, tout serait perdu. Mais ce vaillant cœur n'était pas facile à abattre. Chaque minute gagnée, en augmentant le péril du vivant enfermé dans la bière, semblait aussi augmenter les chances de son sauveur.

Le principal, c'était que Hawbury fût sauvé : le reste viendrait à son heure.

Ethel ne savait rien de ce qui s'était passé, depuis la sortie du cercueil hors de la maison. Elle fût devenue folle de terreur, de désespoir, si elle eût pu se persuader que le vivant était encore à la place du mort. Mais le calme du prêtre la rassurait. Cependant, elle avait vu les bandits jeter de la terre dans la fosse. A quel moment la dernière évasion de Hawbury avait-elle pu s'opérer?

Elle n'osait interroger son compagnon de captivité, dans la crainte d'attirer l'attention des brigands; pourtant, tout valait mieux que ce reste d'incertitude qui lui étreignait le cœur par moment. Elle toucha doucement le bras du prêtre.

Il se tourna de son côté.

— Est-il sauvé? murmura-t-elle.

— Oui, dit l'Irlandais.

Les gardiens s'agitèrent, comme s'ils eussent entendu remuer des armes et charger des fusils.

— Elle me demande, dit le curé à voix haute, quelle heure il est.

— Il est deux heures, n'est-ce pas?

— A peu près, répondit un brigand.

Le prêtre avait menti; mais comme il regardait le ciel, il paraissait suivre dans la nuit bleue son mensonge qui flottait, qui montait comme une prière vers Dieu.

Ethel, la poitrine soulagée d'un poids énorme, respirait plus librement et espérait.

IX

Coup de foudre

Revenons à Scone Dacres.

Il avait été frappé, bousculé, meurtri, et tout autre se fût trouvé assommé, quand il était tombé aux mains des bandits. Écorché, saignant et garrotté, on l'avait jeté dans un coin de la chambre que j'ai désignée, et, après quelques bourrades complémentaires, on l'avait laissé à ses méditations.

Scone Dacres entrait en fureur plus vite qu'en méditation. Les premières minutes furent dépensées en grondements, en cris de rage, en injures; sans compter que tout robuste qu'il était, il ne pouvait pas rester absolument insensible aux effets de sa chaire meurtrie, de ses poignets comprimés, de ses membres endoloris et qu'il croyait brisés.

Quand une lueur autre que la rouge lumière de sa souffrance physique pénétra dans son cerveau, il pensa à sa femme, et, tout naturellement, subissant l'influence du milieu dans lequel il se tordait, il ne put que maudire celle-ci, à qui il attribuait tous ses malheurs.

N'avait-elle pas tout sacrifié à son amour effréné pour cet Italien maudit? Décidément, c'était pour lui qu'elle avait arrangé ce voyage, fait dresser ce piège. Après des alternatives de doute, Dacre avait besoin de retomber dans son implacable conviction, c'est-à-dire dans son aversion obstinée. Elle l'avait trahi, lui Dacres ; elle avait trahi ses amies et l'innocente jeune fille dont elle était la compagne. Scone espéra qu'il allait devenir fou.

Quoi ! il était accouru en vengeur, en justicier ; et voici que du premier coup, on l'avait pris au piège, comme un rat vulgaire, dans une ratière ignoble. Lui, le représentant de la foi, de l'honneur, de l'amour, il était abattu, écrasé, comme il eût voulu abattre, écraser les coquins. Comme ils devaient rire de lui, les infâmes ! l'amant et la maîtresse !

Et Dacres, la face contre terre, grinçait des dents, et poussait des hurlements étouffés.

Le bruit d'une discussion était venu jusqu'à lui. Il écouta ; mais le sang qui bourdonnait dans ses oreilles l'empêchait d'entendre. Cependant, il finit par percevoir vaguement la voix de Girasole et la voix d'une femme suppliante. Le ton de Girasole était menaçant. Certes, ce n'était pas là un duo d'amour, mais Dacres ne reconnaissait pas la voix de sa femme.

La porte s'était ouverte ; un jet de lumière avait pénétré dans la chambre. Se tournant à demi, Dacres attendit, retenant sa respiration.

Elle apparut ; elle était à quelques pas de lui, avec cet Italien damné ! Venait-elle se repaître des humiliations, des fureurs de son mari, de son maître, de son juge ? Mais non. Sur son visage, qu'il examinait à la dérobée, Dacres ne remarquait ni une expression de joie, ni un air de triomphe ; elle paraissait désolée.

Sur cet adorable visage (car il avait beau attiser en lui toutes ses rancunes, souffler sur toutes ses fureurs, elle était adorable), pourquoi ces larmes, pourquoi ces traces non équivoques de désespoir ?

Était-ce donc bien là la traîtresse qui avait comploté la mort de son mari ? la criminelle qui avait tout sacrifié à son infâme passion ? Mais non, ce n'était pas elle ; ce ne pouvait être elle, dans cette douleur si touchante, si sincère. Le pauvre Dacres la contemplait, sentant peu à peu s'éteindre ses colères et s'envoler les pensées farouches qui donnaient de si violents coups d'ailes à son cerveau...

Le comte se retira et la chambre fut de nouveau plongée dans l'obscurité. Mme Willougby était restée. Scone l'entendit sangloter, et la voix indiquait que la malheureuse était affaissée, tombée sur le plancher.

C'était un supplice étrange pour Dacres que de sentir près de lui celle qu'il n'osait plus maudire et qu'il redoutait d'appeler. Il ne la voyait pas ; mais il l'évoquait dans le foyer de lumière allumé tout à coup au fond de son cœur, et il la trouvait plus jolie, plus charmante qu'au jour de leur première rencontre.

Elle riait alors, et maintenant elle pleurait ; mais elle était plus séduisante encore par ses larmes qu'elle ne l'avait été autrefois par ses rires ! Cet audacieux, cet intrépide, cet homme qui ne craignait rien, écoutait, timide, désolé, ce sanglot entre-coupant le silence, et se commandait de parler à sa femme, sans pouvoir trouver en lui-même la force de s'obéir.

Peu à peu, la recluse se calma ; le silence se fit. Dacres osa moins encore parler ; on n'entendait plus, dans la maison, que le pas des brigands veillant au rez-de-chaussée, que leurs chuchotements.

Dacres s'imaginait que s'il se résignait à prononcer un mot de reproche ou d'amour, toute la prison retentirait de cette protestation ou de ce pardon ; et, maintenant, il en venait à souhaiter du tumulte pour avoir le courage de glisser quelques paroles qu'elle n'entendrait pas, dont il n'aurait pas conscience, mais qui le soulageraient.

Ce fut à ce moment que le coup de pistolet tiré intentionnellement sur Hawbury retentit dans la nuit. Kitty se leva, poussa un cri, s'élança vers la chambre de sa sœur. Nous savons que Girasole se trouva là pour la refouler en la rassurant ou en l'intimidant.

Kitty se mit à genoux et pria.

Qu'était-ce donc que cette prière, si elle ne partait pas d'une âme pure ! Dacres pouvait-il encore douter, quand sa femme priait, demandant à Dieu de la sauver et de sauver Minnie des mains du méchant ? C'était lui qu'il devait accuser maintenant, lui, le mari obstiné dans son erreur, qui n'avait rien compris et qui s'avisait si tard de s'incliner, de se prosterner en imagination, puisqu'il ne pouvait le faire en réalité, devant la plus tendre, la plus repentante, la plus pieuse des femmes !

L'émotion de Dacres devint telle, qu'elle entraîna les dernières résistances de son orgueil ; et, d'une voix contenue, suppliante :

— Oh ! Aréthuse ! murmura-t-il.

Au son de cette voix, qui faisait pourtant de son mieux pour être douce, Mme Willougby, épouvantée, s'était subitement redressée. Elle avait déjà oublié que cette pièce était habitée. Elle trembla, mais ne répondit pas.

— Aréthuse ! répéta Dacres.

— Pauvre homme ! pensa Mme Willlougby, subitement compatissante, il rêve !

— Aréthuse ! dit encore une fois Dacres, plus nettement ; ne vous éloignez pas ; je suis calme, maintenant, très calme. Approchez, je vous en prie !

— Est-ce à moi qu'il parle ? se demanda la sœur de Minnie. En vérité, il ne rêve pas.

Dacres affermissait de plus en plus son courage et sa voix.

— Aréthuse ! reprit-il sans se décourager ; voulez-vous répondre à une seule question ?

Mme Willougby hésitait. Elle n'était pas certaine que son compagnon ne fût pas sous l'obsession du délire. Il valait peut-être mieux ne pas le surexciter. Mais pourquoi l'appelait-il Aréthuse ?

Elle se pencha de son côté, et répondit à voix basse :

— Quelle question ?

Dacres fut effrayé d'avoir à la formuler. Elle brûlait ses lèvres et lui paraissait une injure terrible à adresser à celle qui avait si bien prié. Pendant qu'il hésitait et qu'il réfléchissait, Kitty se disait qu'il était sans doute retombé dans son rêve et dans sa folie.

Mais Dacres, après avoir tourné, retourné, pesé, soupesé dans son esprit la formule la moins blessante et la plus parlementaire, dit enfin :

— Aréthuse, oui ou non, aimez-vous cet Italien ?

— Qui ? ce Girasole ?

— Oui.

— Moi, aimer cet homme ?...

Kitty pensa que la folie de son compagnon consistait à invoquer des ennemis du comte. Cette folie n'était-elle pas bien excusable de la part d'un captif, d'une victime de Girasole ? Après tout, il s'était si bien battu, qu'il avait peut-être reçu quelques blessures à la tête.

— L'aimez-vous ? reprit Dacres d'une voix suppliante. Je vous en conjure, répondez, répondez !

— Non, je le déteste, proféra solennellement Mme Willougby, qui voulut, par compassion, bien jouer son rôle dans ce drame de folie.

— Bien vrai ?

— Bien vrai ; je le déteste plus que tout homme au monde.

— Vous le jurez ?

— Je le jure !

En réalité, Mme Willougby ne se parjurait pas. Elle satisfaisait sa haine, en même temps que la folie de son compagnon.

Dacres poussa un cri de joie.

— Dites-moi, ajouta-t-il d'une voix qui tremblait, vous ne l'avez jamais aimé ?

— Jamais, il m'a toujours déplu. Je l'ai toujours détesté. Il y avait sur son visage une expression de ruse, d'hypocrisie qui ne m'a jamais trompée.

— Oh ! que le ciel vous bénisse pour vos paroles, s'écria Dacres avec une telle ferveur d'enthousiasme, que Mme Willougby se recula alarmée de nouveau, et, sans trop se rendre compte de ce qu'elle disait, elle ajouta :

— C'était Minnie, vous savez ! C'était Minnie qu'il aimait !

— Qui ? Minnie Fay ?

— Certainement, je n'ai jamais eu à me défendre de son hideux hommage ?

— Ah ! brute, idiot, fou que je suis, dit Scone Dacres d'une voix plaintive. Je vous ai épouvantablement calomniée. Me pardonnerez-vous jamais ? Vous ne le pourriez pas. Dites, le pourriez-vous ?

Kitty, toute compatissante qu'elle fût pour les incohérences d'un fou, trouvait que celles-ci dépassaient la mesure. Elle était presque tentée d'appeler.

Dacres suivait le torrent de son repentir.

— Est-il possible d'être aussi aveugle, aussi stupide que je l'ai été ! Ah ! comme vous êtes changée ! Vous êtes si charmante maintenant ! Quelle tendresse dans votre regard, quelle grâce dans votre physionomie. Si vous saviez depuis combien de temps je vous épie sans être vu par vous ! Comme je cherchais, comme je trouvais le ciel dans vos yeux ! Je ne pourrais chasser votre image de mes rêves... Je ne vous ai jamais oubliée, non ! et vous m'êtes plus chère, plus adorée que jamais !

Il y a des mots dont la musique est toujours harmonieuse, qu'ils soient prononcés par un fou ou par un homme en possession de toute sa raison. D'ailleurs, n'est-il pas naturel qu'un peu de folie se mêle au paroxysme de l'affection humaine ?

Kitty était donc involontairement remuée par ces étranges protestations, mais elle se raidissait bien vite contre le vertige. Oui, c'était là le langage d'un fou, mais s'il était séduisant, il pouvait être dangereux. Elle se souvenait maintenant de l'avoir vu souvent apparaître, triste, jetant sur elle des regards désolés. De quoi ne serait-il pas capable, si elle ne parvenait pas à le calmer.

— Pardonnez-moi, par grâce, pardonnez-moi, répétait toujours le pauvre Scone Dacres.

— Je vous pardonne de tout mon cœur, dit Kitty ; mais ne vous mettez plus dans cet état.

Elle pensait au fond du cœur :

— En somme, s'il a le délire, c'est à cause des mauvais traitements qu'il a subis, et c'est pour nous... c'est pour moi qu'il a risqué sa vie. Je dois à mon tour m'exposer pour lui. Si on le détachait, peut-être deviendrait-il plus calme.

— Voulez-vous que je vous aide à briser vos liens ? lui dit-elle doucement, en se rapprochant de lui.

— Non, non... pas avant que vous ne m'ayez répété que vous me pardonnez !

— Mais, je vous l'ai déjà dit : je n'ai rien de bien grave à vous pardonner.

— Ah ! que Dieu vous bénisse dans l'éternité pour cette bonne parole ! s'écria Dacres.

— Voyons, dit-elle, en lui parlant avec câlinerie, comme aux enfants mutins que l'on veut calmer, dites-moi comment vous êtes attaché ; peut-être pourrai-je vous soulager.

Dacres sentait sa robe le toucher ; il entendait sa voix basse, caressante, tout près, comme si ses lèvres eussent effleuré son visage.

Il se souciait bien de sa liberté, maintenant ! Il était heureux, il eût voulu rester ainsi, sous le souffle de cette bouche adorée, pendant des heures, des jours, des mois, des années, des siècles, l'éternité !

— Répondez-moi, reprit-elle.

— Mes mains sont attachées derrière mon dos, murmura-t-il avec un soupir, ennuyé de l'occuper de lui, quand il ne voulait parler que d'elle.

— J'ai un couteau, dit bien bas Mme Willoughby.

Elle ne réfléchissait plus, la pitié s'emparait d'elle tout entière.

Celui qui était là, gisant, souffrant, avait tout risqué pour elle. C'était un devoir de lui venir en aide.

Mme Willoughby avait répondu tout naturellement à Girasole qu'elle n'avait pas de couteau, non pour mentir, mais pour ne pas dire *out* à une question de ce monstre. Il n'avait pas poussé l'audace jusqu'à la fouiller. Mais, en réalité, elle avait un de ces petits canifs de toilette et de voyage qui sont plutôt un jouet qu'une arme. Elle se mit à couper les cordes, renouvelant, sans le savoir, la scène de délivrance qui s'était jouée dans la chambre à côté, entre Hawbury et Ethel.

Dacres tressaillait au contact de ces petits doigts qui le touchaient. Il était libre !

— Maintenant, si vous pouvez vous enfuir, dit Mme Willoughby... Hâtez-vous !

C'était bien à cela qu'il songeait !

— Ainsi, vous me pardonnez ? murmura-t-il encore.

— Certainement ; mais ne perdez pas de temps, je vous en prie.

— Répondez encore à une question.

Kitty eut un frisson ; est-ce que le délire allait recommencer ?

— Non, non !... Songez à fuir !

La voix de Dacres tremblait.

— Il faut que je sache tout, dit-il... aujourd'hui ou jamais. J'ai tant souffert ! Est-il vrai qu'autrefois vous me haïssiez ?

— Il est absolument fou ! pensa la pauvre femme ; elle lui répondit :

— Je ne vous ai jamais haï.

— Alors, vous pouvez éprouver encore pour moi les sentiments que vous m'avez montrés au début.

— Certainement, balbutia Kitty, qui ne comprenait rien à cet hébreu.

Dacres lui prit les mains et les couvrit de baisers.

— Chère ! chère ! adorable femme ! je vous adore, vous m'aimerez !

La position devenait terrible. A quelles extrémités pouvait se porter ce fou furieux ? Lui résister, n'était-ce pas l'exaspérer ? Mais lui céder, n'était-ce pas s'exposer encore davantage ?

— Vous m'aimez, n'est-ce pas ?

Dacres l'avait saisie dans ses bras et elle sentait les larmes du malheureux tomber sur ses joues à elle.

— Aréthuse ! chère Aréthuse ! s'écria Dacres.

— Mais, monsieur, dit la pauvre femme, vous vous trompez !

— Je me trompe ?... Non, chère Aréthuse, Aréthuse adorée !

— Mais, monsieur, je ne suis pas Aréthuse ; je ne me suis jamais appelée Aréthuse !

— Hein ? s'écria Dacres.

— Je vous dis que je ne m'appelle pas Aréthuse !

— Vous n'êtes pas Aréthuse ? Mensonge ! folie !

— Je suis Kitty, Kitty Faye ; Kitty et non Aréthuse.

— Kitty !

Dacres bondit d'un tel élan, qu'il fit trembler le plancher.

A ce moment, des coups de feu éclatèrent. D'autres leur répondirent.

Mais la foudre tombant dans la chambre eût frappé Dacres d'une façon moins épouvantable que ce nom de Kitty retentissant à son oreille.

X

La crise

Quand le brave curé irlandais prétendait avoir répondu à Ethel qu'il était deux heures, il n'était pas loin de compte.

Les courtes paroles échangées entre lui et la jeune fille avaient été suivies d'un long silence. Ethel fermait à demi les yeux comme si elle eût succombé au sommeil ; mais, en réalité, elle s'isolait pour penser, et sentait bourdonner dans sa tête tous les événements et toutes les terreurs de la journée.

Le prêtre lui, qui avait des palpitations de cœur à tomber foudroyé, et qui se disait, à chaque minute écoulée, qu'il était en train de devenir un assassin, paraissait doucement absorbé dans la contemplation du paysage, et semblait jouir avec délices de ces nuits splendides dont l'Italie a le privilége, et dont les bandits ont le bénéfice.

Devant eux s'étendait le lac ombré par les collines. Celles-ci, hautes et fières, paraissaient former un cercle de géants, accroupis autour d'un miroir. La lune faisait étinceler les eaux dans un coin qui échappait à l'obscurité. Sur la rive, les feux des divers bivouacs mêlaient une illumination brutale, mais pittoresque, à la douce clarté de la nuit ; et, au loin, la vieille maison regardait et gardait ce décor, ainsi que les acteurs, de ce drame mélancolique.

Derrière les prisonniers on entendait par intervalles le frémissement de la forêt qui les conviait à la fuite, à la liberté par les mystérieux murmures, par les appels à voix basse et caressante de ses cachettes impénétrables.

Hélas ! ce qui retenait Ethel et le prêtre, ce n'était pas seulement le poste de bandits, c'était cette tombe à demi fermée, où le prêtre avait mis un vivant, où la jeune fille craignait qu'on ne trouvât une bière vide. Ils restaient donc par leur volonté propre autant que par la contrainte, attendant et se disant que chaque minute pouvait amener la mort.

Le pauvre curé subissait une agonie terrible. Il se disait tout bas : « C'est mon Gethsémani. » Certes, non, il ne regardait pas le paysage ; il avait peur de le voir. Le sourire des étoiles l'eut épouvanté, et la lune blanche eût été pour lui une tête humaine couverte d'un suaire. Les yeux fixés devant lui, il essayait de réfléchir, de trouver une solution ; il n'était pas las de prier, mais il était presque las d'espérer.

Comme le corps a ses rébellions, ses manies et, parfois, ses instincts sauveurs qui aident l'âme en peine et à bout de ressources, le prêtre, dans son anxiété, après un soupir d'abandon, se souvint tout à coup d'une amie dont la fidélité l'avait toujours soutenu dans ses épreuves, dont le génie l'avait bien souvent conseillé dans ses périls ; une amie qui, dans son existence vouée au célibat, avait été la chaste compagne de sa vertu ; pauvre amie, bien simple, bien rustique, il est vrai, et dont il eût rougi partout ailleurs que dans cette nuit.

Elle était noire, sans élégance, mais sans prétention.

Quand il portait la main à sa poitrine, il l'y sentait, non pas en imagination, ni même en effigie, mais en réalité ; car, il faut bien que je finisse par l'avouer, cette amie du prêtre, c'est aussi l'amie du soldat... c'était sa pipe.

Ah ! qui que vous soyez, lèvres fières de cardinaux, lèvres sensuelles de chanoines, lèvres sèches de fanatiques, lèvres humides de l'inspiré, du béat, ne vous contractez pas pour maudire cette humble consolatrice, ni pour blasphémer contre l'heure choisie pour la tirer de la poche, pour la bourrer, pour l'allumer, et pour l'échauffer dans la placidité de cette nuit qu'il fallait séduire, *per amica silentia lunæ*.

D'ailleurs, c'était une amie venue de la patrie et chère à l'exilé. Elle avait été achetée là-bas, bien loin, au Blue-Market, non loin de Killarney, et avec elle ce petit sac de cuir où le tabac, ce viatique banal des pauvres, attendait patiemment qu'il plût à son maître de le consumer.

Le curé se mit à couper, à effiler son tabac, à le tasser dans la pipe, sous son pouce plus impatient et plus dur que d'habitude.

Or, non loin de là, se trouvait un brasier à demi éteint, mais qui avait encore assez de charbon pour tenter un fumeur.

— Verriez-vous quelque inconvénient, demanda le prêtre à un de ses gardiens, à me laisser aller jusqu'à ce foyer pour y prendre un charbon et allumer ma pipe ?

Le bandit refusa net.

— Vous ne me refuserez pas alors d'y aller vous-même, n'est-ce pas, mon ami ?

La fraternité des fumeurs est au-dessus de toutes les fraternités philosophiques et religieuses. L'homme qui ne s'arrêterait pas pour secourir son frère, accablé d'un fardeau, haletant de fatigue, pâle de faim, s'arrête volontiers pour lui tendre du feu, si sa pipe ou son cigare en réclame.

Le bandit hésita, réfléchit, et finit par consentir, mais après avoir fait jurer au prêtre qu'il ne chercherait pas à fuir.

— Non ! s'écria l'Irlandais, je veux fumer, voilà tout. Pourquoi fuirais-je ? Est-ce que je puis me sauver quand vous êtes encore trois pour me garder?

L'homme s'éloigna et revint avec une petite branche à moitié consumée.

Le prêtre le remercia et prit le charbon avec la joie pure que ne ressentait pas Isaïe, quand le tison divin, approchait de ses lèvres.

— Voyez-vous, dit-il avec bonhomie, les allumettes sont là terreur des vrais fumeurs; elles donnent un goût de soufre... Et quand on ne doit pas aller en enfer!... rien ne vaut un charbon.

Il alluma et poussa quelques bouffées satisfaites.

Le calme lui revint en réalité. Son esprit reprit son aplomb; mais le calme et l'équilibre n'avançaient pas la solution du redoutable problème.

Le curé se demandait s'il ne fallait pas, dans cette crise effroyable, sans précédent et sans issue, faire un sacrifice immense et sauver Ethel uniquement, exclusivement, en abandonnant Hawbury à son asphyxie nécessaire.

Mais il n'eut pas le temps de donner son cœur à dévorer à ce vautour, ni d'agiter cette pensée : un coup de feu retentit dans la nuit.

Ethel se leva d'un bond.

— Mon Dieu! qu'est-ce que cela?

— Restez assise! lui crièrent les brigands, assez émus eux-mêmes.

De nouvelles explosions retentirent et furent répercutées par les échos des collines et de la forêt.

— Nous sommes attaqués! hurlèrent les bandits.

Ils se levèrent à leur tour, mais ne bougèrent pas, scrupuleux observateurs de la consigne.

Le prêtre s'était levé aussi; il activait le feu de sa pipe, et sentait sourdre en lui la petite ébriété d'un projet commençant. Mais il regardait, impassible en apparence.

Que se passait-il donc?

On voyait courir des ombres dans le brouillard argenté du lac.

Les détonations se succédaient, suivies de cris, d'imprécations, au milieu desquels on distinguait les lamentations d'une femme. La confusion paraissait grandir, les clameurs augmentaient de seconde en seconde.

On s'encourageait, on se défiait. Une attaque était dirigée du côté de la maison, et, là, on distinguait nettement une voix grave et solennelle qui donnait des ordres.

Puis les pas, les clameurs semblèrent s'enfuir dans le bois. Il y eut une minute de calme, une minute seulement. Les détonations éclatèrent avec plus de force. On voyait l'éclair de chaque coup de fusil

dans les branches comme une fleur rouge, épanouie subitement et subitement évanouie, pour renaître. Un assaillant invisible multipliait ses coups à travers l'impénétrable labyrinthe de la forêt. Les brigands répondaient et tiraient au jugé dans la masse ténébreuse; puis des cris de rage, de douleur entrecoupaient la fusillade, les bandits souffraient, mais ne reculaient pas.

Du côté des assaillants, pas une voix, pas un cri; du côté des brigands, au-dessus des clameurs, on entendait la voix forte, vibrante, du chef, qui dirigeait tous les mouvements.

Les gardes du prêtre et d'Ethel trépignaient d'impatience, furieux de leur inaction forcée.

— Ce sont des soldats, disait l'un.

— Evidemment.

— Ils se battent bien.

— Mieux que la dernière fois, reprenait un vétéran.

— Qui donc leur a appris à combattre ainsi sous bois?

— Je n'en sais rien, un des nôtres, peut-être, un rénégat qui sera devenu zouave.

— Ils ont fait de grands progrès. La dernière fois, on les a abattus comme des moutons; en cinq minutes, c'était fini.

— Ils ont un chef qui connaît la bataille en forêt.

— Qui est-ce?

— Comment le savoir? Ils changent de capitaines tous les jours!

— J'ai entendu parler d'un Américain... Si c'était lui!

— C'est vrai!... Giuseppe m'a dit l'avoir vu à Rome.

— Parbleu! reprit un autre. Vous l'avez vu vous-même sur la route, ce zouave qui s'est sauvé le premier.

— Bah!... C'était lui?

— J'en réponds.

— Diavolo!

Les détonations se rapprochaient. Déjà les balles sifflaient au-dessus des têtes. Evidemment les brigands reculaient. C'était trop de patience pour les geôliers d'Ethel et du prêtre.

— Nous sommes battus! s'écria l'un d'eux. Courons au secours de nos camarades!

— Mais les prisonniers?

— Attachons-les et laissons-les là.

— As-tu des cordes?

— Il y en avait auprès de la fosse.

En un clin d'œil les hommes saisirent Ethel et le prêtre.

Le plus leste avait couru jusqu'à la fosse et en avait rapporté des cordes. Le prêtre fut attaché : c'était le tour d'Ethel.

A ce moment, de nouveaux cris se firent

entendre, et Girasole parut.

— Hardi! hurlait-il. Par ici! nous saurons bien les chasser du bois!

Derrière lui couraient les brigands affolés.

Il vit le groupe.

— Qu'est-ce que cela? demanda-t-il.

— Ce sont les prisonniers, répondit un des gardes.

La physionomie de Girasole, contractée par la fureur, était épouvantable. La vue des prisonniers surexcita sa rage. C'étaient eux qui l'avaient trahi. Cette attaque était de leur fait.

Il se tourna vers ses hommes.

— En avant! leur cria-t-il, je vous rejoins.

Puis il dit aux gardes :

— Attendez!

Le combat continuait, l'air retentissait d'une fusillade menaçante et de plus en plus rapprochée, à laquelle se mêlaient les plaintes des blessés, des mourants. Il était évident que les assaillants gagnaient du terrain, n'abandonnaient rien au hasard, s'avançant avec ordre et méthode.

Ethel et le prêtre étaient debout. Les liens n'étaient pas solidement attachés; ils se trouvaient maintenant à quelques pas de la fosse.

Girasole tenait une épée d'une main, un pistolet de l'autre.

Il jeta l'épée, prit un autre pistolet, et regardant fixement les prisonniers :

— Inutile de les attacher, dit-il à ses hommes, ils ne s'enfuiront pas.

— Au nom de Dieu! cria le prêtre, grâce!... Ne versez pas le sang innocent!... Cette enfant n'est pas coupable... Epargnez-la!

Girasole ricana et leva son arme.

Le prêtre se jeta devant Ethel :

— Laissez-lui au moins le temps de prier!...

— Non! dit le misérable.

Ethel, voyant le pistolet dirigé sur elle, poussa un cri d'effroi et se mit à courir. Girasole s'élança derrière elle. Elle courut avec une incroyable énergie vers la fosse où gisait Hawbury.

X

Enterré vivant

Depuis le moment où Hawbury a disparu de la scène, il se trouvait dans une situation que peu d'hommes vivants ont subie.

Jonas, dans la baleine, a négligé d'écrire ses impressions et a exposé son historien à trouver de nombreux incrédules. Mais Hawbury n'est pas responsable des sceptiques que peut susciter ma narration, car il avait bien le projet, pendant que le curé le vissait dans le cercueil, de recueillir toutes ses impressions, pour les raconter plus tard à ses amis.

Dès que le couvercle de la sinistre boîte s'était abattu sur lui ; dès qu'il avait entendu grincer dans leur spirale les vis qui le séparaient des vivants, une anxiété plus physique que morale, un commencement de cauchemar avait pesé sur sa poitrine. Certes, l'âme avait sa part ; et Hawbury se demandait bien ce qu'allait devenir Ethel. Mais la question de sa conservation personnelle l'étreignait aussi étroitement et l'étranglait, en attendant l'asphyxie.

Le cercueil était resserré. Jamais Hawbury n'avait senti à ce point la nécessité de se passer de confortable ; il était fier de se réduire à un minimum de respiration, d'existence, de mouvement. Mais ses sens prenaient, dans cette concentration de tout son être, un degré d'acuité, de finesse extraordinaire. Au bout de quelques minutes, le bois du cercueil lui parut une épiderme, et les mains brutales qui maniaient cette guérite fermée, lui parurent le meurtrir et l'offenser lui-même de leur contact.

Le moindre son parvenait à ses oreilles, avec une incroyable netteté ; si bien que la petite provision de jour laissée à la perception de la vue semblait largement compensée par le développement anormal de ses facultés auditives.

Il avait tout entendu, tout, jusqu'aux réponses calmes du prêtre déroutant l'infâme Girasole, par son sangfroid.

Quand il s'était senti enlevé, puis transporté hors de la maison, il avait béni le hasard ou la dévotion des porteurs, qui lui avaient épargné le désagrément, dans l'escalier, de descendre la tête en bas, et, dans la route, d'être trop secoué quand ils avaient besoin de changer leur fardeau d'épaule.

Comme il était un homme de courage philosophique, il éprouva une réelle satisfaction à sentir que sa respiration était plus libre qu'il ne l'avait espérée. Il écrirait plus tard un mémoire, pour réfuter certaine théorie qui prétendait vouloir attribuer à chaque prisonnier un volume d'air respirable certainement abusif.

Hawbury allait savoir par expérience à quels frais minimes les poumons peuvent fonctionner. Les précautions du prêtre avaient été si bien prises, qu'il n'éprouvait aucune difficulté à respirer. Décidément, ce curé était un artiste en ce genre. En était-il à ses débuts? N'avait-il jamais enterré de vivants, avant Hawbury?

Tandis qu'on le transportait de la maison au lieu de sépulture, l'interné du cercueil avait entendu la voix du prêtre, et il avait compris que c'était moins pour les brigands que pour lui-même que parlait l'Irlandais, désireux de lui faire connaître qu'il ne l'abandonnait pas.

Hawbury, malgré sa force, ne put réprimer un frisson, quand il sentit qu'on le descendait dans la fosse. Pendant quelques secondes, il lui sembla que toute l'horreur de la mort par la faim descendait avec lui, sur lui, pesait sur le cercueil et le scellait dans la terre.

L'épreuve morale s'augmentait et se doublait d'une épreuve physique plus douloureuse. Hawbury avait cru qu'on le délivrerait, avant la formalité de l'enfouissement. En comprenant tout à coup qu'il s'était fait des illusions à cet égard, il faillit pousser un cri; il ne put soulever sa main pour avertir, par le couvercle, qu'il désirait communiquer avec les vivants, au risque de se faire tuer. Mais ses cheveux seuls se dressèrent dans la boîte funèbre.

Reconnaissant l'inutilité de la crainte, Hawbury reprit tout son sang-froid et s'en fit une armure sous l'armure de bois.

Du reste, la chose paraissait devoir aller assez vite. Voici maintenant que le prêtre marmottait les prières des morts. Ces prières lui parurent longues, mais comme elles ne sont pas faites pour être écoutées de ceux qu'elles concernent, Hawbury trouva que son agacement était d'assez mauvais goût. Au surplus, il était évident que le prêtre, par ses prières, espérait gagner du temps.

C'était à Hawbury à s'arranger pour que le temps gagné au delà de ses planches ne fût pas perdu en deçà.

La peur aborde les plus fiers courages, et c'est précisément parce que les héros la mesurent, qu'ils sont héroïques. Hawbury ne se dissimula pas qu'il était dans la logique de sa situation d'avoir un peu peur; mais il fallait traiter cette peur par l'orgueil, la tenir à distance et ne pas lui permettre de troubler trop ses idées. Il se convainquit que le prêtre ne pouvait faire mieux qu'il ne faisait, quand il l'entendit

tenter de grands efforts pour éloigner les bandits de la fosse.

L'inanité de ces efforts n'était pas faite pour le rassurer. A vrai dire, ses espérances s'en allaient comme l'eau qui s'écoule à travers les fentes d'un tonneau mal joint; mais c'est quelque chose qui ressemble à un arrière goût de consolation, que la pensée d'avoir beaucoup espéré.

Tout espoir filtra par les ouvertures du cercueil, quand Hawbury entendit un bruit sourd, mat, qui tombait régulièrement sur lui. L'épreuve allait devenir singulièrement tragique. Combien de temps durerait-elle? Quel malheur, s'il ne pouvait la supporter jusqu'au bout, de ne pouvoir consigner déjà les observations recueillies! Mais à quoi les confier? Le ver qui dans quelques jours, dans quelques heures, essaierait de s'introduire dans ce garde-manger de la vie universelle, ne ferait rien des idées refroidies dans la substance qu'il traverserait. Il n'en ferait pas même le fil d'un suaire, pour quelque malheureux qu'on ensevelirait de même, inférieur au ver à soie qui file au moins la substance secrète du mûrier!

Après la première pelletée de terre, Hawbury se dit: « Voilà la première sommation de la mort. » Il ressentit comme un coup en plein cerveau, en plein cœur. Le bruit se renouvela, augmenta, élargi par la cavité qu'il ébranlait; les coups devinrent des roulements semblables aux roulements d'un tonnerre lointain, et dans cette nuit qui allait se fixer autour de lui, le malheureux voyait des étincelles rouges, passer devant ses yeux, jaillissant de son cerveau en ébullition.

La terre ne cessait de tomber. Hawbury forma le souhait de devenir fou. Il y a parfois des moments, dans les luttes de l'esprit contre la matière, où l'esprit a peur d'être vaincu et souhaite de n'être plus que l'instinct, pour ne pas chercher des compensations qui lui permettent d'accepter la défaite. Hawbury en arriva à cette phase et eut peur de penser, de réfléchir, tant il avait peur d'être obligé de rester héroïque.

Mais cette phase elle-même était transitoire. Ce désespoir produisit une réaction salutaire. En prenant possession de l'être entier, l'animalité en doubla l'énergie. Le gentleman disparut, il ne resta plus que l'homme, qui voulut vivre et qui eût rongé son cercueil pour l'ouvrir. Hawbury se roidit, s'arc-bouta, posa les poings au-dessus de sa poitrine, soulevant les planches pour les briser, pour les rejeter en arrière, comme un mort qui eût rejeté son suaire en ressuscitant tout à coup.

A ce moment, il entendit distinctement la voix de Girasole, et cette voix aiguë lui parut une vis qui refermait plus étroitement le couvercle du cercueil. Il pensa à Ethel. S'évader, n'était-ce pas la trahir ? En somme, il vivait; et tant qu'il ne se sentirait que gêné, oppressé, meurtri, moulu, mais vivant, il pouvait attendre; il se remit donc dans la pose mélancolique qu'on lui avait donnée d'abord, et il attendit, écoutant, écoutant toujours.

Girasole accusait le prêtre et Ethel de trahison, puis donnait quelques ordres, et l'on entraînait la jeune fille et le curé irlandais.

Hawbury eut conscience qu'on le laissait seul. *By Jove !* C'était une bonne occasion de continuer ou de reprendre la besogne interrompue ; mais Ethel ne courait-elle pas plus de dangers que lui, et aurait-il brisé son enveloppe avant que la vie de sa chère Ethel fût sérieusement menacée ?

L'œuvre brutale et cynique de l'inhumation était interrompue. Les fossoyeurs bandits avaient emporté leurs bêches; il n'entendrait plus tomber sur lui cette terre qui le menaçait à chaque pelletée.

Le plus important, c'était d'augmenter sa provision d'air, et l'air, ce n'était pas seulement la vie, la force d'agir, c'était aussi, c'était surtout la raison, la réflexion, le sangfroid, l'esprit libre, les nerfs calmes.

La terre, en s'éparpillant, avait obstrué un certain nombre d'ouvertures. Par bonheur, le cercueil improvisé n'avait pas été fait sur mesure, ni surtout sur la mesure de lord Hawbury. Il était vaste, plus spacieux que ne le sont d'ordinaire les étuis de la mort. Le prisonnier put arriver à fléchir un peu les genoux, à ramener les jambes en arrière et à exercer ainsi une pression vigoureuse contre le couvercle. Il sentit à un moment que les vis cédaient. Le cas de Hawbury ne pouvait être prévu, et les fabricants de cercueils, bien assurés de la docilité des patients, ne s'ingénient jamais à perfectionner ou à renforcer les fermetures de ces prisons du silence.

Hawbury souleva donc un peu le couvercle, élargit sensiblement la petite lucarne qui lui donnait de l'air, et il aspira à larges bouffées le vent de la nuit.

L'air était évidemment humide, malsain. Un vivant ordinaire ne s'en fût pas contenté ; les parois de la fosse corrompaient le souffle balsamique qui descendait des forêts. Mais Hawbury le respirait avec délices, et jamais senteurs embaumées, zéphirs chantés par les poètes ne causèrent autant de joie, ne firent fleurir autant d'espérances que cette fraîcheur de sépulcre.

Maintenant qu'il s'était fait une fenêtre et qu'il avait une échappée sur la vie, Hawbury délibéra avec plus de tranquillité.

Sans Ethel, sans le danger qu'elle courait et qu'elle pouvait aggraver, Hawbury n'eût pas délibéré longtemps ; il eût bien vite fait éclater le cercueil, et, quitte à soutenir une lutte contre les bandits, se fût élancé de la mort dans la vie. Mais son évasion, sa résurrection ne pouvait-elle pas être le signal de la mort pour sa chère Ethel ?

Il avait très bien entendu et compris qu'elle avait été mise par Girasole aux mains de quatre bandits qui la gardaient. Mais où étaient ces gardes ? près de lui ? ou dans la maison ? ou dans les bois ? Voilà ce qu'il ignorait, mais après tout, ce qu'il pouvait voir.

Le meilleur moyen d'apprendre, c'était de regarder. Hawbury n'entendait aucun bruit; en se glissant hors de la boîte, il pouvait se dissimuler, ramper et surveiller les environs.

Toutes ces réflexions faites, Hawbury souleva de ses deux mains le couvercle. A peine si un craquement se fit entendre ; la terre qui se trouvait sur le bois glissa devant, à droite et à gauche et Hawbury se hasarda à sortir la tête. La fosse n'était pas profonde. Il avait les yeux à la hauteur du sol, et il pouvait tout voir nettement, grâce à cette impassible lumière, qui sourit avec autant d'indulgence et de faiblesse aux complots des coquins, qu'aux efforts des honnêtes gens.

Le foyer du bivouac auquel avaient été conduits Ethel et le prêtre était assez éloigné pour n'éclairer que les bords du lac et pour laisser dans une ombre profonde l'endroit où la fosse avait été creusée. Hawbury ne courait donc aucune chance d'être aperçu.

Il distinguait les silhouettes des prisonniers et celle des gardiens. Faut-il avouer que dans cette heure éminemment dramatique, il vit avec un sourire jaloux le petit point lumineux que faisait la pipe du curé, activée par une aspiration forte ? Pendant qu'il se demandait comment, et à quel moment opportun, il irait au secours des prisonniers, et pendant qu'il réprimait son impatience d'agir il entendit les coups de fusil.

Certes, le chant du rossignol dans les bois d'alentour eut moins réjoui son cœur amoureux. Ces coups de fusil, c'était la délivrance.

Il vit les ombres s'agiter, courir. Il avait deviné l'attaque; il comprit la retraite; puis il aperçut Girasole, il reçut dans le cœur, sans que le son eût passé par les oreilles, le cri de terreur d'Ethel. Il l'entendit s'élancer vers lui ; il prit son élan, et d'un bond se lança hors du cercueil et de la fosse.

L'effet ne saurait se décrire. Il fut terrifiant. Ce mort jaillissant prit des proportions fantastiques.

— Antonio ! Antonio ! s'écrièrent les bandits en fuyant.

Girasole reconnut immédiatement Hawbury, celui qu'il avait laissé dans la prison, la tête fracassée. Lâche devant un spectre, le chef de bandit qui voulait tenir tête aux zouaves, s'arrêta tout frémissant, poussa un cri de terreur folle et s'enfuit avec les autres.

XI

Fuir !

Cinq mots avaient détonné aux oreilles de Dacres, comme le bruit de mille canons, ces cinq mots :

— Je ne suis pas Aréthuse !

Quoi ! celle qu'il avait si bien reconnue, celle qu'il reconnaissait par cette affinité de tout son être avec elle, cette Aréthuse selon son cœur, ses sens, son imagination, n'était pas Aréthuse !

C'était là un coup effroyable, capable de le tuer. En une seconde, il tomba du ciel ; le soleil qu'il voyait dans la nuit de sa prison se déchira, s'éparpilla en le brûlant de toutes ses étincelles subitement dispersées. Une évidence terrible qu'il ne soupçonnait pas s'imposa tout à coup à lui. Il fut aussi prompt à voir le gouffre, à y plonger, qu'il avait été prompt à s'élancer dans la nuée de son amour.

Non, ce n'était pas là la femme qu'il avait fuie, la cause première de ses chagrins, l'Aréthuse qu'il avait maudite, haïe, et qu'il haïssait encore. Celle-ci était douce, charmante, gracieuse ; chacun de ses gestes était une poésie en action, sa voix était une musique. Non, non, ce n'était pas Aréthuse ! Il le croyait, il le savait, il en était désespéré, et pourtant il eût voulu en être ravi, car il pouvait aimer de toutes les puissances de son être celle qui avait la beauté décuplée, rajeunie, de son premier amour, sans en avoir les amertumes.

Mais il n'eut pas le temps d'épuiser la joie ou la douleur de sa découverte ; le tumulte du dehors l'interrompit. Les coups de feu ébranlaient la maison.

Dans les chambres, dans l'escalier, dans le vestibule, partout on entendait des trépignements, des battements de pieds, des cliquetis d'armes. Les bandits s'appelaient,

s'excitaient, s'encourageaient, et au-dessus de ce bruit dominait la voix de Girasole, hurlant :

— Suivez-moi, en avant !

Dans la première confusion de ces bruits, on pouvait croire à une querelle ; il fut bientôt facile de discerner un assaut livré, un combat en règle.

— Les brigands ont été surpris, dit Mme Willougby ; quel bonheur !

Dacres ne répondit pas tout d'abord ; il cherchait à reprendre son aplomb. Aréthuse, les brigands, la prison, tout dansait dans sa tête une tarentelle furibonde.

Kitty continuait :

— Que le ciel soit béni ! ce sont des soldats sans aucun doute... Oh ! sir, venez, venez vite ; ma chère sœur est là, tout près de nous ; sauvez-la !

— Votre sœur !... Quelle sœur ? s'écria Dacres.

— Minnie... L'avez-vous oublié ?... Hâtez-vous, elle est là !...

Sans l'attendre, Mme Willougby s'élança hors de la chambre.

Dacres chancela, pendant deux pas, en se prenant la tête à deux mains :

— Sa sœur ! quelle sœur ? se répéta-t-il à lui-même. Ah ! Minnie, Minnie Fay ! Quel fou suis-je donc devenu ? Quelle vie ai-je menée depuis un mois ? J'étais un idiot, une brute, moins qu'une brute.

Il secoua la tête pour se débarrasser de toutes les ruines accumulées sur lui, puis, tout à coup, il plongea avec fureur son poing dans ses cheveux, se labourant le crâne, pour y semer des idées nouvelles, et s'élança sur les traces de Mme Willougby vers la chambre de Minnie.

Kitty avait saisi sa sœur dans ses bras, la couvrant de baisers et de larmes.

— Bien aimée ! chère enfant ! lui disait-elle.

— Ah ! chérie, répondait l'adorable baby, c'est vraiment bien ennuyeux de rester ici. J'étais si fatiguée, que je commençais à m'assoupir, quand tout ce tapage a commencé. Je n'ai jamais entendu tant de coups de fusil ! Je ne comprends pas que ce Girasole ne s'arrange pas pour que je repose paisiblement. J'ai tant envie de dormir !

— Il faut fuir ! répondit Kitty, que ces enfantillages désespéraient ; viens ! viens !

— Où donc ? demanda Minnie, en étirant ses bras mignons.

— N'importe où, pourvu que nous soyons hors de cet endroit effrayant, à travers les bois !

— A travers les bois ? Y songes-tu ? Est-ce que nous avons une voiture ?

— Mais, non, chère folle, nous ne pouvons attendre ces misérables ; ils vont revenir... ils nous tueront.

— Nous tuer !... Pourquoi ?... Ah ! Kitty, tu plaisantes, ou tu veux me faire peur !

A ce moment, Dacres entra ; sa fièvre s'évaporait.

— Etes-vous prêtes ? demanda-t-il brusquement.

— Oui, oui... Hâtons-nous ! dit Kitty.

— Je crois qu'il n'y a plus personne dans la maison, reprit Dacres. Je vais d'abord m'en assurer. Je connais tout près d'ici un endroit où vous serez en sûreté. Tenez, c'est là devant nous, sur la rive du lac, dans un sentier qui monte vers le bois. S'il m'arrivait un accident, un malheur, si je ne reviens pas, allez-y sans moi. Voyez-vous bien d'ici par la fenêtre, cet endroit ?

— Oui, oui, dit Mme Willougby ; mais, par grâce, dépêchons-nous.

Scone s'élança vers le seuil. Kitty prit la main de Minnie pour l'entraîner ; mais à ce moment on entendit un bruit de pas dans le vestibule.

Les bandits n'étaient-ils pas tous partis ? Combien étaient restés ? Dacres s'arrêta, écouta, et, dans ce moment terrible, on eût entendu battre son cœur.

Les pas allaient de chambre en chambre, comme pour une recherche ardente, inquiète.

— On dirait qu'il n'y a qu'un seul homme, murmura Dacres. Je m'en charge alors, je vous promets de l'étrangler, et pendant que je le tiendrai à la gorge, fuyez au plus vite, courez vers la rive.

— Oui, répondit Mme Willougby ; mais peut-être sont-ils plus nombreux.

— Tant pis pour moi ! répartit Dacres.

Il se pencha à la fenêtre. Pas un homme ne paraissait autour de la maison. Des détonations des carabines se faisaient entendre à une assez grande distance. Un espace relativement vaste se laissait voir entre la maison et les combattants.

Dacres revint vers la porte et écouta de nouveau. Les pas retentissaient toujours dans le vestibule, et se rapprochaient de l'escalier. Scone, en se baissant, aperçut la silhouette d'un homme seul. Mais le vestibule était encore plongé dans l'obscurité ; la lune n'en éclairait que le bord ; il était impossible de distinguer le visage de cet inconnu.

— Bah ! si je n'ai que cet ennemi-là, se dit Dacres avec un geste significatif.

L'homme mit en bas le pied sur la première marche ; Scone Dacres mit en haut le pied sur la dernière. L'homme s'arrêta pour écouter, pour réfléchir. Dacres se ramassa sur lui-même, prêt à bondir.

Mais comme l'inconnu hésitait, l'impatience fit se relever notre héroïque Scone Dacres.

— Montez donc, par le diable ! s'écria-t-il, qui que vous soyez, bandit ou ami.

L'homme monta rapidement ; Dacres descendit de même. A mi-chemin dans l'escalier, ils se heurtèrent. Alors Dacres poussa un cri de joie.

— Venez, mesdames, venez !... ce sont des amis !

Entraînant le nouveau venu, il fut bientôt avec lui dans le vestibule.

L'inconnu qu'il avait reconnu était un personnage long, maigre, jaune, avec des cheveux gras et longs, une redingote râpée et cette éternelle cravate blanche qui ne saurait ni se noircir, ni se blanchir tout à fait.

C'était en effet le révérend Saül Tozer, toujours égal à lui-même, mais supérieur à la mauvaise fortune.

— Dieu, dit-il à Scone Dacres d'une voix de prédicateur, m'a inspiré la pensée de pénétrer ici... Il faut fuir devant l'Amalécite, car il peut revenir.

— Vite ! vite ! mesdames, cria Dacres en se retournant, tandis que de sa main vigoureuse il secouait la main du révérend.

Kitty et Minnie descendirent promptement.

— Voilà qui est bien, dit Tozer. Fuyons comme la famille de Loth, sans regarder derrière nous. Je me charge d'une de ces dames, prenez l'autre !

— C'est cela ! dit Dacres.

— Vous connaissez les bois ?

— A merveille.

Dacres, frémissant d'impatience, d'orgueil et de joie, saisit la main de Mme Willougby.

— Mais, Minnie ? demanda Kitty alarmée.

— Le révérend en répond... N'est-ce pas ?

— J'ai ceint mes reins de la force des élus, dit Tozer.

— Avez-vous un pistolet ? répliqua Dacres.

— Non... A quoi bon ? puisque le glaive de l'ange...

— L'ange ?... Le voilà... emportez-le bien vite ! reprit Scone Dacres avec un esprit dont il ne se croyait pas capable.

Tozer prit dans sa main froide et solide le poignet délicat de Minnie.

Il n'y avait plus à hésiter. Minnie, troublée, ne répondait pas.

Dacres, sans aucun doute, pour aller plus vite, saisit Mme Willougby dans ses bras, comme il eût fait d'un enfant, et, courant vers la rive, s'élança dans le bois par le chemin qu'il avait indiqué lui-même.

— Posez-moi à terre, laissez-moi marcher! lui disait Kitty en l'implorant.

— Non, non, pas encore!... Ils nous suivent, vous ne pourriez pas aller assez vite. Il faudrait combattre.... ce serait notre perte à tous deux.

— Mais nous avons perdu Minnie!

— Non, non!... ce grand pasteur est solide. Il fait de grandes enjambées, je crois qu'il nous a précédés... il a atteint la colline.

— Je ne l'ai pas vu.

— C'est que vous ne regardez pas de ce côté-là.

— Ah! je voudrais bien rejoindre Minnie!

— N'ayez pas peur, nous allons la rejoindre.

Dacres se mettait à courir, haletant, brisant les broussailles, escaladant les talus.

— Vous allez vous tuer! lui criait maintenant Kitty. Arrêtons-nous un instant.

Il n'écoutait pas; il allait, bondissant, alerte, jeune, avec une sorte de rage.

Mme Willougby eut un mouvement de véritable terreur. Et cette pensée revint à son esprit que cet homme était fou.

Il s'arrêta enfin, haletant, épuisé; il chancela et dut s'appuyer contre un arbre pour ne pas tomber.

Mme Willougby le regarda; elle en eut pitié!

— Est-il fou? se demanda-t-elle encore; le pauvre homme.

XII

Le dernier sauveur de Minnie

Quand le révérend Saül Tozer s'était élancé derrière Dacres, il avait saisi la main de Minnie et l'avait entraînée avec lui. Mais à peine fut-il arrivé à la première pente de la colline, qu'il prit le baby dans ses bras, comme Dacres avait fait avec Mme Willougby; et, grâce à ses jarrets d'acier, il avait en effet atteint le sommet du coteau avant ses compagnons.

Arrivé là, se gardant bien de jeter les yeux derrière lui de peur d'être changé en sel, il avait bondi à travers les bois et s'était trouvé bientôt séparé de l'autre groupe.

Mais Tozer n'était pas homme à s'inquiéter de si peu. Toute voie droite était pour lui la voie du Seigneur; il avait continué son chemin. Une fois engagé dans la forêt, il se prit à marcher d'un pas plus calme, portant d'ailleurs Minnie avec autant de facilité que si elle eût été un enfant, lui parlant de temps en temps, chose merveilleuse, dans un langage qui n'était plus strictement biblique, pour s'assurer qu'elle était sauve et en état de lui répondre.

Minnie, d'ailleurs, montrait une docilité remarquable. N'avait-elle pas la vocation des périls et des sauveteurs? Elle ne faisait aucune réflexion, elle ne poussait aucune plainte; elle s'abandonnait, résignée, à son destin, qui était d'être sauvée.

A la fin, Tozer s'arrêta et la déposa sur le sol.

C'était environ à un mille de la maison, sur une hauteur coupée comme une falaise du côté du lac, et dominant de cinquante pieds les broussailles du bord. De tous côtés, la forêt ombreuse et touffue les assurait contre les surprises, contre les poursuites des bandits, en supposant que ceux-ci devinssent maîtres du champ de bataille.

— Vous voici sauvée, dit Tozer. On peut dresser ici sa tente; arrêtons-nous. Le lieu est excellent à tous égards. Il ne serait pas prudent d'aller du côté des soldats, et il serait doublement douloureux d'être blessé par nos défenseurs. D'ailleurs, nous serions très vraisemblablement découverts par les bandits. Attendons ici la fin du combat. Dieu donne la force à la tribu d'Israël. Les soldats auront la victoire.

— Quels soldats? demanda Minnie.

— Comment! quels soldats? Vous ignorez donc que nous venons de fuir le voisinage d'un champ de bataille? Les soldats ont attaqué les brigands.

— Ah! je ne savais pas... personne ne me l'a dit. Alors, vous êtes venu avec les soldats?

— Non, je suis venu avec le prêtre et la jeune dame.

— Mais vous n'étiez pas entré dans la maison?

— Non; le curé n'avait pas voulu me conduire jusque-là; il prétendait que je ne pouvais pas me déguiser. Heureux celui qui ne peut être caché sous le mensonge du costume, eût-il le droit, comme l'avait Jacob, de se substituer à Esaü! On m'avait donc laissé dans le bois; je méditais, j'attendais. C'est alors que les soldats sont arrivés, je suis descendu avec eux jusqu'au lac; quand ils se sont élancés, j'ai couru, brisant le vase qui enfermait ma lampe, invoquant le Seigneur. Je ne sais trop pourquoi je n'ai pas reçu de balles de ces Amalécites... Et quand le chemin a été un peu plus libre, je suis allé à la maison... Vous savez le reste, je vous ai sauvée.

Minnie ne répondait pas et paraissait rêveuse. Elle lançait à Tozer des petits regards qui s'efforçaient d'êtres tristes. On eût dit qu'elle avait pitié du révérend, et qu'elle n'osait, en parlant, lui causer un grand chagrin.

Tozer rencontra ce regard visible dans cette nuit merveilleuse. Il s'assit à terre et parut réfléchir profondément à son tour.

— Alors, dit enfin Minnie en poussant un très gros soupir, c'est vous qui êtes le prêtre?

— Quel prêtre?

— Le prêtre qu'on m'avait annoncé.

— Tout missionnaire qui vient pour annoncer Dieu est lui-même annoncé par l'inquiétude des Gentils.

Minnie ne parut pas comprendre ce galimatias apocalyptique. Elle reprit d'un petit air mutin:

— Enfin, vous êtes le prêtre?

— Oui et non.

— Comment?

— Je ne porte que le titre de prêtre... je suis un ministre de l'Evangile.

— Ah! dit Minnie effarée, alors vous n'êtes pas un vrai prêtre?

Tozer devint solennel, redressa sa tête sur sa cravate, qui paraissait blanche, au clair de la lune, et répliqua:

— Tous ceux de ma religion sont de vrais prêtres, plus encore, ils sont prêtres et rois!

— Vous êtes un roi, un vrai roi? s'écria Minnie en raillant un peu.

— Je suis plus roi que les rois de la terre, et je ne permettrais à aucun homme de méconnaître ma souveraine mission.

— Bien, bien! dit Minnie, mais je veux simplement vous demander si vous êtes un prêtre... comme ceux d'ici... un catholique romain?

— Catholique! Romain! moi? exclama Tozer en jaillissant comme ces pantins qui s'élancent d'une boîte, moi! Comment ai-je pu mériter qu'une pareille question me fût adressée? Moi! moi! le fort, le héros, le champion, la colonne du temple, le David du protestantisme!

— Alors, reprit Minnie avec un désappointement évident, vous êtes tout simplement un pasteur protestant?

— Tout simplement, avez-vous dit? Que signifie ce « simplement? » J'ai mal entendu, j'ai mal compris, tout simplement!

Tozer arrivait de l'étonnement à l'indignation.

— Mais ne seriez-vous pas protestante vous-même? demanda-t-il avec une anxiété poignante.

— Si fait, si fait! Mais j'espérais, souffla Minnie en laissant tomber sa voix découragée, que vous étiez, l'autre... l'autre prêtre... J'aurais tant aimé que, cette fois-ci, ce fût un prêtre catholique romain!

... d'échappait... Tozer n'avait...

Tozer baissa la tête et se tut. Il se disait intérieurement que cette jeune âme était sur le bord de l'abîme. Pourquoi désirait-elle avoir auprès d'elle, en ce moment, un prêtre catholique romain? Sans doute, puisqu'elle revenait de Rome, elle avait été circonvenue par ces prêtres de Bélial, séduite, ensorcelée par leurs fausses doctrines. Quelque jésuite en avait fait sa proie, et quelle proie! Une délicieuse bouchée de cette charmante et intéressante enfant de la vérité. Infamie! anathème!

Ne fallait-il pas songer à la sauver? Ne pas la quitter qu'elle fut toute à la lumière? Quel apostolat rêvait Tozer en regardant cette adorable Minnie!

— Monsieur.... reprit-elle au bout de deux minutes.

— Quoi encore? demanda anxieusement Saül. Puis la douceur lui revint subitement aux lèvres:

— Qu'y a-t-il, mon enfant?

— Je suis bien fâchée, monsieur, bien fâchée...

— De quoi, jeune âme?

— De ce que vous m'avez sauvé la vie...

— Hein! dit Tozer au comble de la surprise. Vous êtes fâchée d'être tirée des mains de ces brigands?

— Je vais vous expliquer cela, monsieur... c'est que j'aurais voulu être délivrée par un catholique romain.

— Hélas! pensa Tozer, tout se dévoile, Rome ne recule devant rien pour séduire des âmes. Ah! si je pouvais lutter avec les mêmes armes!

Puis, continuant à haute voix son imprécation sincère:

— Ah! Babylone des Babylone, s'écriat-il, combien je te maudis!

— Qui maudissez-vous? demanda Minnie en reculant un peu.

— Antre de perdition, caverne de superstition, nid de vipères!

— Est-ce à moi que vous dites tout cela, monsieur?

— A toi, pauvre âme, agneau que ces loups veulent dévorer? Non, ce n'est pas à toi, et cependant...

— Cependant?...

— Qui avez-vous donc séduit à Rome, fille d'Eve, blonde comme elle et friande autant qu'elle?

— Je ne sais pas ce que vous voulez dire, reprit Minnie fort mécontente. Expliquez-vous comme un gentleman. Il n'y a pas ici d'antre, de caverne; où en avez-vous vu?

Tozer eut un sourire poignant d'ironie.

— Je traduis mes paroles, dit-il. L'antre, c'est le Vatican... la caverne, c'est Rome!

Saül Tozer.

— Mais je ne vous parle pas de Rome, moi, repartit Minnie de plus en plus mécontente.

— Ah! pauvre créature égarée, vous glissez, vous tombez dans l'abîme! Chute horrible! Appuyez-vous sur moi, enfant fragile, je vous préserverai.

Il avait croisé ses deux bras sur sa poitrine, dans l'attitude d'une profonde douleur.

— Après tout, reprit Saül d'une voix qui vibrait comme la harpe de David essayant de calmer les nerfs d'un autre Saül, je me suis peut-être trompé! J'ai peut-être mal compris : il est impossible que vous ayez engagé, compromis votre salut éternel. Grand Dieu! auriez-vous été victime de quelque épouvantable séduction? Je vous adjure de me dire tout. Un prêtre catholique!... Mais, malheureuse enfant, un prêtre catholique ne peut se marier.

— Justement! voilà pourquoi je le préfère.

— Que dites-vous?

— Je dis que j'aime mieux les gens qui ne peuvent se marier et que je déteste ceux qui ont ce pouvoir.

Les idées du révérend étaient fort troublées. Sa charité, sa pitié, sa foi, les jolis petits yeux de Minnie, les mutineries du baby, les coups de fusil, le paysage, la lune et le reste, tout l'agitait et le lançait dans un tourbillon. Il se sentait emporté par un grand vent d'orage.

— Voyons, voyons! dit-il en penchant à plusieurs reprises sa tête vénérable, comme s'il la plongeait aux sources vives de la raison et de la foi; voyons, mon enfant, avez-vous consacré quelques heures de votre jeune existence à l'étude de l'Apocalypse?

Minnie eut une terrible envie de rire, qu'elle dompta en se mettant en colère.

— Vous vous moquez de moi, mon révérend?

— Moi?.... Si je vous montrais mon cœur...

Minnie fit un geste pudique, comme devant la menace d'une nudité; le révérend continua :

— Ah! si vous aviez lu soigneusement, attentivement l'Apocalypse?

— Eh bien! je ne l'ai pas lu. Après?

Tozer sourit d'un air navré. Cette ignorance dans une si jolie créature lui semblait un blasphème.

— Voilà l'influence de Rome! pensa-t-il. On y redoute l'Apocalypse; on empêche les jeunes femmes, les jeunes filles de plonger dans ces sublimités!

Il était à la fois bien courroucé et bien tendrement ému de compassion, ce bon Saül Tozer.

Que faire? que résoudre? quelle marche suivre? Le cas était un des plus embarrassants qui eût été jamais présenté à une conscience ecclésiastique, ou seulement humaine.

Tozer considérait Minnie avec un intérêt croissant. La sauver lui semblait une œuvre pie, urgente, et, à tout dire, ses yeux gros et ronds troublaient beaucoup Minnie.

Il toussa pour éclaircir sa voix, puis adoucissant tout à coup, sous le brouillard d'une émotion bien singulière, ses prunelles brillantes de foi et d'ardeur de prosélytisme :

— Minnie, et chère âme, lui dit-il, avez-vous jamais réfléchi à la façon dont vous vivez?

Minnie lui lança un regard très effrayé et baissa la tête.

— Vous êtes jeune, reprit Tozer, mais la jeunesse passe. C'est un sourire de Dieu dans un miroir. Vous avez aujourd'hui le charme, la beauté; oui, vous êtes très jolie, vous êtes le matin de la vie... Mais demain, demain! Quand demain viendra, quel fruit aurez-vous parmi vos fleurs? Demain, il vous faudra choisir entre la lumière et les ténèbres! Vous vous sentirez faible, pour n'avoir pas songé d'avance à ce choix solennel. Il en est temps encore, ma douce amie; ne vous laissez pas séduire par l'indifférence, plus terrible que l'erreur... Choisissez, mon enfant, choisissez!...

— Choisir? dit Minnie en secouant la tête. Vous voilà arrivé au mot qu'ils disent tous : Choisir!... Eh bien! j'aime mieux ne pas choisir du tout.

Tozer reçut le choc en pleine poitrine. Il ne savait pas au juste, quand il pressait Minnie de faire un choix, s'il s'agissait de la doctrine ou du doctrinaire. Mais, dans son agitation, il se démenait d'autant plus qu'il voyait vaciller sa logique. Il était impossible de laisser dévorer cette adorable jeune fille par la bête de l'Apocalypse!...

— Choisissez, lui dit-il encore, je vous en supplie, je vous en conjure à genoux, s'il le faut, ma chère, ma très chère enfant.

Minnie était furieuse. Elle croisa ses jolis bras, comme le révérend avait croisé les siens, et, le regardant de ses yeux ardents qui voulaient l'intimider :

— Je ne veux pas choisir, encore une fois! dit-elle, et je vous défends de m'appeler votre chère enfant... Je n'aime pas cela, entendez-vous. Quand même vous m'auriez sauvé la vie, ce n'est pas une raison pour m'appeler « chère. » D'abord, je ne sais pas au juste à quel danger je viens d'échapper... Était-il grand?... Mais quand même vous m'auriez préservée de tous les malheurs, je ne veux pas que vous m'appeliez « votre chère. »

Minnie prit un air de volonté qu'on ne lui connaissait pas. Elle se révélait par cette nuit tragique, sur ce trépied pittoresque.

— Est-ce une illusion de mes sens? balbutiait Tozer, effaré et décontenancé. Je veux la sauver, elle refuse!... Ah! si vous saviez, mon enfant, quel tendre intérêt je vous porte. En vérité, je le sens, c'est une profonde et sincère affection.

— Je ne vous la demande pas, votre affection; gardez-la pour d'autres. Vous ne devez pas me parler ainsi... c'est très mal, vous abusez de ce que je suis seule... D'ailleurs, c'est tout à fait inutile.

Tozer ne comprenait pas.

— Entendez-moi, reprit-il, en cherchant à dominer son émotion. Il s'agit de votre vie tout entière. Me direz-vous que vous êtes parfaitement heureuse?

— Certainement, à part l'ennui d'être sauvée trop souvent, je suis heureuse, très heureuse!

Tozer soupira.

— Vous avouez pourtant que votre esquif fut continuellement battu par les flots?

— Je ne sais pas ce que vous voulez dire... Quand j'ai près de moi ma sœur Kitty, Ethel, ma vieille et bonne Dowdy, je me sens la plus heureuse enfant du monde.

Tozer soupira plus fort.

— Oh! illusion humaine! vous croyez que c'est là le bonheur! Vous me permettrez, quand nous en aurons fini avec la race d'Achab, de vous remettre un petit livre dont je suis l'auteur et qui vous ouvrira les yeux.

— Je ne sais peut-être pas lire! dit Minnie en riant tout à coup.

— Pauvre enfant! vous vous moquez np prophète, et les ours qui peuvent vous dévorer ne sont pas loin.

— Des ours! dit Minnie un peu effrayée. Voyons, mon révérend, parlez-moi sans images. Il n'y a pas d'antre ni de caverne, vous en êtes convenu vous-même. Y a-t-il des ours?

— C'est un dernier avertissement, Minnie, il n'est pas trop tard, continua le révérend, entraîné de nouveau par son éloquence. Il faut que votre cœur s'ouvre, que votre âme s'épanouisse; il le faut, entendez-vous, il le faut!

— Mais laissez-moi m'épanouir toute seule. Vraiment, vous me tourmentez trop. Je ne veux pas m'épanouir près de vous... c'est impossible.

— Pourquoi?

— Parce que de tous ceux qui me poursuivent, entendez-vous? il n'y en a qu'un à qui je dirai oui... et que celui-là est trouvé.

— Nommez-le moi, ce zélateur qui a si profondément touché votre âme?

Et après avoir fait cette question, le pauvre Saül ajoutait tout bas:

— Dieu des innocents, protége-la.

— Le nommer? vous voulez que je le nomme? reprit Minnie en rougissant.

— Oui, je vous en supplie!

— Eh bien!... c'est... Rufus K. Gunn!

— Lui!... Ah! je ne puis le maudire!... Il m'a tiré des fers de l'infidèle; mais il ne mérite pas tant que moi le bonheur de se dévouer pour vous.

XIII

Les impatiences du baron

Les bandits s'étaient battus contre les soldats du pape, avec une intrépidité et une énergie qui eussent rendu jaloux, autrefois, les soldats du pape, avant l'instruction donnée aux zouaves. Mais le désespoir n'avait pu suppléer à l'absence du chef; et quand Girasole eut disparu, quand sa voix cessa d'exciter ses compagnons, ceux-ci cherchèrent dans la fuite le salut qu'une retraite habile et qu'une stratégie savante ne pouvaient leur garantir.

Il faut convenir d'ailleurs que les zouaves étaient bien armés, bien commandés. Ils poursuivirent les bandits, les traquèrent, ne se firent pas faute d'en envoyer quelques-uns, sans confession, devant le confesseur universel, et ne s'arrêtèrent que quand ils eurent purgé les abords de la forêt, les rives du lac et la fameuse maison abandonnée.

Un signal du clairon annonça la victoire et rappela dans les rangs les soldats que l'ardeur de la lutte avait pu égarer.

Le jour se levait, absolument comme dans le dernier acte de *Guillaume Tell*, à cet appel de la trompette et pour éclairer, par l'aurore de la nature, l'aurore de la délivrance. Il semble que la tyrannie, le brigandage soient incompatibles avec le soleil. Aussi les coups d'État réussissent-ils en général bien plus facilement dans l'obscurité; et on pourrait citer des malfaiteurs célèbres qui, après avoir vainement essayé des échauffourées pendant le jour, finirent par se résigner avec logique à ne travailler que dans la nuit.

Donc, Girasole était vaincu ; ses bandits étaient en déroute, et lui-même avait disparu.

Je ne ménage aucune surprise au lecteur, qui ne doit trouver de surprenant, dans cette histoire, que sa parfaite simplicité et la déduction logique des faits. Voilà pourquoi j'avoue que le baron Rufus K. Gunn était, ainsi que l'avaient deviné les brigands, l'heureux triomphateur de ce champ de bataille.

Ses habitudes américaines, dont nous avons noté au passage quelques échantillons, étaient venues en aide à sa science militaire, et il avait dirigé, à travers la forêt, ses soldats, comme un chasseur rompu à l'exercice du fusil, dans le fouillis des grands bois américains.

Dès que la victoire fut complète, et que les rangs se furent reformés, le baron se dirigea avec sa troupe vers la vieille maison, et là, rangeant ses hommes en bataille, il s'élança dans l'intérieur, parcourant rapidement toutes les chambres, cherchant Minnie avec fureur, avec rage, poussant des cris désespérés de ce qu'elle se dérobait, croyait-il, à ses recherches.

La maison était absolument déserte. On n'y trouva que le cadavre du bandit que Girasole avait frappé une seconde fois, le prenant pour Hawbury. Dans la chambre précédemment occupée par Minnie, à peine si les fourrures et les bottes de paille gardaient l'empreinte du cher petit corps qui avait fini par se reposer sur ce divan rustique.

Qu'étaient devenus les hôtes de cette prison ? Où les avait-on conduits ? Dans quel souterrain, dans quel repaire ? Le baron jurait par tous les saints, dont il était le défenseur naturel et officiel. Il frappait les murs du poing pour y trouver des cachettes ; il frappait les planchers de son pied pour y trouver des trappes dissimulées ; on sonda la cave ; mais nulle trace, nul renseignement, nul vestige, excepté des bouts de cordes coupées, ne s'offrit aux investigations du bouillant Rufus K. Gunn.

Il n'était pas, nous le savons, facile à abattre, ni d'un tempérament résigné à l'inaction. Persuadé que les bandits avaient entraîné leurs victimes dans la forêt, que Girasole possédait quelque part, sans doute, un autre poste qu'il faudrait prendre d'assaut, il envoya ses hommes dans toutes les directions, avec ordre de fouiller les bois, les bords du lac, et de lui apporter, de cinq minutes en cinq minutes, les nouvelles qu'ils pourraient recueillir ; quant à lui, il resta à une fenêtre du premier étage de la maison, surveillant de loin les recherches, donnant encore des ordres et se faisant de ses deux mains un porte-voix pour appeler de temps en temps Minnie, sa chère Minnie !

Car il faut bien avouer que l'excellent baron songeait surtout à ses amours, en songeant aux victimes de Girasole, et se fût peut-être senti un zèle moins inquiet, s'il eût été personnellement rassuré sur le compte de Minnie.

Les soldats partirent au pas de course, et revinrent un à un, sans avoir fait des découvertes fort importantes.

L'un avait trouvé un cercueil vide dans une fosse à demi remplie ; un autre avait vu luire dans l'herbe une épingle de cravate que le baron reconnut pour appartenir à Hawbury ; un troisième avait décroché d'un buisson un fragment de voile ; mais ces épaves légères ne fournissaient aucune indication sérieuse.

Une clameur, s'élevant des bords du lac, annonça quelque trouvaille beaucoup plus importante. Atramonte descendit, car il avait aperçu, de haut et de loin, une civière.

Des soldats apportaient, en effet, sur des branches entrelacées, un cadavre relevé près des premiers arbrisseaux du lac.

Le baron l'examina avec attention : il était hideux. Le crâne était fendu, mais la blessure, qui avait laissé échapper la vie, provenait d'une chute et non d'une arme. Il était évident que le malheureux trouvé mort à quelque distance d'un haut rocher, s'en était élancé, ou bien en avait été précipité.

Le baron reconnut, après quelques réflexions, le misérable Girasole. C'était une heureuse trouvaille, que ce cadavre, mais c'était en même temps un désappointement cruel que de ne pouvoir brûler la cervelle du bandit, puisque la cervelle était à moitié perdue, que de n'avoir pas la joie de le souffleter, de le marquer au visage avant de le tuer. Non, il n'est pas vrai que le cadavre d'un ennemi sente toujours bon, car l'excellent baron trouvait à celui-là une épouvantable odeur, et sans le respect qu'il avait de ses bottes de zouave, il eût piétiné comme la boue ce gentilhomme qui s'était fait bandit, ce bandit à étiquette de gentilhomme.

— Je ne suis encore que baron, pensait intérieurement l'Américain, plus ambitieux que démocrate, mais j'aurais voulu dire à ce coquin qu'il déshonorait la noblesse papaline, dont je fais partie.

Il est bien entendu, cependant, que c'était là le moindre regret d'Atramonte.

Il ordonna immédiatement que l'on jetât dans la fosse ouverte ce cadavre hideux, et ce fut ainsi que Girasole, dans l'enterrement civil dont il fut gratifié par un champion du pape, eut au moins la faveur d'un cercueil, civilité que le hasard permettait et qui ôtait à sa sépulture le caractère brutal d'un enfouissement pareil à celui d'un chien mort.

L'âme de Girasolo, du séjour obscur où elle s'était réfugiée, apprécia-t-elle cette délicatesse ?

La découverte de ce cadavre ne suffisait pas à l'ardeur du baron. Après des tentatives renouvelées et inutiles pour rejoindre les fugitifs, il songea à un moyen de les prévenir, de les appeler, et immédiatement il donna l'ordre au clairon de sonner une fanfare.

Mais quelle fanfare était assez expressive, assez claire pour être comprise à la fois de Minnie, de lord Hawbury, de Scone Dacres et des autres personnes ? Quelle note télégraphique avertirait les fuyards de la victoire remportée, de la sécurité obtenue ?

Le baron, qui était en veine d'idées ce jour-là, en eut une triomphante. Un seul air pouvait être compris de tous, un seul pouvait résoudre ce problème très compliqué, et naturellement cet air n'était autre que le *Yankee Doodle*.

Mais le soldat qui sonnait du clairon connaissait-il l'air national américain ?

Parbleu ! qui ne le connaît pas ? Le *Yankee Dodle* est l'hymne de l'avenir, par conséquent l'hymne universel. L'humanité le sait, l'apprend, ou le devine. Il est le chant matinal des peuples qui s'éveillent à la liberté. Il est le refrain consolant des peuples affranchis qui ont la mélancolie de leur bonheur.

Malgré ces beaux et poétiques raisonnements, le clairon des zouaves pouvait ignorer ou ne savoir qu'imparfaitement le chant national américain ; mais, par un hasard qui tenait uniquement à l'érudition musicale de l'instrumentiste italien, il connaissait le *Yankee Doodle*. Et aussitôt, sur l'ordre du baron, le clairon se mit à appeler les fugitifs, les errants, à les rallier au son de cette fanfare.

Nous avons été, jusqu'ici, assez avare de poésie pour nous permettre à ce moment de notre récit un petit écart poétique et traduire ce que disait la trompette :

« Frappe, mon clairon, disait-elle, frappe et réveille les échos sauvages ; et vous, échos, répondez à Yankee Doodle mourant ! »

Le baron n'avait jamais trouvé autant d'éloquence à ce refrain. Il écoutait le cœur palpitant, et il regardait de ses yeux enflammés par l'inquiétude tous les points de l'horizon.

Je dois avouer que quand le clairon s'interrompait, pour reprendre haleine et pour vider les haleines liquéfiées qui gisaient dans ses conduits de cuivre, un énergique juron de Rufus K. Gunn, baron Atramonte, se faisait entendre, mariant cette note sacrilège à la note élégiaque et patriotique dont l'écho frissonnait encore.

Tout à coup, le clairon parut opérer le prodige, et l'on vit trois personnages sortir du bois.

Je laisse à deviner la joie sincère et l'espérance prodigieuse qui gonflèrent le cœur du baron, quand il reconnut parmi ces trois personnages son excellent et cher ami Hawbury.

Quant à la seconde personne, le baron se rappelait l'avoir rencontrée une fois, au premier étage de certaine maison de Rome, alors que, penché sur la rampe de l'escalier, il envoyait au-dessus de lui, autour de lui ce cri désespéré :

— Min !... Min !... Minnie !...

Le baron se souvenait de la physionomie sévère, courroucée, qu'avait alors cette belle dame. Mais maintenant, de loin on la voyait sourire ; le rayonnement de son doux visage se mêlait à l'éclat de cette belle matinée pour annoncer le bonheur et consacrer la victoire.

A quelques pas derrière Hawbury, marchait un prêtre en costume ecclésiastique. Ce n'était pas lui qui ajoutait à la majesté de l'apparition. Malgré sa soutane, il eût plutôt abaissé d'un degré le tableau qu'allait composer la rencontre, car ce pasteur des hommes fumait tranquillement sa pipe comme le plus humble des pasteurs de brebis.

Le baron s'élança à la rencontre de Hawbury, et celui-ci, ayant reconnu à son tour, de loin, son excellent ami, courut à lui avec une impétuosité qui s'expliquait par l'inaction forcée du cercueil.

— C'est vous, mon vieux camarade ! lui dit-il. *By Jove !* c'est vous !

— Oui !... Croyez-vous donc que j'avais fui pour ne pas revenir ?

— Vous êtes revenu à temps. J'étais un peu las de mon expérience de *carcere duro*.

— Vous étiez en prison ?

— J'étais enterré.

— Comment, enterré ?

— Oui ; je suis un Hawbury posthume ; mais j'ai retrouvé des forces dans le sein de la terre. J'ai pris de la sève, et vous verrez ce que je sais faire ! Mais où donc avez-vous rencontré vos zouaves ? Les beaux soldats !

— Parbleu ! repartit le baron, il m'a fallu courir, par la première route que j'ai rencontrée, jusqu'à Civita-Castellana. Je ne savais trop si j'y trouverais seulement des gendarmes. Le Dieu de mon pape, qui est le mien en campagne, a voulu que je trouvasse juste à point une compagnie de mes zouaves. Alors, j'ai emprunté le commandement au capitaine. En avant! en avant! Et au pas de course nous nous sommes élancés dans la forêt. Une espèce de gueux, un bandit peut-être, qui veut devenir un honnête homme et qui s'essaie à la probité en vendant ses frères, nous a servi de guide; il nous a mis sur la piste des gens de Girasole. Vive Dieu! l'affaire a été chaude; mais que le tonnerre m'écrase, si je ne suis pas émerveillé du résultat! Seulement, j'ai un grand chagrin!... Où est Minnie?

— Minnie? répéta Hawbury.

— Oui, ma Minnie bien-aimée!

— N'est-elle pas ici?

— Non, nous avons cherché partout, nous n'avons trouvé personne.

— Girasole l'aura enlevée.

— Girasole est devenu inoffensif.

— Il est enchaîné?

— Mieux que cela... il tient votre place.

— Où donc?

— Dans le cercueil que nous avons trouvé béant.

— Voilà un cercueil qui ne pouvait échapper à sa destinée; il était fait pour les coquins... Ainsi, Girasole est mort?

— Oui.

— Vous l'avez tué?

— Hélas! non.

Le baron raconta rapidement alors les circonstances dans lesquelles avait été découvert le cadavre de Girasole.

Hawbury comprit.

— *By Jove!* c'est moi qui l'ai tué comme Macbeth aurait dû mourir.

Et il raconta à son tour son évasion, son apparition. Sans aucun doute Girasole, devenu fou d'épouvante, s'était précipité

— Allons, ajouta-t-il, il faut en prendre notre parti : la joie de tuer ce bandit nous a été refusée. Dieu se l'est réservé. C'est une gourmandise de la Providence. Quant à ces dames, Minnie et sa sœur, rassurez-vous... elles ne peuvent être loin... Elles se sont enfuies à propos; faites sonner encore la trompette, elles finiront bien par l'entendre et par trouver un sentier qui les mette à portée de notre vue.

Le clairon reprit donc le chant énergique et suppliant qui avait déjà réussi. On entra avec le baron dans la maison, Atramonte voulut se donner encore la fatigue d'une course haletante à travers toutes les chambres, comme si Mme Willougby et Minnie avaient pu se tenir cachées dans la muraille. Vaine tentative, illusion folle!

Des cris des soldats signalèrent au dehors une découverte. Sur la rive du lac, à travers les broussailles, on voyait venir Scone Dacres soutenant de son bras Mme Willougby.

C'était bien Scone Dacres, mais Hawbury fut tenté de douter, tant Scone Dacres apparaissait changé, différent de lui-même!

Le plus impossible, le plus invraisemblable des tableaux qu'il eût été donné de rêver, c'était évidemment celui que lord Hawbury avait devant les yeux : Scone Dacres avec sa femme! Ce brave homme soutenant ce démon, ce vengeur acharné à la poursuite de cette horrible créature, sortant avec elle du bois réconcilié, charmé, Il lui souriait, et elle répondait sans sarcasme à son sourire. Il s'arrêtait de temps en temps pour lui demander sans doute s'il ne marchait pas trop vite, s'il ne l'obligeait pas à se fatiguer plus qu'il n'était raisonnable. Elle avait des mouvements de tête caressants pour le remercier. Il écartait avec soin les branches devant elle; il se redressait fièrement par intervalles, comme pour dire à tous et à toutes choses :

— Celui qui marche ainsi dans la sérénité de son triomphe et de son bonheur, c'est Scone Dacres, le terrible vengeur, soutenant Aréthuse, sa femme chérie! Le vengeur n'a plus de vengeance à tirer, Aréthuse n'a plus de châtiment à redouter.

Hawbury poussa un juron que le baron Atramonte eût pu adopter et qui dépassait tous ceux que Scone Dacres eût jamais proférés.

— Est-ce que je suis devenu fou, aveugle, depuis que j'ai été à demi enterré? s'écria-t-il. Est-ce Dacres que je vois là? Est-ce sa femme ou l'ombre de sa femme qui se suspend à son bras?

Mais déjà Mme Willougby et Ethel s'étaient jetées dans les bras l'une de l'autre, et s'accablaient de questions réciproques.

Avant que Scone Dacres pût être interrogé par Hawbury, le baron avait renouvelé son interrogation ardente :

— Minnie! où est Minnie?

— Minnie! répondit Dacres avec une nuance très visible d'indifférence pour l'ancien chérubin de ses rêves; elle est avec Saül Tozer.

— Tozer? dit le baron en battant des mains. Ah! que Dieu le bénisse, ce vieux fou. Hurrah! hurrah! elle est en bonnes mains. J'aurais dû m'en douter. C'est lui qui nous mariera, j'en jure par la mule du pape, si le pape fait des difficultés pour bénir des hérétiques!...

Ethel et Mme Willougby laissèrent paraître un peu d'émotion à ces singulières paroles.

— Avez-vous entendu, chère Ethel? dit Kitty à l'oreille de sa compagne.

— Oui, c'est effrayant.

— C'est épouvantable, en effet, ce baron va vouloir l'épouser.

— Je le crois.

— Que faire ?

— Si vous ne vous en mêliez pas, mon amie ?

— Ne pas m'en mêler ?... laisser Minnie aux mains de ce soldat ?

— Il vaut mieux que le chef de brigands.

— Je n'en sais trop rien.

— Ah ! Kitty ?

— Je parle au point de vue du mariage.

— Le mariage, mon amie, n'a pas de points de vue particuliers.

— Vous n'en savez rien, Ethel.

— Je le crois, Kitty.

— Ah ! si Minnie pouvait ne pas choisir !

— Vous craignez donc...

— Parblou !... elle n'en voudra pas d'autre...

— Après tout, ma chère, c'est un ami de lord Hawbury. Il est brave, il est bon, malgré sa brusquerie... Et puis, songez à ce que nous lui devons.

Mme Willougby poussa un grand soupir de résignation.

Quant au baron, son impatience, un peu dulcifiée par l'annonce du protectorat de Saül Tozer, recommençait à l'agiter et à le faire piétiner. Il interrogeait Dacres, n'attendait pas ses réponses, allait et venait, et se haussait à chaque pas pour mieux voir dans les profondeurs de l'horizon.

Il donna l'ordre de faire retentir encore le *Yankee Doodle*. C'était la formule magique ; elle avait déjà réussi. Pourquoi ne réussirait-elle pas encore ?

Le clairon se remit donc à appeler les fugitifs. Saül répondrait-il à cet appel de la trompette, ou ne croirait-il pas qu'il lui faudrait les propres trompettes qui firent crouler les murs de Jéricho pour qu'il se montrât ?

Pendant que le *Yankee Doodle* recommençait son épreuve, Hawbury avait attiré Dacres un peu à l'écart et lui demandait ce qui s'était passé entre lui et Mme Willougby.

— Voyez-vous, mon vieux, répondit Dacres, je n'ai pu y tenir, et je lui ai proposé de tout oublier.

— Tout ?

— Oh ! oui, tout.

— Vous êtes généreux.

— Mais non, puisqu'elle n'est pas ma femme !

— Comment ! elle n'est pas votre femme ?

— Non, non ! vous dis-je... Comprenez-vous mon bonheur ? Ce n'est pas Aréthuse !

— Je comprends votre bonheur, reprit Hawbury stupéfait, mais je ne comprends pas votre erreur.

— Ah ! c'est qu'elle ressemble d'une épouvantable façon à cette diablesse. Je regardais mal, d'ailleurs. Elle est bien plus jolie, et puis plus jeune. Ce qui m'a égaré, c'est ce nom de Willougby. Je savais que ma femme avait pris ce nom-là. Il est vrai, vous me l'avez dit, que ce nom est très répandu ; mais j'étais sous l'obsession d'une crainte qui m'empêchait de croire à cela. Je ne l'avais jamais vue de près, je n'avais jamais entendu sa voix... Et puis, vous le savez bien, j'étais fou de rage et de jalousie. Je ne pensais qu'à tuer, qu'à égorger... Ah ! mon ami, quel âne, quelle brute j'ai été, et quelle opinion j'ai failli lui donner de moi !

— Allons ! vous êtes plus raisonnable maintenant, reprit Hawbury avec un léger sourire ironique ; vous vous rendez justice vous-même.

— Ce n'est pas tout, repartit Scone Dacres avec bonne humeur, le plus curieux de l'aventure c'est que Mme Willougby connaissait parfaitement mon histoire.

— La vraie ? celle de votre mariage ?

— Oui, mon ami, depuis A jusqu'à Z. J'ai vécu quelque temps dans le même pays que la famille Fay, sans connaître celle-ci, sans la fréquenter.

— Alors, on savait vos malheurs ?

— Oui, mais on les croyait mérités.

— Dame ! quand on se marie pour un chapeau enlevé !...

— Ce n'est pas cela... On disait que je battais ma femme, que ma férocité l'avait rendue folle... Par bonheur, des amis rétablissaient la vérité, si bien que Kitty...

— Kitty ?

— Eh oui, Kitty... Mme Willougby...

— Vous êtes prompt à nommer les dames par leurs prénom.

— Que voulez-vous ? je l'ai si longtemps appelée Aréthuse.

— Va pour Kitty !... Eh bien ! Kitty...

— Elle était, relativement à mes malheurs connus et inconnus, dans un état d'incertitude qui provoquait en elle une curiosité fort vive. Quand elle m'a aperçu à Naples, elle a éprouvé un saisissement qui, par bonheur, n'est pas devenu de la répulsion, de la haine.

— Je vous en félicite.

— Oui, c'est un heureux présage ; d'autant plus, mon ami, que cette adorable Kitty m'a appris une nouvelle qui vaut son pesant d'or.

— Quelle nouvelle ?

— Hawbury, je suis veuf !

— Ah ! bah !

— Oui, ma femme est morte, bien morte, il n'y a pas à en douter.

— Bravo ! bravo ! mais la chose est-elle sûre ? Je sais par expérience que des gens qui passent pour morts ressuscitent volontiers; le cercueil lui-même n'est pas une raison suffisante.

— Je vous dis qu'elle est morte... dans une maison de fous.

— Alors, mon vieil ami, elle avait toujours été folle. Je vous avais affirmé ce détail, vous en souvenez-vous?

— Oui, mais je répugnais à croire qu'un homme de bon sens pût se laisser prendre aux grimaces d'une folle ; tandis que maintenant je ne doute plus, depuis...

— Depuis?

— Depuis que je suis devenu fou moi-même, de la plus raisonnable, de la plus sensée, de la meilleure des femmes ! Mais je suis juste... Aréthuse méritait plus de pitié que de colère !

Scone soupira charitablement, en pensant à celle qu'il désirait tant étrangler autrefois.

Il se tut pendant trois secondes pour laisser le temps au passé de disparaître tout à fait dans la nuit ; puis, saisissant les mains de Hawbury et le regardant avec une expression à la fois joyeuse et narquoise ;

— Savez-vous une chose ? lui dit-il.

— Quelle chose?

— Eh bien, sans fatuité, je crois que...

— Que?

— Que cela marchera.

Hawbury le regarda d'un air absolument stupéfait.

— Qu'est-ce qui va marcher ?

— Eh bien ! entre elle et moi... entre moi et elle... la sympathie, l'amour... Mme Willougby n'a pas été très heureuse en ménage. Son mari était, à ce qu'il paraît, un philosophe de la plus ennuyeuse sagesse. Vous comprenez... elle a besoin d'oublier son philosophe, comme j'ai besoin, moi, d'oublier ma folle !

— Je n'ai pas le courage de vous blâmer, dit Hawbury en souriant.

— Me blâmer ! repartit vivement Scone Dacres. Ah ! je dois être félicité, loué, encouragé, au contraire. J'ai si bien pris l'habitude de la considérer comme ma femme, que je ne pourrais plus renoncer à elle... Je lui ai dit cela et un tas d'autres choses ; elle a compris. Il est vrai qu'elle me regardait comme un peu fou d'abord.

— Alors, elle n'a pas osé vous contredire.

— Oh ! maintenant, je vois bien qu'elle ne me croit plus fou du tout... et tout s'arrangera, soyez-en sûr !

— Hawbury lui serra la main, et, se penchant à son oreille :

— Très bien ! mon vieux camarade... à mon tour maintenant... Regardez Ethel.

— Je la regarde.

— Savez-vous qui elle est?

— Une cousine... une parente...

— C'est Ethel Orne !

— Quoi! celle que vous avez sauvée du feu en Amérique?

— Précisément.

— Ah ! ça, dans quel imbroglio sommes-nous donc jetés depuis quelque temps ! L'invraisemblable nous devient familier, et l'absurde nous semble logique. En tout cas, recevez mes compliments.

Pendant ces épanchements de Hawbury et de Dacres, le baron continuait à marcher de long en large, grommelant, pestant, jurant comme un bon soldat du pape qui a des entrées d'artiste dans le Paradis.

Soudain il s'arrêta, étendit les bras, et tomba en extase. La vision souhaitée lui apparaissait enfin.

Sur le sommet de la colline, à quelques pas de l'endroit d'où avait surgi Scone Dacres avec Mme Willougby, on voyait se dresser, comme un mât sortant de terre par une génération spontanée, un long, haut et maigre personnage, enveloppé ou plutôt serré dans une redingote étroite et râpée avec une raie blanche au-dessus du collet; et derrière ce spectre, ce mât, cette perche, on voyait flotter une robe de femme.

Le baron jeta un cri de joie féroce comme un cri de haine, et bondit vers la rive.

Nous avons trop souvent décrit les fureurs amoureuses d'Atramonte, pour qu'il n'y ait pas lieu de voiler dans cette circonstance le nouveau délire de notre héros.

XIV

Conclusion inattendue

Mme Willougby, rendue indulgente par sa propre faiblesse pour la folie de Scone Dacres, ne put cependant assister aux élans passionnés avec lesquels Rufus K. Gunn salua l'arrivée de Minnie, sans détourner un peu la tête et sans soupirer.

Dacres et Hawbury continuaient à échanger leurs confidences; ils se racontaient, sans s'écouter beaucoup, leurs joies et leurs surprises. Quant à Tozer, il était descendu majestueusement de la colline, résigné à marcher seul désormais dans la vie, après avoir conçu pendant une heure de cette nuit italienne le rêve de marcher avec une jeune et intéressante compagne.

Voyant tout le monde animé par la fièvre d'un bonheur auquel il ne participerait qu'en vertu de sa sympathie chrétienne, il alla donner le bras au curé Irlandais, oubliant que c'était un hérétique, pour se souvenir seulement que c'était un confrère.

Minnie s'était jetée au cou de sa sœur, et le baron, qui n'osait se jeter au cou de personne, secouait formidablement les mains de Saül, en lui criant d'une voix formidable :

— Par la foudre du pape, mon vieux, vous allez nous marier, et pas plus tard qu'aujourd'hui même.

Aujourd'hui !... Ce mot retentit avec plus d'éclat que l'air du *Yankee Doodle* !

Mme Willougby, tout en serrant sa sœur contre sa poitrine, entendit et tressaillit.

— Que veut dire cela, ma chère? demanda-t-elle avec anxiété à Minnie; as-tu entendu ce qu'a dit cet affreux baron ?

Minnie la regarda doucement, sourit, mais ne répondit pas.

— Réponds-moi, Minnie : as-tu autorisé le baron à parler ainsi? Que dit-il ?

— Je suppose qu'il ne dit rien qu'il ne puisse dire, répliqua Minnie en jetant un regard de côté au baron Atramonte.

— Mais c'est là un danger effroyable, mignonne?

— Tu sais bien que le danger est mon élément; je n'y puis rien faire. Je suis toujours exposée à un péril; le mieux est de ne pas lutter... Oh ! je l'échappe belle!

— Sans doute, ce Girasole était un bandit !

— Oh ! ce n'est pas à lui que je pensais.

— A qui donc ?

— A ce prêtre qui m'a sauvé la vie, au révérend Saül Tozer... Ah ! ma chère, ce n'est pas un prêtre catholique!

— Non, sans doute... Eh bien?

— Eh bien; il a le même droit que les autres : il m'a sauvé la vie. Alors il m'a proposé...

— Proposé quoi ?... s'écria Mme Willougby.

— De m'épouser!... Oh! j'ai eu bien du mal à l'amener à la raison. C'était absurde, n'est-ce pas?

— Sans doute.

— Il était temps que la trompette nous indiquât le chemin. Comme j'ai été heureuse de voir le bon Rufus... Aussi, quand le baron m'a répété qu'il me sauvait encore la vie : — Oui, oui, lui ai-je répondu; alors il m'a fait sa demande.

— Quelle demande ?

— Celle que tout le monde m'a toujours faite, la demande de m'épouser.

— Il te l'avait déjà adressée ?

— Sans doute; mais il y avait urgence, cette fois-ci... Je ne veux plus être perdue, sauvée. Il a beaucoup insisté sur ceci qu'il

n'y avait pas de remise à tenter... Il a eu bien soin de répéter qu'il m'adorait. Alors...

— Alors ?... répéta Mme Willougby.

— Alors...

Minnie baissa la tête.

— Qu'est-ce que tu veux que je te dise? balbutia-t-elle.

— Ce que tu lui as répondu.

— Je crois bien que je lui ai répondu : Oui.

Minnie était vraiment adorable de douceur, de résignation, d'ingénuité, et pourtant de malice en parlant ainsi.

— Oh ! ma pauvre enfant! s'écria Mme Willougby.

— Un jour ou l'autre, il eût fallu en passer par là, Kitty.

— Et le capitaine Kirby ?

— Je sais bien ; mais, que veux-tu ? il ne m'a sauvé la vie qu'une fois, et puis, il n'est pas là... il est dans son tort. Je suis sûre que tu n'as rien à dire contre Rufus : il est beau.

Mme Willougby fit un mouvement qui pouvait passer pour une protestation.

— Oui, il est beau... oh ! pas de la même façon que le comte de Girasole, et c'est fort heureux. Il est brave... tu ne peux pas nier cela ?

Kitty fit un signe d'assentiment.

— Je ne sais pas pourquoi vous n'avez jamais voulu le traiter avec bonté.

— Ah! Minnie, Minnie, si tu savais ce que c'est que le mariage!

— Eh bien! on ne meurt pas de le savoir, puisque tu n'es pas morte.

Mme Willougby, à cette remarque imprudemment provoquée par elle, lança un regard furtif à Scone Dacres et ne put s'empêcher de rougir.

— C'est égal, reprit-elle plus doucement, ce mariage ne peut se faire si vite.

— Pourquoi ?

— Parce qu'il fera de la peine à notre pauvre père, à notre excellente lady Dalrymphe et à moi.

— En vérité, Kitty, je ne comprends rien à tous ces chagrins que tu accumules. Que dirais-tu donc aujourd'hui si à cette heure l'horrible comte de Girasole avait exigé qu'on nous mariât? Vous ne m'empêchiez pas d'être à lui; c'est le baron qui m'a sauvée... Je serais morte sans lui... oui, bien morte, j'en suis sûre. Vous êtes tous ingrats envers lui... Je ne veux pas être ingrate, moi.

— Ah! Minnie, que ne donnerais-je pas pour nous voir tous bien tranquilles à la maison.

— Eh bien! nous allons y retourner; d'autant plus, chère sœur, que je ne suis pas sans inquiétude sur le capitaine Kirby, qui doit courir l'Italie à ma recherche. Il ne manquerait plus que de le voir arriver ! Va, crois-moi ; laisse-moi faire, je sens que je fais bien.

Minnie s'était animée, sa voix s'était élevée, et en même temps des larmes perlaient dans ses yeux.

Le baron, qui avait respecté avec une délicatesse, dont il n'abusait pas d'ordinaire, les épanchements des deux sœurs, s'avança alors avec solennité.

— Il n'entre pas dans mes habitudes, madame, dit-il à Kitty, d'une voix grave, profonde, de rappeler aux autres les services que j'ai eu le bonheur de leur rendre ; mais je crains, si je ne fais pas valoir, en égoïste, ces titres à la reconnaissance de miss Minnie, de n'avoir plus de droits au bonheur de me dévouer encore. Je dois vous avertir, madame, que j'ai écrit à M. votre père. S'il lui déplaisait que le citoyen Rufus K. Gunn, baron Atramonte, devînt son gendre, il m'eût déjà, par la poste, sans le télégraphe, exprimé son opposition. Son silence est un consentement... Vous opposeriez-vous seule, madame, à la faveur que je sollicite ?

— Seule ? dit Kitty en jetant un regard embarrassé autour d'elle.

— Seule ! oui, madame, reprit le baron avec une admirable fermeté.

Jamais Atramonte n'avait été si calme, si poli, si digne. Il crut devoir insister pour achever les résistances.

— Veuillez vous rappeler, madame, quelle était votre situation cette nuit. J'ose dire qu'il n'en était pas de plus pénible. Vous étiez aux mains du plus infâme brigand. Avouez que vous auriez beaucoup donné et beaucoup promis pour voir apparaître l'uniforme de mes soldats du haut d'une fenêtre de cette maison. Si j'avais brusquement posé pour condition, avant d'entamer la lutte, que vous me donneriez la main de Minnie, avouez que vous n'auriez pas hésité ? Dois-je être la victime de ma délicatesse ?

L'argument avait du bon. Mme Willougby tressaillit et ne trouva rien à répliquer. Le baron, qui voulait se montrer aussi parfait diplomate qu'il avait été soldat énergique, continua sans se décourager :

— J'ai appris, en arrivant ici, que ce damné Italien avait envoyé chercher un prêtre pour l'unir à Minnie. Supposez que j'aie été vaincu ou tué : Minnie serait, à l'heure qu'il est, la femme de ce misérable... Oui, madame, aussi vrai que je m'appelle Rufus K. Gunn, baron Atramonte, vous auriez vu cette chère enfant tremblante, désespérée, arrachée de vos bras et liée à jamais, par les chaînes du mariage, au plus criminel, au plus lâche, au plus vil des bandits ! Or, madame, elle est sauvée, et, au lieu d'un prêtre, j'en ai deux. Le révérend Saül Tozer n'est pas un catholique romain, mais le pape ne m'en voudra pas, je le connais, si je me fais marier par un soi-disant hérétique. Je ferai d'ailleurs, à cet égard, ce que Minnie voudra ; elle peut choisir. Au fond, on marie toujours les gens au nom du Dieu d'Abraham, d'Isaac et de Jacob. Quelle que soit la bénédiction, je me trouverai suffisamment béni des hommes et du ciel, si ma chère Minnie consent à mettre sa jolie petite main dans la mienne.

Le baron s'arrêta, attendant une réponse, une objection. Mme Willougby cherchait la réponse, l'objection, mais ne la trouvait pas. Seulement, son inquiétude commençait à sourire.

Le baron tenta un dernier assaut ; il voyait bien que la brèche était faite au cœur de la place. C'était le moment de monter à l'escalade, sur l'air du *Yankee Doodle.*

— Peut-être vous demandez-vous, madame, pourquoi je suis si pressé : je vais vous le dire. D'abord, mon amour-propre a été piqué au vif. Vous m'avez défié, et j'ai l'habitude de relever vivement les défis. Vous avez tout fait pour me séparer de Minnie, vous m'avez mis à la porte de votre maison, vous m'avez même menacé de la police ! Aimable plaisanterie que j'aurais voulu voir exécuter. Il eût été curieux qu'un de ces mécréants de la police posât la main, la patte, sur l'épaule du baron Atramonte ! Vous avez attribué aux exaltations du vin ou de la folie l'élan de mon pur amour. Ne voilà-t-il pas bien des raisons pour que, possédant aujourd'hui Minnie par son libre choix et par le sort des armes, je veuille la garder !

Mme Willougby allait parler ; le baron, craignant qu'elle n'eût trouvé un argument supérieur, voulut le prévenir. Il releva la tête, se posa la main sur les hanches et dit :

— Finalement, madame, me trouvez-vous un trop petit personnage pour être le mari de miss Minnie Faye ? Si vous tenez au rang, je suis noble ; si la question d'argent vous donne des scrupules, je vaux cent mille dollars. Est-ce mon nom ? choisissez. J'ai celui d'Atramonte, que je tiens du pape ; et j'ai ceux de Rufus K. Gunn, que je tiens de mon père. Mes manières vous déplaisent-elles ? Elles sont brusques, elles ont besoin d'être polies par la société des dames ; or, je ne prévois pas de meilleures leçons que celles qui me viendront par vous et par Minnie. En somme, je suis un brave garçon, et je vous aimerai comme ma sœur..... Est-ce entendu !... Hein !....

Donc, je conclus... Minnie est à moi... Vous ne voudriez pas, et, au besoin, vous ne pourriez pas me la reprendre.

Après cette déclaration suprême, le baron se campa sur ses deux jambes un peu écartées, et tendit les deux mains à Mme Willougby.

Kitty était bien près de céder. Elle commença, tout d'abord, par faire choir sur le pauvre baron les fleurs de la reconnaissance la plus exagérée. Sans doute, tout ce qu'il disait là était spécieux, fondé même. Il était incontestable qu'il avait sauvé Minnie... Mais ne pouvait-on retarder le mariage, attendre un moment plus convenable ?... remettre à quelques semaines, à quelques jours ?... On n'avait jamais vu les gens se marier ainsi en plein air, dans un bivouac, sur un champ de bataille.

A mesure qu'elle présentait ces observations, Kitty les trouvait sérieuses et s'animant à les exposer, à les défendre, elle en vint bientôt à l'émotion, aux larmes.

Ne sachant plus que faire, elle appela Hawbury.

— Mylord, lui dit-elle, vous êtes un parfait gentilhomme, vous !

— J'ose le croire, madame.

— Ce n'est pas vous qui, retrouvant tout à coup une personne aimée, ne lui laisseriez pas le temps de se reconnaître, et voudriez l'épouser immédiatement ?

Hawbury, qui contemplait Ethel, et qui ne prêtait aux premiers mots de Kitty qu'une attention confuse, distraite, se ravisa tout à coup et sourit.

— Certainement, madame, répondit-il avec courtoisie. Rien ne peut faire dévier un gentilhomme de la ligne de la plus scrupuleuse délicatesse. Mais il y a dans la vie des circonstances si imprévues qu'elles bouleversent les lois sociales, et qu'il est convenable de s'abandonner à l'impulsion du cœur plutôt qu'à la voix de la sagesse... L'idée du baron est étrange, très étrange, mais elle n'est pas mauvaise, et il ne lui manque que de passer en usage.

— Mais que dirait le monde ? s'écria Mme Willougby, assez surprise du peu d'appui que lui donnait, dans une circonstance si solennelle, un gentleman aussi correct que lord Hawbury.

Hawbury, au lieu de répliquer à Kitty s'approcha d'Ethel, parut conférer avec elle en termes vifs, pressants, puis, comme elle souriait, il lui prit la main et l'amena vers Mme Willougby.

A vrai dire, Ethel était quelque peu confuse, mais Hawbury était rayonnant.

— Ainsi donc, madame, demanda-t-il à Kitty, vous me faisiez l'honneur de me dire que le mariage du baron et de miss Minnie, dans les circonstances où nous sommes, aurait les proportions d'un scandale ?

— Sans doute, dit Mme Willougby, assez inquiète de ce début si mystérieux de sa cousine.

— Mais, si le baron trouvait des imitateurs ?

— Je n'ose comprendre.

— Vous savez, n'est-ce pas, madame, quelle erreur fatale a empêché plus tôt une reconnaissance nécessaire entre Ethel et moi.

— Je le sais, en effet.

— Eh bien, je crois que j'ai persuadé à Ethel de nous aider à préserver miss Minnie du scandale tant redouté.

Mme Willougby, après tout, était vaillante et prompte à la riposte. Se sentant vaincue, elle voulut finir par un coup éclatant.

— Lord Hawbury, dit-elle, vous me semblez ignorer une circonstance capitale, qui est de nature à modifier vos résolutions.

Hawbury, surpris, légèrement inquiet, la regarda avec de grands yeux.

— Vous souvenez-vous, milord, de la fiancée que vous proposait votre mère ?

— Elle parlait d'une nièce de Bigg.

— Très bien !... Cette nièce, l'avez-vous vue ?

— Jamais !

— Eh bien, je vous la présente, c'est Ethel Orne !

— Par le diable ! s'écria Hawbury. Oh ! je vous demande pardon, mesdames ; mais, en vérité, la Providence arrange d'étranges comédies.

— Ainsi, cela ne change rien à vos résolutions, lord Hawbury ?

— Ah ! pouvez-vous vous moquer ainsi de moi !

— Vous voyez, en tout cas, que vous n'êtes pas dans la même situation que le baron, et que votre exemple ne peut l'excuser.

— Non, mais il y a une autre caution que la mienne, facile à trouver. Allons, Dacres, mon ami, venez prouver à Mme Willougby qu'il ne faut jamais remettre au lendemain le bonheur, quand on l'a attendu si longtemps et si chèrement acheté.

Pendant que le baron, rassuré désormais sur l'opposition de la famille de Minnie, parlait à voix basse au baby qui grandissait et devenait femme, sous le regard énergique de son vaillant fiancé, Scone Dacres, timide comme un écolier, s'avançait vers Kitty.

— Pourquoi ne ferions-nous pas comme les autres ? lui demanda-t-il en suppliant.

La voix était si douce, l'air était si soumis, le regard était si insinuant, que Kitty rougit, pâlit, sentit une larme poindre dans ses yeux. Elle répondit d'abord par un geste de reconnaissance.

— Ah ! si vous saviez combien j'ai de chagrins dans le passé !

— Vous les oublierez, Kitty.

— D'ailleurs, quoi qu'en dise lord Hawbury, je ne puis renoncer à mon rôle auprès de Minnie, et les exigences du baron sont vraiment...

Dacres n'était pas un dialecticien bien subtil, mais il avait le génie qui donne toutes les éloquences : l'amour.

Il prit la main de Mme Willougby.

Elle le laissa faire, et tressaillit avec la confiance de l'héroïsme naïf qui se sent près de défaillir.

— Kitty, dit-il, je crois qu'il serait mal de ne pas mettre notre bonheur comme une ombre protectrice à côté du bonheur de Minnie.

— Vous êtes fou, mon ami.

— C'est vrai ; mais il faut être bon et indulgent pour les fous ; c'est ainsi qu'on es amène à la santé, à la raison.

— Ah ! je ne fais rien de ce que je veux faire, soupira Mme Willougby, dépitée.

— Excusez-moi, Kitty, vous faites des heureux, c'est votre mission dans le monde.

— Allons, puisque tout le monde a le vertige !

Et, sans plus s'expliquer, Mme Willougby fit un mouvement de la main dans la main de Scone Dacres.

A ce moment, les deux prêtres, le catholique et le protestant, sortirent lentement de la vieille maison. Ils avaient l'air parfaitement d'accord. L'amour ambiant avait amolli le fanatisme de Saül, et ces deux adversaires communiaient ensemble à la même coupe de vie.

Le soleil emplissait le ciel et couvrait d'un rayon dédaigneux et indulgent la tombe que Girasole n'avait pas fait creuser pour lui.

BIBLIOTHÈQUE NATIONALE R.F. IMPRIMÉS.

FIN

www.ingramcontent.com/pod-product-compliance
Lightning Source LLC
Chambersburg PA
CBHW060817250626
47162CB00005B/1825